L'invitée

女宾

[法]西蒙娜·德·波伏瓦 著

周以光 译

Simone de Beauvoir

上海译文出版社

献给奥尔嘉·高萨绮薇茨

每个意识追求另一个意识的死亡。

——黑格尔

第一部

# 第一章

弗朗索瓦丝抬起眼睛。热尔贝的手指在键盘上跳跃,他注视着手稿,露出一副恶狠狠的神情。看来他是累了。弗朗索瓦丝自己也感到困倦,但她的疲乏中包含着几分亲密和温情:她不喜欢热尔贝眼睛下面的黑圈,他的面容憔悴,表情严肃,看上去他几乎和他二十岁的年纪相当。

"您不想歇一会儿?"她说。

"不,我还行。"热尔贝说。

"其实,我这儿只剩一场需要誊清了。"弗朗索瓦丝说。

她翻过一页。这时,两点的钟声已经敲过一阵了。在这个时刻,剧场里通常不再有人的动静,可今夜剧场还有点生气,打字机发出嗒嗒的响声,粉红色的灯光射在稿纸上。我在这里,我的心在跳动。今夜剧场里有一颗心在跳动。

"我喜欢在夜里工作。"她说。

"是的,"热尔贝说,"夜里安静。"

他打了个呵欠。烟灰缸满满的,全是黄烟头,独脚小圆桌上摆着两只玻璃杯和一个空酒瓶,弗朗索瓦丝环顾了一下她这个小小办公室的墙壁,粉红色的环境因为有人的存在而充满了热气和光彩。

外面就是那个毫无生气的、黑洞洞的剧场，一些僻静的走廊围绕着这个硕大的空心薄壳结构。弗朗索瓦丝放下笔。

"您不想再喝一杯？"她问。

"啊，我不反对。"热尔贝说。

"我到皮埃尔化装室再找一瓶。"

她走出办公室，其实，她并不那么想喝威士忌，是这些昏暗的走廊吸引了她。要不是她来到这儿，这里的尘埃气味、半明半暗的光线、透着忧伤的寂静，这一切对任何人都不存在，全然不存在。而现在，她来到这里，地毯的红光如同一盏羞怯的长明灯穿透黑暗。她拥有这种权力：她的存在能使事物摆脱无意识状态，她赋予它们色彩和气味。她走到楼下，推开大厅的门，就像完成一个她早已接受的使命那样，她要让这个空荡荡的漆黑大厅存在。金属防火幕下垂着，墙壁散发出未干油漆的气味，排列整齐的红丝绒椅无声无息地静候着，刚才它们还什么都不等待。此刻，她出现后，它们都伸出了胳臂。它们注视着金属防火幕遮挡的舞台，召唤着皮埃尔、舞台脚灯的灯光和聚精会神的观众。可能应该永远留在这里，使这种寂静和期待成为永恒；但是也可能应该待在他处，在道具仓库，在化装室，在休息室，同时在一切地方。她穿过舞台口，登上舞台，打开演员休息室的门，下楼走到堆着陈旧发霉布景的院子里。唯有她使这些无人问津的场所、束之高阁的物件散发出气息。她来到这里，这些东西属于她。世界属于她。

她跨过一扇挡住演员入口处的小铁门，径直走到剧院前的广场正中。周围的房屋在沉睡，剧院也在沉睡，唯有一扇玻璃窗发出红光。她在一条长椅上坐下，黑色的天空在栗树上方闪烁。她似乎觉得自己身临一个安静的专区区政府中心。此时，她并不遗憾皮埃尔不在身边，而是有着一种他在场时体验不到的快乐：孤身一人所能享受到的所有快乐。八年来她失去了这种快乐，有时内心似乎感受到一种悔恨。她灰心丧气地靠在长椅的硬木板上。人行道上响起一阵急促的脚步声，大街上一辆卡车驶过。这些动静加上天空、摇摆不定的树叶以及黑糊糊的墙面上那块发出淡红色灯光的玻璃都存在着，而弗朗索瓦丝却不再存在，任何地方都不再存在任何人。

弗朗索瓦丝蓦地跳起，神奇地重又变成了一个人。恰好是一个女人，一个因一件紧急工作等待她完成而来去匆匆的女人。这时刻如同其他时刻一样只是她一生中的一瞬间。她把手放到门把上，心情痛苦地往回走。这是抛弃，是背叛。夜幕又将淹没这个有点土气的小广场，淡红色玻璃窗徒劳地闪着光，它不再为任何人闪光。这甜美的一刻将一去不复返。如此多的甜美在整个地球上荡然无存。她穿过院子，登上绿色木梯。这种遗憾，很长时间以来已经没有了。除了自己的生活，不存在真实的东西。她走进皮埃尔的化装室，在柜子里取了一瓶威士忌，然后登上楼梯，跑向她的办公室。

"这会使我们恢复元气，"她说，"您想怎么喝？搀不搀水？"

"不搀。"热尔贝说。

"您能回得去家吗？"

"哦！我开始经得住威士忌了。"热尔贝庄严地宣称。

"您开始……"弗朗索瓦丝说。

"等我成了阔佬，有了自己的家，我的柜子里将总放着一瓶瓦特69。"热尔贝说。

"那您的事业将付诸东流。"弗朗索瓦丝说。她温情脉脉地注视着他。这时他已从口袋中掏出烟斗，专心致志地往里塞烟丝。这是今天第一斗烟。从前，每天晚上当他们喝完一瓶博若莱葡萄酒，他就把酒瓶放到桌上，带着孩子气的自豪感凝视着它，他边抽烟边喝白兰地或烧酒。然后，他们来到街上，由于一整天伏案工作，加上眼热尔贝。他们通常肩并肩待着，她喜欢感到有他在身边，哪怕他们不交谈。今夜她却想和他说话。"设想那些您不在现场时发生的事是很怪的。"她说。

"是，是很怪。"热尔贝说。

"这就好像试图设想自己死了，虽然做不到，但总是假设自己躲在一个角落里观看。"

"这很滑稽，所有这些自己永远看不到的事儿。"热尔贝说。

"从前，一想到我永远只可能认识世界小得可怜的一部分，就感到忧伤。您不这样认为吗？"

"也许。"热尔贝回答。

弗朗索瓦丝笑了。和热尔贝聊天时常会遇到阻力，想从他嘴里掏出一种肯定的意见是困难的。

"但现在我放心了，因为我确信无论我到哪里，外部世界都会随我而动。我的一切遗憾都烟消云散。"

"遗憾什么？"热尔贝问道。

"遗憾仅仅活在我自己的躯壳内，而外面却是大千世界。"

热尔贝扫了一眼弗朗索瓦丝。

"是的，尤其是您过着一种可以说是有条不紊的生活。"

他总是那样谨慎。回答这个朦朦胧胧的问题对他来说需要某种胆识。他是否认为弗朗索瓦丝的生活过于规律了？他是否在评价她？我在想他对我的看法……这个办公室、剧院、我的房间、书籍、资料、我的工作。一种如此规律的生活。

"我懂得了应该迫使自己做选择。"弗朗索瓦丝说。

"我不喜欢必须做出选择。"热尔贝说。

"开头很难，但现在我不再有遗憾，因为对我来说不存在的事，它们绝对不存在。"

"怎么解释？"热尔贝问道。

弗朗索瓦丝迟疑了一下。她对此有强烈感受，即使她重新关上房门，外面的走廊、大厅、舞台并不消逝，而只是在门的后面、在一段距离以外存在着。在远方，列车穿驶于夜阑人静的乡间，使得深夜里小办公室热气腾腾的生活得以延伸。

"就像月亮上的景色。"弗朗索瓦丝说，"这不是现实，仅仅是道听途说。您没有这种感受？"

"不，"热尔贝说，"我不这么看。"

"您永远只能一次看到一个事物，您不觉得恼火吗？"

热尔贝思考起来。

"我嘛，打扰我的是其他人，"他说，"我厌恶人们和我谈论一个我素不相识的家伙，尤其是当人们怀着敬意谈论他：一个生活在他自己圈子里，甚至不知道我存在的家伙。"

如此长久地谈论他自己还很罕见。是否他也在这几个钟头里体会到了令人激动的、短暂的亲密感？唯有他们俩生活在这淡红灯光的氛围内，两人分享着同一片灯光和夜色。弗朗索瓦丝瞥了一眼弯睫毛下那双美丽的绿眼睛和亲切的嘴巴——如果我想……也许现在还不太迟。但是她能期望什么？

"是的，这是侮辱性的。"她说。

"一旦认识了那家伙，就好多了。"热尔贝说。

"要让别人的内心感受同我自己的感受一样是不可能的。"弗朗索瓦丝说，"假如我隐约意识到有这种情况，我认为是令人恐怖的：我好像只不过是另外某个人头脑中的一个意象。但是几乎永远不可能发生这种事，完全不可能。"

"确实，"热尔贝激动地说，"也许正是因为如此，当别人在我面前谈论我自己时，简直令我厌恶，即使人家态度很殷勤。我觉得人家凌驾于我之上。"

"而我，我不在乎人家怎么想我。"弗朗索瓦丝说。

热尔贝笑了起来。

"对此，不能说您自尊心很强。"他说。

"他们的思想如同他们的语言和面孔一样，对我来说都是合理存在的，这些事物都存在于属于我的世界中。也正因为如此，伊丽莎白对我这个人毫无奢望大感惊奇。我不需要力图为自己在世界上精心安排一个享有特权的位置。我似乎觉得我在世上已被安置好。"她向热尔贝笑了笑：

"您也一样，也没有奢望。"

"是的，"热尔贝说，"干吗要有奢望？"他犹豫了片刻，"但我期望有一天成为一个出色的演员。"

"和我一样，我希望写一本好书。人们喜欢做好自己所从事的工作，但这不是为了光荣和体面。"

"对。"热尔贝说。

一辆送奶车从窗户下经过。夜色将明。列车已过了沙托鲁，即将到达维耶尔宗。热尔贝打了个呵欠，像孩子那样睡眼惺忪。

"您该去睡觉了。"弗朗索瓦丝说。

热尔贝揉了揉眼睛。

"应该把这弄完后交给拉布鲁斯。"他固执地说。他拿起酒瓶，为自己斟了满满一杯威士忌。

"再说，我并不困，我渴！"他喝完后，放下了酒杯，思忖了片刻。

"也许我还是困了。"

"渴还是困？判断一下。"弗朗索瓦丝开心地说。

"我向来都搞不清。"热尔贝说。

"听着,"弗朗索瓦丝说,"您要做的事情是:躺到长沙发上睡一觉。我来看完这最后一场。等我去车站接皮埃尔时,您把这一场打出来。"

"那您呢?"热尔贝问道。

"我干完后也睡觉,沙发挺宽,您不碍我事。拿一个靠垫,盖好被子。"

"我很愿意。"热尔贝说。

弗朗索瓦丝伸了伸懒腰又拿起笔。过一会儿,她转过身看见热尔贝正闭目仰卧,嘴里发出均匀的呼吸声,他已经坠入梦乡。他很漂亮,她久久地凝视着他。然后,她又开始投入工作。在那行驶的火车里,皮埃尔也在沉睡,头靠皮垫,一脸稚气。他将跳下火车,矮小的个子会显得高些,然后他将跑向月台,挽起我的胳臂。

"完了!"弗朗索瓦丝说。她满意地察看一下手稿。只要他认为不错就行!我想他会觉得不错的。她推开靠椅。天空出现一片朝霞。她脱下皮鞋,钻入被子,躺在热尔贝身旁。他嘴里发出哼哼声,脑袋滚到靠垫上,偎依在弗朗索瓦丝肩膀上。

"可怜的小热尔贝,他是多么困哪。"她想着。她往上拉了拉被子,一动不动地睁着双眼。她也困倦,但尚无睡意。她注视着热尔贝焕发青春活力的眼睑和少女般的长睫毛。他睡意正浓,神态松弛而漠然。她感到他那乌黑柔软的头发轻拂着她的脖子。

"这就是我从他那里能得到的全部东西。"她想。

有些女人抚摸过这中国式的美丽头发,亲吻过带有稚气的眼睑,紧紧拥抱过这修长的身躯。有一天,他会对其中一位说:

"我爱你。"

弗朗索瓦丝心如刀割,现在为时还不晚,她可以把脸颊贴在他脸上,高声吐露已到嘴边的话。

她闭上了眼睛。她不能说"我爱你",她不能这样想。她爱皮埃尔,在她的生活中不存在另一份爱情的位置。

但是如果存在,将会产生同样的快乐,她不无苦恼地思忖着。他的脑袋重重地压着她的肩膀。珍贵的不是这沉甸甸的压力,而是热尔贝的温情、信任、倾心以及她对他满怀的爱。只是热尔贝在酣睡,爱情和温存仅为梦幻泡影。也许当他把她搂在怀中时,她仍可能以为自己处在梦境。但梦寐以求一种现实中不愿经历的爱情又怎能接受呢!

她看着热尔贝。她的言行是自由的。皮埃尔给她这种自由。但是行动和言语只可能是谎言,好比这个压在她肩上的脑袋已经在撒谎一样,因为热尔贝并不爱她;她不能期望他爱她。

窗外天色已明。弗朗索瓦丝心中升起一丝像晨曦那样充满希冀和憧憬的哀愁。然而,她毫不遗憾。她甚至无权这样忧伤。困乏的身躯在愁意中渐渐失去感觉,这是一种彻底而毫无补偿的忘我状态。

# 第二章

在摩尔人咖啡馆厅堂深处,弗朗索瓦丝和格扎维埃尔坐在粗羊毛垫子上观看阿拉伯舞女的表演。

"我想学会这样跳舞。"格扎维埃尔说,她抖动双肩,全身掠过轻微的波浪形起伏。弗朗索瓦丝朝她笑了笑,她很遗憾一天就这样结束了,格扎维埃尔一直很可爱。

"在非斯的妓院集中区,拉布鲁斯和我看到她们跳裸体舞,"弗朗索瓦丝说,"但这简直有点像解剖表演。"

"你们见多识广啊!"格扎维埃尔语中稍带怨恨。

"您也会看到的。"弗朗索瓦丝说。

"唉!"她叹了口气。

"您不会一生都留在鲁昂的。"弗朗索瓦丝说。

"我能做什么?"格扎维埃尔悲伤地说。她看着手指,陷入了沉思,红红的农家女手指与纤细的手腕形成对比。"也许我可以试试去当个妓女,但是我还不够老练。"

"这是一种艰巨的职业,您知道。"弗朗索瓦丝笑着说。

"必要的是,不要怕人。"格扎维埃尔带着经过思考的口吻说。她点了点头又说:"我有些进步:当一个家伙在街上贴近我,我不

"也许您不是一个好家庭主妇。"弗朗索瓦丝快活地说,"但是不靠这个照样也能生活。"

"不是因为那只袜子。"格扎维埃尔以一种宿命的口气说,"而这是一个征兆。"

"您太容易泄气了。"弗朗索瓦丝说,"您不是很想离开鲁昂吗?您在那里不是没有什么事和人值得留恋的吗?"

"我憎恨那里的一切。"格扎维埃尔说,"我恨那个积满污垢的城市以及街上的那些行人,他们的眼神像鼻涕虫那样毫无生气。"

"不能这样继续下去了。"弗朗索瓦丝说。

"可这还将继续下去。"格扎维埃尔说。她蓦地站起,"我要回去了。"

"我陪您回去。"弗朗索瓦丝说。

"不,不打扰了。我已经耽误了您整个下午。"

"您什么也没耽误我。"弗朗索瓦丝说,"您多怪啊!"她不知所措地观察着格扎维埃尔阴郁的脸色:这是一个令人困惑不解的小家伙,贝雷帽遮盖着金发,几乎像个男孩的脑袋,然而这却是一张年轻姑娘的脸,六个月前,弗朗索瓦丝被其魅力所征服。沉默了许久。

"对不起。"格扎维埃尔说,"我头疼得厉害。"她痛苦地触了触太阳穴,"大概是这些烟味造成的,我这儿疼,这儿。"

她两眼下方肿胀,脸色灰暗,确实,乳香加烟草产生的浓烟几乎令人窒息。弗朗索瓦丝叫来了侍者。

"很可惜,如果您不那么累,我今晚将带您去舞厅。"她说。

"我还以为您应该去看一位女友。"格扎维埃尔说。

"她和我们一起去,她是拉布鲁斯的妹妹,一个留男孩头的红棕发女孩,在《菲罗克忒忒斯》百场公演时您见过她。"

"我不记得了。"格扎维埃尔说,眼神霎时活跃起来,"我只记得您:您穿了一条紧身的黑长裙,一件装饰有金银箔片的衬衣,头发上罩着一个银丝发网,您那时美极了!"

弗朗索瓦丝笑了:她并不美,但她喜欢自己那张脸,每当她对镜自照时,总体会到一种赏心悦目的意外感觉。通常她不认为自己有一张漂亮脸蛋。

"而您,您穿了一条可爱的蓝色百褶裙,"她说,"您那天兴致勃勃。"

"这条裙子我带来了,今晚就穿。"格扎维埃尔说。

"这明智吗?您还头疼呢?"

"我已经不疼了,"格扎维埃尔说,"就是一阵晕眩罢了。"她两眼炯炯有神,脸上重又焕发出美丽的珍珠般光泽。

"那么好吧。"弗朗索瓦丝说,并推开门,"只是伊内斯如果需要您,她会生气的。"

"哼!她肯定会生气的。"格扎维埃尔傲慢地撇了撇嘴。

弗朗索瓦丝拦了一辆出租汽车。

"我先把您送到她家。九点半,我到多莫咖啡馆再和您见面,您只要顺蒙帕纳斯大街笔直走就行。"

"我认识路。"格扎维埃尔说。

弗朗索瓦丝和她并肩坐在出租汽车里,并挽着她的胳臂。

"我很高兴我们今天还能在一起待整整几个小时。"

"我也很高兴。"格扎维埃尔低声说。

汽车在雷纳街角停下,格扎维埃尔下了车,弗朗索瓦丝让车把她送到剧院。皮埃尔穿着室内便袍在他的化装室里,正吃着火腿三明治。

"排练顺利吗?"弗朗索瓦丝问道。

"这怎么可能呢？我一个月只见她一次。"

"为什么你不把她弄到巴黎来？"皮埃尔说，"由你来监护她。迫使她工作，让她学打字，我们肯定能在某个地方给她找个活干。"

"她家里永远不会同意的。"弗朗索瓦丝说。

"嗨！她不需要得到许可，她难道不能自己管理自己？"

"不能。"弗朗索瓦丝说，"但是问题不在这里。我不相信人们会派警察来追捕她。"

皮埃尔笑了起来。

"问题在哪里？"

弗朗索瓦丝迟疑不答，说实话她从未怀疑过会存在什么问题。

"总之，你是不是建议让她来巴黎，由我们来养活她，直到她自己能挣钱？"

"为什么不？"皮埃尔说，"就算我们是借钱给她的。"

"哦！当然。"弗朗索瓦丝说。皮埃尔三言两语即能道出出乎意料的千条妙计，这种才能总使她惊叹不已。别人看来是难以深入的丛林地，皮埃尔却可以从那里发现能按他的风格创造的光辉未来的曙光。这就是他力量之奥秘所在。

"我们在生活中曾有过那么多好运。"皮埃尔说，"只要有可能，我们也应让别人享用。"

弗朗索瓦丝不知所措地盯着玻璃杯底。

"总之，我很乐意尝试一下。"她说，"但是我必须做到真正能管她，可我没有足够的时间。"

"小劳碌命。"皮埃尔温情地说。

弗朗索瓦丝脸上微微泛起红晕。

"你知道，我没有很多闲工夫。"她说。

"我完全知道,"皮埃尔说,"每当有什么新问题摆在你面前时,你就产生这种退却,这是很奇怪的。"

"我唯一关心的新问题是我们共同的未来。"弗朗索瓦丝说,"你要我怎么样,我这样很幸福!要责怪应该责怪你自己。"

"哦!我没责怪你,"皮埃尔说,"相反,我觉得你比我纯洁多了。在你的生活中没有什么虚假的东西。"

"而你,你太不关心你自己的生活。你只知道工作。"弗朗索瓦丝说。

"这是事实,"皮埃尔说,并带着困惑的神情啃起了手指甲,"除了和你的关系,在我身上的一切都是琐事,都是浪费。"

他继续咬手指甲,似乎非咬出血才善罢甘休。

"一旦和康塞蒂的账算清,就一了百了了。"

"你说话当真?"弗朗索瓦丝问道。

"我将以事实证明。"皮埃尔说。

"你运气好,你的那些风流韵事都能圆满了结。"

"那是因为这些小姑娘中从来没有一个骨子里是真正爱我的。"皮埃尔说。

"我不认为康塞蒂是个想谋点儿私利的姑娘。"弗朗索瓦丝说。

"不是,远不是为了得到角色演。她只是把我看作一个伟人,她想象自己也必将才华横溢,从生殖器到脑袋瓜。"

"有那么点儿。"弗朗索瓦丝笑着说。

"对这些麻烦事我已经没兴趣了。"皮埃尔说。"哪怕我是个好色之徒也好,可我连这种托辞都没有。"他尴尬地看了一眼弗朗索瓦丝,"问题是我喜欢一开始的新鲜劲儿。你不理解吗?"

"也许理解,"弗朗索瓦丝说,"但对我来说,我不喜欢逢场作戏。"

"你不喜欢?"皮埃尔问道。

原因之一。"

"南特伊,"弗朗索瓦丝无精打采地说,"这是个奇怪的主意。"她有些不安地朝门口看了看。为什么格扎维埃尔还不来?

"这很愚蠢。"伊丽莎白语气坚定地说,"再说,很简单,我看只有皮埃尔能把《平分秋色》这个剧本搬上舞台,他演阿夏布这个角色会非常出色。"

"这是个讨人喜欢的角色。"弗朗索瓦丝说。

"你觉得这会引起他兴趣吗?"伊丽莎白问道,恳求的语气中带着焦虑。

"《平分秋色》是个很有意思的剧本,"弗朗索瓦丝说,"只是它同皮埃尔追求的路子完全对不上。"

"听着,"她又恳切地说,"为什么克洛德不把他的剧本拿到贝尔热那儿去演?你愿不愿意让皮埃尔给贝尔热写个条?"

伊丽莎白费力地咽了口唾液。

"你不明白,如果皮埃尔用了他的剧本,这对克洛德是多么重要。他对自己是那样缺乏信心,只有皮埃尔能使他摆脱困境。"

弗朗索瓦丝转过眼睛去。巴蒂埃的剧本糟糕透顶,接受这样的剧本简直无从谈起。但是她清楚伊丽莎白对这最后一次机会押的是什么赌注。面对这张变了样的脸,弗朗索瓦丝显然感到内疚,她深知自己的经历和榜样曾深深地影响了伊丽莎白的命运。

"坦率地说,这不可能行得通。"她说。

"可是《吕斯和阿尔芒达》曾获得辉煌成功。"伊丽莎白说。

"正因如此,《尤利乌斯·恺撒》以后,皮埃尔想尝试大力推荐一位不知名的剧作者。"

弗朗索瓦丝中止了讲话。她宽慰地看到格扎维埃尔正走过来。她的头发被精心地梳理过,淡妆掩盖了高颧颊,使富于性感的大鼻子变得纤细优美了。

"你们认识。"弗朗索瓦丝说,并向格扎维埃尔笑了笑。"您来晚了。我肯定您没有吃晚饭,您吃点什么吧。"

"不,谢谢,我一点儿也不饿。"格扎维埃尔说。她在座位上坐下,垂下头,似乎很不自在。"我有点迷路了。"她说。

伊丽莎白以咄咄逼人的眼光审视着她。

"您迷路了?您从很远的地方来?"

格扎维埃尔满脸歉意转向弗朗索瓦丝:

"不知怎么回事,我顺着那条大街走,简直没完没了,最后到了一条黑洞洞的马路上,我大概是一不留神走过了多莫咖啡馆。"

伊丽莎白笑了起来。

"这可要有点儿诚意才行。"她说。

格扎维埃尔以怒目相报。

"总之,您现在找到了,这是主要的。"弗朗索瓦丝说,"到拉普莱里酒吧去,你说怎么样?那儿跟咱们年轻时候已经不一样了,但还是挺不错的。"

"听你的。"伊丽莎白说。

她们走出了咖啡馆,大风卷起落在蒙帕纳斯大街上的梧桐叶,弗朗索瓦丝脚踩树叶,听着嘎吱嘎吱的响声取乐,它们散发出来的一阵阵干胡桃和熟葡萄酒的香味儿扑鼻而来。

"至少有一年我没有去拉普莱里酒吧了。"她说。

谁也没有回答她的话。格扎维埃尔捏紧大衣领;伊丽莎白手里拿着披巾,她似乎没有感到寒冷,也没有看见任何东西。

"已经有那么多人了。"弗朗索瓦丝说。酒吧的所有高脚圆凳都被占了,她挑选了一张稍远的桌子。

"我要一杯威士忌,"伊丽莎白说。

"那就来两杯威士忌。"弗朗索瓦丝说,"您呢?"

"和你们一样。"格扎维埃尔说。

"三杯威士忌。"弗朗索瓦丝说。这里的酒味和烟味使她回忆起青年时代,她总是喜欢爵士乐的节奏、黄色的灯光和夜总会的拥挤气氛。世上既有德尔弗的废墟、普罗旺斯的秃山,也有熙熙攘攘的场所,生活在这样的世界上感到充实是多么容易!她对格扎维埃尔笑了笑。

"您瞧,吧台那儿,那个翘鼻子的金发姑娘,她和我住在一个旅馆,她成天穿着天蓝色睡衣在走廊里溜达,我觉得这是为了挑逗那个住在我上面房间的黑人。"

"她不漂亮。"格扎维埃尔说,她睁大眼睛看着身旁一位漂亮的棕发女人,"她多美啊!"

"您知道吗,她的心上人是一位兰开夏式摔跤冠军,他俩勾着小手指在这个区的街上闲逛。"

"哟!"格扎维埃尔用责备的语气喊道。

"这我可没瞎说。"弗朗索瓦丝说。

两个年轻人走近她们,露出动人的微笑,格扎维埃尔站了起来。

"不,我不跳舞。"弗朗索瓦丝说。

伊丽莎白犹豫了一下,也站起来。

"她现在恨我了。"弗朗索瓦丝想。邻桌上,一位脸上稍带皱纹的金发女人和一位很年轻的小伙子亲热地拉着手。年轻人低声地、热情洋溢地说着话,女人矜持地微笑,她那已失去光泽的漂亮脸蛋上并未露出明显的皱褶。那个住旅馆的小荡妇正和一个海员跳舞,她半眯双眼紧紧地贴着海员。美丽的棕发女郎正坐在凳子上懒洋洋地嚼着香蕉片。弗朗索瓦丝高傲地笑了笑。这里的男男女女,每个人都在这一片刻全神贯注于各自的小天地:格扎维埃尔在翩翩起舞,伊丽莎白在跳动中发泄心中的愤怒和绝望。而我,置身于舞厅中央,超然物外,自由自在,我出神地凝视所有这些生命和脸庞。如果我转过眼睛,避而不看他们,他们就立即如被忘却的景色那样荡然无存。

伊丽莎白回到了座位上。

"你知道,"弗朗索瓦丝说,"我很遗憾这不可能办到。"

"哦!"伊丽莎白说,"我很理解……"她神情沮丧,但至少在众人面前,她不可能总是怒形于色。

"最近和克洛德的关系遇到麻烦了?"弗朗索瓦丝问道。

伊丽莎白点了点头,她噘起嘴,表情颇不自然,弗朗索瓦丝以为她要哭出来,但又克制住了。

"克洛德狼狈不堪。他说只要他的剧本没有被采用,只要没有得到真正的解脱,他就不能工作。当他处于这种精神状态下的时候,简直可怕极了。"

"可责任并不在你。"弗朗索瓦丝说。

"但总是由我来承担一切后果。"伊丽莎白说,她的嘴唇又开始颤抖。"因为我是一个坚强的女人。他没想到一个坚强的女人也同别的女人一样会感到痛苦。"她凄恻地抱怨道。

她抽抽噎噎地哭起来。

"可怜的伊丽莎白!"弗朗索瓦丝抓住她的手说。

伊丽莎白泪如泉涌。脸上带着几分稚气。

"这很愚蠢。"她说着擦拭了一下眼睛,"不能这样继续下去了,苏珊娜总是夹在我们中间。"

"你想怎么办?"弗朗索瓦丝问道,"让他离婚?"

"他永远不会离婚。"伊丽莎白失声痛哭起来,"他爱我吗?而我呢?我甚至不再知道我是否爱他。"她用失神的眼光看着弗朗索瓦经凌晨四点,伊丽莎白离去多时,但格扎维埃尔跳舞还没有尽兴。弗朗索瓦丝不跳舞,为了消磨时光,她过多地喝酒和抽烟,以致脑袋发沉,周身乏力,困倦难忍。

"我想该走了。"她说。

"已经要走了!"格扎维埃尔遗憾地看着弗朗索瓦丝说,"您累了?"

"有一点儿。"弗朗索瓦丝说,她犹豫了一下,"您可以单独留下,"她说,"过去您也曾独自去过舞厅。"

"如果您走,我就陪您一起走。"格扎维埃尔说。

"但我不愿意强迫您回去。"弗朗索瓦丝说。

格扎维埃尔有点无可奈何地耸了耸肩。

"哦!我当然可以回去。"她说。

"不,这太可惜了。"弗朗索瓦丝说,并且微笑了一下,"那我们再待一会儿吧。"格扎维埃尔顿时满面春风。

"这地方多好玩儿啊,是不是?"一位年轻人前来邀请她跳舞,她朝他笑了笑,便随他进入舞池中央。

弗朗索瓦丝又点燃一支烟,反正没有人强迫她明天就要重新投入工作。在这里不跳舞,不交谈,却消磨了好几个小时,这有些荒谬,但是只要你坚持下来,自可从这番窘境中寻觅到令人陶醉之处。她已有好多年没有身临这样的处境:周围烟雾袅袅,独自沉入醉乡,浮想联翩,思绪无穷无尽,且去向不明。

格扎维埃尔回到弗朗索瓦丝身边坐下。

"您为什么不跳舞?"她问道。

"我跳不好。"弗朗索瓦丝说。

"那么您腻烦了?"格扎维埃尔悲伤地说。

"一点儿也不。我喜欢看。听音乐和看别人反而使我非常高兴。"

她笑了笑。今夜良辰她是贡献给格扎维埃尔的,为什么要把近在咫尺的这个纯真而珍贵的生命拒于自己生活之外呢?这是一个从其强烈的欲望、迟疑的笑容和出人意料的反应看都充满新鲜感的小伙伴。

"我很理解,对您来说,这肯定没什么意思。"格扎维埃尔说。她变得神色沮丧,也有些困乏了。

"我不是肯定地告诉您我很高兴吗,"弗朗索瓦丝说着摸了摸格扎维埃尔的手腕,"我喜欢和您在一起。"

格扎维埃尔没有信心地笑了笑。弗朗索瓦丝友善地望着她,她现在不明白为什么要反对皮埃尔的意见,使她跃跃欲试的正是这冒险性和神秘感,犹如淡淡清香沁人心脾。

"您不知道我今天晚上想些什么吗?"她出其不意地问道,"我想只要您还留在鲁昂,您将永远一事无成。只有一个办法,就是到巴黎来生活。"

"到巴黎来生活?"格扎维埃尔惊奇地说,"我倒是愿意啊!"

"我说的不是空话。"弗朗索瓦丝说,但有些迟疑,她担心格扎维埃尔觉得她过于冒失,"您可能做的是:在巴黎安顿下来,如果您愿意,可以住在我住的那个旅馆。我借给您必要的钱,您学一门手艺,譬如当速记打字员,或者更好的办法是您到我一位女友开的美容院学习,一旦有了毕业证书,她可以雇用您。"

格扎维埃尔满脸愁容。

"我叔叔永远不会同意的。"她说。

"您不必征求他同意。您不怕他吧?"

"不怕。"格扎维埃尔说。她的目光凝视着自己尖尖的指甲,她脸色苍白,金色长秀发因跳舞而变得蓬松凌乱,犹如干沙子上的水母,一副可怜相。

"那为什么？"弗朗索瓦丝问道。

"对不起。"格扎维埃尔边说边站起来，迎着一位正示意邀请她的男舞伴走去，脸上顿时恢复了生气。弗朗索瓦丝惊愕地注视她走远；格扎维埃尔跳跃式的情绪变化十分古怪。她甚至懒于考虑弗朗索瓦丝的建议，这颇令人困惑。然而这个计划完全合乎情理。她有些不耐烦地等待格扎维埃尔回到座位上。

"那么，"她说，"对我的计划您怎么想？"

"什么计划？"格扎维埃尔问道，她似乎真的为之愕然。

"到巴黎来。"弗朗索瓦丝说。

"哦！在巴黎生活。"格扎维埃尔说。

"我是认真的。"弗朗索瓦丝说，"您好像把这看作是不切实际的空想。"

格扎维埃尔耸了耸肩。

"但这不可能实现。"她说。

"只要您愿意。"弗朗索瓦丝说，"您有什么为难之处？"

"这不可能实现。"格扎维埃尔忿忿地说。她向四周扫视了一下，"您不觉得这里变得阴森可怖起来？所有人都一副模样，他们扎在这里不走，因为他们甚至再也没有精力到别处去混。"

"那好，我们走吧！"弗朗索瓦丝说。她穿过大厅，推开大门，此时已晨光熹微。"可以走一走吗？"她提议。

"可以。"格扎维埃尔说，她紧了紧大衣领，随后快步往前走。她为什么拒绝认真对待弗朗索瓦丝的提议？令人恼火的是意识到自己碰到了这个充满敌意和顽固不化的小脑袋瓜。

"我必须说服她。"弗朗索瓦丝想。直到现在，无论是与皮埃尔的议论，还是夜里朦胧的幻想，甚至这次与格扎维埃尔谈话的开始都仅仅是儿戏。然而，一切骤然变成现实：格扎维埃尔的反抗是现实的，弗朗索瓦丝则要说服她。多么可恶：她自认为已经控制住格扎维埃尔，熟谙她的一切，乃至过去和尚不可预测的未来坎坷！然而她自己的意志在与这执拗的意志较量中动摇了。

格扎维埃尔疾步如飞，痛苦地紧锁双眉，不可能进行交谈。弗朗索瓦丝起先紧随其后，缄默不语，但很快就失去耐心。

"散散步您不感到厌烦吗？"她问道。

"一点儿也不。"格扎维埃尔说。一种悲苦的表情扭曲了她的面容。"我痛恨寒冷。"

"您早该说。"弗朗索瓦丝说，"看见第一家开着的酒吧我们就进去。"

"不，还是走走吧，既然您愿意。"格扎维埃尔带着勇于忘我的口气说。

"我现在不那么想走了。"弗朗索瓦丝说，"我很想喝一杯热咖啡。"

她们放慢了脚步。在蒙帕纳斯火车站附近，奥德塞街角的比亚尔咖啡馆柜台边站满了人。弗朗索瓦丝进去后在大厅尽头的一个角落里就座。

"两杯咖啡。"她对侍者说。

在一张桌子边，有个女人弯腰曲背在酣睡，地上放着手提箱和包裹；在另一张桌子上，有三位布列塔尼农民正大口大口地喝苹果烧酒。

弗朗索瓦丝看了一眼格扎维埃尔。

"我不理解。"她说。

格扎维埃尔向她投去不安的目光。

"我让您生气了？"

"我很失望。"弗朗索瓦丝说，"我原以为您会有勇气接受我的提议的。"

格扎维埃尔沉吟不决，痛苦地环视周围。

"我不愿意干面部按摩的活。"她抱怨地说。

弗朗索瓦丝笑了。

"没人强迫您。譬如我还可以为您找到一个模特儿的差事，或者干脆学速记打字。"

"我不愿意当速记打字员或模特儿。"格扎维埃尔强烈地反对。

弗朗索瓦丝窘迫不堪。

"我想，这恐怕仅仅是一个开头。一旦掌握了一门手艺，您就有时间考虑以后怎么办。总之，您对什么感兴趣？学习、学画、学演戏？"

"我不知道。"格扎维埃尔说，"没什么特别爱好。是不是必须要做点儿什么？"她有些傲慢地问道。

"用几个小时烦人的工作来换取您的独立，我不认为是过于昂贵的代价。"弗朗索瓦丝说。

格扎维埃尔厌恶地噘起嘴。

"我讨厌这种交易：如果不能按自己的愿望生活，不如不要生活。"

"实际上，您永远不会去自杀。"弗朗索瓦丝生硬地说，"试着去过一种正当的生活也好嘛。"

她喝了一口咖啡，这是地道的清晨喝的咖啡，又苦又甜，具有强烈的刺激性，就像人们经一夜旅行后在火车站台上或等第一班长途客车时在乡村小客栈喝的咖啡一样。这种强刺激味儿使弗朗索瓦丝心软了。

"在您的头脑中，生活应该是什么样的？"她和颜悦色地问道。

"像我小时候那样。"格扎维埃尔说。

"就是说，不用您着意追求，事物就降临到您头上，是不是像您的父亲骑在他的大马上把您带走时那样？"

"还有很多很多其他时光。"格扎维埃尔说，"譬如，清晨六点，他带我去打猎，野草上还带着新结的蜘蛛网。一切都让我产生强烈感受。"

"而在巴黎，您将能找到类似的幸福。"弗朗索瓦丝说，"想一想，有音乐、戏剧、舞厅。"

"但必须像您的那位朋友那样干：计算我喝了多少杯酒，不时看我的手表，以便第二天早上赶去上班。"

弗朗索瓦丝深感受了伤害，因为她刚才也看了表。"好像她在埋怨我，但为什么？"她想。这个郁郁寡欢、扑朔迷离的格扎维埃尔引起了她的兴趣。

"最初您却接受了比她的生活可怜得多的生活，"她说，"十倍的更不自由，归根结底，很简单，您害怕，也许不是害怕您的家庭，而是害怕同您那些微不足道的习惯决裂，害怕自由。"

格扎维埃尔低头不答。

"怎么回事儿？"弗朗索瓦丝温柔地问道，"您是那样固执，您完全没有信任我的样子。"

"不，我信任您。"格扎维埃尔有气无力地说。

"究竟怎么回事？"弗朗索瓦丝重复她的问话。

"考虑我的生活使我发疯。"格扎维埃尔说。

"但您没完全说出来，"弗朗索瓦丝说，"整个通宵您显得很怪。"她笑了笑。"您不喜欢伊丽莎白和我们在一起？您不太同情她，是不是？"

"当然不是，"格扎维埃尔说，并礼节性地补充了一句，"她绝对是个很有趣的人。"

"看到她当众失声痛哭您很反感？"弗朗索瓦丝说，"实话告诉我，我也使您反感？您是否觉得我趣味不高？"

格扎维埃尔眼睛睁得圆圆的，这是一对像儿童那样的天真的蓝眼睛。

"这使我感到奇怪。"她做出一副天真的样子说。

她严密防范，守口如瓶，再继续谈下去已毫无意义。弗朗索瓦丝憋住了一个小呵欠。"我要回去了，"她说，"您到伊内斯家去？"

"是的，我尽量不惊醒她，拿了我的东西就走。"格扎维埃尔说。"否则她会抓住我不让我走的。"

"我想您很喜欢伊内斯，是吗？"

"当然，我很喜欢她。"格扎维埃尔说，"不过，她属于那样一种人：您在她面前喝一杯奶，您不可能不感到内疚。"她那尖刻的话语是针对伊内斯还是弗朗索瓦丝的？总而言之，不再坚持往下谈更明智。

"好吧，我们走。"弗朗索瓦丝说，"我很遗憾您没有度过一个美好的夜晚。"

格扎维埃尔的表情骤然起了变化，生硬的神态一时间化为乌有，她失望地看了一眼弗朗索瓦丝。

"我过了一个很愉快的夜晚，"她说，然后低下头又匆匆地说："拖着我这条小卷毛狗，倒是您大概觉得很乏味。"

弗朗索瓦丝笑了。"原来如此！"她想，"她以为我纯粹出于怜悯才让她出来的。"她友善地看了看这个疑虑重重的小姑娘。

"正相反，我非常高兴您和我在一起，否则，我不会建议您来。"弗朗索瓦丝说，"您为什么这么想？"

格扎维埃尔温顺而信任地看着她。

"您的生活多么充实，"她说，"有那么多朋友，那么多事情要做，我感到自己很渺小。"

"真荒谬。"弗朗索瓦丝说。以为格扎维埃尔可能嫉妒伊丽莎白是不可思议的。"那么当我同您谈到来巴黎的事情时,您是否以为这是我给您的施舍?"

"有点儿。"格扎维埃尔谦卑地回答。

"所以您为此恨我。"弗朗索瓦丝说。

"我没有恨您,我恨我自己。"

"这是一回事儿。"弗朗索瓦丝说。她的手从格扎维埃尔的肩膀上挪开,顺着她的胳臂滑下来。"但我喜欢您,"她说,"您在我身边,我将会多么高兴。"

格扎维埃尔带着狂喜和疑惑的眼神转过脸看她。

"昨天下午我们在一起不是相处得很好吗?"弗朗索瓦丝说。

"是的。"格扎维埃尔羞答答地说。

"我们能够在一起度过很多这样的时光,您不想试试?"

格扎维埃尔用力握了握弗朗索瓦丝的手。

"哦!我多么愿意。"她激动地说。

"如果您愿意,这件事就定了。"弗朗索瓦丝说,"我将让伊内斯给您寄去一封信,说她已为您找到一个工作。您一旦下决心,只要给我写封信,说'我来了',您就这样来了。"她轻轻抚摸那只信任地放在她手中的热乎乎的手,"您看,展现在您眼前的将是锦绣前程。"

"啊!我愿意来。"格扎维埃尔说。她把整个身体靠在弗朗索瓦丝的肩膀上,她们俩互相依偎着,长久不动弹,格扎维埃尔的头发轻拂着弗朗索瓦丝的脸颊,手指互相交叉在一起。

"离开您我很难受。"弗朗索瓦丝说。

"我也很难受。"格扎维埃尔轻轻地说。

他有八天没睡了。除非演出百场,场场爆满,否则将无法开支。

她扔下手稿站起来,还有足够时间重新化妆一下,但她心情太激动。她点上一支烟,笑了起来。实质上,她喜欢最后冲刺那种狂热和焦躁的心情,她深知,适当的时候一切都会准备就绪,三天之内,皮埃尔能创造出奇迹。水银灯的问题最终定会解决。要是泰代斯科决定在剧情中演……

"我能进来吗?"一个怯生生的声音问道。

"请进。"弗朗索瓦丝说。

格扎维埃尔身着一件宽松大衣,头戴她那顶滑稽的小贝雷帽。充满稚气的脸上流露出尴尬的微笑。

"我让您久等了吧?"

"不,很好,我们不会迟到。"弗朗索瓦丝急忙表示。必须不让格扎维埃尔自认做了错事,否则她会变得耿耿于怀,阴郁不快。"我自己还没有完全准备好呢。"

她在脸上大致扑了一些粉,匆匆离开镜子。今晚她的脸无关紧要,它对她来说是不存在的,她朦胧地希望大家都看不见她的脸。她拿起钥匙和手套,随后关上门。

"您去听音乐了吗?"她问,"精彩吗?"

"没有去听,我没有出去。"格扎维埃尔说,"天太冷,我就没有兴致了。"

弗朗索瓦丝挽起她的胳臂。

"一整天您都做了些什么?说给我听听。"

"没什么可说的。"格扎维埃尔以恳求的口气回答。

"您总是这样回答我。"弗朗索瓦丝说,"可我曾向您解释过,详细了解您过的小日子使我感到快乐。"她微笑着审视她,"您用香波洗头了吧。"

"是的。"格扎维埃尔说。

"您头发的波浪形漂亮极了，哪天我要请您给我做一次头发。还有呢？您看什么书了？您睡觉了吗？您中午吃的什么？"

"我什么也没干。"格扎维埃尔说。

弗朗索瓦丝不再坚持问下去。在某些方面，同格扎维埃尔无法推心置腹。对她来说，谈论一天的琐事就如同谈论她身体器官功能那样是猥亵之事。因她不怎么离开自己的房间，难得有东西可谈。弗朗索瓦丝对她缺乏好奇心深感失望，向她提出去看电影、听音乐会和散步的种种诱人建议，全都枉然，她顽固地守在家里。那天清晨在蒙帕纳斯那家咖啡馆里，弗朗索瓦丝自以为掠得了一个珍贵的战利品，激起她一阵小小的、虚幻的兴奋感。然而，格扎维埃尔的来到没给她带来丝毫新鲜感。

"而我过了充实的一天。"弗朗索瓦丝快活地说，"早晨，我到假发制作人那里直言不讳地提醒他，还有一半以上的假发没有交货。然后我跑遍了所有小道具商店。很难找到所需要的东西，这纯粹是觅宝，但是您知道，在那些稀奇古怪的道具中搜索是多么有趣，哪次我该带您去。"

"我很愿意。"格扎维埃尔说。

"下午，有一次很长的排练，我花了很多时间修改戏装。"她笑了起来，"有一个胖演员装上了一个假臀部，而不是假肚子，您如果看到他的体型就好了！"

格扎维埃尔轻轻按了一下弗朗索瓦丝的手。

"您别太劳累了，要是病了怎么办？"

弗朗索瓦丝突然温情地望着这张忧虑的脸，有时格扎维埃尔的谨慎持重会烟消云散，全然变成一个可爱而温顺的小姑娘，使人们想去亲吻那珍珠般的脸颊。

道我想什么吗？出去时我们三个人可以一起去喝一杯酒。你不反对吧？"

皮埃尔笑了起来。

"我还没有告诉你：今天早上，当我上楼梯时，我看见她正下楼，她像兔子一样逃走了，跑到厕所里把自己关了起来。"

"我知道，"弗朗索瓦丝说，"你把她吓坏了。正因如此，我要求你见她一次。如果你一下子就对她表现得很友好，事情就好办了。"

"我很乐意。"皮埃尔说，"我觉得她有点儿古怪。啊！你来了！热尔贝呢？"

"我到处找他。"维耶曼说，他跑得气喘吁吁，"我不知道他去哪儿了。"

"我七点半在服装仓库同他分手，他对我说，他要试着睡会儿觉。"弗朗索瓦丝说完又提高了嗓门喊道，"雷吉斯，请您到工作室看看是否找得到热尔贝。"

"你给我搞的这个路障简直可怕。"皮埃尔说，"我对你说过几百遍我不愿意要画出来的景，给我重做，我要制作出来的布景。"

"还有颜色也不行。"弗朗索瓦丝说，"这些灌木有可能很漂亮，但在这里，红颜色给人印象很脏。"

"这很容易处理。"维耶曼说。

热尔贝跑着穿过舞台，跳到大厅里，他满身尘土，半敞的麂皮茄克里露出一件格子衬衫。

"请原谅，"热尔贝说，"我睡得太死了。"他把手插入蓬乱的头发中，脸色青灰，眼圈发黑。当皮埃尔和他说话时，弗朗索瓦丝温情地看着他那憔悴的脸容：他像一只可怜的病猴。

"你让他干得太多了。"当维耶曼和热尔贝离去时，弗朗索瓦丝说。

"我可以信赖的只有他,"皮埃尔说,"假如不看着点儿,维耶曼还会出漏子。"

"我知道,但他身体不如我们。"弗朗索瓦丝说着站起身,"一会儿见。"

"我们把灯光连贯起来。"皮埃尔大声说,"给我弄夜间灯光,只有头上的蓝灯亮着。"

弗朗索瓦丝在格扎维埃尔旁边坐下。

"可是我年龄还不够大。"她想。不可否认,她对热尔贝怀有一种母爱,母爱中隐隐约约夹杂着情爱,她似乎想把这个疲惫的脑袋放在自己的肩膀上。

"您对这感兴趣吗?"她问格扎维埃尔。

"我不太懂。"格扎维埃尔说。

"这是夜晚,布鲁图来到自己的花园里沉思,他接到了恳求他起来反对恺撒的信件,他痛恨专制暴政,但他爱恺撒。他进退两难。"

"那么,这个穿咖啡色短上衣的家伙就是布鲁图?"格扎维埃尔问道。

"当他穿上漂亮的白袍,并且化了装,就更像布鲁图了。"

"我想象不出来。"格扎维埃尔伤心地说。

她的眼睛突然亮起来。

"哦!这灯光多好看啊!"

"您觉得好看?我很高兴。"弗朗索瓦丝说,"费了九牛二虎之力才做到给人以清晨的印象。"

"清晨?"格扎维埃尔说,"这多么不相称。这种灯光给我的印象不如说是……"她迟疑了一下,然后一口气说了出来,"一种混沌初开时的光,那时,太阳、月亮和星星都还不存在。"

"您好,小姐。"一个沙哑的嗓子说道,康塞蒂娇媚而含羞地微笑着。这是一张波希米亚人的迷人脸蛋,黑色大耳环垂挂两侧,上了妆的嘴唇和脸颊色彩浓艳。

"我的发式,现在是不是好了?"

"我觉得这发式非常适合您。"弗朗索瓦丝说。

"我听了您的意见。"康塞蒂亲热地噘了噘嘴。

一声短暂的哨音过后,听到了皮埃尔的嗓音。

"从头排起,配上灯光,把台词连贯下来。大家都到了?"

"大家都到了。"热尔贝说。

"再见,小姐,谢谢。"康塞蒂说。

"她挺有意思,是不是?"弗朗索瓦丝问道。

"是的,"格扎维埃尔说,然后又激动地补充道:"我讨厌这样的脸,而且我觉得她样子很难看。"

弗朗索瓦丝笑了起来。

"那么您一点儿不觉得她有意思。"

格扎维埃尔皱了皱眉,又做了一个难看的鬼脸。

"我宁肯让人把我的全部指甲一个个拔掉,也不愿像她同您说话那样与人交谈。比目鱼都不如她卑躬屈膝。"

"她原来在布尔日附近当教师,"弗朗索瓦丝说,"她放弃了一切,到剧院来试试运气,她在巴黎忍饥挨饿。"弗朗索瓦丝饶有兴趣地看着格扎维埃尔沉思的脸。所有与弗朗索瓦丝稍亲近的人,格扎维埃尔都憎恨,她在皮埃尔面前畏畏缩缩,其中也搀有仇恨。

泰代斯科已在台上踱着方步。在肃静中,他开始念白。他似乎已经找回原来的感觉。

"还是不行。"弗朗索瓦丝焦急不安地想。三天以后,在剧场中是同样的夜晚,在舞台上是同样的灯光。同样的台词穿过空间,但是,那时遇到的不是肃穆宁静的气氛,而是一片嘈杂之声:座位噼啪作响，节目单在漫不经心的手中发出瑟瑟声，老年人咳嗽不止。纤弱的台词必须穿过一道道厚重、浓密的屏障，开出一条道路通向感觉麻木的、难以驾驭的观众。所有这些热衷于美味佳肴、优美的身材、华丽的服饰、家务琐事的人以及那些对一切都厌倦的评论家和心怀敌意的朋友，要想使他们关心布鲁图的困境，那是一件不可思议的事。必须乘其不备、出其不意地抓住他们，泰代斯科慢条斯理、平淡乏味的表演不足以达此目的。

皮埃尔低下了头，弗朗索瓦丝后悔没有回到他身边坐下。他在想什么？他这是第一次如此大规模地实践他的美学原则，投入了巨大精力，他亲自培养所有演员，弗朗索瓦丝根据他的指示改编剧本，制景师本人也服从他的命令。假如他成功，他的戏剧观和艺术观将最终得到公认。弗朗索瓦丝捏紧的双手开始出汗。

"可我们曾不辞辛劳、不惜钱财地干。"她痛心地想，"要是失败，我们将大伤元气，一蹶不振。"

"等一等。"皮埃尔突然说，并登上了舞台。泰代斯科停住了。

"你演得很好，"皮埃尔说，"完全对，只是，你看，你表演的是台词，没有充分体现出特定的情景，我要你保持原有的分寸，但是在另一种气氛的背景上。"

皮埃尔背靠墙，垂下头。弗朗索瓦丝松了口气。皮埃尔不很擅长与演员说话，但又必须使他们理解他的用意。为此他感到为难。但是当他示范一个角色时，却非同凡响。

"他必须去死……而我个人与他无冤无仇，但公众利益……"

弗朗索瓦丝惊异地注视着这位永不枯竭的奇才。皮埃尔不具有剧中角色的外表，他身材短壮，相貌不俊俏，然而当他抬起头，转过疲惫不堪的脸仰望天空时，全然是一个惟妙惟肖的布鲁图。

热尔贝凑到弗朗索瓦丝跟前：他在她没有留神时已在她后面

就座。

"他情绪越坏越了不起，"他说，"这会儿他正气得发疯。"

"事出有因。"弗朗索瓦丝说，"您认为泰代斯科最终能演好他的角色吗？"

"他能做好，"热尔贝说，"关键是开头，后面就好办了。"

"你看，"皮埃尔说，"必须给我说出这种语调来，那时候，你愿演得多克制都行，我将能感受到这种感情，如果感情表达不出来，一切都完蛋。"

泰代斯科背靠墙，垂下头。

"除了让他去死别无他法，至于我，我与他无冤无仇，但我应该考虑公众利益。"

弗朗索瓦丝向热尔贝投以胜利的微笑，这似乎十分简单，然而她知道没有比使一个演员发出这种意外的光彩更困难的了。她望了望皮埃尔的脊背，看他工作，她永不厌倦，在她为之庆幸的所有好运中，她把能与他合作共事放在首位。他们同甘共苦，同心协力，这比拥抱更可靠地把他俩连结在一起。这些令人精疲力竭的排练，没有一刻不是爱情的表现。

密谋者这一场顺利地过去了，弗朗索瓦丝站起身。

"我去向伊丽莎白打个招呼，"她对热尔贝说，"如果需要我，到我办公室找我，我没有勇气留下来，因为皮埃尔还没了结波尔蒂亚的问题。"她沉吟不决：撇下格扎维埃尔不太友好，但她好久没有见到伊丽莎白了，这会得罪她的。

"热尔贝，我把我的朋友格扎维埃尔托付给您，"她说，"换景的时候，您要把舞台布景滑槽指给她看；她不知道剧场是什么样子。"

格扎维埃尔缄默不语，从排练开始以来，她都带着责备的眼神。

弗朗索瓦丝把手搭在伊丽莎白的肩膀上。

"来抽支烟吧。"她说。

"很乐意,禁止抽烟太苛刻了,我要向皮埃尔提一提这事。"伊丽莎白又好气又好笑地说。

弗朗索瓦丝在门口止住步;几天前大厅已油漆一新,淡黄色为大厅增添质朴、好客的气氛,空气中仍飘着一股淡淡的油漆香味。

"我希望我们永远不会离开这个老剧院。"她们上楼梯时弗朗索瓦丝说。

"是不是还剩有什么饮料可喝?"她推开办公室的门时说。她打开一个柜子,半柜子都装着书,她看了看最高一层板上排列的酒瓶。

"正好还剩一点儿威士忌。您想喝吗?"

"再好不过了。"伊丽莎白说。

弗朗索瓦丝递给她一杯酒,她此时满心欢喜,因此对伊丽莎白充满友爱。她又体会到了学生时代的同窗情谊和轻松心情,那是在她们俩上完一堂有趣而困难的课以后手挽手在中学的院子里散步时的情景。

伊丽莎白点了一支烟,跷起二郎腿。

"泰代斯科怎么了?吉米奥说他大概在吸毒,你觉得这是真的吗?"

"我一点儿也不清楚。"弗朗索瓦丝惬意地喝了一大口酒。

"她不漂亮,那个小格扎维埃尔。"伊丽莎白说,"你准备怎么安排她?她和她家里谈妥了吗?"

"我一点儿也不知道。"弗朗索瓦丝说,"不知哪天他叔叔很可能会来这里大闹一场。"

"当心点儿,"伊丽莎白郑重其事地说,"你会有麻烦的。"

"当心什么?"弗朗索瓦丝说。

"你给她找了一个职业?"

她稍带挑衅的语气补充道：

"这很可笑，性的忠贞导致真正受奴役。我不理解你竟能接受。"

"我向你保证，我不觉得自己是奴隶。"弗朗索瓦丝说。伊丽莎白情不自禁地吐露了真心话，但她经常如此，随即，她就变得好斗起来。

"这很怪，"伊丽莎白慢悠悠地说，她似乎又惊讶又真诚地在循着某种思路走，"我永远想象不出按你二十岁时的情况，你会是唯一一个男人的妻子。尤其离奇的是，皮埃尔那方面有种种风流韵事。"

"你曾对我谈起过这个，可我终究不需要自我克制。"弗朗索瓦丝说。

"算了吧！别对我说你从来没有发生过渴望得到某一个男人的事。"伊丽莎白说，"你就像所有那些否认自己抱有成见的人一样：他们硬说自己是出于个人爱好而服从于这类成见的，但这是吹牛。"

"纯粹的肉欲，我不感兴趣。"弗朗索瓦丝说，"再说，这种纯粹的肉欲难道有什么意义？"

"为什么没有？这很舒服。"伊丽莎白轻轻冷笑了一声。

弗朗索瓦丝站起来。

"我觉得可以下楼了，现在该换景了。"

"你知道，这个小吉米奥确实有魅力。"伊丽莎白走出房间时说，"他配得上比群众角色更好的角色。对你们来说，他将可能是一个引人注目的新成员，我应该同皮埃尔谈谈。"

"和他谈吧。"弗朗索瓦丝说完向伊丽莎白匆匆一笑。

"一会儿见。"

幕布尚未拉开，舞台上有人用锤子在敲打，地板在沉重的脚步下震颤。弗朗索瓦丝走近正在与伊内斯交谈的格扎维埃尔。伊内斯脸涨得通红，并站起身。

"请别离开。"弗朗索瓦丝说。

"我走了,"伊内斯说,她向格扎维埃尔伸出手,"我什么时候再见你?"

格扎维埃尔做了个不明确的动作。

"我不知道,我给你打电话吧。"

"明天,两次排练之间,可以一起吃晚饭吗?"

伊内斯直挺挺地站在格扎维埃尔面前,一副可怜相。弗朗索瓦丝常常自忖,搞戏剧的念头怎么可能萌生于这个诺曼底人的大脑袋中,四年来她像一头黄牛那样勤奋工作,却没有一丝一毫进步。皮埃尔出于怜悯曾安排她说过一句台词。

"明天……"格扎维埃尔说,"我还是愿意给你打电话。"

"您知道,一定会很顺利,"弗朗索瓦丝以鼓励的口气说,"当您不激动时,您的台词念得很好。"

伊内斯勉强笑笑便离开了。

"您从来没给她打过电话?"弗朗索瓦丝问道。

"从来没有,"格扎维埃尔忿忿地说,"总不能因为我在她家投宿三次,我非得一辈子都必须见她。"

弗朗索瓦丝向四周扫视了一下:热尔贝早已离开了。

"热尔贝没有把您带到后台去?"

"他向我提出来了。"格扎维埃尔说。

"您不感兴趣?"

"他的样子那样尴尬,"格扎维埃尔说,"这让人难以忍受。"她看了看弗朗索瓦丝,明显地流露出对她的怨恨。"我讨厌和别人接触。"她粗暴地说。

弗朗索瓦丝自感做了错事,她把格扎维埃尔托付给热尔贝的确欠考虑,但格扎维埃尔的语气使她惊愕,难道热尔贝真的粗鲁地对待了格扎维埃尔？然而他通常不这样。

"她把一切都看得太严重。"她不快地想。

她最终下定决心不让格扎维埃尔幼稚的忧郁症搅乱自己的生活。

"波尔蒂亚演得怎么样？"弗朗索瓦丝问道。

"那个棕发胖女人？拉布鲁斯先生让她把同一句台词重复了二十遍，她总是说不好。"格扎维埃尔显出满脸鄙视之色，"一个人愚蠢到这种地步能真正成为一个演员吗？"

"什么样的演员都有。"弗朗索瓦丝说。

显而易见，格扎维埃尔怒不可遏。她也许感到弗朗索瓦丝对她照顾不周，最后很可能会不管她。弗朗索瓦丝焦急地盯着幕布，这次换景时间太长了，绝对应该至少提前五分钟。

帷幕升起了，皮埃尔半卧在恺撒的床上。弗朗索瓦丝的心怦怦直跳，她熟悉皮埃尔每一个语调和动作，她如此准确地估计它们的出现，以至似乎都是她个人意志的流露，然而这些言行都发生在她自身之外，在舞台上。这是令人苦恼的，哪怕最微小的疏忽，她都觉得是自己的责任，但她却不能抬一抬手指加以避免。

"我俩确实像一个人。"她充满爱意地想，"是皮埃尔在说话，是他的手在向上举，但他的姿势、他的音调是弗朗索瓦丝生命的一部分，同样也是他自己生命的一部分，或确切地说，只有一个生命，在正中间，只有一个人，既不能说是他，也不能说是我，只能说是我们。"

皮埃尔在舞台上，她在大厅里，然而对于他俩来说，是同一个剧本在同一个剧院内演出。他们的生活是相同的，他们不总是从同一角度来观察这生活，每人通过其欲望、气质和兴趣发现相异的一面：这并不因此就不是同一种生活。时间、空间都不能分割完。也许有一部分街道、思想、面孔对皮埃尔来说首先存在，而另一部分对弗朗索瓦丝来说首先存在，但是他们把这些相隔的瞬间牢牢地归并于一个独一无二的整体内，在这里，你的和我的是不可分辨的。他们俩谁都永不从中为自己取出最微小的一部分，否则，唯一的可能是无耻的背叛。

"明天下午两点，我们排第三幕，不穿戏装，"皮埃尔说，"明天晚上，我们按顺序彩排全剧。"

"我走了，"热尔贝说，"您明天早上需要我吗？"

弗朗索瓦丝犹豫不决；和热尔贝在一起，最苦的差事都变得几乎很有趣，早晨有他不再会冷冷清清，但是他一脸倦容，可怜巴巴，令人心碎。

"不需要，不再有什么重要事情要做。"她说。

"真的吗？"热尔贝问道。

"千真万确，踏踏实实地睡吧。"

伊丽莎白走近皮埃尔。

"你知道，你的尤利乌斯·恺撒简直是演绝了。"她说，脸上露出专心致志的表情，"他是那样超脱，同时又那样现实。在你举起手来的时候，那种肃穆气氛，这效果……简直妙不可言。"

"你太客气了。"皮埃尔说。

"我向你们保证肯定能成功。"她铿锵有力地说，并以取笑的眼神轻蔑地打量格扎维埃尔。

"这个女孩子好像不太喜欢戏剧，已经把她烦成这个样子了？"

"我不认为戏剧就是这样的。"格扎维埃尔轻蔑地说。

"您是怎么看的？"皮埃尔问道。

"他们一个个都像是商店里的小伙计，一副兢兢业业、专心用功的样子。"

"所有这些摸索、这些杂乱无章的努力都是动人心弦的，"伊丽莎白说，"由此最终会迸发出某些美丽的东西。"

"而我觉得这令人讨厌。"格扎维埃尔说，她怒气冲冲，惯常的腼腆荡然无存，对伊丽莎白怒目而视，"努力，这永远是丑陋的，尤其当努力失败时，那……"她冷笑一声，"就是滑稽可笑。"

"所有艺术都这样，"伊丽莎白生硬地说，"美好的事物从不会轻而易举创造出来，越是珍贵的事物，需要花费的劳动就越多，您等着看。"

"而我，我所理解的珍贵，"格扎维埃尔说，"是天上掉下来赐予您的意外礼物。"她撇了撇嘴，"如果必须要付出代价，那只不过是商品交换，我不感兴趣。"

"简直是个小浪漫主义者！"伊丽莎白冷笑着说。

"我理解她，"皮埃尔说，"我们的这几碟小菜引不起任何胃口。"伊丽莎白把一张近乎挑衅的面孔转向他。

"哟！头号新闻！你相信临场即兴的价值吗？"

"不，但我们的工作确实不美，是乱糟糟的一片，可以说惹人讨厌。"

"我没有说这工作很美，"伊丽莎白急匆匆地说，"我很清楚，美只存在于已经完成的作品中，但是我认为从不成型过渡到成型和完美是激动人心的。"

弗朗索瓦丝向皮埃尔投去哀求的目光。与伊丽莎白辩论是很难受的，如果她不获胜，她便认为失去了别人对她的尊重，为了强制别人尊重她、喜爱她，她会怀着仇恨的恶意与他们斗，并可能延续好几个小时。

"是的，"皮埃尔心不在焉地说，"但要进行评价，必须是行家。"

沉默了一阵。

"我想,明智点儿的话,咱们该回家了。"弗朗索瓦丝说。

伊丽莎白看了看手表。

"我的上帝!我要错过末班地铁了,"她惊慌地说,"我得马上走,明天见。"

"我们陪你走。"弗朗索瓦丝有气无力地说。

"不,不,你们会耽搁我的。"伊丽莎白说,她抓起提包和手套,无对象地茫然一笑就离去了。

"我们可以找个地方喝点东西。"弗朗索瓦丝说。

"如果你们不累的话。"皮埃尔说。

"我么,没有丝毫睡意。"格扎维埃尔说。

弗朗索瓦丝锁好门,他们一起走出剧院。皮埃尔叫了一辆出租汽车。

"去哪里?"他问道。

"去北极酒吧,那里安静些。"弗朗索瓦丝说。

皮埃尔向司机说了地址。弗朗索瓦丝打开汽车顶灯,在脸上擦了些粉。她在想,建议出来是不是个好主意。格扎维埃尔郁郁寡欢,沉寂的气氛已经令人感到拘束。

"你们进去吧,别等我。"皮埃尔边说边寻找零钱付车费。

弗朗索瓦丝推开包有皮革的门。

"角落里那个桌子您喜欢吗?"她问道。

"很好,这地方很漂亮。"格扎维埃尔说,她脱下了大衣。

"对不起,我出去一会儿,我脸上的妆全掉了,我不喜欢在人前化妆。"

"我给您要什么?"弗朗索瓦丝问道。

"浓烈一些的东西。"格扎维埃尔说。

弗朗索瓦丝注视着她走远。

"她故意这样说，因为我在出租车里擦粉了。"她想。当格扎维埃尔显示出这种隐秘的优越感时，是因为她正在气头上。

"你的小朋友哪儿去了？"皮埃尔问道。

"她补妆去了，今晚她情绪很怪。"

"她确实不可爱。"皮埃尔说，"你喝什么？"

"一杯阿夸维特酒。"弗朗索瓦丝说，"要两杯吧。"

"两杯阿夸维特酒，"皮埃尔说，"请给我们真正的阿夸维特。还要一杯威士忌。"

"你真好！"弗朗索瓦丝说。上次人家曾给她拿来一杯劣质代用白酒，这已是两个月前的事了，但是皮埃尔却念念不忘：他从不会忘记有关她的事。

"她为什么情绪坏？"皮埃尔问。

"她觉得我看望她不够。真让我恼火，我为她花费了那么多时间，可她还不高兴。

"说公道话，"皮埃尔说，"你看望她不多。"

"如果我给她更多时间，我自己就连一分钟都没有了。"弗朗索瓦丝激动地说。

"我很理解。"皮埃尔说，"只是你不能要求她从心底里赞扬你。她只有你，她依靠你，对你来说，这该不是轻松愉快的事。"

"我没这么想。"弗朗索瓦丝说。她对待格扎维埃尔也许随便了些，但这种想法令人不快：她不喜欢做丝毫自责。"她来了。"她说。

她有些诧异地看着她，蓝色连衣裙紧裹着青春焕发的纤细身材，梳理得十分光滑的头发间衬托出一张年轻姑娘的清秀面孔。自从她们第一次相遇以来，她从来没再见过这样一个具有女性美的、苗条灵巧的格扎维埃尔。

"我为您要了一杯阿夸维特。"弗朗索瓦丝说。

"是什么东西？"格扎维埃尔问道。

"尝一尝。"皮埃尔边说边把酒杯推到她面前。

格扎维埃尔小心谨慎地用嘴唇抿了一小口清澈的白酒。

"很难喝。"她微笑着说。

"您想要其他东西吗？"

"不，白酒总是难喝的，"她用通情达理的口气说，"但应该喝。"她脑袋往后一仰，半闭双眼，把酒杯送到嘴边。

"我整个嗓子都烧起来了。"她说，并用指尖触摸细长而美丽的脖子，手顺着自己身体缓缓落下。"这儿和这儿都烧起来了。真奇怪，我感觉有人从身体里面把我点燃了。"

"您是第一次看排练？"皮埃尔问道。

"是的。"格扎维埃尔说。

"您感到很失望？"

"有点儿。"

"你对伊丽莎白说的话，你真是那么想吗？"弗朗索瓦丝问道，"还是你这么说是因为她使你不高兴？"

"她让我不高兴。"皮埃尔说，他从口袋里掏出烟盒，开始填塞烟斗。"事实上，对思想纯正和不抱偏见的人来说，这种严肃剧种应该是高卢式的，对待这种剧本，我们在寻找恰当的分寸以表现并不存在的事物。"

"这是勉为其难，因为恰恰我们想让它们存在。"弗朗索瓦丝说。

"起码，如果我们能在嘻嘻哈哈当中一下子获得成功倒也好了，可做不到，我们在那儿唉声叹气、汗流浃背地苦干。这样拼命只为杜撰一些假象……"他对格扎维埃尔笑了笑，"您认为这种执著可笑吧？"

"我么，我从来不喜欢花力气干事。"格扎维埃尔谦虚地说。

假的,她骨子里瞧不起绘画。她是共产党人,可她承认自己看不起无产者。"

"使我感到不舒服的不是谎言,"格扎维埃尔说,"可怕的是,她能够像执行法令那样来决定自己的命运。想想,她每天在固定时候开始画画,可并没有画的愿望;她去赴某个人的约会,而此人她也许想见,也许不想见……"她的上嘴唇轻蔑地噘了噘,"怎么能够接受这种按计划规定的生活,像在寄宿学校里那样必须遵守时刻表和完成作业!我宁肯做一个碌碌无为的人。"

她命中了目标:弗朗索瓦丝被这指控所击中。通常,对待格扎维埃尔的含沙射影她能无动于衷、处之泰然,但今晚非同一般,因为这些话引起了皮埃尔的重视,使格扎维埃尔的见解举足轻重。

"而您,您与人订了约会,却不去赴约,"弗朗索瓦丝说,"这样对待伊内斯,真够糟糕的,而您自己同样也会因为这样的举止而错过真正的友谊。"

"如果我和谁要好,我肯定愿意去赴约的。"格扎维埃尔说。

"这一点儿也用不着勉强。"弗朗索瓦丝说。

"所以就活该了!"格扎维埃尔说,她傲慢地撇了一下嘴:"到头来我总是和所有人都闹僵!"

"怎么可能和伊内斯闹僵!"皮埃尔说,"她的样子像只绵羊。"

"哦!不应该轻信。"格扎维埃尔说。

"确实。"皮埃尔说,他完全被吸引住了,快乐地眯起了眼睛。"她的大脸充满善意,有可能咬人吗?她对您做了什么?"

"她什么也没做。"格扎维埃尔吞吞吐吐地说。

"哦,说给我听听,"皮埃尔以十分诱人的语调说,"了解这潭死水深处隐藏的东西对我非常有诱惑力。"

"我说的不是这个意思。伊内斯像擦鞋垫一样没脾气。"格扎维埃尔说,"问题是我不喜欢她自以为对我有权利。"她笑了笑。弗朗索瓦丝明显流露出不安:当格扎维埃尔单独与她相处时,她那张孩子般的、无戒备的脸上会毫无顾忌地显现厌恶、快乐、温柔的表情;此刻,面对一个男人,她意识到自己是个女人,脸庞上准确无误地表露出她所想表露的细微感情:信任或保留。

"她的感情大概太黏糊了。"皮埃尔说话时那种宛如同伙般的天真模样赢得了格扎维埃尔的信任。

"说得对,"她说,脸上闪闪发光,"有一天晚上我们去拉普莱里酒吧,最后一刻,我取消了和她的约会,她的脸拉得长长的,足有一尺……"

弗朗索瓦丝笑了。

"是的,"格扎维埃尔激动地说,"我曾是个骑手,但她竟然产生一些歪念头,"她红着脸补充道,"是对一个与她毫不相干的问题。"

事情就是这样,伊内斯想必询问了格扎维埃尔与弗朗索瓦丝的关系,可能是以诺曼底人特有的冷静的笨拙就此开开玩笑。也许在格扎维埃尔种种反复无常言行的背后存在一系列执拗和隐蔽的思想,想到此有些令人担忧。

皮埃尔笑了起来。

"我认识一个人,小埃卢瓦,如果有哪个同伴取消了约会,她总是这样回答:我正好也没空。但不是所有人都会这样得体地处理问题。"

格扎维埃尔皱起了眉头。

"反正,伊内斯不会这样。"她说。她大概隐约感到对方说的是反话,因而脸上已经没有表情。

"这很复杂,您知道,"皮埃尔严肃地接着说,"我理解您讨厌遵守命令,然而我们也不能只顾眼前痛快。"

的工人家庭，当他很小的时候，母亲就疯了，父亲失业，小男孩靠卖报挣几个零钱。有一天，一个同伴把他带到一个摄影棚，想找个群众角色当当，结果两人都被录用了。那时他可能十岁，但人们注意到他很帅。先给他演小角色，后来演大一些的角色。他开始赚大票子了，他的父亲便肆意挥霍。"弗朗索瓦丝兴味索然地看着一块摆在邻近餐桌上的白色大蛋糕，上面布满水果块和奶油花，只要看一眼就足以让人恶心。谁也没有在听她讲故事。"人们开始关注他。佩克拉尔几乎收养了他，他还住在他家。有一个时期，他竟然有六个养父，他们拉他一起去咖啡馆和夜总会，女人们抚摸他的头发。皮埃尔也是他的养父，他劝他工作和读书。"她笑了笑，但笑容无人答理；皮埃尔蜷缩着在抽烟，格扎维埃尔勉强摆出有礼貌的样子。弗朗索瓦丝觉得自己很可笑，但她仍固执地侃侃而谈。"人们给这男孩子灌输一种很奇怪的教育，他精通超现实主义，却从未念过一句拉辛的诗句，令人感动的是，为了弥补自己的空白，他到图书馆啃地理书和数学书，是个出色的自学成才的小伙子，但他含而不露。后来他经历了一段艰难的时刻，他长大了，人们不再能像对待一个博学的小机灵鬼那样逗他，同时他又失去了电影制片厂的差事，他的养父们一个个都不管他了。佩克拉尔想起来时给他点吃的穿的，但仅此而已。就在这时，皮埃尔关照了他，劝他从事戏剧。现在事情开头开得很好。他还缺少专长，但他有才干，在舞台艺术方面有才华。他将来会干一番事业。"

"他多大了？"格扎维埃尔问道。

"看上去十六岁，但已经二十岁了。"

皮埃尔轻声笑了笑。

"无论如何，你善于充实谈话内容。"他说。

"我很高兴您讲这个故事给我听。"格扎维埃尔兴致勃勃地说，

"想到这个小男孩和所有这些重要人物真是太有趣了,这些人高傲地恩赐给他一些东西,他们自以为有本领、好心肠,是保护人。"

"您认为我乐意充当这种角色,是这样吗?"皮埃尔半真半假地说。

"您?为什么?您和别人一样。"格扎维埃尔天真地说,她以加倍的柔情注视着弗朗索瓦丝:"我总是很乐意听您叙述事情。"

她对弗朗索瓦丝转敌视为友好。戴绿、蓝羽毛帽的女人用低沉的声音在说话:

"……我刚从那里经过,作为小城市还是很美好的。"她刚才拿定主意把自己那条裸露的胳臂搁置在桌子上,现在虽放在那里,却已被她遗忘,变得无知无觉:那只男人的手紧紧抓住的是一部分不再属于任何人的肉体。

"当人们摸睫毛的时候,那种感觉很奇怪,"格扎维埃尔说,"碰上了,好像又没碰上,像隔着一段距离碰上似的。"

她在自言自语,没有人答理她。

"你们看见这些绿色和金黄色的彩绘玻璃窗了吗?多漂亮啊。"弗朗索瓦丝说。

"在吕贝萨克的餐厅里,"格扎维埃尔说,"也有彩绘玻璃窗,但是不像这里的那么苍白,而是漂亮的深颜色。透过黄色玻璃观看公园的时候,人们看到的是暴风雨的景色;透过绿色和蓝色玻璃看的时候,简直可以说到了天堂,有玉石做成的树和锦缎一样的草坪;当公园变成红色的时候,我觉得自己置身在地球深处。"

皮埃尔明显地尽力显出诚意。

"您最喜欢的是什么?"他问道。

"当然是黄色。"格扎维埃尔说,目光凝视着远方,似乎停在那里了。"真太可怕了,随着人变老,记性就差了。"

"您不是所有的事都能回忆起来？"皮埃尔问道。

"哪里的话，我从来什么都不忘。"格扎维埃尔轻蔑地说，"对，我记起了这些漂亮的颜色，过去，它们曾使我陶醉，现在……"她醒悟似的笑了笑，"它们给我带来愉快。"

"是这样的！当人们老了，总是这样的。"皮埃尔友好地说，"但是人们会找到其他的东西，现在您懂得了书本、绘画、戏剧，在您的童年时代，您对这些是毫无兴趣的。"

"但是，恰好我的脑袋并不在乎懂得这些。"格扎维埃尔猛然粗暴地说，并冷笑一声。"我不是知识分子，我不是。"

"您为什么这样让人讨厌？"皮埃尔生硬地说。

格扎维埃尔圆睁双目。

"我不讨厌。"

"您很清楚您令人讨厌，您抓住一切能够怨恨我的机会，我还在琢磨这是为什么。"

"那么您怎么看？"格扎维埃尔问道。

她的脸颊因愤怒而微微发红，这是一张表情细腻、变化莫测的诱人脸蛋，似乎不像是由皮肉组成，而是由狂喜、怨恨和忧郁所组成，并神奇般地易于被人们的目光所感受。然而，尽管这般透明虚幻，鼻和嘴的线条仍明显地充满肉感。

"您以为我想批评您的生活方式，"皮埃尔说，"这不对，我同您辩论，就像我同弗朗索瓦丝、同我自己辩论一样，正是因为您的观点引起了我的兴趣。"

"很自然，您一下子做出了最不怀好意的解释。"格扎维埃尔说，"我不是一个爱发脾气的小姑娘，如果您认为我懦弱、任性，而我尚未意识到，您完全可以对我说。"

"相反，您对事物采取那样敏感的态度，我认为这是真正值得羡慕的,"皮埃尔说,"您特别坚持这样做,我对此表示理解。"

如果他想重新开始获得格扎维埃尔的好感,那事情还远没有完。

"是的,"格扎维埃尔脸色阴沉地说,两眼中闪过一道光,"我害怕您这样想我,可这不是事实,我不像孩子那样爱生气。"

"然而您看,"皮埃尔以和解的口气说,"您中断了谈话,从那以后,您采取了完全不友好的态度。"

"我没有意识到。"

"您尽量回忆一下,您肯定意识到了。"

格扎维埃尔犹豫了一下。

"不是您想象的那样。"

"那是为什么?"

格扎维埃尔突然冲动起来。

"不,这是愚蠢的,这不是什么大不了的事儿。干什么要翻老账,现在都结束了。"

皮埃尔洋洋得意地坐在格扎维埃尔对面,他宁肯搞个通宵也决不善罢甘休。在弗朗索瓦丝看来,如此顽固有时未免冒失,但皮埃尔不怕;他仅在小事上顾忌舆论。他究竟想从格扎维埃尔那里得到什么?在旅馆的楼梯上殷勤地打个照面?奇遇、爱情还是友谊?

"如果我们以后永远不再见面,这确实不是什么了不起的事儿,"皮埃尔说,"但这将很遗憾,您不认为我们可能会有很令人愉快的关系?"他的声音中略带羞怯和温存。皮埃尔擅长熟练地运用他的脸部表情和音调的微妙变化,这有些令人难辨真伪。

格扎维埃尔用怀疑的、然而几近温柔的目光扫了他一眼。

"是的,我相信。"她说。

"那么,让我们交换一下看法,"皮埃尔说,"您指责我什么?"他的微笑中已隐含谅解的意思。

"我是以个人的名义希望得到您的友谊。您愿意和我订一个个人友谊公约吗？"

"我很愿意。"格扎维埃尔说，两只清澈的眼睛睁得大大的，几乎像恋人一样会心而妩媚地微微一笑。弗朗索瓦丝看了看这张矜持含蓄、满怀希望的陌生脸蛋，她想象中又见到了另一张靠在她肩上的稚气未消、毫无戒备的脸，那是在一个朦胧的清晨，可她无法记起这张脸的样子，它已变得模糊，也许永远消失了。刹时，内疚和悔恨涌上心头，她感到她本可以深深地爱它的。

"一言为定。"皮埃尔说着把摊平的手放在桌上，他的手又干巴又纤细，令人可笑。格扎维埃尔没有伸出手。

"我不喜欢这个动作，"她有些冷淡地说，"我觉得这像天真的小伙子。"

皮埃尔抽回手。当他生气时，他的上嘴唇向前噘起，使他具有一副高傲而略带学究气的神态。出现了一阵沉默。

"您来看彩排吗？"皮埃尔问道。

"当然，我很高兴看到你们装扮那些故人幽灵。"格扎维埃尔热情地说。

大厅已经空空落落，只剩下柜台边几个醉醺醺的斯堪的纳维亚人：男人满脸通红，女人头发蓬乱，在互相搂抱着亲吻。

"我想应该回去了。"弗朗索瓦丝说。

皮埃尔不安地转向她。

"真的，你明天要早起，本该早点儿走。你不累吗？"

"不像想象的那么累。"弗朗索瓦丝说。

"我们坐出租车吧。"

"又坐出租车？"弗朗索瓦丝问道。

"只好这样，因为你必须睡觉了。"

他们走出酒吧,皮埃尔拦了一辆出租车,他在弗朗索瓦丝和格扎维埃尔前面的折叠座椅上坐下。

"您好像也困了。"他亲切地说。

"是的,我困了,"格扎维埃尔说,"我要弄点茶喝。"

"喝茶?"弗朗索瓦丝说,"最好还是睡觉,已经三点了。"

"我讨厌在犯困的时候睡觉。"格扎维埃尔说,似乎在为自己辩解。

"您宁愿等别人叫醒您?"皮埃尔打趣地说。

"当我感到有自然需要时,我厌恶这种做法。"格扎维埃尔神气十足地说。他们下了出租车,登上楼梯。

"晚安。"格扎维埃尔说,没有伸手告别便推开了房门。皮埃尔和弗朗索瓦丝还需再登上一层。皮埃尔每晚都在弗朗索瓦丝房里睡觉,他的化装室此时是杂乱无章的。

"当她拒绝碰你的手时,我还以为你会生气。"弗朗索瓦丝说。

皮埃尔已经在床沿上坐下。

"我当时想她还有保留,这让我恼火,"他说,"但经过思考,我认为这不如说是出于一种好的想法:她不愿意人家把她认真对待的公约当做儿戏。"

"实际上这倒像是她干的事。"弗朗索瓦丝说,她嘴里有一股说不清的难以消失的怪味儿。

"多么高傲的小魔鬼,"皮埃尔说,"一开始她对我颇有好感,但一当我冒昧露出一丝批评的口气,她就恨起我来了。"

"你那么出色地向她做了解释,"弗朗索瓦丝说,"是出于礼貌吗?"

"嘿!今晚她脑袋里有很多想法。"皮埃尔说。他若有所思,没继续往下说。而在他的脑袋里,又究竟想着什么呢?她查看着他的脸,这张脸,她太熟悉了,因此不能说明什么,只有伸过手去触摸

# 第四章

伊丽莎白失望地打开她的衣柜门,显然,她仍然可以穿她那套灰色套裙,它没有一点儿不合身的地方,正是因为如此她才买的它。但每当晚上外出时,她喜欢换裙子:穿上另一条裙子,就变成了另一个女人。今晚,伊丽莎白萎靡不振,她神思恍惚,非同往常。他们让我成天穿同一件外衣;因为他们建议我省吃俭用,好攒钱成为百万富翁,为此我当然喜欢他们。连同他们那省吃俭用的建议。

在衣柜深处,有一条旧的黑色缎子裙,两年前,弗朗索瓦丝曾认为它很漂亮,现在也不太过时。她重新化了妆,并穿上裙子,困惑地照了照镜子,感到茫然不知所措:总之,发式不行了,她一梳子就把她那棕黄色头发弄乱了。她本来能够过另一种生活,但她毫不遗憾,她自由地选择了为艺术献出一生。指甲很难看,是画家的指甲,尽管她把它们剪得很短,但也枉然,上面总是留有一些蓝色或靛色油彩,幸好现在在上面涂着厚厚的指甲油。伊丽莎白在桌子前面坐下,开始在指甲上涂一种奶油状玫瑰红指甲油。

"我可能确实太讲究,"她想,"比弗朗索瓦丝讲究,她从来不精心打扮。"

电话铃响了。她小心翼翼地把湿润的小刷子放回指甲油瓶中,并站起身。

"是伊丽莎白吗？"

"是我。"

"我是克洛德，你好吗？你知道，今天晚上可以，我到你家去找你。"

"别来我家。"伊丽莎白急忙说，她低声笑了笑，"我想换换环境。"这次，她将要向他摊牌，不能来这里，否则会像上个月那样前功尽弃。

"随你便。那去哪儿呢？去托普西酒吧，还是去梅佐内特酒吧？"

"不，干脆去北极酒吧，在那儿聊天最好。"

"好吧，午夜十二点半在北极酒吧见，一会儿见。"

"一会儿见。"

克洛德期待着一个温情脉脉的夜晚，但弗朗索瓦丝是对的，为了使伊丽莎白的内心决裂能发挥些作用，有必要向他做出郑重申明。伊丽莎白回到座位上，又开始她那精细的工作。北极酒吧很合适，皮软垫坐椅使响亮的嗓音显得低沉，微弱的灯光使心神不定的表情变得柔和。克洛德向她做了那么多许诺，可一切还是老样子。只要她稍有一刻心软，他就高枕无忧。伊丽莎白脸上感到一阵发热，多么可耻！她说了一些无法挽回的话语来赶走他，而他踟蹰不前，手停在门把上。他除了离去别无他法，然而他却默默无言地回到她身旁。回忆令人痛苦万分，致使她闭上了双眼：她重又感到一张炽热的嘴贴到她嘴上，以致她不由自主地张开嘴唇，她感觉到一双急切、温柔的手压在她乳房上。她胸脯隆起，轻声叹息，犹如那天她处于瘫软的沉醉状态时发出的声音。如果就在这时房门打开了，他走了进来多好……伊丽莎白猛然间把手放到嘴上，咬住了手腕。

"他不能就这样得到我，"她大声说，"我不是婊子。"手没有咬痛,但她满意地看到牙齿在皮肤上留下的小小白印。她也发现三个指甲上刚涂的指甲油呈现出鳞片状,指甲盖边缝内有血红色沉积物。

"多么愚蠢!"她喃喃自语。八点半,克洛德已经穿好服装,苏珊娜正把一件水貂皮斗篷披在她那条完美无缺的连衣裙外面,她的指甲闪闪发亮。伊丽莎白猛然一伸手,想去拿洗甲水的瓶子,听到一下清脆的响声,地上立即出现一摊黄色水渍,里面浸泡着玻璃碎片,散发出英国糖果的味道。

伊丽莎白眼泪汪汪,她绝对不能带着屠夫般的手指甲去观看彩排,最好还是立即睡觉。经济拮据,又想打扮得风雅,这是不可思议的。她穿上大衣,奔跑着下了楼。

"塞尔斯街,巴亚尔旅馆。"她对出租汽车司机说。

到弗朗索瓦丝那里,她可以弥补一下这狼狈局面。她取出粉盒,发现脸颊上胭脂涂得太红,口红也涂得很糟糕。不,在出租车里什么也别动,否则就把一切都毁了。应该利用坐车的功夫放松自己;出租车和电梯是劳累过度的妇女稍事休息之地。另有一些妇女,就像伊丽莎白·雅顿广告上的女人,她们躺在长椅上,脑袋周围是优质的白布,柔软的手按摩着她们的脸,白色的手,白色的布,待在白色的屋子里。她们容光焕发、精神抖擞。克洛德会带着男人的天真说:

"让娜·哈伯雷确实不同凡响。"

我们和皮埃尔都把她们称作薄纱女人,人们不能为变成这样的人而拼命。她跳下出租车,在旅馆前面呆立了片刻。令人恼火的是每当走近弗朗索瓦丝生活的地方,她从来都抑制不住心跳。灰色的墙面已有一些剥落,和许多其他旅馆一样,这是一个很蹩脚的旅馆,然而弗朗索瓦丝有足够的钱为自己租一套漂亮的工作间。她推开了门。

"我可以上楼去米凯尔小姐的房间吗？"

楼层服务员递给她一把钥匙，她爬上楼梯，同时隐约闻到一股卷心菜味，她感受到了弗朗索瓦丝的生活氛围。但是对弗朗索瓦丝来说，卷心菜味和踏楼梯的噼啪响声不包含任何奥秘，她在这里进进出出，甚至对她所处的这个环境不屑一顾，而这环境却因伊丽莎白的强烈好奇心而走样了。

"应该想象成是我每天回到了家里。"伊丽莎白一边想一边把钥匙伸进锁孔内开锁。她在房间门口站住，这是一间简陋的房间，糊着印有大花的灰墙纸，所有椅子上都摊着衣服，办公桌上是一堆书和纸。伊丽莎白闭上了眼睛，她现在是弗朗索瓦丝，正由剧场回到家，脑袋里想着明天的排练。她又睁开双眼，盥洗盆上方有一块布告牌，上写：

　　各位住户请注意，
　　不要在十点以后出声，
　　不要在盥洗盆内洗衣服。

伊丽莎白看了一眼长沙发、带镜柜以及摆在壁炉上的拿破仑半身像，雕像旁还有一瓶科隆香水、一些刷子和几双长袜。她又一次闭上和睁开眼睛：不可能习惯这个房间，这是个陌生房间，这是显而易见、无法挽回的。

伊丽莎白走到镜子前面，弗朗索瓦丝的脸曾无数次映现在里面，此时她看到了自己的脸。她两颊炽热，无论如何应该仍穿那身灰套裙的，显然她穿着它很得体。现在对这副怪模样已无计可施，这就是今晚每人印象中最终带走的她的形象。她抓起一瓶洗甲水和一瓶指甲油，在办公桌前坐下。

莎士比亚的剧本打开着，翻在弗朗索瓦丝在猛然推开扶手椅前正念到的那一页。她把室内便袍扔在床上，衣服上无规则的皱褶留下了她不修边幅的痕迹：袖笼仍然鼓鼓的，好像里面藏着鬼魂似的胳臂。这些乱扔的物件使弗朗索瓦丝的形象比现实中存在的她更难以容忍。当弗朗索瓦丝在她身边时，伊丽莎白感到一种宁静：弗朗索瓦丝不显露她的真面目，至少在她亲切地微笑时，真面目便荡然无存。在这里，弗朗索瓦丝的真面目留下了痕迹，而这痕迹是不可捉摸的。当弗朗索瓦丝坐在这张办公桌前时，当她独守空房时，皮埃尔所爱的这个女人还剩下什么？她的幸福、她那默默的傲气、她的冷酷变成了什么？

伊丽莎白把写满笔记的纸张和沾墨水迹的计划草稿拿到跟前。弗朗索瓦丝的思想因涂涂改改和字迹潦草而缺乏明确性，但是出自她之手的字迹本身以及那些涂改仍证明她的存在是不可磨灭的。伊丽莎白粗暴地推开那些文稿，她真愚蠢，她既不能变成弗朗索瓦丝，又不能消灭她。

"时间，给我时间。"她热切地思索着，"总有一天我也会让人刮目相看的。"

很多小汽车停在小广场上。伊丽莎白以艺术家的眼光扫视了一眼剧院的黄色外表，透过光秃的树枝依稀可见它在闪闪发亮，这些墨黑色的树枝构成的线条在灯火辉煌的背景上衬托出来，真是美极了。这是一个可与令我们惊叹不已的夏特莱剧院和盖特歌剧院媲美的真正剧院。想到全巴黎正在谈论的名演员、大导演就是皮埃尔，毕竟是令人兴奋的。散发出香水味儿的喧闹群众在大厅内推推搡搡是为了看到他，而我们不像别人那样孩子气，我们曾向他发誓，我们会出名，我对他总是充满信心。"但这是真正严肃的事，"她着了迷似的想,"是严肃的、确凿的事:今晚是在舞台上彩排,皮埃尔·拉布鲁斯演尤利乌斯·恺撒。"

伊丽莎白试图像一个普通巴黎人那样说出这句话,并突然想:"这是我哥哥。"但却难以成功。这是令人烦恼的,就这样在你周围潜藏着一大堆愉快的事,而这些乐事你却永远难以占为己有。

"您现在怎么啦?"卢文斯基问道,"我们再也看不见您了。"

"我在工作,"伊丽莎白说,"您该来看看我的画。"

她喜欢彩排的那些夜晚。这也许很幼稚,但和那些作家们、艺术家们握手,可从中领略到莫大的喜悦。她总是需要一种愉快友好的场合以便意识到自己的存在:正在作画时,人们感觉不到自己是个画家,这是不讨好的、使人气馁的工作;而在此地,她是拉布鲁斯的亲妹妹,是一位成功在望的青年艺术家。她对以赞赏的目光看着她的莫罗微笑了一下,他总是显出有些爱上了她的样子。从前,她曾经常和弗朗索瓦丝一起到多莫咖啡馆看望一些无前途的初学者,一些一事无成的人,那时她无限羡慕地瞪大眼睛打量弗朗索瓦丝,这是一位精明强干、和蔼可亲的年轻女性,她悠然自得地与一群来访者交谈。

"您好吗?"巴蒂埃说,他穿了一套深色西服,很漂亮。"至少,这里的门看得很严。"他幽默地补充道。

"这个查票员检查所有被邀请者,好像他们都是坏人。"苏珊娜说,"他把我们每人的邀请信在手里翻来覆去足有五分钟。"

她长得很美,穿一身黑,很典雅,但她显然是一位上了年纪的妇女,人们不能设想克洛德与她还有性关系。

"不得不注意些。"伊丽莎白说,"看这个家伙,把鼻子贴在玻璃窗上,广场上有一大群这样的人,他们试着从别人那里弄到邀请信,我们把他们叫做'燕子'。"

"一个生动别致的名字。"苏珊娜说。她很有礼貌地笑了笑,又转向巴蒂埃,"我想应该进去了,您说呢?"

伊丽莎白随他们走了进去,她在大厅尽头站了一会儿。克洛德帮助苏珊娜脱掉貂皮斗篷,在她身旁坐下,她俯身靠着他,把手放在他胳臂上。伊丽莎白顿时心如刀绞。她还记得十二月的一个夜晚,她欣喜若狂、得意扬扬地走在大街上,因为克洛德对她说:"我爱的是你。"回家睡觉前,她买了一大束玫瑰花。他爱她,但任何变化都未发生,他的爱情藏在了心底。所有眼睛都能看到这只放在他胳臂上的手,所有眼睛都不感意外地接受这只手在那里找到了它理所当然的位置。这是一种正式的关系、实际的关系,甚至也许是人们能够确信无疑的唯一现实。而我们的爱情,为谁存在!此时,她甚至不相信有爱情存在,哪里都不存在。

"我受够了!"她想,她预感整个晚上将处于痛苦之中:发热打颤、两手出汗、脑袋嗡嗡直叫。对此,她事先就已感到厌烦。

"你好。"她向弗朗索瓦丝打招呼,"你真美!"

今晚她确实很美,头发上插着一把大梳子,裙子上闪烁着构思独特的绣花。众人的目光都转向她,而她似乎没有觉察到。作为这位光彩照人、娴静安详的年轻妇女的朋友是一件快乐的事。

"你也很美。"弗朗索瓦丝说,"你穿这条裙子多合适。"

"是一条旧裙子。"伊丽莎白说。

她坐在弗朗索瓦丝右边。左边是格扎维埃尔,穿着她那条蓝色小裙子很不起眼。伊丽莎白用手指捻了捻自己的裙料,拥有的东西少而精始终是她的原则。

"如果我有钱,我就善于打扮。"她想。她看了看衣着讲究的苏珊娜的背影,内心痛苦稍有减轻。苏珊娜生来是个牺牲品,不管克洛德怎样对待她,她都甘心忍受;而我们,我们是另一种人:我们刚强、自由，有自己的生活。至于爱情折磨，伊丽莎白是出于宽宏大量才没有加以拒绝，但是她不需要克洛德，她不是老太婆。我将沉稳而坚决地对他说：我考虑过了，克洛德，你看，我认为我们应该把我们的关系放在另一个水平上。

"你看见马尔尚和萨尔特雷尔了吗？"弗朗索瓦丝问道，"在第三排左边。萨尔特雷尔已经在咳嗽，正拭目以待。卡斯蒂埃正等着幕开，以便拿出他的痰罐，你知道他总是随身带着痰罐，一个非常精致的小匣子。"

伊丽莎白看了一眼那几位评论家，但她此刻无心取乐。显然，弗朗索瓦丝全身心关注的是戏的成功，很自然，从她那里指望不上任何救助。

灯光暗了，三下金属敲击声在一片寂静中回响。伊丽莎白浑身瘫软。"如果我能被剧情吸引住就好了。"她想，但她对剧情了如指掌。布景很漂亮，服装也很美，我确信，如果我来搞，至少也同样出色，但皮埃尔像所有亲人一样，从来不重视自己家庭的成员。必须让他看到我的画，但却不知道是我画的。我不善于套交情；真有趣，对他们总是要采取蒙蔽的手法才行。如果皮埃尔不是把我当作一个无足轻重的小妹妹来看待，在克洛德眼里，我本可以是一个重要而危险的人物。

那个很熟悉的声音使伊丽莎白一哆嗦。

"卡尔福尼亚，您务必守在安东尼路过之处……"

皮埃尔扮演的尤利乌斯·恺撒确实具有非凡的风度，他的演技唤起了人们丰富多彩的想象力。

"这是当代最伟大的演员。"伊丽莎白想。

吉米奥跑着登上舞台，她有些担心地看着他：排练时曾有两次他碰翻了恺撒的半身像。他情绪激昂地穿过广场，在半身像周围转了一圈,但没有碰到它,他手持鞭子,几乎全身赤裸,仅在腰间穿一条丝织三角裤。

"他身材极其匀称,"伊丽莎白无动于衷地想,"和他做爱很甜美,但是一旦完事,就不再去想,像鸡脯肉那样清淡,而克洛德……"

"我太劳累,"她想,"我不再能集中注意力。"

她强迫自己注视舞台。康塞蒂前额那厚厚的刘海使她美丽动人。据吉米奥说,皮埃尔不再过多地关心她,因此她在向泰代斯科求爱。我不知道,他们从来什么都不告诉我。她观察着弗朗索瓦丝,从幕布拉开以来,她的头没有动过,两眼紧盯皮埃尔,她的外表真是冷若冰霜!应该看她温情脉脉、情意绵绵的样子,即使如此,她仍能保持高傲的仪态。此时此刻她能如此专心致志真可谓幸运,所有这些人都幸运。置身于这群脑海内充斥着形象和台词的顺从观众之中,伊丽莎白深感绝望,对她,什么都深入不进去,演出不存在,只有时间像滴水一样一分钟一分钟缓慢流逝。整整一个白天在企盼这时刻的到来中度过,而这时刻却在毫无价值地流过,转而又成为一种等待。当克洛德与她面对面时,伊丽莎白知道她还会继续等待,她将等待许诺或威吓,这将使明天的等待略有细微差别:或是希望,或是恐惧。这是一条条无终点的路程,她被无限期地抛向未来,一旦未来成为现时,又该逃避现实了。只要苏珊娜仍是克洛德的妻子,现时仍是不可接受的。

噼噼啪啪的掌声四起。弗朗索瓦丝站起来,两颊微红。

"泰代斯科坚持住了,一切都顺利通过,"她激动地说,"我去看看皮埃尔,你最好下一次幕间休息来,这次会挤得可怕。"

伊丽莎白也站起来。

"我们可以到走廊上去,"她对格扎维埃尔说,"我们会听到人们的反应,这很有趣。"

"你很高兴，但是你吝啬自己的感情，"伊丽莎白说，"已经一点了。"

"一点差七分，亲爱的。"

"就算一点差七分。"她说着微微耸了耸肩。

"你知道这不是我的错。"克洛德说。

"当然不是。"伊丽莎白说。

克洛德脸色阴沉下来。

"我求你，我的小姑娘，别做出一副凶相。苏珊娜离开我时一脸不高兴，如果你也和我赌气，就一切都完了。能再看到你那甜美的微笑我心里多高兴啊。"

"我不是什么时候都笑的。"伊丽莎白说，她被刺伤了，而令人震惊的是克洛德时常意识不到。

"很遗憾，你笑的时候很好看。"克洛德说，他点了一支烟，颇有好感地看了看周围："这里不坏，但这地方略微有些阴暗，你不觉得吗？"

"那天你已经对我说过。每次见你时，我不愿意周围一片嘈杂。"

"别赌气了。"克洛德说，他把手放在伊丽莎白的手上，但他做出生气的模样。一秒钟以后她把手抽了回来。这个头开得很笨拙，做重要的解释不该从毫无价值的争吵开始。

"总的看，演出很成功。"克洛德说，"但是我一刻也没有被吸引住。我觉得拉布鲁斯并不确切知道他想要做什么，他游移于风格上的全面因袭和纯粹的现实主义之间。"

"他正是想表现出这种转变过程中的微妙差别。"伊丽莎白说。

"不对，这不是一种什么特殊的微妙差别。"克洛德斯断然地说，"这是一系列矛盾。恺撒被暗杀像是一段悲哀的芭蕾舞，而布鲁图在帐篷内夜间守灵那一场，人们还以为回到了自由戏剧的时代。"

克洛德看错了人,伊丽莎白不允许他如此解决问题。她很满意,因为回答轻而易举就到了嘴边。

"这决定于情节,"她激动地说,"一次暗杀要求在背景上有所转换,否则,就会陷入一种大吉尼奥尔①的风格中;而作为对比,虚构的场面应该演得尽可能的现实。这太明显不过了。"

"这正是我的意思:没有任何统一性,拉布鲁斯的美学原则有某种机会主义的东西。"

"完全不是,"伊丽莎白说,"显然,他尊重原作。你真叫人吃惊,有时候你谴责他把演出看作目的本身。你该拿准主意才是。"

"是他没拿定主意,"克洛德说,"我非常希望他实现自己了不起的设想,亲自写一个剧本,也许那时他会心中有些数。"

"他一定会这样做的,"伊丽莎白说,"我甚至认为这就是明年的事。"

"我倒是很有兴趣看看。说心里话,你知道,我非常钦佩拉布鲁斯,但我不理解。"

"然而这很简单。"伊丽莎白说。

"你要是给我解释一下,我会很高兴的。"克洛德说。

伊丽莎白久久地在桌上磕一支烟。皮埃尔的美学观对她来说并不神秘,她甚至从中得到启发运用于她的绘画,但是她表达不清楚。皮埃尔爱不释手的那幅丁托列托的画又呈现在她眼前,他曾对人物的姿态向她做过一番解释,但她已回忆不起确切的词语。丢勒的版画、木偶戏、俄罗斯芭蕾、老的无声电影等都历历在目,这种美学思想就在眼前,既熟悉又明了,但难以用语言表达,实在令人烦恼。

"显然,不那么简单到可以在上面贴一个标签,例如现实主义、

---

① 巴黎一家专演恐怖戏的剧院,这里指恐怖的风格。

印象主义、真实主义等,如果这就是你想要的解释。"她说。

"你为什么无缘无故刺伤人?"克洛德说,"我没有运用这类词汇的习惯。"

"对不起,是你说了风格的因袭化、机会主义这类词,但是你不要为自己辩解,你想让自己不要像一个教授那样讲话,这种顾虑太可笑了。"

克洛德特别害怕有学究气。但是必须说句公道话,没有人比他学院味更少些。

"我向你发誓,在这方面,我没有觉察到危险,"他生硬地说,"是你故意把一种德国式的沉闷气氛带到讨论中。"

"沉闷气氛……"伊丽莎白说,"我知道,每当我反驳你的时候,你就指责我学究气。你令人难以置信,你不能容忍矛盾,你所理解的精神上的同心协力就是心满意足地赞同你的所有见解。向苏珊娜提这个要求吧,别向我提,不幸的是我有一个脑袋,并打算使用它。"

"好啊!马上就猛烈展开攻势了。"克洛德说。

伊丽莎白克制住自己,可恨的是他总有办法归咎于她。

"我也许太激烈,"她平心静气地说,"但是你,你不知道自己在说些什么。别人还以为你是在对你班上的学生说话。"

"不要再争吵了。"克洛德以和解的口气说。

她心怀怨恨地看着他,今晚他决定使她沉浸于幸福中,他感到自己又温柔、又迷人、又宽宏大量。让他等着瞧吧。她轻轻咳嗽,清了清嗓子。

"坦率地讲,克洛德,你是不是认为这个月的经历很美满?"她问道。

"什么经历?"他反问道。

伊丽莎白顿时两颊通红,怒形于色,嗓音有些颤抖。

"如果说从上个月那次谈话以后我们的关系还维持着,这就是一种经历,你忘了?"

"啊!是的……"克洛德说。

他对决裂的念头没给予重视,自然,由于她当晚就和他睡了觉,因而她前功尽弃了。她窘迫地待了一会儿。

"好吧,我认为我得出的结论是,这种局面不可能维持。"她说。

"不可能?为什么突然不可能?有什么新情况发生?"

"恰恰什么也没有发生。"伊丽莎白说。

"那么,你解释一下,我不明白。"

她犹豫了,显然,他从未谈过有一天要离开他的妻子,他也从未做过任何许诺,从某种意义上讲,他是无懈可击的。

"这样生活,你确实很高兴?"伊丽莎白说,"我对我们的爱情有更高的期望。我们有什么私生活?我们在饭馆、酒吧或床上见面。这只是相会,而我,我要和你共同生活。"

"你在说梦话,亲爱的。"克洛德说,"我们之间没有私生活?我头脑中没有一个想法是瞒着你的,你对我了如指掌。"

"是的,你最爱我。"伊丽莎白突然说,"实际上你看到了吗,我们本来应该满足于两年前你称之为精神友谊这样的关系,我的错误是爱上了你。"

"那因为我爱你。"克洛德说。

"是的。"她说,这很令人恼火,对他不可能做任何明确的指责,否则将会显出自己气量狭小。

"那怎么样呢?"克洛德问道。

"那就一无所得。"伊丽莎白说,她无限惆怅地说出这几个字,但克洛德却不愿去体会其意。他笑眯眯地环视周围,神态轻松愉快,已经准备改变话题,这时她匆忙补充:

"你实际上想得太简单,你从来体会不到我并不幸福。"

"你是无病呻吟。"克洛德说。

"也许是因为我太爱你,"伊丽莎白若有所思地说,"我想给予你更多,而你不可能接受。直率地说,给予就是一种索取。都是我的错,我想。"

"以后我们每次见面时,不要再对我们的爱情提出异议,"克洛德说,"我觉得这些纯粹是无稽之谈。"

伊丽莎白对他怒目而视。她的理智中含有悲切,使这时的她变得十分哀婉动人,对此,他甚至都不能体会到。这样做有何用?她顿时觉得自己变得冷酷无情,丧失了理智。

"别害怕,我们将不再讨论我们的爱情问题。"她说。"这正是我想对你说的。从此,要从全新的角度来考虑我们的关系。"

"什么角度?从什么角度来考虑?"克洛德看来十分懊恼。

"我只想同你建立平心静气的友谊。"她说,"我也对这些纠纷厌倦了。只是我不认为能中止对你的爱。"

"你不爱我了?"克洛德带着怀疑的口气问道。

"你真的认为这很不寻常吗?"伊丽莎白问道,"请理解我,我将永远热烈地爱你,但我再也不期待从你那里得到什么。而我呢,我要重新获得自由。这样是不是更好些?"

"你在胡说八道。"克洛德说。

伊丽莎白怒容满面。

"你才神志不清!我对你说我不再爱你!感情是可以变的,你甚至都没有意识到我已经变了。"

克洛德困惑不解地看着她。

"从什么时候开始你不再爱我了?你刚才不是还说你太爱我了?"

"过去我是太爱你了。"她犹豫了一下,"我不太知道我怎么会这样,但这是事实,现在和过去不一样了。譬如……"她迅速补充,但声音有些哽住:"过去,除了你,我永远不可能和另一个人睡觉。"

"你和另一个人睡觉了?"

"你不高兴了?"

"是谁?"克洛德好奇地问。

"没必要说。你不相信我。"

"如果这是真的,你足可以光明正大地通知我。"他说。

"这就是我正在做的事。"伊丽莎白说,"我现在通知你。你总不会打算叫我征求你的意见吧?"

"是谁?"克洛德问道。

他的脸变了样,伊丽莎白顿时害怕起来:如果他痛苦,她也会痛苦的。

"吉米奥。"她不自信地说,"你知道,就是第一幕里那个赤身裸体跑出来的人。"

话已出口,她纵然想否认也已枉然,她再矢口否认,克洛德也不会相信。她甚至没有时间思考,必须义无反顾,勇往直前,因为某种可怕的事正悄悄地逼近。

"你的鉴赏力不错。"克洛德说,"你什么时候认识他的?"

"十几天以前。他疯狂地爱上了我。"

克洛德的神色不可捉摸。他往往表现出多疑和嫉妒,但从来不承认。无疑,他宁愿粉身碎骨也绝不表示谴责,这种态度不见得让人更放心。

"总而言之。这是一种解决办法。"他说,"我常常想,对一个艺术家来说,只限于爱一个女人是很遗憾的。"

"你很快能追回失去的时光。"伊丽莎白说,"喏!小夏诺巴不得投入你的怀抱。"

"小夏诺……"克洛德撇了撇嘴,"我更喜欢让娜·哈伯雷。"

"嗨!这不坏。"伊丽莎白说。

她用湿漉漉的手捏着手绢。现在危险正向她袭来,为时已太晚,没有任何退路了。过去她只想到苏珊娜,现在还有各种其他女人,那些会爱上克洛德、并且善于博得其爱情的年轻漂亮的女人。

"你不认为我会有运气?"克洛德问道。

"你肯定不会使她讨厌。"伊丽莎白说。

她发疯了,她正在打肿脸充胖子,她说的每句话都使自己更深地陷入困境。如果能够停止这类调侃多好。她咽了一口唾沫,费力地说:

"我希望你别以为我没有诚意。克洛德。"

他目不转睛地看着她,她涨红了脸,不知道如何往下说。

"这确实出其不意,但我一直打算和你谈。"

如果他继续这样看着她,她立即就会哭出来,无论如何不能哭,这是懦弱的表现,她不应运用女人的武器来战斗。然而,这可使一切都简单了结,他会用胳臂搂住她的肩膀,而她则会倒在他怀里,噩梦将会结束。

"十天来你一直在骗我。"克洛德说,"我向来不会容许自己欺骗你一个小时。我多么看重我们的关系。"

他犹如审判者,以悲怆、庄严的语调说了以上这番话,伊丽莎白一下子被激怒了。

"而你对我并不忠贞。"她说,"你答应最爱我,可我永远没有得到过你。你一直是属于苏珊娜的。"

"你不会谴责我公正地对待苏珊娜吧,"克洛德说,"唯有怜悯和感激决定了我对她的态度,你很清楚。"

"我什么也不清楚。我知道你不会为我离开她。"

"从来没有存在过这个问题。"克洛德说。

"但如果我提出这个问题呢？"

"那你选错了时机。"他冷酷地说。

伊丽莎白默不作声。她本不该谈论苏珊娜，她无法自我克制了，而他则对此加以利用。她看透了他，这是个软弱、自私、利欲熏心、充满狭隘自尊心的人，他熟知自己的过失，但是他要用毫不留情、背信弃义的手段把自己塑造成一个白璧无瑕的形象，他做不出丝毫宽宏大量或真挚诚恳的举动来。她憎恨他。

"苏珊娜对你的事业有用。"她说，"你的作品、你的思想、你的事业。可你从来没有想到过我。"

"真够卑鄙无耻的！"克洛德说，"我，我是个野心家？如果你这么认为，你怎么能一直爱我？"

随着一阵哈哈大笑的声音，黑石板地面上回响起脚步声；弗朗索瓦丝和皮埃尔挽着格扎维埃尔的胳臂进来，三个人都显得那样兴高采烈。"竟在这里碰上了！"弗朗索瓦丝说。

"这个地方讨人喜欢。"伊丽莎白说。她本想藏起她的脸，她感到眼睛下方和嘴巴周围皮肤紧绷绷的，几乎要爆裂，而皮下的肌肉肿得鼓鼓的。"那么你们摆脱掉所有官方人士了？"

"对，累得要命。"弗朗索瓦丝说。

为什么热尔贝没和他们在一起？是不是皮埃尔提防他的魅力？还是弗朗索瓦丝担心格扎维埃尔的魅力？格扎维埃尔像天使般地微笑着，固执地沉默不语。

"成功是肯定的，"克洛德说，"评论界无疑会很严厉，但是观众作出了赞赏的反应。"

"还算顺利。"皮埃尔友好地笑着说，"哪天我们应该见一次面，眼前我们会有一些时间的。"

"对,有好几件事我想和您谈谈。"克洛德说。

伊丽莎白忽然感到一阵痛苦,使她头晕目眩。她眼前出现了空荡荡的工作室,她不再在那里期待任何人的电话,传达室的信箱里空无一物,饭馆是冷清的,街道是空旷的。这不可能,她不愿意失去他。软弱、自私、可憎都无关紧要,她生活中需要他,她将不惜一切代价保住他。

"不,在南特伊答复以前,别去找贝尔热,"皮埃尔说,"这么做太没策略。但我确信他会很感兴趣。"

"哪天下午给我们打电话吧,"弗朗索瓦丝说,"我们定一次约会。"

他们消失在大厅尽头。

"我们坐在那儿吧,好像是教堂里的小祭台。"格扎维埃尔说。嗲声嗲气的嗓音如同指甲在丝绸上摩擦发出的嚓嚓声,很刺激神经。

"她很可爱,那个女孩儿,"克洛德说,"这是拉布鲁斯的新情人?"

"我想是。他最不喜欢引人注目,可他们进来时却有些闹闹哄哄。"

沉默了片刻。

"我们别在这里待着,"伊丽莎白烦躁地说,"感到他们就在我们背后真讨厌。"

"他们又不管我们。"克洛德说。

"所有这些人都讨厌。"伊丽莎白喉咙哽咽地重复了一遍。她眼里噙着泪水,再也忍不住了。"到我家去。"她说。

"随你便。"克洛德说。他叫来侍者,伊丽莎白在穿衣镜前穿上大衣,精神萎靡不振。从镜子里面,她看到了他们,是格扎维埃尔在讲话,并打着手势,弗朗索瓦丝和皮埃尔入迷地看着她。他们未免过于轻松自如,他们可以和随便哪个笨蛋一起消磨时光,而对伊丽莎白却熟视无睹、置若罔闻。假如他们早就同意把她和克洛德视为知己,假如他们已经接受《平分秋色》这个剧本……都是他们的错。伊丽莎白怒不可遏，不停地喘息着。他们高兴，他们欢笑，难道他们会尽善尽美地永远这样欢乐下去吗？会不会有一天他们也会跌入这可鄙的地狱深处？也会胆战心惊地期待、绝望地呼救、痛苦地哀鸣，孤身一人处于永无止境的自怨自艾、自卑、自憎、忧心如焚的困境中？他们现在如此自信，如此高傲，如此完满，难道不能等候时机找到一种伤害他们的办法？

伊丽莎白默默无言地坐进克洛德的汽车里，一直驶到她家门前，俩人始终缄默不语。

"我不认为我们还有什么可谈的。"克洛德停住汽车时说。

"我们不能这样分手。"伊丽莎白说，"上楼待一会儿。"

"有什么必要？"克洛德问道。

"上楼吧。我们互相还没解释清楚。"伊丽莎白说。

"你不再爱我了，关于我，你想到的尽是些令人痛心的事，没什么可解释的了。"克洛德说。

这纯粹是要挟，但不可能让他就这样走了，他何时再来？

"我爱你，克洛德。"伊丽莎白说，这句话使她热泪盈眶。他跟随她走上楼梯，而她轻声地、不加克制地在哭泣，她步履有些踉跄，但他没有去扶她。他们走进画室以后，克洛德神情阴郁地走来走去。

"你不再爱我，这是你的自由，"他说，"但是在我们之间，除了爱情还有别的东西，这个，你应该尽力挽救。"他看了一眼长沙发，"你和那个家伙就睡在这里？"

伊丽莎白倒在一把扶手椅里。

"我以为你不会怨恨我，克洛德，"她说，"我不愿意由于这样一件事失去你。"

"我不嫉妒一个微不足道的蹩脚演员，"克洛德说，"我怪你什么都没有对我说，你应该事先告诉我。再说，今晚你对我说的话甚至侧耳细听，却听不到门外一丝气息，也许他已经慢慢转身离去，走下楼梯，她又将孤单一人处在清醒状态中。她扑向房门把它打开。是吉米奥。

"我打扰您了。"他笑着说。

"不，请进。"伊丽莎白说，她带着某种恐惧感看着他。

"现在有几点了？"

"中午十二点，我想。您还在睡？"

"是的。"伊丽莎白说，她拉过被子，拍了拍床。不管怎样，还是有个人在那儿更好。"给我一支烟，"她说，"请坐。"

看他像一只猫似的在家具间来回踱步，她很心烦，他喜欢卖弄他的身材，他步态轻盈灵活、动作潇洒优雅，对此，他过分地加以炫耀。

"我只是路过，我不想打扰您。"他说。

他也过分炫耀他的微笑，一种使两眼上挑的淡淡笑容。"昨天晚上您没能来真可惜，我们喝香槟酒一直喝到早上五点。我的朋友们对我说我给人留下了深刻印象。拉布鲁斯先生怎么看？"

"很好。"伊丽莎白说。

"据说罗斯朗想认识我。他发现我有一张很引人注目的脸。他很快要把一部新戏搬上舞台。"

"您以为他看中的是您的脸？"伊丽莎白说。罗斯朗并不掩饰他对同性的兴趣。

吉米奥轻轻地抚摸他那两片湿润的嘴唇，他的嘴唇、水汪汪的蓝眼睛以及整个面部都使人联想到潮湿的春天。

"我的脸不引人注目吗？"他卖弄风情地说。一个搞同性恋的小子，外加小白脸，这就是吉米奥。

"这里没什么东西可吃？"

"到厨房去看看。"伊丽莎白说,"有夜宵、牛腿肉和其他东西。"她神色冷冰冰地想。他的来访总使他赚得一些东西:一顿饭、一个领结和一些借而不还的钱。今天,这些并不使她心情愉快。

"您想要溏心煮鸡蛋吗?"吉米奥喊着问。

"不,我什么都不想吃。"她说。厨房里传来水声、锅声和餐具声。她甚至都没有勇气把他赶走。他走后应好好思考一下。

"我找到一些酒。"吉米奥说,并在桌子一角处摆了一个碟子、一个酒杯和一副餐具。"没有面包,但我煮了溏心鸡蛋,可以光吃溏心鸡蛋而不就面包,是不是?"

他坐在桌子上,摇晃着大腿。

"我的朋友们说,我只演一个小角色是很遗憾的。您不认为拉布鲁斯先生至少可能让我演一个替角?"

"我曾经向弗朗索瓦丝·米凯尔提起过这件事。"伊丽莎白说。香烟有一股辛辣味儿,她头痛异常,好像是酒醉后第二天的感觉。

"米凯尔小姐怎么回答?"

"要看看。"

"人们总是说要看看。"吉米奥用教训人的口吻说,"生活真困难。"他跳起来朝厨房跑去:"我好像听到了水开的声音。"

"他追求我,因为我是拉布鲁斯的妹妹。"伊丽莎白想。这不是新发现,在这十天中她已经很清楚这一点,但是现在她用语言向自己表达了出来,她又补充了一句:"这与我无关。"她不友好地看他把小锅放在桌上,他用精巧的动作剥开了一个鸡蛋。

"有一个胖胖的女人,有点儿上了年纪,穿得非常漂亮,昨天晚上想用小汽车送我回家。"

"是头上有很多小卷的金发女人?"伊丽莎白问道。

"是的,但因为我还有那些朋友,我没同意。她好像认识拉布鲁斯先生。"

"她是我们的姑姑。"伊丽莎白说,"您在哪里和朋友们吃夜宵?"

"托普西酒吧,然后在蒙帕纳斯大街上闲逛。在多莫咖啡馆柜台那里碰见了那个小舞台监督,他喝得烂醉。"

"热尔贝?他和谁在一起?"

"有泰代斯科、小康塞蒂和萨泽拉,还有另一个人。我想康塞蒂和泰代斯科是一起回去的。"他敲开第二个鸡蛋,"那个小舞台监督,他对男人感兴趣吗?"

"据我所知不感兴趣。"伊丽莎白说,"如果说他曾主动接近你,那是因为他当时很忧伤。"

"他没有主动接近我。"吉米奥反感地说,"是我的朋友们觉得他长得很漂亮。"他忽然十分亲密地对伊丽莎白微笑了一下,"你为什么不吃?"

"我不饿。"伊丽莎白说。没法再这样忍受下去了,很快她就会感到痛苦,她已经预感到这点。

"这件衣服真美。"吉米奥边说边用他那女性般的手抚摸丝织睡衣,手的动作悄悄地变得越来越用力。

"不,放开我。"伊丽莎白厌烦地说。

"为什么?你不再爱我了?"吉米奥说。猥亵的语气试图挑起情欲,伊丽莎白没有再反抗。他亲吻她的脖子和耳后,那是一个个奇怪而短促的吻,就好像他在吃青草。这又推迟了她应该思考问题的时间。

"你太冷冰冰了。"他带着某种猜疑说,他的手已经伸到衣服里面,半闭的眼睛观察着她。伊丽莎白把嘴伸给他,闭上了双眼,她不能忍受这种眼神,一个行家里手的眼神。熟练的手指像绒毛一阵阵拂过一样抚摸她的身躯,她顿时觉得这是行家的手指,其技巧和按摩师、理发师、牙科医生的同样准确。吉米奥在认真地完成男人的工作，她怎能接受这种具有讽刺意味的殷勤呢？

她动了一下试图挣脱，但压在她心头的一切是如此沉重，她又是如此懦弱，以致在她尚未起身摆脱时，就感到吉米奥赤裸的身体已经贴在她身上；连这种神速地脱衣也属于职业性的。这个流体般的温柔的身躯轻而易举地就和她的身躯合而为一了。克洛德的亲吻很笨拙，拥抱很粗鲁……她又睁开双眼。快感使吉米奥嘴巴紧缩、眼睛斜视，现在他像个贪婪的唯利是图的家伙，只想到自己。她又闭上眼睛，被一种强烈的耻辱感所吞噬。她急于结束此事。

吉米奥温存地把脸颊贴在伊丽莎白的肩膀上，而她把头靠在了枕头上，可她知道她不可能再睡觉。现在行了，不再有救援，不能再回避痛苦。

# 第五章

"三瓷杯咖啡。"皮埃尔说。

"您真固执。"热尔贝说,"那天和维耶曼一起测量过:玻璃杯盛的量完全一样。"

"饭后,应该用瓷杯喝咖啡。"皮埃尔说,口气并无反驳之意。

"他说味道不一样。"弗朗索瓦丝说。

"他是个危险的幻想家!"热尔贝说。他沉思了片刻。"充其量我可以这样同意你们:放在瓷杯里凉得慢。"

"为什么凉得慢?"弗朗索瓦丝问道。

"蒸发的表面积更小。"皮埃尔有把握地说。

"这您就错了。"热尔贝说,"原因是瓷器更保暖。"

当他们争论了一种物理现象时,总是兴高采烈,通常这是一件他们彻头彻尾捏造的事情。

"它们正好凉得一样快。"弗朗索瓦丝说。

"您听到了吗?"皮埃尔问道。

热尔贝把一个手指放在嘴唇上,装得很谨慎的样子,皮埃尔意味深长地点了点头;这是他们为显示公然合谋而习惯采用的哑剧手势,但是今天这些手势做得不自信。午饭拖拖拉拉,席间缺乏快乐的气氛,热尔贝显得无精打采,他们长时间地讨论意大利人提出的要求,陷入这样空泛的谈论是很罕见的。

"你们读了今天早上苏戴的评论吗？"弗朗索瓦丝问道,"他毫不含糊,赞同这样的论点：逐字逐句翻译过来就是不忠实原作。"

"这帮老糊涂,"热尔贝说,"他们不敢承认他们讨厌的是莎士比亚。"

"这没关系,人们对我们自有公论,"弗朗索瓦丝说,"这是主要的。"

"昨天晚上五次鼓掌要求演员谢幕,我数了。"热尔贝说。

"我很高兴。"弗朗索瓦丝说,"我敢肯定,不做任何让步我们也能感动人们。"她愉快地转向皮埃尔,"很明显,现在在你已经不是一个空谈家,一个闭门造车的实验家,一个搞宗派的美学家。那个旅店伙计对我说,当人家要暗杀你的时候,他哭了。"

"我以前总是认为他是个诗人。"皮埃尔说。他有些不自在地笑了笑。弗朗索瓦丝的热情也随之消逝。四天前,彩排结束后出来,皮埃尔欣喜若狂,他们和格扎维埃尔一起度过了一个激动人心的夜晚！但是从第二天开始,他身上这种成功的感觉烟消云散。他就是这样：失败对他来说固然是惨痛的,但是成功对他来说永远仅仅是毫无价值的阶段,因为他立即就为自己设想更艰苦的任务。他从不沉湎于软弱的虚荣当中,但他也不善于体会出色完成工作后带来的安详的快乐。他用目光询问热尔贝：佩克拉尔那伙人说了些什么？

"哦！说您根本没有遵循严格的正统观念。"热尔贝说,"您知道,他们热衷于人类的回归,以及所有那些荒诞无稽的玩意儿。不过,他们还是很想知道您究竟在想些什么。"

弗朗索瓦丝肯定没有弄错,在热尔贝的真挚态度中有某种不自然的东西。

"明年你将要拿出你自己的剧本，他们将拭目以待。"弗朗索瓦丝说，她又快活地补充道："现在，在《尤利乌斯·恺撒》成功以后，可以肯定观众将注视着你。想一想真了不起。"

"如果您同时发表您的书，这就太好了。"热尔贝说。

"你将永远不仅是个知名人士，你会是一个名副其实的获得辉煌成就的人。"弗朗索瓦丝说。

皮埃尔淡淡一笑。

"如果德国猪不吃掉我们的话。"他说。

这句话像一瓢冷水浇在弗朗索瓦丝的头上。

"你不会认为我们要为吉布提而战吧？"她说。

皮埃尔耸了耸肩。

"我认为我们在慕尼黑时期高兴得太早了。从现在起到明年很多事可能发生。"

短暂的沉默。

"三月份把您的剧本搬上舞台。"热尔贝说。

"时间不合适，"弗朗索瓦丝说，"再说，剧本还不能定稿。"

"问题不是不惜一切代价上演我的戏，"皮埃尔说，"更确切地说，是要知道在什么情况下演戏才具有意义。"

弗朗索瓦丝苦恼地看着他，八天以前，和格扎维埃尔一起在北极酒吧时，他曾把自己比喻成一只顽固的虫子，她当时仅仅把这视作心血来潮，现在看来他心中确实产生了一种不安。

"你在九月份曾对我说，即使战争到来，也应该生活下去。"

"完全正确，但以什么方式？"皮埃尔心不在焉地端详他的手指，"写作、导演，这毕竟不是最终目的。"

他确实茫然不知所措，弗朗索瓦丝几乎要责怪他，因为她需要的是能够安安稳稳地信赖他。

"按你的说法,什么是最终目的?"她问道。

"正是因为如此,不存在什么简简单单的事。"皮埃尔说,他脸部表情模棱两可,几乎有些愚蠢。每天早上,当他睡眼惺忪,绝望地满屋寻找袜子时就是这副模样。

"两点半了,我估计。"热尔贝说。

通常他从不第一个离开,只要他和皮埃尔一起消磨时光,他什么也不顾及。

"格扎维埃尔又要迟到。"弗朗索瓦丝说,"这很讨厌。姑姑坚持要我们三点整到达,为了赶上喝开幕式的波尔图葡萄酒。"

"她在那里会烦得要命,"皮埃尔说,"本来应该事后约她。"

"她要看看究竟什么是画展开幕式。"弗朗索瓦丝说,"我不知道她是怎么想象的。"

"你们会觉得可笑!"热尔贝说。

"这是姑姑的一个被保护人,"弗朗索瓦丝说,"这事无法回避,上次的鸡尾酒会我已经缺席了,看来这让她不高兴了。"

热尔贝站起来,向皮埃尔随手敬个礼以示道别。

"晚上见。"

"改日见。"弗朗索瓦丝热情地说。她看着他走远,他身上那件拖到脚跟的又长又肥的大衣是佩克拉尔的一件旧大衣。"他真够劳累的。"她说。

"他很可爱,但我们之间没有那么多事情可谈。"皮埃尔说。

"可他从来不这样,我觉得他闷闷不乐。也许因为星期五晚上我们没管他,但那是合乎情理的,我们都累垮了,想马上回去睡觉。"

"除非后来有人碰到过我们。"皮埃尔说。

"我们直奔北极酒吧,从那里又直接跳上出租车。只有伊丽莎白知道,但是我事先告诉她别说。"弗朗索瓦丝把手放到后脖子上梳理头发。"这会很麻烦,"她说,"不是事情本身,而是谎言会使他伤透了心。"

从少年时代起,热尔贝就养成一种有些多疑的敏感性格,他尤其害怕自己惹人讨厌。皮埃尔是世界上唯一在他生活中举足轻重的人物,他乐意接受他的恩惠,但条件是他要感到皮埃尔照顾他不是出于某种义务。

"不,完全不可能,"皮埃尔说,"再说,昨天晚上他还那样高兴,那样友好。"

"他也许心里烦闷。"弗朗索瓦丝说。热尔贝郁郁寡欢,而她却无能为力,为此她深感伤心。她希望他幸福,她喜欢他那单纯而有趣的身世。他工作时有鉴赏力,并有成就,他有几位各显神通、才能令他钦佩的朋友:班卓琴演奏能手莫利埃、能完美流利地说一口行话的巴里松、能不费吹灰之力一次喝六杯潘诺酒的卡斯蒂埃。晚上他常和他们一起在蒙帕纳斯的各个咖啡馆里练习喝潘诺酒,而他的班卓琴则弹得更为出色些。其他时间,他都愿独来独往:看电影,看书,怀着并不过分、然而执着的小小梦想在巴黎游逛。

"这个女孩子,她为什么还不来?"皮埃尔问道。

"也许她还在睡觉。"弗朗索瓦丝说。

"不会,昨晚她到我化装室里来的时候还说她让人叫醒她。"皮埃尔说,"也许她病了,这样的话,她会打电话来。"

"这不可能,她对电话有一种恐惧感,在她看来,这是一种不吉祥的用具。"弗朗索瓦丝说,"我更认为她是忘了时间。"

"除非她没有诚意,否则她永远不会忘记时间,"皮埃尔说,"我看不出为什么她有可能突然情绪变坏。"

"毫无理由就变,对她来说是常事。"

"总有理由。"皮埃尔有些烦躁地说,"恰当地说,是你不想深究这些理由。"他的口气使弗朗索瓦丝感到不舒服，责任并不在她啊。

"我们去找她。"皮埃尔说。

"她会觉得这太冒失。"弗朗索瓦丝说。也许她有些把格扎维埃尔当作一架机器，至少她在小心谨慎地迁就它那些娇嫩的齿轮。得罪克丽斯蒂娜姑姑就够令人懊丧的了，更何况格扎维埃尔还不乐意我们到她房间去强拉她。

"可这是她不礼貌。"皮埃尔说。弗朗索瓦丝站起身。总之，格扎维埃尔很可能是病了。自从八天前她向皮埃尔做解释以来，情绪上还没有出现过丝毫跳跃性的变化。上星期彩排结束后，他们三人一起度过的夜晚欢欢喜喜，没什么不高兴的阴影。

旅馆近在咫尺，他们即刻就到了。三点了，一分钟都不能再耽误。当弗朗索瓦丝冲上楼梯时，女老板喊住她。

"米凯尔小姐，您去看帕热斯小姐吗？"

"是的，怎么啦？"弗朗索瓦丝有些傲慢地问道。这位爱发牢骚的老太太并不太惹人讨厌，但是她常常表现出不得体的好奇心。

"关于她，我想对您说件事。"老太太犹豫不决地站在小客厅的门口，但弗朗索瓦丝没有跟她进去。"帕热斯小姐刚才抱怨盥洗池堵了，我找人给她看过，原来是她往里倒了茶叶、棉花团和脏水。"她又说，"她的房间乱透了，所有角落里都是烟头和果核，床单上烧得全是洞。"

"如果您要抱怨帕热斯小姐的话，请您直接对她说。"弗朗索瓦丝说。

"我已经对她说了，"女老板说，"她向我声明，她在这里多一天都不再待下去，我想她正在整理箱子。您知道，我出租房间并不发愁，每天都有人向我提出要求，我真巴不得摆脱这样一个房客，她整夜点着灯，您知道我得付多少电费。"她和蔼地补充说："只是因为她是您的朋友，我不想让她太难堪。我想对您说，如果她改变主意，我不会难为她。"

自从弗朗索瓦丝住到这个旅店，人们给予她特殊的照顾。而她则以剧院的招待券来酬谢这位老太太，后者为此受宠若惊，更重要的是，她按时如数交房租。

"我对她说去。"弗朗索瓦丝说，"谢谢。"她果断地走上楼梯。

"她不该不把我们放在眼里，这个讨厌的老太婆。"皮埃尔说，"蒙帕纳斯还有其他旅馆。"

"我在这儿挺好。"弗朗索瓦丝说，"这儿暖和，地段好。"弗朗索瓦丝喜欢这里穿着花哨的人们和粗俗的带花墙纸。

"敲门吗？"弗朗索瓦丝稍带犹豫地问道。皮埃尔敲了门，门出其不意迅速地被打开，格扎维埃尔蓬头散发、满面通红地出现在他们面前，外衣的袖子卷着，裙子上沾满尘土。

"啊！是你们！"她说，一副惊惶失措的模样。

想预测格扎维埃尔怎样迎接他们，那是徒劳，永远猜不准。弗朗索瓦丝和皮埃尔呆若木鸡。

"您在那儿干什么？"皮埃尔问道。

格扎维埃尔喉咙哽住了。

"我在搬家。"她伤心地说。场面令人瞠目结舌。弗朗索瓦丝隐隐约约地猜想到克丽斯蒂娜姑姑的嘴唇开始噘起来了，但是面对这混乱的局面：杂乱不堪的房间和神色慌张的格扎维埃尔，一切都似乎不算什么了。屋子中央三个箱子大敞着，原来壁橱内的皱衣服、纸张、梳妆用品都成堆地摊在地上。

"您估计一会儿就能弄完吗？"皮埃尔严厉地看着这"横遭洗劫的圣地"说。

"我永远也完不了！"格扎维埃尔说，她倒在一个扶手椅里，手指紧按太阳穴。"这个妖婆……"

"她刚才和我谈了,"弗朗索瓦丝说,"她对我说,您还可以再住一夜,如果您觉得合适。"

"啊!"格扎维埃尔说,眼睛里掠过一线希望的光,但立即便熄灭了。"不,我必须马上离开。"

弗朗索瓦丝可怜起她来。

"但是您今晚找不到房子。"

"啊!肯定找不到。"格扎维埃尔说,她低下了头,长时间沮丧地待在那里。弗朗索瓦丝和皮埃尔好像着了魔,呆呆地凝神看着这金黄色脑袋。

"那么,撂下这一切。"弗朗索瓦丝猛然恢复了意识,"明天我们一起去找房子。"

"撂下这些?"格扎维埃尔问道,"但我不能在这乱糟糟的地方再待一个小时。"

"今天晚上我和您一起整理。"弗朗索瓦丝说,格扎维埃尔以悲哀的感激目光看着她。"听着,您穿好衣服,到多莫咖啡馆等我们;我们呢,得赶快去看画展,一个半小时以后我们就回来。"

格扎维埃尔跳起脚,两只手大把拽着头发。

"啊!我多想去看画展!十分钟以后我就准备好,我梳一下头就行。"

"姑姑已经在发牢骚了。"弗朗索瓦丝说。

皮埃尔耸了耸肩膀。

"总而言之,酒会是错过了。"他面有愠色地说,"不再有必要在五点以前赶到那里。"

"随你便。"弗朗索瓦丝说,"可这事又该怪我了。"

"你别在乎就是了。"皮埃尔说。

"您向她做做笑脸。"格扎维埃尔说。

"只好这样了。"弗朗索瓦丝说,"你为我们找个借口吧。"

"我尽量。"皮埃尔咕哝道。

"那么,我们在我房间里等您。"弗朗索瓦丝说。

他们上楼梯。

"一个下午全完了,"皮埃尔说,"展览会出来,哪儿都没时间去了。"

"我跟你说过她不随和。"弗朗索瓦丝说,她走近镜子:戴着这样高耸的帽子,脖子就不显了。"但愿她不坚持搬家。"

"你没有必要跟着她搬。"皮埃尔说,他怒不可遏。同弗朗索瓦丝在一起,他总是喜笑颜开,她几乎忘了他的脾气很坏;而在剧院里,他爱发怒是出了名的。如果他把这件事看作是对他个人的侮辱,那么一下午都不好过。

"我肯定跟着搬,这你很清楚。她虽不会坚持,但她将陷入极度失望中。"

弗朗索瓦丝环顾她的房间。

"我可爱的小旅店。幸而她意志薄弱,该把这点考虑进去,可指望不搬。"

皮埃尔走到堆在桌上的手稿面前。

"你知道,"他说,"我要把《风先生》这个剧本留下来,我对那家伙很感兴趣,他值得鼓励。这几天找一个晚上,我要请他吃晚饭,你来判断一下。"

"我也该把《亚森特》交给你。"弗朗索瓦丝说,"我觉得有点儿希望。"

"指给我看看。"皮埃尔说,他开始翻手稿,弗朗索瓦丝趴在他肩上和他一起翻阅。她情绪不佳,单独和皮埃尔在一起,她本来可以匆匆地把画展的事应付过去，但和格扎维埃尔在一起，事情就立即变得很累赘：就好像生活中人们鞋底下带了几公斤粘土在走路一样。皮埃尔本不该决定等她，他也同样，情绪很差。将近半小时过去了格扎维埃尔才敲门。他们迅速下了楼。

"你们想去哪儿？"弗朗索瓦丝问道。

"我随便。"格扎维埃尔说。

"我们还有一小时，"皮埃尔说，"去多莫咖啡馆吧。"

"多冷啊。"格扎维埃尔说，同时紧了紧裹在脸上的围巾。

"很近。"弗朗索瓦丝说。

"我们的距离概念不同。"格扎维埃尔说，脸部肌肉因寒冷而收缩。

"时间概念也不同。"皮埃尔冷冷地说。

弗朗索瓦丝开始摸透格扎维埃尔的心思，格扎维埃尔自知理亏，以为他们在责怪她，因而走在前面；此外，搬家之事也使她精疲力竭。弗朗索瓦丝想挽着她的胳臂，星期五晚上，他们三人一直手挽手同步走的。

"不，"格扎维埃尔说，"分开走更快些。"

皮埃尔仍然阴沉着脸，弗朗索瓦丝担心他真的要发火。他们在咖啡馆最里面坐下。

"您知道，这个画展不会有什么意思，"弗朗索瓦丝说，"姑姑的被保护人从来都没丝毫天才，她是稳当的靠山。"

"我不在乎。"格扎维埃尔说，"使我感兴趣的是仪式，我向来讨厌绘画。"

"那是因为您从来没有看过，"弗朗索瓦丝说，"如果您和我一起去参观一些画展，或者甚至去卢浮宫……"

"那也无济于事，"格扎维埃尔说，并撇了撇嘴，"油画毫无装饰，平平坦坦的。"

"如果您在这方面懂得一些,您会从中尝到乐趣,我坚信这点。"弗朗索瓦丝说。

"也就是说我将懂得为什么我应该对这感兴趣。"格扎维埃尔说,"我呀,我永远不会乐意这样做。当我没有任何感受的时候,我不会为自己寻找必须去感受的理由。"

"您称之为感受的东西,实质上是一种理解力,"弗朗索瓦丝说,"您喜欢音乐,好吧!……"

格扎维埃尔打断了她。

"您知道,当人们谈论好音乐或坏音乐的时候,我简直难以忍受。"她谦逊而好斗地说,"我根本不懂,我喜欢的是音符本身,声音对我就足够了。"她死死盯着弗朗索瓦丝,"至于精神上的快感,那叫我害怕。"

当格扎维埃尔固执起来,与她讨论是无益的。弗朗索瓦丝责怪地看着皮埃尔,是他要等候格扎维埃尔的,他至少可以参加谈话,而不该带着挖苦的笑容冷眼旁观。

"我事先得告诉您,您所说的仪式没什么新奇的。"弗朗索瓦丝说,"就是一些人搞礼节性的往来而已。"

"啊!那总是会有很多人,一定很热闹。"格扎维埃尔的语气中反映出一种强烈的需求。

"现在您很想娱乐一下?"

"我当然想。"格扎维埃尔说,眼睛里闪过一道粗野的光芒。

"从早到晚关在这间屋子里,我都快疯了。我再也忍受不了了,你们不能体会我多想离开这间屋子。"

"谁阻止您出去了?"皮埃尔问道。

"您说女人和女人跳舞没意思,但贝格拉米安或热尔贝会很乐意陪您跳,他们跳得很出色。"弗朗索瓦丝说。

格扎维埃尔摇摇头。

"当人们像委托订货一样决定去娱乐,那总是很可悲的。"

"您希望一切都像天赐食物一样从天上掉下来,"弗朗索瓦丝说,"您不屑于抬一下小手指,然后您又责怪别人。显然……"

"总该有一些地区,"格扎维埃尔神态迷惘地说,"一些热带地区:希腊、西西里,在那里,人们肯定不需要抬一个指头。"

她皱起了眉头。

"在这里,必须用两手紧抓不放,可为了抓什么?"

"即使那里也同样。"弗朗索瓦丝说。

格扎维埃尔目光炯炯。

"那个被沸水包围的红通通的岛屿在哪里?"她热切地问。

"圣多兰岛,在希腊。"弗朗索瓦丝说,"但是我对您说的不完全是这样。只有峭壁是红的,只有在两个黑黑的小岛之间的海在沸腾,而这两个小岛是火山的喷射物构成的。哦!我想起来了,"她热情洋溢地说,"在这些熔岩石之间有一个全是硫磺水的湖,蜡黄蜡黄的,沿边是一个像无烟煤一样漆黑的狭长半岛,就在这块黑色地带的另一边是一片耀眼夺目的碧蓝大海。"

格扎维埃尔以热烈而专注的目光看着她。

"没想到你们见到了这一切。"她满怀责备的口气说。

"您认为我们不配。"皮埃尔说。

格扎维埃尔挑衅地打量着他,并指了指肮脏的皮软垫椅和桌子。

"真想不到看到这些景色以后,您还能坐到这里来。"

"在遗憾中虚度时光又有什么好处呢!"弗朗索瓦丝说。

"当然,您不希望有什么遗憾,"格扎维埃尔说,"您一心想要幸福。"

她的目光射向远方。

"而我，我生来就不顺从。"

弗朗索瓦丝被刺中痛处。这种业已成形的幸福观在她看来是天经地义，难道能够轻蔑地予以否定？不管有理无理，她不再视格扎维埃尔的话为一时冲动，这里存在着一整套与自己的看法截然相反的价值观念，对这种观念熟视无睹是徒劳的，但它的存在却令人心中不畅。

"这不是顺从不顺从的问题。"她激烈地反驳，"我们热爱巴黎，热爱这些街道，这些咖啡馆。"

"怎么可能热爱肮脏的地方、丑陋的事物和所有这些卑鄙可耻的人呢？"格扎维埃尔厌恶地强调这几个形容词。

"因为我们对整个世界感兴趣。"弗朗索瓦丝说，"而您，您是一个小唯美主义者，您需要完全不加修饰的美，但这是一种很狭隘的观点。"

"我是不是必须对这个茶托感兴趣，仅仅是因为它存在？"格扎维埃尔问道。

她忿忿地看着那个茶托。

"它在那里，这就已经足够让你感兴趣了。"

她故作天真地补充：

"我还以为作为艺术家恰恰是因为他们热爱美好的事物呢！"

"这要看什么叫美好的事物。"皮埃尔说。

"哟！您在听哪！"她以吃惊而温柔的口吻说，"我以为您陷入了深奥的思索中了。"

"我一直在洗耳恭听。"皮埃尔说。

"您情绪不好。"格扎维埃尔始终含着笑说话。

"我情绪极好。"皮埃尔说，"我以为我们要度过一个令人愉快的下午。我们先去看画展,从那儿出来,刚刚有时间吃一块三明治。这简直太棒了。"

"您认为这是我的错?"格扎维埃尔说,她龇着牙强笑。

"我也不认为是我的错。"皮埃尔说。

为了有意向格扎维埃尔表示不满,他才坚持要尽早见她。他本可以多想想我嘛,弗朗索瓦丝心中埋怨。处境对她来说很令人不快。

"确实,每当您有一刻空闲的时候,"她咧着嘴恶狠狠地说,"如果稍有浪费,那简直是大祸临头。"

她的责备使弗朗索瓦丝瞠目结舌。是不是她又一次错误估计了格扎维埃尔?自星期五以来才过去四天,昨晚皮埃尔在剧院还十分友好地问候格扎维埃尔。她大概已经深深地依恋于他,才可能自认被忽视了。

格扎维埃尔转向弗朗索瓦丝:

"我原来想象的作家和艺术家的生活完全是另一种样子。"她带着社交界的口吻说,"我没有想到会这样规律,按着钟点生活。"

"您可能希望他们漫步于暴风雨中,头发随风飞舞。"弗朗索瓦丝说。在皮埃尔嘲弄的目光下,她自觉变得愚不可及。

"不,波德莱尔没有随风飞舞的头发。"格扎维埃尔说。

她又审慎地说:

"总之,除了他和兰波,艺术家都像公务员那样准时精确。"

"就因为他们每天按部就班地工作?"弗朗索瓦丝问道。

格扎维埃尔优雅地撇了撇嘴。

"而且,你们计算睡眠时间,你们一天吃两顿饭,你们进行拜访,你俩从不单独散步。也许没有别的可能性……"

"而您认为这令人失望?"弗朗索瓦丝强作笑颜地问道。格扎维埃尔对他们所作的描绘不是一副可恭维的形象。

"奇怪的是每天坐在自己桌子前面斟酌字句。"格扎维埃尔说。"我完全可以接受写作,"她匆匆地补充,"文字,给人以享受。但只有当您有愿望写的时候。"

"人们可以从总体上来说想写一部作品。"弗朗索瓦丝说,她有些想端正自己在格扎维埃尔心目中的形象。

"我欣赏你们高水平的谈话。"皮埃尔说,不怀好意的笑容同时朝着弗朗索瓦丝和格扎维埃尔,弗朗索瓦丝感到窘迫。他难道可以像对待一个外人那样冷静客观地判断她吗?而在他面前她却不能做到冷眼旁观,这不公平。

格扎维埃尔不动声色。

"这变成了一种任务。"她说。

她宽容地笑了笑。

"再说,这正是您看问题的方式,您把一切都变成义务。"

"您这是什么意思?"弗朗索瓦丝问道,"我可以肯定地告诉您,我觉得自己并不那么受到束缚。"

是的,她将向格扎维埃尔做一次彻底的解释,并告诉她自己对她的看法。她心地善良地让格扎维埃尔在许多方面稍稍占了上风,却被她滥加利用。

"譬如,您和别人的关系。"格扎维埃尔扳着手指计算,"伊丽莎白、你们的姑姑、热尔贝和很多其他人。我宁肯一个人生活在世上,保持我的自由。"

"您不理解,具有几乎恒定不变的行为并不等于受奴役。"弗朗索瓦丝生气地说,"例如,我们试图不太使伊丽莎白难受是我们自愿的。"

"你们使得他们对你们拥有权利。"格扎维埃尔轻蔑地说。

"绝对不会。"弗朗索瓦丝说,"与姑姑是一种无需加以掩饰的交易，因为她给我们钱。伊丽莎白得到的是我们给予她的东西，而热尔贝，我们见他是因为我们高兴。"

"嘿，他可自认为对你们拥有权利。"格扎维埃尔语气肯定地说。

"世界上没有任何人比热尔贝更意识不到有什么权利。"皮埃尔平静地说。

"您这样认为？"格扎维埃尔说，"我知道的正相反。"

"您怎么可能知道？"弗朗索瓦丝惊讶地说，"您和他还没说上三句话。"

格扎维埃尔迟疑不决。

"这是直觉，是某种天资聪颖的人掌握的诀窍。"皮埃尔说。

"那好！既然你们想知道，"格扎维埃尔气急败坏地说，"昨天晚上当我告诉他星期五我和你们一起出去了，他的样子活像一个被冒犯的小王子。"

"您对他说了！"皮埃尔说。

"我们曾叮嘱过您不要说。"弗朗索瓦丝说。

"啊！我给忘了。"格扎维埃尔漫不经心地说，"我不习惯于这种种策略。"

弗朗索瓦丝惊愕地与皮埃尔交换了一下眼色。格扎维埃尔肯定明知故犯，是出于偏狭的嫉妒心理。她丝毫不是健忘的人，她在演员休息室只待了一小会儿。

"事情原来是这样，"弗朗索瓦丝说，"我们本不应该向他撒谎。"

"唉！我们怎么会没想到呢？"皮埃尔说。

他轻轻地咬着指甲，显得忧心忡忡。这对热尔贝是一个打击，由此他对皮埃尔的盲目信任也许永远恢复不了了。想到这颗娇嫩的无所适从的心，弗朗索瓦丝喉咙发紧，他此时正心慌意乱地在巴黎游荡。

"必须采取点措施。"她慌张地说。

"今天晚上我向他做个解释,"皮埃尔说,"可怎么说呢?把他撇在一边也就算了,但说谎总没有道理啊。"

"谎言一旦被揭穿,总是没有道理的。"弗朗索瓦丝说。

皮埃尔板起脸看着格扎维埃尔。

"您究竟对他说了些什么?"

"他向我叙述星期五他和泰代斯科、康塞蒂一起喝得酩酊大醉,有趣极了;我说真遗憾我没有碰到他们,我们一直闷在北极酒吧里面,什么也没看见。"格扎维埃尔赌着气说。

更令人生气的是,正因为是她坚持整夜留在北极酒吧的。

"这就是您说的所有的话?"皮埃尔问。

"是啊,就这些。"格扎维埃尔不情愿地说。

"那也许还能想想办法,"皮埃尔看着弗朗索瓦丝说,"我说我们开始绝对是决定回去的,但最后一刻,由于格扎维埃尔太伤心,才勉强同意待一个通宵的。"

格扎维埃尔噘起嘴。

"他可能相信,也可能不相信。"弗朗索瓦丝说。

"我尽力让他相信,"皮埃尔说,"幸好我们在这以前从来没对他撒过谎。"

"你确实是金口玉言,从来言而有信。"弗朗索瓦丝说,"你应该想法马上就找到他。"

"那姑姑呢?姑姑就活该了!"

"我们六点再去。"弗朗索瓦丝烦躁地说,"这可不行,一定得去,否则她不会原谅我们。"

皮埃尔站起来。

"我往他家打个电话。"他说。

他走了。弗朗索瓦丝点上一支烟以掩饰内心激动,她气得发抖,想到热尔贝是由于他们的过错而痛苦,多么可憎。

格扎维埃尔默默地拉扯自己的头发。

"总而言之,这个小家伙不会因此而死的。"她说,一副蛮不讲理的样子有些不自然。

"我很想看看您要是他将会怎么样。"弗朗索瓦丝严厉地说。

格扎维埃尔狼狈不堪。

"我不认为有这么严重。"她说。

"我们事先关照过您。"弗朗索瓦丝说。

长时间沉默。弗朗索瓦丝惶恐不安地思索着眼前这场灾难,它不知不觉地波及到了她的生活。是皮埃尔以其尊严和威望冲垮了弗朗索瓦丝生活的堤坝。现在生活像狂澜那样冲出,它将冲向何处?回顾这一天发生的事已经够受了:女房东的愤慨、几乎要错过的画展、皮埃尔的烦躁不安、与热尔贝的不睦。而八天以来萦绕于弗朗索瓦丝心头的那种苦恼也许是最令她心神不宁的。

"您生气了?"格扎维埃尔小声问道。她那懊丧的神色没有缓解弗朗索瓦丝的怒气。

"您为什么要这样做?"她问道。

"我不知道。"格扎维埃尔低声说,她低下了头。"活该,"她说话的声音更低了,"至少您将知道我这个人的价值,您将会厌恶我,活该。"

"我为什么要厌恶您?"

"是的。我不值得人们关心。"格扎维埃尔带着绝望的粗暴的口气说,"您现在了解我了。我对您说过,我一钱不值。应该让我回鲁昂。"

听到这些偏激的自责,弗朗索瓦丝已到嘴边的谴责都化为乌有。

弗朗索瓦丝默不作声。咖啡馆里熙熙攘攘，烟雾缭绕。有一桌德国逃亡者正聚精会神地看人下棋。在一张邻桌上，一个自以为是妓女的疯疯癫癫的女人，独自坐在一杯牛奶咖啡面前，正在勾引一位不存在的对话者。

"他不在。"皮埃尔说。

"你去了好长时间。"弗朗索瓦丝说。

"我乘此机会出去转了转，我想透透气。"

他坐下后点上烟斗，他似乎放松了。

"我走了。"格扎维埃尔说。

"对，该动身了。"弗朗索瓦丝说。

谁也没动。

"我想知道的是，"皮埃尔说，"您为什么对他说这些？"

他怀着强烈的兴趣盯视着格扎维埃尔，怒气早已消除。

"我不知道。"格扎维埃尔又说了一遍。但皮埃尔不会就此罢休。

"不，您知道。"他温和地说。

她沮丧地耸耸肩。

"我情不自禁。"

"您脑袋里有某种想法，"皮埃尔说，"是什么？"

他微笑了。

"您想让我们讨厌您？"

"哦！您怎么能这么想？"她说。

"您是否觉得这个小小的奥秘说明热尔贝处于优于您的地位？"

一种责备的目光闪现在格扎维埃尔的眼睛中。

"人们被迫掩饰自己，我始终感到不舒服。"她说。

"是因为这？"皮埃尔问道。

"不。我对您说是情不自禁的。"她神色痛苦地说。

"您自己说这个秘密使您不舒服。"

"但这之间没有关系。"格扎维埃尔说。

弗朗索瓦丝不耐烦地看了看挂钟。不管格扎维埃尔出于什么原因,她的行为是无法辩解的。

"一想到我们欠了别人的情,您感到不舒服。我明白了:感到人们在您面前不自由,使您心中不快。"皮埃尔说。

"是的,有点儿,"格扎维埃尔说,"此外……"

"此外什么?"皮埃尔用友好的口吻问道。看来他立即准备同意格扎维埃尔了。

"不,这很卑鄙。"格扎维埃尔说。她用手把脸捂上。"我很卑鄙,别问我了。"

"但是这一切没什么卑鄙的地方,"皮埃尔说,"我很想理解您。"他迟疑了一下:"是不是因为那天晚上热尔贝不热情,您要小小报复一下?"

格扎维埃尔露出脸:她惊诧不已。

"但他很热情,起码和我一样。"

"那么不是为了刺伤他?"皮埃尔问道。

"当然不是。"她犹豫了一会儿,然后鼓足勇气说,"我想看看究竟会发生什么。"

弗朗索瓦丝越来越不安地看着她。皮埃尔脸上露出十分强烈的好奇心,因而格扎维埃尔便故作媚态。难道他竟能容忍格扎维埃尔几乎不加掩饰地招认她的嫉妒、邪恶和自私?如果弗朗索瓦丝觉察自己内心滋生着这类感情的苗头,她会果断地将它铲除。皮埃尔露出了微笑。

格扎维埃尔顿时勃然大怒。

"您为什么让我说出所有这些话?是为了更蔑视我?但是您对我

的蔑视将远不及我对自己的蔑视！"

"您怎么会想到我蔑视您！"皮埃尔说。

"如果您蔑视我，"格扎维埃尔说，"您就对了。我不会做人！我到处闯祸。唉！不幸降到了我头上。"她感情冲动地悲叹道。

她把头倚在软椅背上，仰视天花板，以免掉下眼泪，脖子痉挛性地凸起。

"我确信这件事会处理好。"皮埃尔恳切地说，"您别伤心。"

"不光有不幸。"格扎维埃尔说，"还有……一切。"

她那凶狠的目光凝视着空间，喃喃地说：

"我厌恶自己，我讨厌自己。"

不管愿意不愿意。弗朗索瓦丝被她的声调所震动，可以感到这些话不是出自她的嘴唇，而是从她自己的肺腑最深处掏出来的。大概在无数不眠长夜中，她曾久久地、痛苦地反复咀嚼这些话。

"您不该这样。"皮埃尔说，"我们，是很看重您的……"

"现在不了。"格扎维埃尔软弱无力地说。

"就是现在，"皮埃尔说，"我深深体察到您难以摆脱的思维紊乱。"

弗朗索瓦丝骤生反抗之意：她没有如此看重格扎维埃尔，她不谅解这种思维紊乱，皮埃尔没有权利以她的名义说话。他只顾自己走路，甚至不回首望她，然后，他却确信她紧随于他，这未免过于自负。她从头至脚仿佛灌了铅似的沉重，分道扬镳于她来说是残酷的，但是什么都不能使她在这幻影般的、不知通向何种深渊的斜坡上滑下去。

"紊乱和麻木，"格扎维埃尔说，"这就是我的全部才能。"

她脸色苍白、眼圈发紫，发红的鼻子和顿时失去光泽的散乱头发使她丑陋无比。人们不能怀疑她确实惊恐万状，但是如果悔恨能把一切都一笔勾销，那就太便宜了，弗朗索瓦丝想。

格扎维埃尔继续以哀怨的语调诉说。

"我在鲁昂的时候,人家还能找理由原谅我,可自从我到了巴黎,我都惹了什么祸啊?"

她又痛哭起来。

"我什么都感觉不到了。我什么都不是了。"

她做出一副在与身体上的痛苦搏斗的模样,她似乎是这种痛苦的受害者,而且不承担任何责任。

"事情会改变的,"皮埃尔说,"相信我们,我们将帮助您。"

"你们帮不了我,"格扎维埃尔像孩子一样爆发出绝望的呼声,"我是有罪的!"她哭得透不过气来。她半身僵直,脸色犹如临终前的病人,不加克制地任眼泪流淌。面对这种无法生起气来的天真的表现,弗朗索瓦丝心软了,她本来想做点儿什么,说点儿什么,但这不容易,想回心转意却心余力绌。一阵长时间难堪的沉默。透过黄色的玻璃窗,发现紧张劳累的白昼行将消逝,棋手们没有挪动位置,一个男人走来坐到疯女人边上,她看来不那么疯疯癫癫了,因为那个来者发现她已失去知觉。

"我是这样懦弱,"格扎维埃尔说,"我应该自杀,我早就该自杀,"她脸上的肌肉抽紧了,"我会去自杀的。"她用挑衅的口吻说。

皮埃尔难受地看着她,茫然不知所措,他蓦地转向弗朗索瓦丝。

"得了!你看她成了什么样子!想法安慰安慰她呀。"他气愤地说。

"你要我怎么办?"弗朗索瓦丝说,怜悯心即刻消逝。

"你早该把她抱在怀里,对她……对她说些什么。"他说。

想象中,皮埃尔的胳膊紧紧地搂抱住格扎维埃尔,并轻轻地摇晃着她,但是尊严、体面和一大堆严格的禁忌使胳膊不能动弹,他那强烈的怜悯心只能通过弗朗索瓦丝的身体才能得以体现。而弗朗索瓦丝却消极麻木、冷若冰霜,以致无所作为。皮埃尔蛮横的口气把她原来自身的愿望也化为乌有,她周身肌肉僵硬,即使有外力的推动也无济于事。皮埃尔纹丝不动,尽管温情脉脉,却无能为力,这使他局促不安。一时悄然无声,格扎维埃尔的极度苦恼正在加剧。

"请安静下来。"皮埃尔柔声地说。"请相信我们。您直到现在一直盲目地生活,但一生还长着呢。我们一起来考虑考虑,做一些设想。"

"没什么设想可做的。"格扎维埃尔消沉地说,"不,我只有回鲁昂,这是最好的办法。"

"回鲁昂!这才真是不明智的。"皮埃尔说。

"您看,我们不责怪您。"

他不耐烦地看了看弗朗索瓦丝。

"至少告诉她你不责怪她。"

"当然,我不责怪您。"弗朗索瓦丝平平淡淡地说。

她责怪谁?她痛苦地感觉到自己在与自己过不去。已经六点了,但是却不能提动身的事。

"不要悲伤,"皮埃尔说,"让我们冷静地聊聊。"

在他身上有某种镇定人心和坚韧不拔的东西,所以格扎维埃尔稍许平静,带着一种顺从的神情看着他。

"您最需要的是,"皮埃尔说,"找一些事做。"

格扎维埃尔做了个嘲讽的动作。

"我不愿为填补时光而干活。我很理解,你们对自己要求极为严格,因而不满足于随便打发空闲时间,你们不能接受纯粹娱乐的生活,必须做一件真正赋予你们的日子以某种意义的事。"

弗朗索瓦丝冷不防挨了皮埃尔的斥责,心中闷闷不乐。她对格扎维埃尔一向只提出些娱乐方面的建议,这再一次说明她没有足够重视格扎维埃尔。而现在皮埃尔却越过她与格扎维埃尔和解。

"但是我对您说我一无所长。"格扎维埃尔说。

"可您也没做过什么有价值的尝试。"皮埃尔说。他笑了笑:"而我,倒是有个想法。"

"什么想法?"她好奇地问道。

"您为什么不可以演戏?"

格扎维埃尔瞪大了眼睛。

"演戏?"

"为什么不?您身材很美,对形体动作和面部表情的感觉透彻入微。这并不肯定您一定有天才,但至少这一切提供了希望的可能。"

"我永远不会有这种能力。"格扎维埃尔说。

"您不想试试?"

"当然想,"格扎维埃尔说,"但是这不会有什么好处。"

"您的敏感和聪慧不是所有人都具备的。"皮埃尔说,"这就是成功的王牌。"

他严肃地看着她。

"当然喽!应该工作,您到学校听听课,我自己教两门课,而巴安和朗贝尔都非常和蔼可亲。"

格扎维埃尔眼睛里掠过一线希望之光。

"我永远不会成功。"她说。

"我给您个人开小课,以后自己就都能应付了。我向您保证,只要您有一丁点儿才能,我也要把它引发出来。"

格扎维埃尔摇摇头。

"这是一个美梦。"她说。

弗朗索瓦丝强求自己表现出诚意:格扎维埃尔可能有天赋,不管怎样,如能成功地使她对某件事感兴趣,那就是老天的恩赐。

"来巴黎的事,您也这样说过。"她说,"您看,这不是已经来了吗?"

"确实如此。"格扎维埃尔说。

弗朗索瓦丝笑了。

"您是那样固守现状,以致不管什么未来在您看来都像是梦。您怀疑的是时间本身。"

格扎维埃尔淡淡一笑。

"这太没有把握了。"她说。

"您现在是不是在巴黎?"弗朗索瓦丝问道。

"是的,但这不是一回事。"格扎维埃尔说。

"来巴黎,一次就一劳永逸了。"皮埃尔快活地说,"而那件事,将要做出一次次的努力。但是相信我们,我们三人一起就有力量。"

"哎呀!"格扎维埃尔笑着说,"你们太吓人了。"

皮埃尔趁热打铁,继续发挥。

"从星期一开始,您来上临时安排的课程。您会发现,这就像您小时候做游戏一样。人们将要求您设想您和一位女友在进午餐,或者人家当场抓住您正在一个货架上偷东西;同时您应该编造情节,加以表演。"

"这一定很有趣。"格扎维埃尔说。

"然后,您马上选择一个角色开始扮演,至少一些片段。"

皮埃尔用目光征询弗朗索瓦丝的意见。

"我们可以建议她演什么?"

弗朗索瓦丝思索了片刻。

"对职业技巧要求不太高,但是光靠自然魅力也达不到的东西。例如梅里美的《机遇》。"

这个主意使她很高兴,也许格扎维埃尔将成为一个演员,总之,尝试一下是有意义的。

"这很不错。"皮埃尔说。

格扎维埃尔兴奋地看看这个，又看看那个。

"我多想当一个演员！我将可以和您一样在真正的舞台上演出了？"

"当然，"皮埃尔说，"也许明年开始就演一个小角色。"

"啊！"格扎维埃尔欣喜若狂，"啊！我要工作了，你们看吧。"

在她身上发生的事都如此出乎意外，总之，她也许要工作了，弗朗索瓦丝又重新开始陶醉于为其设想的未来。

"明天是星期天，我不可能。"皮埃尔说，"但星期四，我将为您上第一堂朗诵课。您愿意每星期一和星期四的三点到四点到我的化装室来吗？"

"但这会打搅您的。"格扎维埃尔说。

"相反，我对此很感兴趣。"皮埃尔说。

格扎维埃尔完全恢复了平静，皮埃尔容光焕发。应该承认，皮埃尔像竞技者那样成功地施展了几乎是灵活的技巧，把格扎维埃尔拉出绝望的深渊，使其满怀信心和喜悦。他完全忘记了热尔贝和画展。

"你应该再给热尔贝打个电话，"弗朗索瓦丝说，"你最好在演出之前去看他。"

"你这样认为吗？"皮埃尔说。

"你不这样认为？"她的话有些生硬。

"好吧，"皮埃尔不情愿地说，"我就去。"

格扎维埃尔看了看挂钟。

"哟！我让你们误了画展。"她懊悔地说。

"没关系。"弗朗索瓦丝说。

相反，这关系很大，第二天她必须去向姑姑道歉，而歉意将会遭到拒绝。

"我很惭愧。"格扎维埃尔轻声说。

"不必。"弗朗索瓦丝说。

格扎维埃尔的内疚和决心确实使她深为感动，因为她不能像其他任何人那样来看待她。她把手放在格扎维埃尔的手上。

"您瞧，一切都会好起来的。"

格扎维埃尔仰慕地凝视着她。

"当我看到我自己，又看看您。"她激动地说，"我真惭愧！"

"这很荒谬。"弗朗索瓦丝说。

"您没有义务。"格扎维埃尔说，口气很虔诚。

"哦，不，我有。"弗朗索瓦丝说。

如果是过去，她对这些话只会一笑了之，而今天她有些不自在。

"有时在深夜，当我想到您，"格扎维埃尔说，"简直使我赞叹不已，我不能相信您真的存在。"

她笑了。

"而您是存在的。"她以满怀温情的动人口气说。

弗朗索瓦丝了解格扎维埃尔对她的爱：那是当夜深人静格扎维埃尔独自关在房间里时，才被这种爱所陶醉，谁都不能与她争夺深藏于心中的形象。这种时候，她深深陷在扶手椅中，两眼仰望远方，心醉神迷地凝视着那个形象。弗朗索瓦丝这位属于皮埃尔，属于所有人，也属于她本人的有血有肉的女人觉察到的永远仅仅是这种带嫉妒心理的崇拜发出的微弱回声。

"我不值得您这样想。"弗朗索瓦丝略感内疚地说。

皮埃尔兴冲冲地走过来。

"他在，我让他八点到剧院，我要和他谈谈。"

"他怎么回答?"

"他回答说:好吧!"

"别向他做任何诡辩。"弗朗索瓦丝说。

"相信我。"皮埃尔说。

他笑着对格扎维埃尔说:

"我们分手前到北极酒吧去喝一杯怎么样?"

"哦!好吧,我们一起去北极酒吧。"格扎维埃尔温柔地说。

他们就是在那里结下了友谊,这个地方已经具有传奇色彩和象征意义。从咖啡馆出来,格扎维埃尔主动挽起皮埃尔和弗朗索瓦丝的胳膊,三人齐步前进,犹如上山朝圣似的向酒吧走去。

格扎维埃尔不愿意弗朗索瓦丝帮助她整理房间,出于谨慎,无疑也是因为不喜欢生人的手触摸她的小物件,尽管这是一双神仙般的手。弗朗索瓦丝便上楼回屋,穿上室内便袍,整理桌上的文稿。她经常在皮埃尔演出这个时刻撰写她的小说。她开始重新看前一天写好的几页,但难以集中精力。隔壁房间里的黑人正在教那个金发妓女跳踢踏舞,和他们在一起的还有一个西班牙少女,她是托普西酒吧的女侍者;弗朗索瓦丝辨得出他们的嗓音。她从提包里掏出一把锉刀,开始锉手指甲。即使皮埃尔使热尔贝信服了,他们之间是否永远会有一个阴影存在?明天克丽斯蒂娜姑姑将会给她什么脸色?她排除不了这些令人烦恼的小小思绪。尤其不能摆脱的是今天下午她与皮埃尔之间产生了分裂,也许当她再度和他谈话时,这种痛苦的感受就会涣然冰释,但是在此之前,她还是心事重重。她看了看指甲,真是愚不可及:她本不该如此看重一次无足挂齿的分歧,也不该一旦得不到皮埃尔的赞同就惶惶不可终日。

她的指甲修剪得不甚完美,仍然不够对称。弗朗索瓦丝又拿起锉刀。她的错误是把自己的全部身心都寄托在皮埃尔身上,这里的真正失误在于她不该让另一个人来为她承担责任。她不耐烦地抖落粘在室内便袍上的白指甲屑。只要她愿意,就可做到完全为自己负责,但是她不愿意真正这样做。哪怕是她的这种自责,她还要求皮埃尔予以赞同。她所想的一切都是与他一同想和为他而想的。对一种发自于她自身、并且在与他截然无关的情况下完成的行为,对一种真正独立的行为,她甚至连想都不可能想。况且这无伤大体,因为她永远不需要借助自己的力量去与皮埃尔针锋相对。

弗朗索瓦丝扔下锉刀。在不着边际的推论中浪费三小时宝贵的工作时间是荒谬绝伦的。皮埃尔对其他女人产生强烈兴趣的情况早已发生过,现在她为什么感到受了伤害?令人担忧的是,她在自己身上发现的这种僵硬的敌视尚未被全部驱散。她踟蹰了一会儿,有一刻她真想要澄清自己苦恼的原委,但随即又懒于思索了。她俯下身去看文稿。

皮埃尔从剧院回来时几乎还不到午夜十二点,他的脸冻得通红。

"你看见热尔贝了吗?"弗朗索瓦丝忧虑地问。

"看见了,都解决了。"皮埃尔快乐地说,他解下围巾,脱掉大衣。"开始他说这无关紧要,他不愿意我解释,但是我坚持,我辩解说,我们从来不和他绕弯子,假如要甩掉他,也会直截了当告诉他。他有些怀疑,但这是为了做做样子的。"

"你真是巧舌如簧。"弗朗索瓦丝说。她如释重负,但其中搀杂某种怨恨,感到自己与格扎维埃尔结伙伤害了热尔贝,她十分恼怒,她希望皮埃尔也为此而内疚,而不是怡然自得地搓着手。略微歪曲一下事实不算什么,但不该昧着良心撒谎,这破坏了人和人之间的关系。

"格扎维埃尔这样做毕竟恶劣透顶。"她说。

"我发现你很严厉,"他笑着说,"你老了以后一定会很冷酷!"

"开头,我们俩中间你更严厉,"弗朗索瓦丝说,"你几乎让人难以容忍。"

她略感焦虑,她懂得想通过一次友好的谈话使白天的隔阂冰消瓦解决非易事。一想起他们间的不和,一种耿耿于怀的辛酸感油然而生。

皮埃尔开始解开为祝贺画展而系的领带。

"开始我认为她把和我们的约会忘了是一种卑劣的轻率行为。"他以被冒犯的口吻说,但回想了一下,他又嘲笑自己未免小题大作。"后来当我镇静下来出去转了一小圈以后,就从另一个角度来看待这件事了。"

他满不在乎的良好心境加重了弗朗索瓦丝的烦躁。

"我看出来了,她对热尔贝的所作所为突然使你变得宽宏大量,你都快赞扬她了。"

"事情变得太严重就无法用轻率来解释了,"皮埃尔说,"我想到了所有这一切:她的烦躁、她对娱乐的需求、失约、昨晚的背叛,合起来成为一个整体,必有一个原因。"

"她对你说了理由。"弗朗索瓦丝说。

"不应该相信她所说的,别以为她制造麻烦就是为这些。"皮埃尔说。

"那么,实在没有必要非坚持让她说。"弗朗索瓦丝说,回忆起那些无休止的询问心中怨恨难消。

"她也不是完全撒谎。可必须弄明白她那些话的含义。"皮埃尔说。

真好像是在谈论一个女占卜者。

"你到底怎么想的?"弗朗索瓦丝不耐烦地问。

皮埃尔暗暗一笑。

"归根结蒂她是责备我星期五以来没有再见她,这没使你感到惊奇?"

"是的,"弗朗索瓦丝说,"这证明她开始离不开你了。"

"对这个女孩子来说,开始和走到了头,我认为是一码事儿。"皮埃尔说。

"什么意思?"

"我觉得她已经深深地爱上了我。"皮埃尔带着半真半假的自鸣得意的神态说,但却流露出内心的满足。弗朗索瓦丝感到被冒犯了。通常情况下,她喜欢皮埃尔有节制地说一些粗话,但皮埃尔赏识格扎维埃尔,在北极酒吧,他每次微笑焕发出的柔情不是伪装的,因此,这种恬不知耻的口吻变得让人担心。

"我在寻思格扎维埃尔对你的爱情为什么使她能得到宽恕。"她说。

"应该设身处地为她想一想。"皮埃尔说,"她是个情绪激烈、生性傲慢的女人。我故意十分庄重地把我的友谊奉献给她,当第一次涉及什么时候再见面的时候,我装出必须排除很多困难才能给她几个小时,这刺伤了她。"

"总之她当场没有表现出来。"弗朗索瓦丝说。

"也许,但她后来重新考虑过。由于接着好几天她没能按她的心愿见到我,就变得大为不满。你还要考虑到,星期五是你曾反对抛开热尔贝的;她衷心地爱你,但却白费,对于这个具有占有欲的小心灵来说,你毕竟是她和我之间的最大绊脚石。她把我们要求她严守的秘密作为筹码孤注一掷,以求解决整个命运。她的做法如同一个孩子,在快要输牌的时候,一下子把牌全弄乱。"

"你给了她很多关注。"弗朗索瓦丝说。

"而你给她的关注始终太少。"皮埃尔急躁地说,谈到格扎维埃尔时,他今天不是第一次采用这种尖刻的语气了。

"我不能肯定她把所有这些都已经明确地表达了出来,但她这样做的用意就是这个。"

"也许。"弗朗索瓦丝说。

因而,照皮埃尔的说法,格扎维埃尔是把她视为不受欢迎的人,并且嫉妒她。弗朗索瓦丝又想到自己曾为格扎维埃尔流露出对她仰慕的表情而深受感动,心中很不痛快;看来她被耍弄了。

"这是一种巧妙的解释,"她又说,"但我不认为对格扎维埃尔来说能找到一种固定不变的解释,因为她完全随心所欲地生活。"

"正是因为她的情绪有双重性,"皮埃尔说,"如果不是她已经怒不可遏,你以为她会由于一个洗脸池而大发雷霆?搬家是一种逃避,我确信她逃避的是我,因为她后悔爱上我。"

"那么,你最终认为她的一切行为有一个关键,这就是她突然狂热地爱上了你?"

皮埃尔的嘴唇微微向前翘起。

"我不能肯定这就是一种狂热的爱情。"他说。

弗朗索瓦丝的话令他不快:实际上他们时常谴责伊丽莎白的,正是这种武断下结论的方式。

"一种真正的爱情,"弗朗索瓦丝说,"我不认为格扎维埃尔能具有。"她思索了一下,"狂喜、欲望、恼恨、苛求,她都可能有;但是为使所有这些感受构成一种稳固的感情所必需的某种付出,我认为人们永远不可能从她身上得到。"

"这些我们等着看将来吧。"皮埃尔说,他变得越来越生硬。

他脱下上衣,消失在屏风后面。弗朗索瓦丝开始脱衣服。她的话很直率,她从来不拐弯抹角地与皮埃尔谈话,在他身上没有什么痛处和隐私非得谨小慎微地加以对待。然而她错了。今晚必须把要说的话反复琢磨才能开口。

"显然,今天晚上在北极酒吧,她看着你的时候,那种样子以前从来没有过。"弗朗索瓦丝说。

"你也注意到了?"皮埃尔说。

弗朗索瓦丝嗓子发紧,这是一句向局外人试探的话,她说到了他的心里。屏风后面是一个陌生人在刷牙。她脑中掠过一个念头:如果说格扎维埃尔拒绝她帮助整理东西,难道不正是为了更早地独自思念皮埃尔?他可能猜出了真相,整个白天是他俩之间在进行对话,格扎维埃尔更愿意把皮埃尔当做知己,她与他存在某种默契。好吧!这样太好了:她正开始担心这件麻烦事给她带来的沉重负担,这样她就从中解脱出来了。皮埃尔已经承诺对格扎维埃尔的责任,远远超过了弗朗索瓦丝一向允诺的,她把她舍弃给他了。从此格扎维埃尔是属于皮埃尔的。

# 第六章

"哪儿也喝不到比这里更好喝的咖啡。"弗朗索瓦丝一面把杯子放在碟子里一面说。

米凯尔夫人笑了。

"当然,在你去的那些定价餐馆里给你喝的不是这种咖啡。"

她正在翻阅一份时装杂志,弗朗索瓦丝走过来坐在她的椅子扶手上。米凯尔先生在壁炉的一角看《时代报》,炉中的木炭正熊熊燃烧。二十年内,事物一成不变,不免令人心情沉重。每当弗朗索瓦丝回到这幢住宅里,她感到流逝的那些年华并未把她带到任何地方,时光就是展开在她周围的一潭黯淡无光的死水。生活就是人变老,仅此而已。

"达拉第,他确实讲得很好,"米凯尔先生说,"很坚定,很威严,他将寸步不让。"

"有人说,博内本人会随时做出让步,"弗朗索瓦丝说,"甚至有人断言,他可能背地里已经就吉布提问题开始谈判了。"

"要注意,就意大利提出的要求本身没什么太过分的东西,"米凯尔先生说,"不能接受的是说话的口气,无论如何也不能在这样的强硬催促下同意妥协。"

"你毕竟不会就一个声誉问题进行战争吧?"弗朗索瓦丝说。

"我们也不能甘心躲在马其诺防线后面当一个二流国家。"

"不能。"弗朗索瓦丝说,"这很困难。"

她向来避免接触原则问题,所以很轻易就能和父母达成谅解。

"你觉得这适合我吗?这种裙子?"她母亲问道。

"肯定适合,妈妈,你那么苗条。"

她看了看挂钟:现在两点。皮埃尔已经坐在桌旁,前面放着一杯劣质咖啡。格扎维埃尔头两次上课来得太晚,因此他们今天决定提前一小时到多莫咖啡馆会面,以保证按时开始工作。也许她已经到了那里,对她是难以预料的。

"为《尤利乌斯·恺撒》的第一百场演出,我需要一套晚礼服,"弗朗索瓦丝说,"我拿不准该选一种什么式样。"

"我们有时间考虑。"米凯尔夫人说。

米凯尔先生放下报纸。

"你指望有一百场演出?"

"至少一百场,现在在每天晚上都客满。"

她振作了一下精神走向镜子;这种气氛令人消沉。

"我该走了,"她说,"我有约会。"

"我不喜欢不戴帽子外出的习惯。"米凯尔夫人说,并摸了摸弗朗索瓦丝的大衣。"为什么你没听我的话买皮大衣?你背上没什么保暖的东西。"

"你不喜欢这种中大衣?我觉得它好看极了。"弗朗索瓦丝说。

"这是件春秋大衣,"她母亲说着耸了耸肩,"真不知道你的钱都干什么用了!"

"你什么时候再回家?"米凯尔先生问道,"星期三晚上,莫里斯夫妇要来。"

"那我星期四晚上来,"弗朗索瓦丝说,"我喜欢单独和你们在一起。"

她缓步下了楼梯,走上梅迪奇街。空气湿润而凝滞,但她觉得室外比温暖的书房还舒服。时光又开始缓缓地流逝:她就要与热尔贝会面,至少这能使这段时间具有某种微小的意义。

"现在,格扎维埃尔肯定已经到了。"弗朗索瓦丝想,心中略有刺痛感。"格扎维埃尔穿上了那条蓝裙子或者那件带白条纹的红外套,精心梳理的发卷垂在脸旁,她微笑着。这种从未出现过的微笑意味着什么?皮埃尔怎样凝视她?"弗朗索瓦丝停在人行道边:她痛苦地感到自己好像被流放了。往常,巴黎的中心就是她的所在之处。今天一切都变了,巴黎的中心是皮埃尔和格扎维埃尔就座的咖啡馆,而弗朗索瓦丝则流浪在市郊的某个地方。

弗朗索瓦丝在双偶咖啡馆露天座的火盆边就座。今天晚上皮埃尔将把一切都叙述给她听,但是一些日子以来她不再完全相信他的话。

"一杯清咖啡。"她对侍者说。

一丝惆怅掠过心头:这不是确切意义的痛苦,必须追溯到以往遥远的年代才能找到类似的不适感。她陷入了回忆。房屋内空无一人,为挡阳光,人们关上了百叶窗,屋内很昏暗。在二层楼梯口有一个小女孩正屏住呼吸贴在墙边。当大家都在花园里时,她却独自待在那里,她感到新奇。这既有趣,又令人害怕:家具和往日一模一样,但同时又都变了样,变得那样厚实、浓重、神秘,在书桌和蜗形脚大理石桌子底下滞留着一团厚重的阴影。她不想逃跑,却心惊肉跳。

那件陈旧的上衣挂在一个椅子背上:想必安娜用汽油洗过它,或者她刚把它从放有樟脑丸的地方拿出来,晾在那里吹吹风。看样子它又旧又破。虽然破旧，但是它却不能像弗朗索瓦丝那样在自己弄痛时呻吟，也不能自言自语地说："我是一件破旧的上衣。"这很奇怪，弗朗索瓦丝企图设想，如果她不能对自己说："我是弗朗索瓦丝，我六岁，我在祖母家，"如果她全然不可能自言自语，她会成为什么样。她紧闭双眼，好像她不存在似的，然而其他人会过来，看见我，谈论我。她睁开双眼，看到了上衣，它存在着，但它自己意识不到，这里面有某种令人气恼和有些令人恐惧的东西。如果它自己不知道，存在对它又有何用？她考虑了一下，也许有一种办法。既然我能说"我"，我为什么不能代替它说呢？她注视着上衣，眼里只看见上衣，然后迅速说出："我很破，我很旧，"然而白费力气，什么新情况也没有发生，这是令人失望的。上衣仍然在那里，无动于衷，与人无关，而她仍然是弗朗索瓦丝。再说，如果她成了上衣，那么她弗朗索瓦丝就无知无觉了。她的脑袋开始反反复复思考这一切，然后下楼跑向花园。

　　弗朗索瓦丝一口气喝完了那杯咖啡，咖啡几乎是凉的。这毫无关系，为什么又回想起这一切？她看了看昏暗的天空。目前的情况是，现存的世界超出能及的范围，她不仅被驱逐出巴黎，而且被驱逐出整个宇宙。坐在露天座上的人，街上过往的行人都飘浮于地面，是一些影子，房屋仅仅是一片背景，无立体感，无深度。热尔贝微笑着走来，他也只是一个轻飘飘的富于魅力的影子。

　　"您好啊。"他说。

　　他身着那件肥大的浅灰褐色大衣，内穿棕黄色小格衬衫，黄色的领结更加衬托出没有光泽的脸色。他着装总是非常优雅。弗朗索瓦丝很高兴见到他，但她立即明白，她不可能指望他的帮助来恢复她在世界上的原有位置；他倒是一位称心的流放伙伴。

　　"这么坏的天气，我们还去跳蚤市场吗？"弗朗索瓦丝问道。

"只是毛毛雨，"热尔贝说，"没有正经下雨。"

他们穿过广场，下了地铁台阶。

"这一整天我和他谈些什么呢？"弗朗索瓦丝想。

相当长时间以来，她第一次与他单独外出，她想好好待他，以便抹去皮埃尔的解释可能在他身上留下的最后阴影。但是讲什么？她在工作，皮埃尔也在工作，按格扎维埃尔的话说，是一种公务员的生活。

"我还以为我永远脱不开身了。"热尔贝说，"吃午饭的时候有很多人：米歇尔、莱尔米埃尔和阿代尔松夫妇，吃的是你所能看到的各种加奶酪丝的烤点心。大家聊了起来，真是海阔天空，夸夸其谈，实在让人腻烦。佩克拉尔为多米尼克·奥罗尔作了一首新的反战歌曲，凭良心说，歌作得不错。只是他们的歌不管什么大用。"

"歌曲、演讲，"弗朗索瓦丝说，"人们从来也没有这样煞费口舌。"

"嘿！现在的报纸真是没治了。"热尔贝笑容满面地说，他愤怒时总是采取笑的形式。

"为了使法国人镇定下来，他们给我们上的是什么菜！这一切都是因为他们怕意大利比怕德国稍微少一点儿。"

"实际上人们不会为吉布提而战。"弗朗索瓦丝说。

"但愿如此，"热尔贝说，"可一想到在两年或者六个月以后肯定躲不过战争，就让人泄劲儿。"

"至少可以说现在还打不起来。"弗朗索瓦丝说。

和皮埃尔在一起她总是无忧无虑，因为一切都显得十分明朗。而热尔贝使她局促不安：在这个年月，他作为年轻人心情不舒畅。她忧心忡忡地注视着他。他内心深处在想什么？关于他自己？关于他的生活？关于世界？他从不推心置腹。待一会儿，她要严肃地和他谈谈，眼下地铁的噪音太大，难以交谈。她看了一下隧道里墙上的一张黄色布告。今天,什么都勾不起她的好奇心。这是空白的一天,无所作为的一天。

"您知道吗?我有个小小的愿望:在电影《洪水》里扮演一个角色,"热尔贝说,"只要上几个镜头,就可以赚不少钱。"他皱了皱眉头,"我一有钱,就买一辆车,旧的,价钱不贵。"

"这挺不错,"弗朗索瓦丝说,"您肯定会把我撞死,但我还是跟您去。"

他们出了地铁。

"或者,"热尔贝说,"我和莫利埃筹备搞一个木偶剧院。靠贝格拉米安为我们提供木偶造型,可他是个见异思迁的人。"

"木偶很有趣。"弗朗索瓦丝说。

"只是为了搞一个大厅和那些木偶设备得要很多很多钱。"热尔贝说。

"也许有一天会实现。"弗朗索瓦丝说。

今天,热尔贝的计划没有引起她的兴趣,她甚至在想为什么平时她从他的存在中可找到一种审慎的魅力。他在那里,刚从佩克拉尔家里吃了一顿烦人的午饭出来,今晚他将第二十次扮演青年卡同的角色,这里不存在什么特别令人激动的事情。弗朗索瓦丝环视四周。她本想找到一些能推心置腹地交谈的话题,但这条笔直的长街没有提供给她任何有价值的东西。沿着人行道排列的售货小车里,人们只卖一些普普通通的商品:棉织品、袜子、肥皂。

"我们不如走这些小街。"她说。

这儿的旧鞋、唱片、破丝绸、搪瓷脸盆、缺口瓷器都直接放在泥地上。穿着花里胡哨破旧衣服的棕发妇女们靠栅栏坐在报纸上或旧地毯上。所有这些东西也都不能打动人心。

"您瞧,"热尔贝说,"我们肯定可以在这里找到道具。"

弗朗索瓦丝索然寡味地扫了一眼摆在她脚边的旧货。显然，所有这些脏兮兮的物品都有一段奇特的故事，但是人们所看到的仅仅是一些手镯、损坏的布娃娃以及上面没有记载任何传奇故事的褪色布料。热尔贝用手抚摸一个玻璃球，球中飘浮着五颜六色的纸屑。

"好像是一个可看出未来的球。"他说。

"这是一个镇纸。"弗朗索瓦丝说。

女商人用眼角窥视他们，这是个一头鬈发、涂脂抹粉的胖女人，上身裹着羊毛披肩，两腿盖着旧报纸，从她身上看不出往事和未来，只不过是一堆冻麻木的肉。而围栏、铁皮小屋、堆满废铜烂铁的脏乱场所不像往日那样构成一个虽然污浊但具有吸引力的天地。在那里，一切东西堆挤在一起，死气沉沉，丑陋无比。

"巡回演出是怎么回事？"热尔贝问道，"伯恩海姆一说起来好像明年就要进行。"

"伯恩海姆当然老把这件事放心上！"弗朗索瓦丝说，"他只关心钱的问题；但是皮埃尔根本不愿意，明年有别的事情要做。"

她跨过一个泥坑，就像儿时住在祖母家一样，当她把夜晚温馨的气息和丛林芬芳的香味关在门外时，她长时间感到自己永远与某个世界隔绝了。在别处，正发生着一件事，她却不在现场，而唯有这件事是至关重要的。这次她不能对自己说："我不知道它是否存在，它不存在。"她是知道的。皮埃尔不放过格扎维埃尔的每次微笑，而格扎维埃尔入迷而专心地听着皮埃尔对她说的每句话，他们俩的眼睛都映出皮埃尔的化装室，以及挂在墙上的莎士比亚肖像。他们是否正在工作，或者正在休息，并谈论着格扎维埃尔的父亲、装满各种鸟的大鸟笼以及马棚的味道？

"昨天朗诵课的时候，格扎维埃尔做了点什么吗？"弗朗索瓦丝问道。

热尔贝笑了起来。

"朗贝尔要求她重复下面的绕口令:'当你去掉又胖又肥又大的麦粒种时,对我说说又胖又肥又大的麦粒种!'她一下子满脸通红,一个音都不发,看着自己的脚。"

"您认为她有天才吗?"弗朗索瓦丝问道。

"她身材很匀称。"热尔贝说。

他抓住了弗朗索瓦丝的臂肘。

"您过来看。"他突如其来地说,并从人群中挤过去。一群人围着一把在泥地上撑开着的伞,一个男人正在黑伞上摆牌。

"二百法郎,"一位灰白头发的老妇人喊道,她那发狂的目光看着周围,"二百法郎啊!"她的嘴唇颤抖着,有一个人粗暴地推搡她。

"这是些小偷。"弗朗索瓦丝说。

"这谁都知道。"热尔贝说。

弗朗索瓦丝好奇地看了看玩牌的骗子,那双骗人的手正迅速地把三张脏兮兮的牌放在伞布上。

"二百压在这张牌上。"一个男人说着把两张钞票放在其中一张牌上,他狡猾地递了个眼色:牌的一角有些翘起,可以看到是红心K。

"中了。"骗子一边说一边把K翻过来。牌又飞快地重新到了他手中。

"它在这里,请注意这张牌,好好盯着,它在这里,这里,这里,红心K二百法郎。"

"它在那儿,谁和我一起每人放一百法郎?"一个男人问道。

"一百法郎,这是一百法郎。"有一个人喊道。

"中了。"骗子手边说边把四张揉皱的钞票扔在自己面前。他故意让他们赢,自然是为了激励围观者。也许该下赌注,这不难,弗朗索瓦丝每次都猜得出K。盯着纸牌飞快地往返移动令人头晕目眩：它们滑下来、跳起来、右边、左边、中间，又是左边。

"这很愚蠢，"弗朗索瓦丝说，"每次我都看到它。"

"它在那儿。"一个男人说。

"四百法郎。"骗子说。

那个男人回头看了一下弗朗索瓦丝。

"我只有二百法郎，它在那儿，请和我一起放二百法郎。"他急促地说。

左边、中间、左边，确实在那儿，弗朗索瓦丝在牌上放了二百法郎。

"梅花七。"骗子说着把钱收走了。

"太愚蠢了！"弗朗索瓦丝说。

她和刚才那位老妇人一样呆若木鸡。一个小动作竟如此敏捷！钱不可能真的就输掉了，肯定还可以翻回来。"下一次，好好注意……"

"过来，"热尔贝说，"那些都是同伙。过来，您会输掉最后一个苏。"

弗朗索瓦丝跟着他。

"其实我知道得很清楚，我们永远赢不了。"她怒气冲冲地说。

今天正是做这种蠢事的日子，一切都荒诞无稽：地方、人以及人们所说的话。多么冷啊！米凯尔夫人是对的，这件大衣太单薄了。

"去喝一杯怎么样？"她建议。

"好吧，"热尔贝说，"我们去那个有乐队伴奏的大咖啡馆吧。"

夜幕降下了。课已结束，但是他们肯定还未分手，他们在哪里？也许他们又回到北极酒吧去了。当格扎维埃尔喜欢上一个地方，她立即就把它变成一个窝。弗朗索瓦丝想起了饰有大铜钉的软皮椅、玻璃橱窗和红白格灯罩，但这是徒劳无益的：他们的表情、嗓音和蜂蜜酒都具有了神秘的含义，如果弗朗索瓦丝推开门进去，神秘即刻烟消云散。两个人可能都亲热地微笑，皮埃尔可能简述他们的谈话，她可能用麦管吸饮料，但是他们俩单独相会的秘密永远不可能暴露，即使通过他们自己也不可能。

"就是这个咖啡馆。"热尔贝说。

这是一个用若干大火盆取暖的棚子，里面坐满了人。乐队正声音响亮地为一位穿士兵制服的歌手伴奏。

"我要喝一杯烧酒，"弗朗索瓦丝说，"可以使我暖和些。"

黏糊糊的毛毛雨一直渗透到她的心，她冻得直发抖。也不知如何摆脱身上的寒冷和脑中的思绪。她看了看柜台边穿着木底皮面套鞋和全身裹着大披巾的妇女，她们正喝着搀烧酒的咖啡。"为什么披巾总是紫色的？"她心里想。士兵脸上涂着刺目的红色，他调皮地拍着手，尽管还没有唱到猥亵的段落。

"请你们先付账。"侍者说。弗朗索瓦丝抿了一口酒，嘴里充满了强烈的酒精味和霉味。热尔贝猛然爆发一阵大笑。

"什么事？"弗朗索瓦丝问道，这时的他好像只有十二岁。

"这下流的歌词让我好笑。"他窘迫地说。

"哪个词让您一听到就笑了？"弗朗索瓦丝说。

"喷射。"热尔贝说。

"啊！但我应该看看这个词怎么写的！"热尔贝说。

乐队开始奏一首快速狐步舞曲。在台上，手风琴手旁边放着一个头戴宽边毡帽的、几乎像活人一样的大布娃娃。两人都沉默了一会儿。

"他仍然会以为我们厌烦他。"弗朗索瓦丝遗憾地想，"皮埃尔没有做出很大努力以便重新获得热尔贝的信任，在最诚挚的友谊中，他自己所付出的却那么少！"弗朗索瓦丝试图使自己从麻木状态中摆脱出来。她必须向热尔贝解释为什么格扎维埃尔在他们生活中占有如此重要的地位。

"皮埃尔认为格扎维埃尔能成为一个演员。"弗朗索瓦丝说。

"是的，我知道，看上去他很赏识她。"热尔贝有些勉强地说。

"这个人很怪，"弗朗索瓦丝说，"和她相处不容易。"

"她挺冷冰冰的，"热尔贝说，"我不知道怎么和她说话。"

"她拒绝一切客套，"弗朗索瓦丝说，"这很不简单，但相当不舒服。"

"在学校里，她从来不和任何人说话，她待在一个角落里，头发把脸全盖住了。"

"最激怒她的事情是，"弗朗索瓦丝说，"皮埃尔和我，我俩互相间总是非常亲密。"

热尔贝表现出很惊讶。

"然而她肯定知道你们之间是怎么回事吧。"

"她知道，但是她希望人们在自己的感情上是不受约束的，忠贞不渝在她看来只有借助妥协和谎言才可得到。"

"这很古怪！她大概看出您不需要这些。"热尔贝说。

"显然如此。"弗朗索瓦丝说。

她有些不快地看了看热尔贝；爱情毕竟不像他想的那么简单，它比时间更持久，但还是存在于时间中，时时刻刻会产生不安、忘我、小小的愁意等感觉。当然，这些都不那么要紧，但那是因为人们拒绝给以重视，为此，有时需要做出小小的努力。

"请给我一支烟，"她说，"这好像能让人觉得暖和一些。"

热尔贝微笑着递给她烟盒，这微笑富有魅力，仅此而已，但人们可以从中发现一种搅得人心绪不宁的优雅风度。弗朗索瓦丝揣测到,如果她爱上这双绿眼睛,她会从中找到什么样的温情,然而她甚至都没有去感受所有这些难能可贵的幸福就将它们放弃了。她永远不会感受到了。她没有丝毫遗憾,但也许终究是值得遗憾的。

"当看到拉布鲁斯和小帕热斯在一起时,真叫人笑破肚子,"热尔贝说,"他好像在鸡蛋上跳舞那样小心翼翼。"

"是的,这使他有些变化,因为他通常对雄心勃勃的人、有强烈欲望的人、有勇有谋的人身上所发现的东西极为感兴趣。"弗朗索瓦丝说,"谁也不像格扎维埃尔那样不为自己的生活担忧。"

"他真的很爱她吗?"热尔贝问道。

"爱某个人,对皮埃尔来说,很难说意味着什么。"弗朗索瓦丝说,她无把握地凝视着她香烟上的火。过去当她谈到皮埃尔时,她透过自身去观察,现在为了看清他的面容,她必须在他面前退后几步看。几乎不可能回答热尔贝提出的问题:皮埃尔一直拒绝与他自身协调一致,每分钟他都要求自己做出进步。他像叛教者那样狂怒地把过去作为燔祭的祭品全部烧毁,而献身于现时。当人们以为已经把他单独一人严密封闭了起来,使其沉湎于永久的温柔、诚挚或痛苦的激情中时,他却犹如精灵那样早已游离到时间的另一终端,他让你手中抓住的只是一个他从全新的道德高度严厉谴责的幽灵。最厉害的是他责怪他的受骗者满足于抓到一个幻影,一个过时的幻影。她在烟灰缸内把烟头掐灭。从前,她曾津津乐道于皮埃尔永不受现时的约束。但她本人现在对这些背叛现时而溜出来的精灵抗拒到何种程度呢?当然,皮埃尔不会接受与世界上任何人同谋反对她,但他是否会和他自己合谋呢?显而易见,他内心深处没有这样的活动,但是毕竟需要有点儿善心才能完全相信这点。弗朗索瓦丝感到热尔贝正偷偷地看她,她立即恢复了镇静。

"问题尤其在于她使他担心。"她说。

"怎么会这样？"热尔贝问道。

他十分惊讶。在他看来，皮埃尔是那样充实，那样坚硬，那样完美地封闭住自己，想象不出担忧可能从任何缝隙中渗入。然而格扎维埃尔使这种平静出现了缺口，或者说，她是否只是发觉了一个难以察觉的缺口？

"我时常对您说，如果说皮埃尔在戏剧上，总的说在艺术上投入那么大的力量，那是出于一种决心。"弗朗索瓦丝说，"而当人们开始对一种决心提出疑问时，总是扰得人心不安。"她笑了笑。"格扎维埃尔便是一个活生生的疑问号。"

"然而他在这个问题上是极端执着的。"热尔贝说。

"这正是又一个理由。当有人在他面前坚持说喝一杯牛奶咖啡和写《尤利乌斯·恺撒》的价值是同等的时候，他就心动了。"

弗朗索瓦丝心如刀绞，她难道能确信在这些年中对皮埃尔从未产生过任何怀疑？或者纯粹是因为她不想为此担忧？

"而您，您对此怎么想？"热尔贝问道。

"关于什么？"

"关于牛奶咖啡的重要性？"

"哦，我么！"弗朗索瓦丝说，格扎维埃尔的某种笑脸又呈现在她眼前。"我十分珍惜幸福。"她轻蔑地说。

"我看不出其中的关系。"热尔贝说。

"因为提出疑问是耗费精力，"她说，"是危险的。"

实质上，她和伊丽莎白很相像。一旦她为信念而完成了一项行为，她就安稳地躺在过时的成就上。本该在一开始就随时对一切提出异议，但是这要求有超人的力量。

"而您呢？"她问，"您怎么看？"

"哦！这要看您怎么想，"热尔贝说着笑了笑，"要根据您是想喝还是想写。"

弗朗索瓦丝看了看他。

"我经常想您对自己的生活有什么期望。"她说。

"首先我要确信人们还给我一点儿生活的时光。"他说。

弗朗索瓦丝笑了。

"这是合法的,我们就假设您有这种运气,那您有什么期望?"

"我不知道。"热尔贝说,并思索了一下。"也许在别的时候,我会知道得更清楚。"

弗朗索瓦丝态度变得冷淡了些。如果热尔贝没有察觉到问题的重要性,也许他就回答了。

"但是您满意不满意您的生活?"

"有些时候很美好,有些时候不太美好。"他说。

"是的。"弗朗索瓦丝略感失望地说,她迟疑了片刻。"如果满足于此,这就有些可悲了。"

"这要看什么日子。"热尔贝说,他勉强自己说下去,"人们对自己的生活所能说的一切,在我看来始终只是几个词。"

"幸福或不幸,对您来说就是几个词?"

"是的,我看不出它们有什么含义。"

"而就您的天性说,您是一个挺快活的人。"弗朗索瓦丝说。

"我常常很烦恼。"热尔贝说。

他平静地说出这些话。他认为长时间的烦恼中穿插一些瞬间的快乐是极为正常的。有一些美好的时光和一些不大美好的时光。总之,他难道没有道理吗?剩下的难道不就是幻觉和空话吗?人们坐在硬木长凳上。天气寒冷,坐在桌边的有军人,也有一个个家庭。皮埃尔和格扎维埃尔坐在另一张桌子边,他们抽烟、喝酒和聊天,话音和烟雾没有凝聚成弗朗索瓦丝所羡慕的亲密无间的神秘时刻。他们即将分道扬镳，任何地方都将不再存在把他们互相联系起来的纽带。哪里都不存在丝毫能够渴望、值得遗憾以及令人担心的东西。过去、未来、爱情、幸福，仅仅是一些嘴里发出的声音。一切皆无，只有身着深红色外套的音乐家和穿黑裙、脖子上围红披肩的布娃娃，她那罩在宽大的绣花衬裙外并被撩起的裙子下露出细长的双腿。布娃娃在那里，足以填满视野，目光将能在永恒的时光中滞留在她身上。

"把你的手给我，我的美人，我来给你算命。"弗朗索瓦丝猛一哆嗦，机械地把手伸给一位穿黄、紫衣服的波希米亚女人。

"事情的发展不如你心愿，但耐心点，你不久将得到一个为你带来幸福的消息。"女人一口气说完这些话。"你有钱，我的美人，但不像人们想象的那么多，你傲慢，因此你有敌人，但你最终将结束所有烦恼。如果你跟我过来，我的美人，我对你透露一个小小的秘密。"

"去吧。"热尔贝催促她去。

弗朗索瓦丝跟着那个波希米亚妇女，后者从口袋里掏出一小块木质稀疏的木头。

"我把秘密告诉你：有一位棕发的年轻人，你很爱他，但是由于一位金发女郎的介入，你和他不幸福。这是一个护身符，你把它放在一块小手帕里，随身带着它三天，然后你和年轻人就幸福了。这是最珍贵的护身符，谁我都不给，但是我用一百法郎卖给你。"

"谢谢，"弗朗索瓦丝说，"我不要护身符，这是算命的钱。"

妇女抓住了钱币。

"一百法郎买你的幸福，这一点儿不贵。你想付多少钱买你的幸福？二十法郎？"

"一个钱也不给。"弗朗索瓦丝说。

她回到热尔贝身边坐下。

"她说了些什么？"热尔贝问。

"尽是些无稽之谈。"弗朗索瓦丝说，她笑了笑。"她要二十法郎赐给我幸福，但我认为太贵，如果正像您所说的那样，幸福仅仅是一个词的话。"

"我不是这个意思！"热尔贝说，对于自己被这样曲解感到惊恐。

"也许这是真的，"弗朗索瓦丝说，"和皮埃尔在一起时，我们使用很多词，但是究竟里面包含什么意思呢？"

她蓦地感到极度焦躁不安，几乎想大声喊叫，好像世界一下子变得空空荡荡，不再存在任何可怕的东西，但也不再存在任何可爱的东西。绝对一切皆空。她将再找到皮埃尔，一起说些话，然后就分手。如果皮埃尔和格扎维埃尔的友谊仅仅是空虚的幻影，弗朗索瓦丝和皮埃尔的爱情也不会更持久存在。空洞无物，只有毫无意义的无数瞬间的总和，只有灵与肉的杂乱不堪的堆积以及最终的死亡。

"我们走吧。"她突然说。

皮埃尔赴约从不迟到，当弗朗索瓦丝走进饭馆时，他已经坐在他们习惯待的那张桌子边。看到他时，她心头涌起一种喜悦，但她立即想到"我们只有两个小时"，欢喜的心情顿时消失。

"下午过得好吗？"皮埃尔温柔地问道，他笑逐颜开，露出一种天真无邪的表情。

"我们到跳蚤市场去了，"弗朗索瓦丝说，"热尔贝很令人愉快，但是天气湿乎乎的。在猜牌赌博中我输了二百法郎。"

"怎么搞的？你太愚蠢了！"皮埃尔说，他把菜单递给她。"你吃什么？"

"一份威尔斯小白羊肉。"弗朗索瓦丝说。

皮埃尔神色忧虑地研究菜单。

"没有蛋黄酱鸡蛋。"他说。弗朗索瓦丝没有因他困惑和失望的脸色而软下心来,她发现这是一张令人动心的脸,但是她表现得仍很冷淡。

"那就来两份小白羊肉吧。"皮埃尔说。

"我对你讲讲我们聊了些什么,你感兴趣吗?"弗朗索瓦丝说。

"我当然感兴趣。"皮埃尔热情地说。

她用怀疑的目光看了他一眼。适才她还闪过"他感兴趣"这个念头,她正准备迅速地和盘托出,因为皮埃尔的话语和微笑就意味着皮埃尔本人。可一瞬间,这音容笑貌对她来说变成了一些模棱两可的标记,这是皮埃尔有意做出来的,他自己却隐蔽在后面,因而能肯定的仅仅是"他说他对此感兴趣",仅此而已。

她把手放在皮埃尔胳臂上。

"你先讲,"她说,"你和格扎维埃尔一起做了些什么?你们终于工作了吗?"

皮埃尔困窘地看了她一眼。

"没怎么工作。"他说。

"一定得工作!"弗朗索瓦丝说,毫不掩饰她的反感。格扎维埃尔必须工作,为了她好,也为了他们好,她不能长年累月游手好闲地生活。

"下午四分之三的时间我们是在互相指责中度过的。"皮埃尔说。

弗朗索瓦丝感到自己在佯装表情,但不太清楚害怕显露出什么。

"关于什么?"她问。

"正是关于她的工作。"皮埃尔说,他独自微微一笑。"今天早上在即兴表演课上,巴安要求她表演在一个树林子里散步,并摘采鲜花,她厌恶地回答说,她痛恨花朵,并从未想过要改变注意。她自鸣得意地对我叙述了经过,把我气疯了。"

皮埃尔平静地把辣酱油浇在热气腾腾的威尔斯小白羊肉上。

"后来呢?"弗朗索瓦丝不耐烦地问道。他慢条斯理,从从容容,他想象不到了解发生的事情对她来说是多么重要。

"哦!事情就这样发生了,"皮埃尔说,"她怨天尤人:她来的时候温文尔雅、笑容可掬,以为我会对她大加赞扬,可我把她骂得分文不值!她捏紧拳头,那副样子你是了解的:看上去彬彬有礼,实际上心怀恶意,说我们比资产阶级还坏,因为我们所贪图的是精神上的享乐。这倒也不算错,可我气坏了,简直没法控制自己。我们就这样咬牙切齿面对面地坐在多莫咖啡馆整整一小时。"

什么生活没有希望、努力就是虚荣等等这一整套理论已经十分令人厌烦。弗朗索瓦丝尽力克制自己,她不愿意花费时间来批评格扎维埃尔。

"这肯定很可乐吧!"她说,她喉咙发紧,这种局促不安是愚蠢的,她毕竟不至于要在皮埃尔面前掩饰窘态吧。

"在愤怒中慢慢受熬煎倒也并不那么难受,"皮埃尔说,"而且我觉得她也不讨厌这样,可是她的忍耐力不如我,终于改变了态度,这时候我就试着再次亲近她。但这很难,因为她怀着刻骨铭心的仇恨,不过最后我还是获胜了。"他得意地补充:"我们签了一个庄严的和约,为了巩固和解,她请我到她房间去喝茶。"

"到她的房间?"弗朗索瓦丝问。很长时间格扎维埃尔没有在房间里接待她了,她像被灼了一下似的十分气恼。

"你是不是终于说服她好好下决心了?"

"我们谈了其他的事。"皮埃尔说。"我向她叙述了咱俩旅行的故事,我们又设想可以把这些故事编成完整的一集。"

他笑了。

"我们当场创作了一系列小场面,比如在沙漠深处,一位英国女游客和一位大冒险家相遇,你可以看到是什么风格的。她想象力挺丰富,要是她能成功地加以利用就好了。"

"必须让她持之以恒。"弗朗索瓦丝用略带责备的口吻说。

"我会做的,"皮埃尔说,"别责骂我。"

他的微笑有些古怪,谦卑而殷勤。

"她出其不意地对我说:我和您一起度过了一段了不起的时光。"

"好啊!这是个成功。"弗朗索瓦丝说。我和您一起度过了一段了不起的时光……她是站着,双目茫然凝视前方,还是坐在长沙发上面对面看着皮埃尔?没必要询问。如何确定她到底使用了何种语调以及当时她的房间里弥漫着何种芳香?词句只能使你更接近于神秘,但却不能使这种神秘更加易于揭破,它只会在心灵上投下更加冷酷的阴影。

"我看不清她对我的感情究竟发展到了什么程度,"皮埃尔忧心忡忡地说,"我觉得我获得了进展,但这种进展变幻不定。"

"你的进展会日新月异。"弗朗索瓦丝说。

"我离开她的时候,她又变得面目可憎了,"他说,"她后悔没有上课,她对自己厌恶到了极点。"

他表情严肃地看了看弗朗索瓦丝。

"一会儿你好好对待她。"

"我对她始终很好。"弗朗索瓦丝冷冰冰地说。每当皮埃尔企图指点她如何对待格扎维埃尔时,她神情就紧张。她根本没有愿望去看望格扎维埃尔和友善地对待她,因而现在这成了一项义务。

"她的自尊心也太可怕了!"弗朗索瓦丝说,"她必须确信能立竿见影,成绩斐然才同意冒险。"

"不光是出于自尊心。"皮埃尔说。

"那出于什么?"

"她几次三番地说,要屈从于种种计划,而且从始至终要具有坚韧不拔的精神,这使她感到厌恶。"

"你觉得这是一种屈从吗?你这么看?"弗朗索瓦丝问。

"我?我没有道德观。"皮埃尔说。

"直率地说,你认为她这样做是出于道德?"

"当然,从某种意义上说是。"皮埃尔有些恼火地说,"她对生活抱着一种很明确的态度,她不向生活妥协,我把这称作一种道德。她寻求完美,我们始终赏识严格要求,这就是一种严格要求。"

"她的情况恰恰是懦弱。"弗朗索瓦丝说。

"懦弱,是什么?"皮埃尔说,"是把自己封闭在现时的一种方式,她仅仅在现时去寻找完美,如果现时一无可取,她就像一头病畜一样躲在自己的角落里。但是你知道,当人的惰性发展到她那种程度,懦弱这个名词就不再适合了,这就变成一种强大。你我,我们都没有力量做到在一个房间里静待四十八小时,不见任何人,不做任何事。"

"我不敢肯定。"弗朗索瓦丝说。她骤然产生想见见格扎维埃尔的痛苦需求。在皮埃尔的声音里有一种不寻常的热情,那是赞赏;然而,这是一种他声称未曾有过的感情。

"相反,"皮埃尔说,"当一件事触动她时,她能感受得极其强烈。和她相比,我感到自己的热血少得可怜,我几乎要为此感到羞愧。"

"这恐怕是有生以来第一次感到羞愧。"弗朗索瓦丝一边说一边试图做出笑脸。

"我离开她的时候对她说,她是一颗小黑珍珠。"皮埃尔严肃地说,"她耸了耸肩,但我真这么想。她身上的一切是那样纯洁、那样强烈。"

"为什么是黑的?"弗朗索瓦丝问。

"因为她身上有某种邪恶的东西。好像她自身时而会产生一种损害他人、伤害自己以及让人憎恨自己的需要。"

他陷入了沉思。

"你知道,这是很奇怪,往往当别人告诉她对她很赏识的时候,她就勃然大怒,好像她很害怕,她觉得被人们对她的器重束缚住了。"

"她立即就摇晃束缚她的枷锁。"弗朗索瓦丝说。

她踌躇了半天,简直快要相信这是个富有魅力的形象了。如果她目前时常感到与皮埃尔疏远了,那是因为她让他独自向前走,去赞赏,去喜爱。他们俩的眼睛所凝视的不再是同样的形象:她所看到的仅仅是一个反复无常的孩子,而皮埃尔察觉到了一个强烈渴求和愤世嫉俗的灵魂。如果她赞同并追赶上他,如果她放弃执拗的抵制态度……

"这里面有真实的地方,"她说,"我常常感到她身上有某种感人肺腑的东西。"

她很快又恢复了强硬的态度。这个迷人的假面具是诡计,她决不在这个女巫面前退让,如果她退让,她不知道会发生什么事。她只知道现在有一种危险在威胁着她。

"但是与她建立友谊是不可能的。"她严厉地说。"她自私到了无以复加的地步,这倒不是因为她爱自己甚于爱别人,而是她干脆没有意识到有他们存在。"

"然而她深深地爱你,"皮埃尔话中略带责备,"你对她相当冷酷,你知道吗?"

"这是一种不令人愉快的爱,"弗朗索瓦丝说,"她把我同时看作偶像和奴隶。也许在她灵魂深处,她会对我的精神投以爱慕的目光,但是她却随心所欲地支配我那可怜的有血有肉的身躯,其无礼和放肆简直令人难以忍受。这很好理解:一个偶像永远不会饥渴、不会头疼,人们崇敬它,但用不着对给予它的崇拜去征求它的意见。"

皮埃尔笑了起来。

"说的有点道理,但你会觉得我偏心:她在处理人际关系时表现的无能感动了我。"

弗朗索瓦丝也笑了。

"我是觉得你有点儿偏心。"她说。

他们走出饭馆。他们涉及的只是格扎维埃尔的问题,所有不与她一起度过的时光,他们是在谈论之中度过的,这成了一种无法摆脱的念头。弗朗索瓦丝悲哀地注视着皮埃尔:他没有提任何问题,他对弗朗索瓦丝白天可能思索的一切都处之漠然。当他感兴趣地听她讲话时,仅仅是出于礼貌吗?她紧紧地挽住他的胳臂,以便至少和他保持某种接触。皮埃尔轻轻按了按她的手。

"你知道,我感到有些遗憾不再到那儿去睡觉。"他说。

"但你的化装室现在很漂亮,"弗朗索瓦丝说,"全部油漆一新。"

真有些令人惧怕。她从温情脉脉的话语和亲热的细小动作中觉察到的只是一种表示亲切的意图:这不是实实在在的东西,不令人动心。她不寒而栗。这种猜疑就像发条松了扣,她对此无能为力,既然现在已经开了头,猜疑还能止得住吗?

"祝你晚上过得好。"皮埃尔温柔地说。

"谢谢,明天早上见。"弗朗索瓦丝说。

她看着他在剧院的小门口消失,顿时产生一种撕心裂肺的痛苦。在他的话语和动作背后隐含着什么?"我俩是一个人。"利用这种舒舒服服的模糊感觉,她对皮埃尔从未担心过。但这仅仅是几个词而已;他们是两个人。她是某个晚上在北极酒吧意识到的这点,几天以后,她为此对皮埃尔产生了不满。她不愿意深究自己不顺心的原委,一味沉沦于气恼中而无视现实。然而皮埃尔没有过错,因为他没有变。是她多年犯了一个错误:只认为他与自己如影随形。今天她觉察到他是在为自己而生活,轻率信任的代价就是她猛然面对一个陌路人。她加快了步伐。唯一能接近皮埃尔的方法是与格扎维埃尔重修旧好,试图像他那样去观察她。格扎维埃尔仅仅作为她弗朗索瓦丝生活中一个部分的那种时光已经变得很遥远,现在她正急匆匆地走向一个几乎尚未向她敞开大门的陌生世界,心中的焦虑同时反映了她的期望和失望。

弗朗索瓦丝在门前呆立了片刻。这个房间使她害怕,这确实是一块圣地,那里崇仰的远不是宗教偶像,而是至高无上的美女,围绕着她的是金黄色香烟的袅袅烟雾以及香气袭人的茶叶和熏衣草的芬芳,这就是格扎维埃尔本人,是用她自己的眼睛凝望到的形象。

弗朗索瓦丝轻轻敲了敲门。

"请进。"一个快活的声音喊道。

弗朗索瓦丝略微惊讶地推开门。格扎维埃尔身着绿白相间的室内长便袍微笑地站着,非常得意于对方的惊奇,这正是她打算引起的效果。一盏蒙上红纱的灯照得满屋通红。

"您愿意在我这里度过晚上吗?"格扎维埃尔说,"我准备了一点儿夜宵。"

盥洗池旁边,一把开水壶正在酒精炉上呼呼作响,弗朗索瓦丝在微光中辨认出两个装着五颜六色三明治的碟子。不存在拒绝邀请的问题,因为格扎维埃尔羞答答地提出的邀请总是像果断的命令。

"您太热情了。"她说,"如果我知道这是个隆重的晚会,我就会穿漂亮衣服来。"

"您这样就很美。"格扎维埃尔很温顺地说。"请坐好,您看,我买了绿茶,小茶叶的样子很新鲜,好像还在生长,您待会儿就知道它香极了。"

她鼓起两腮,使足劲地吹酒精炉的火焰。弗朗索瓦丝为自己的敌意感到羞愧。

"我确实很冷酷,"她想,"我太尖刻。"

她刚才和皮埃尔讲话的口气多么辛辣!而此刻格扎维埃尔俯向水壶的全神贯注的脸却使人心平气和。

"您爱吃红鱼子酱吗?"格扎维埃尔问道。

"是的,很喜欢吃。"弗朗索瓦丝说。

"啊,太好了,我真害怕您不爱吃。"

弗朗索瓦丝怯生生地看了看三明治:在切成圆形、方形、菱形的一些黑麦面包上涂着各种红红绿绿的果酱,这儿和那儿会有一块鳀鱼、一个橄榄或一片圆圆的甜菜头露在上面。

"没有两块是完全一样的。"格扎维埃尔自豪地说,她在一个杯子里倒上热腾腾的茶水。"我不得不在相隔较远的地方倒一点点番茄酱,"她匆匆忙忙地说,"它可以造成更美的效果,但是您却感觉不到有它。"

"它们看样子就很好吃。"弗朗索瓦丝顺从地说,其实她最讨厌番茄。她挑了一块颜色最不红的三明治,有一股怪味,但不很难吃。

"您发现我有新的照片了吗?"格扎维埃尔说。

在印有红绿花的糊墙纸上,她用针别着一大堆艺术裸体照。弗朗索瓦丝细致地端详着照片上长长的、弯曲的背部和敞着的前胸。

"我不认为拉布鲁斯先生觉得这些照片好看。"格扎维埃尔不高兴地撇着嘴说。

"金发女郎也许稍稍胖了些,"弗朗索瓦丝说,"但娇小的棕发女郎很可爱。"

"她有一个漂亮的长脖子,和您的很像。"格扎维埃尔柔声地说。

弗朗索瓦丝对她笑了笑,她顿时感到如释重负:这一整天的所有胡思乱想一下子化为乌有。她看了一眼长沙发和扶手椅,上面罩着一块印有黄、绿、红色菱形图案的花布,如同披了一件袈裟。她喜欢这浓艳和暗淡的颜色产生的闪烁效果,这阴郁的灯光以及始终飘浮在格扎维埃尔周围的这种落花和人体的香味。皮埃尔在这间屋子里并没有接触到什么更多的东西,格扎维埃尔也没有对皮埃尔做出什么比对弗朗索瓦丝更动人的表情。她那迷人的表情构成了一张真诚的孩子脸蛋,而非令人担忧的女巫的假面具。

"再吃点儿三明治。"格扎维埃尔说。

"我真的不饿了。"弗朗索瓦丝说。

"哦!"格扎维埃尔很伤心地说,"那是因为您不爱吃。"

"哪里,我爱吃。"弗朗索瓦丝说,同时把手伸向碟子。她很熟悉这种热情的专横态度。格扎维埃尔只是自私地陶醉于想使别人快乐而得到的乐趣中,而不管别人是否真的快乐。但是否应该指责她呢?难道她这样不可爱吗?她看着弗朗索瓦丝吃下一口厚厚的番茄酱而满意得两眼闪闪发光。必须具有一副铁石心肠才不会被她的快乐所打动。

"刚才我交了好运。"格扎维埃尔知心地说。

"什么?"弗朗索瓦丝问。

"那个漂亮的黑人舞蹈家!"格扎维埃尔说,"他跟我说话了。"

"您小心那个金发女郎把您的眼睛挖出来。"弗朗索瓦丝说。

"当我拿着茶叶和各式各样的小包上楼的时候,在楼梯上碰见了他。"格扎维埃尔目光炯炯,"他多么有趣!他穿一件浅色大衣,戴一顶浅灰色帽子,和暗暗的皮肤相配漂亮极了。我的大包小包从手中滑落了下来,他满脸堆笑地帮我捡起来,并对我说:'晚安,小姐,祝您胃口好。'"

"您怎么回答？"弗朗索瓦丝问。

"什么也没说！"格扎维埃尔感到羞耻地说，"我逃走了。"

她笑了笑。

"他像猫一样优雅，他装出那样漫不经心、那样玩世不恭的样子。"

弗朗索瓦丝从来没有细细端详过这个黑人，与格扎维埃尔相比，她感到自己太冷漠了。如果格扎维埃尔去了跳蚤市场回来，她一定会带回无数纪念品，而自己却仅仅看到了肮脏的服饰和满是窟窿的木板房。

格扎维埃尔在弗朗索瓦丝的杯子里又斟满了茶。

"您今天早上工作得好吗？"她神色温柔地问道。弗朗索瓦丝笑了笑：这是格扎维埃尔向她主动接近的决定性举动，因为通常她憎恨弗朗索瓦丝利用最宝贵的时间来从事的工作。

"还不错，"她说，"但是我不得不在十二点动身去我母亲家吃午饭。"

"我能不能在哪天阅读您的书？"格扎维埃尔说，并娇媚地噘起嘴。

"当然可以。"弗朗索瓦丝说，"什么时候您想读，我就把前面的章节给您看。"

"书里描述的是什么？"格扎维埃尔问。

她在一个坐垫上坐下，两腿蜷缩在身体下面，轻轻地吹着滚烫的茶。弗朗索瓦丝看着她，心中略有内疚感。格扎维埃尔对她表示的关切使她感动，她本来应该更经常地试着与她做认真的交谈。

"是关于我的青年时代，"弗朗索瓦丝说，"我想在我的书里解释清楚为什么当人们在年轻时往往很不顺心。"

"您认为人们很不顺心？"格扎维埃尔问。

"您不这样。"弗朗索瓦丝说,"您生来心灵很美。"

她思索了一下。

"您看,当人还是孩子的时候,对于不被人放在眼里很容易屈从,但是到了十七岁,情况就变了。人们开始想真正地生活,由于在内心世界,人的感觉始终还是老样子,因而就愚蠢地渴求外界的保证。"

"什么意思?"格扎维埃尔问。

"人们寻求他人的认同,人们撰写自己的思想,人们把自己与公认的典范相比较。喏,您看看伊丽莎白,"弗朗索瓦丝说,"从某种意义上说,她始终停留于这个阶段。她是一个永远长不大的少女。"

格扎维埃尔笑了起来。

"您显然不像伊丽莎白。"她说。

"部分地说是如此。"弗朗索瓦丝说,"伊丽莎白使我们不舒服,是因为她对我们,对皮埃尔和我言听计从,是因为她不断地设计、制造自己。但是如果您稍有同情心,试着去理解她的话,从这一切中可以发现,为了赋予她的生活和自身以可靠的价值,她做的努力是愚笨的。甚至她对诸如婚姻、法律证明这些社会习俗的看重,仍然是出于这种忧虑而采取的一种表现形式。"

格扎维埃尔的脸色稍微有些阴沉。

"伊丽莎白是个爱虚荣的可怜虫,"她说,"这就是全部!"

"不,这恰恰不是全部,"弗朗索瓦丝说,"还应该理解这是从哪儿来的。"

格扎维埃尔耸了耸肩。

"试图理解不值得去理解的人有什么用。"

弗朗索瓦丝抑制住自己的急躁情绪。格扎维埃尔在每当人们宽容地或者甚至纯粹是公正地谈论另一个人,而不是她时,总觉得受到了伤害。

"从某种意义上讲,任何人都值得去理解。"她说,格扎维埃尔正赌着气侧耳细听。"当伊丽莎白看到自己的内心世界时,她惶恐不安,因为她所找到的仅仅是一片空虚。她不理解这是所有人的共同命运。相反地,她对其他人是从外部,通过内容充实的语言、行为和表情去观察的。这就产生一种幻觉。"

"真奇怪。"格扎维埃尔说,"您一般不为她找那么多辩解理由的。"

"但问题并不在于辩护,也不在于谴责。"弗朗索瓦丝说。

"我已经注意到了,"格扎维埃尔说,"拉布鲁斯先生和您,你们总是把人弄得很神秘,而实际上他们比这简单得多。"

弗朗索瓦丝笑了笑,因为这正是她有一天对皮埃尔的指责,说他随意地把格扎维埃尔复杂化了。

"如果从表面看他们,他们是很简单的。"她说。

"也许。"格扎维埃尔决定结束讨论,于是带着很礼貌但漫不经心的口气说。她放下茶杯,以动人的神态向弗朗索瓦丝微笑了一下。

"您不知道女仆对我说的事吧?"她问,"就是在九号房间有一个人,既是男人,也是女人。"

"九号,怪不得她表情那么生硬,嗓门那么粗!"弗朗索瓦丝说,"而您说的这个人却是女人打扮。是这个人吗?"

"是的,但是她用的是男人的名字。她是奥地利人,好像在她出生时,人们不能肯定性别,最后宣布她是个男孩。后来到了将近十五岁时,她遇到了一件女人特有的事,但是她的父母没有去改户籍,"格扎维埃尔又小声补充道,"此外,她有胸毛和其他一些特征。她在本国很出名,人家给她拍了一些电影,她赚了很多钱。"

"可以想象,在精神分析学和性学蓬勃发展的时代,身为两性人在那里大概是一种意外的收获。"弗朗索瓦丝说。

"是的,但是发生政治风波时,您知道,"格扎维埃尔茫然地说,"人家把她驱逐了。于是她就躲到这里避难,她身无分文,看上去她很不幸,因为她的心使她倾慕男人,但是男人根本不要她。"

"唉!可怜的人!真的,甚至搞同性恋的,她对他们大概也不合适。"弗朗索瓦丝说。

"她成天哭。"格扎维埃尔很伤心地说,并看了看弗朗索瓦丝。"然而这不是她的错,怎么能由于您生来是这样或那样就把您从一个国家驱逐出来呢?人们没有这种权利。"

"政府有它们要执行的法令。"弗朗索瓦丝说。

"我不理解。"格扎维埃尔以责备的口气说,"是不是没有这样一个国家,在那儿人们可以想做什么就做什么?"

"没有。"

"那应该到一个荒岛上去。"格扎维埃尔说。

"即使是荒岛现在也属于一些人。"弗朗索瓦丝说,"人们无能为力。"

"哦!我会找到一个办法的。"她说。

"我不信,"弗朗索瓦丝说,"您将不得不和大家一样接受一大堆您不喜欢的事。"

她笑了笑。

"这个想法引起您反感?"

"是的。"格扎维埃尔说。

她偷偷地看了一眼弗朗索瓦丝。

"拉布鲁斯先生是不是对您说他不满意我的工作?"

"他告诉我你们对工作进行了长时间辩论,"弗朗索瓦丝高兴地补充道,"您邀请他到您房间里,他感到十分荣幸。"

"哦！可能是这样。"格扎维埃尔冷淡地说。

她转过身去往小锅里加水。一阵短暂的沉默。如果皮埃尔以为已经得到她的宽恕，那他就错了：在格扎维埃尔身上，最终算数的从来不是别人最后得到的印象。她准是气呼呼地又回想过今天下午发生的事，尤其为最终的言归于好而深为恼火。

弗朗索瓦丝凝望着她。这次亲切的接待是否并非纯粹是为了驱赶苦恼的？她是否又一次受骗了？茶、三明治、美丽的绿色便裙与其说为欢迎她而准备，不如说是为撤回轻率给予皮埃尔的特权。弗朗索瓦丝心烦意乱。不，不可能为这种友谊做出奉献。她的嘴里顿时产生一种不自然的味道，一种苦涩的味道。

## 第七章

"您去吃一盘水果。"弗朗索瓦丝说,她从人群中挤过去,为让娜·哈伯雷开出一条走向餐台的路。克丽斯蒂娜姑姑待在桌边久久不走,她爱慕地向正带着一种优越感喝冰咖啡的吉米奥微笑。今年比去年圣诞节前夜来聚餐的人增加了一倍多,因此弗朗索瓦丝看了一眼盘子里是否还有足够的三明治和花式糕点。

"装饰得真美。"让娜·哈伯雷说。

弗朗索瓦丝第十次回答这个问题了。

"是贝格拉米安布置的,他很有鉴赏力。"

他如此迅速地把一个罗马战场变成舞厅真是劳苦功高,但是弗朗索瓦丝不太喜欢冬青、槲寄生以及柏树枝摆得比比皆是。她环视四周寻找着新到的客人。

"您能来,您真是太好了!拉布鲁斯见到您会非常高兴的。"

"那位亲爱的小大师,他在哪儿?"

"在那儿,和贝尔热在一起,他很需要您给他解解闷。"

布朗什·布盖几乎不比贝尔热更有趣,但是这总会有些变化。皮埃尔的神色不像在过节,他时时愁容满面地抬起头,他为格扎维埃尔担忧:他怕她喝醉或怕她溜走。此时,她正和热尔贝并排坐在舞台前沿,他俩的腿在空中晃荡着,看上去一副百无聊赖的样子。唱机正播放着伦巴舞曲,但是人群嘈杂拥挤,简直无法起舞。

"活该,只好不管格扎维埃尔了!"弗朗索瓦丝想,"晚会已经够人受的,如果还必须考虑她的看法和情绪,那就无法容忍了。"

"活该。"弗朗索瓦丝心中重复了一遍,但又有些迟疑不定。

"您已经要走了?太遗憾了!"

她以满意的目光注视阿贝尔松的身影远离。当所有重要的宾客都离开以后,就不用再那么费神了。弗朗索瓦丝朝伊丽莎白走去,她靠着一个布景撑架抽烟足有半个小时了,目光发呆,不同任何人交谈。但是要穿过舞台,俨然做一次远征。

"您来了,您真好!拉布鲁斯会很高兴的!他现在正被布朗什·布盖缠着呢,您试试看把他解脱出来吧。"

弗朗索瓦丝又挪前了几公分。

"您真是光彩照人,玛丽-昂热,这种蓝色配这种紫色,太漂亮了。"

"这是朗万服装公司的小套装,很优雅,是不是?"

弗朗索瓦丝又经过几次握手问候和几次笑脸相迎才来到伊丽莎白身边。

"挤到这儿真费力。"她起劲地说。她确实感到累了,在这种时候她很容易疲劳。

"今晚真是满堂风雅!"伊丽莎白说,"你注意到了吧,所有这些女演员的皮肤有多难看。"

伊丽莎白的皮肤也不美:又浮肿又有些发黄。"她灰心丧气了。"弗朗索瓦丝想。很难想象六个星期以前彩排的那天晚上,她还几乎是神采奕奕的。

"都是涂了胭脂抹了粉的。"弗朗索瓦丝说。

"身材倒都很美。"伊丽莎白公正地说,"想想布朗什·布盖都已经四十出头了!"

身材是年轻的,头发颜色也很正,甚至脸部轮廓也未变形,但是这种青春却失去了富有生命力的新鲜感,这是一种用防腐香料维持的青春。精心按摩的肌肤上没有皱纹和鱼尾纹,但是眼睛周围这种衰老的神情只会因此而更令人发愁。衰老的过程在暗暗地进行,只要人工修饰的保护层不爆裂,这个过程可能还会长期延续。总有一天,变得如同纱纸那样稀薄的光彩夺目的外壳会在一瞬间化为灰烬,那时出现在人们眼前的将是一个名副其实的老太婆了:满脸皱纹和斑点、血管隆起,手指关节突出。

"是些保养得很好的女人,"弗朗索瓦丝说,"这个词听起来很不舒服,我总是联想到鳌虾罐头①,似乎还听到侍者对你说:'这和新鲜的一样好吃。'"

"我没有那么多成见,而偏向年轻人。"伊丽莎白说,"这些小姑娘穿得怪模怪样,没有给人留下任何印象。"

"你不觉得康塞蒂穿那条波希米亚的大裙子很可爱吗?"弗朗索瓦丝说,"看看小埃卢瓦和夏诺,当然,裁剪并不完美无缺……"

这些显得不大自然的裙子蕴含了命运未定者的全部风度,反映了她们的雄心和梦想、困难和潜力。康塞蒂的黄色宽腰带和埃卢瓦裙子上半身星星点点的绣花,如同她们的微笑一样是发自内心深处的表露。从前伊丽莎白也是这样穿着的。

"我向你保证,这些小姑娘为了模仿哈伯雷或者布盖是要付出很大代价的。"伊丽莎白酸溜溜地说。

"那是,如果她们成功,她们将来正是和这些人一模一样。"

---

① 在法语中,罐头(conserve)和保养(conserver)出自同一词根,故有此联想。

她用目光扫视了一下全场：漂亮的名角儿、初出茅庐的新手以及成就平平的碌碌无为的演员们，这群命运各异的人嘈杂地麇集一处，令人头晕目眩。有些时候，弗朗索瓦丝觉得这些生命是专门为此时此地的她才来到这里相会的。而在其他的时空就全然不再如此了：人们散居四方、各奔前程。

"总之，今晚格扎维埃尔奇丑无比，"伊丽莎白说，"她插入头发中的这些花显得趣味很低！"

这一小把花是弗朗索瓦丝和格扎维埃尔一起花了很长时间搭配成的，但是她不愿意反驳伊丽莎白；即使当你和她意见一致时，她目光中的敌意已经够多的了。

"他们俩都很怪。"弗朗索瓦丝说。

热尔贝正在为格扎维埃尔点烟，但是他小心翼翼地躲开她的目光。他穿了一套向佩克拉尔借来的高雅的深色西装，显得十分拘谨。格扎维埃尔的目光死死盯着自己的小皮鞋尖。

"从我观察他们到现在，两人没有说过一句话，"伊丽莎白说，"他们腼腆得像两个情人。"

"他们互相害怕，"弗朗索瓦丝说，"很遗憾，他们本可以成为好朋友的。"

伊丽莎白含有恶意的话对她不起作用，她对热尔贝的温情完全没有嫉妒之意，但是感到被人恨之入骨很不好受，这几乎是一种不加掩饰的仇恨。伊丽莎白从不向人吐露更多隐情，她的全部言论和沉默都体现出再鲜明不过的谴责。

"伯恩海姆对我说，你们明年也许要去巡回演出，"伊丽莎白说，"是真的吗？"

"不，没这回事，"弗朗索瓦丝说，"他脑子里一个劲儿地想皮埃尔肯定会让步，他错了。明年冬天，皮埃尔要把他的剧本搬上舞台。"

"你们拿这个戏作为演出季的开始?"伊丽莎白问。

"我还不知道。"弗朗索瓦丝说。

"那时去巡回演出很可惜。"伊丽莎白说,显出一副挂虑的神色。

"这正是我的看法。"弗朗索瓦丝说。

她稍感意外地思忖,伊丽莎白是否仍对皮埃尔寄予某种希望,也许为了十月份的演出她打算再为巴蒂埃做一次尝试。

"人少了一些。"她说。

"我该去看看利斯·马朗,"伊丽莎白说,"她好像有重要的事情想告诉我。"

"我得去给皮埃尔解解围。"弗朗索瓦丝说。

皮埃尔笑容可掬地与人握手,但纯属徒劳,因为他的笑容中没有热情;而这恰恰是米凯尔夫人花了心血教会女儿的一门艺术。

"我不知道她和巴蒂埃的关系发展得怎么样。"弗朗索瓦丝边想边频频与人道别和致歉。伊丽莎白撵走了吉米奥,借口他偷了她的烟,又与克洛德握手言欢,但是情况大概不顺利,她的心情从来没有那么阴郁过。

"哟,热尔贝跑哪儿去了?"皮埃尔问。

格扎维埃尔独自一人站在舞台正中,摇晃着胳臂。

"大家为什么不跳舞?"他又说,"地方足够啊。"

他的声音中流露出烦恼。弗朗索瓦丝长期以来曾平静而盲目地爱过这张脸,这时她看着它,心情不免有些沉重。她学会了揣摩他的表情,今晚他很令人不安,尤其因为他精神紧张、举止僵硬,看上去情绪很不稳定。

"两点十分,"她说,"谁也不会来了。"

皮埃尔是这样的人:当格扎维埃尔与他言归于好时,他并不喜出望外;可她稍一皱眉头,他便怒发冲冠或悔之不及。他需要感到她在他的权力支配下,这样才能心情安定。当有人插足于他俩中间时,他总是紧锁眉头,一触即发。

"您不觉得太厌烦吗?"弗朗索瓦丝问。

"不。"格扎维埃尔说,"只是听到好的爵士乐又不能跳舞,觉得很难受。"

"但现在完全能跳了。"皮埃尔说。

瞬息的沉默后,三人都笑了,但是却相对无言。

"我一会儿教您跳伦巴舞。"格扎维埃尔精力有些过于充沛地对弗朗索瓦丝说。

"我更喜欢跳慢狐步舞,"弗朗索瓦丝说,"跳伦巴舞,我太老了。"

"您怎么能这么说?"格扎维埃尔神色有些抱怨地看了看皮埃尔,"如果她愿意,她会跳得很好。"

"你一点儿都不老!"皮埃尔说。

接触到格扎维埃尔,他刹那就变得容光焕发、嗓音洪亮,他控制着自己表情和声音的最细微差别,可是精确度实在太差:由于必须时时保持着警觉,所以丝毫没有那种眉开眼笑的、轻松而柔和的快活感。

"我正好和伊丽莎白同年,"弗朗索瓦丝说,"我刚看见她,她的模样让人心寒。"

"你怎么和我们说起伊丽莎白来了,"皮埃尔说,"你没有看看你自己。"

"她从来不看自己。"格扎维埃尔遗憾地说,"哪天应该趁她不注意的时候给她拍个小电影,然后出其不意地放给她看,她就不得不看见自己,她会大吃一惊的。"

"她喜欢把自己想象成一个老气横秋的胖夫人,"皮埃尔说。"你要是知道你的样子多么年轻就好了。"

"但是我不太想跳舞。"她说。两人伙同一起向她献殷勤，她觉得很不自在。

"那么我和您一起跳，您愿意吗？"皮埃尔问。

弗朗索瓦丝的目光随着他们移动，他们的模样很有趣。格扎维埃尔舞步轻盈，足浮于地，犹如烟云飘摇；皮埃尔则身体沉沉的，但好像有一根无形的线在牵引他，以抵御地心吸力，因而具有木偶那样悠然自得的神奇举止。

"我要是会跳舞多好。"弗朗索瓦丝想。

十年前她放弃了跳舞。重新开始为时已晚。她掀起一块幕布，躲到后台的黑暗中点燃了一支烟，至少在这里她可以稍事休息。为时已晚。她从来都不是一个善于准确驾驭自己身体的女人，今天她能做到的只是美化装饰自己，对她而言，这只是外形的变化，没有什么意义。这就是三十岁的含义：一个成型的女人。她永远是一个不会跳舞的女人，一个在生活中只有过一次爱情的女人，一个没有划着独木舟到科罗拉多峡谷去过、也没有徒步穿越过西藏高原的女人。这三十年不仅是她已经熬过来的那些岁月，它在她周围和自身中积淀下来，成为她的现在、她的未来，是造就她的实体。任何英雄和荒诞的行为都将无法使它发生丝毫变化。当然，在告别人世之前，她还有足够的时间学习俄语、阅读但丁作品、游历布鲁日和君士坦丁堡，生活中她还能在这里那里创造一些令人意想不到的插曲和显露一些新的才华。但是直到生命结束，并不因此就不再是这种生活而变成了另一种生活，因为她的生活和她本人浑然一体。随着一阵痛苦的晕眩，弗朗索瓦丝感到有一道冷冷的白光把她通体照透，在她身上没有任何一个角落还留有什么希望。她呆呆地看着烟头上的红光在黑暗中闪烁。一阵轻轻的笑声和窃窃私语使她从麻木状态中清醒：这些阴暗的走廊总是受到人们的青睐。她悄然无声地离开那里，又来到舞台上。看来人们现在玩儿得很开心。

"你从哪儿出来?"皮埃尔问,"我们刚才和波勒·贝尔热聊了一会儿,格扎维埃尔觉得她很漂亮。"

"我看见她了,"弗朗索瓦丝说,"我甚至还邀请她一直待到天亮。"

她对波勒友情很深,只是平时很难单独见到她,她的丈夫和他们那一帮人总是陪伴在一边。

"她太漂亮了,"格扎维埃尔说,"她不像这儿的那些大明星。"

"她的样子有点过于像修女或传播福音的女人。"皮埃尔说。

波勒正和伊内斯交谈,她穿一条不袒露胸肩的黑丝绒长裙,戴一顶金棕红无边软帽,衬托出她那额头宽广而光滑、眼窝很深的脸蛋儿。

"脸颊有些清瘦,"格扎维埃尔说,"可是她的嘴丰满大方,眼睛活泼有神。"

"一双透明的眼睛。"皮埃尔说,他看了看格扎维埃尔,又笑着说,"而我喜欢深沉的眼睛。"

皮埃尔平时很赏识波勒,现在用这样的口气谈论她有些背信弃义。他牺牲她是为廉价地取悦于格扎维埃尔,以便从中得到一种不正常的乐趣。

"她跳舞的时候非常出色,"弗朗索瓦丝说,"她所做的是模仿,而不是舞蹈,技巧不是很高,但是她几乎能表达出任何东西。"

"我多想看到她跳舞!"格扎维埃尔说。

皮埃尔看了看弗朗索瓦丝。

"你应该去请求她。"他说。

"我担心这有些冒失。"弗朗索瓦丝说。

"她一般不用人再三请求。"皮埃尔说。

"她让我害怕。"弗朗索瓦丝说。

波勒·贝尔热对所有人都和蔼可亲，但人们永远不知道她在想什么。

"您见过弗朗索瓦丝害怕的时候吗？"皮埃尔笑着说，"这是我有生以来第一次看见！"

"这该多么有意思啊！"格扎维埃尔说。

"好吧，我去。"弗朗索瓦丝说。

她笑容满面地走近波勒·贝尔热。伊内斯的模样似乎很沮丧，她身穿一条稀奇古怪的红色波纹料的裙子，黄头发上罩一个金色发网。波勒盯视着她，并以慈母般的、鼓舞人心的语调在侃侃而谈。她动作敏捷地转向弗朗索瓦丝。

"如果没有勇气和信心，是不是任何天赋在演戏时都无济于事？"

"当然。"弗朗索瓦丝说。

问题不在于此，伊内斯完全懂得这点，但是她的神色还是快活了些。

"我来向您提一个请求。"弗朗索瓦丝说，并感到自己脸上发热，她对皮埃尔和格扎维埃尔怀着一股怒气。"如果这使您感到为难，哪怕一丁点儿，也请您直截了当地告诉我，可是倘若您愿意为我们表演一段舞蹈，我们将会非常高兴。"

"我很愿意，"波勒说，"只是我既没有音乐，也没有道具。"

她笑了笑表示歉意。

"我现在戴一个面具跳，穿着长裙。"

"这肯定很美。"弗朗索瓦丝说。

波勒犹豫不决地看了看伊内斯。

"你可以为我伴奏机器舞，"她说，"然后我跳女仆舞，不要音乐。只是您已经看过这个舞了吧？"

"没有关系，我愿意再欣赏。"弗朗索瓦丝说，"您太好了，我去关掉留声机。"

格扎维埃尔和皮埃尔像两个同谋一样开心地窥探着她。

"她接受了。"弗朗索瓦丝说。

"你是个出色的外交家。"皮埃尔说。

他高兴的模样显得如此天真无邪,弗朗索瓦丝为之惊讶。格扎维埃尔两眼死死盯着波勒·贝尔热,心醉神迷地等待着:皮埃尔脸上反映的就是这种儿童般的喜悦。

波勒走到舞台中央。她在广大观众中的知名度尚不很高,但是在这里大家都赞赏她的艺术。康塞蒂蹲下来,她的淡紫色大裙在她身体周围铺展开;埃卢瓦在离泰代斯科几步远的地方躺下,姿势像猫一样轻柔娇媚;克丽斯蒂娜姑姑已不知去向,而吉米奥站在马克·安托尼旁边,正卖弄风情地向他微笑。所有人似乎都兴致勃勃。伊内斯在钢琴上用力地弹出最初的几个和弦,波勒的胳臂缓缓地活动起来,原先沉睡的机器开始运转,节奏逐渐加快。但是弗朗索瓦丝既没有看到传动杆,也没有看到滚柱以及钢制构件的所有活动,她看到的是波勒。这是一个与她同龄的妇女,一个也有自己的过去、自己的工作和生活的妇女,一个跳起舞来顾不上弗朗索瓦丝的妇女。刚才当她向她微笑时,就像对一个观众微笑一样,弗朗索瓦丝对她来说仅仅是布景的一部分。

"如果人们能够平静地喜欢自己就好了。"弗朗索瓦丝满腹愁绪地想。

"这一瞬间,世界上有成千上万个妇女正激动地听着自己心脏跳动的声音。人人都有一颗心,人人都为自己着想。她怎么会以为自己是处在世界上一个享有特权的中心呢?还有波勒、格扎维埃尔和那么多其他人。人们甚至无法互相比较。

弗朗索瓦丝的手顺着她的裙子缓缓地放下。

"而我，我是谁？"她自问。她看看波勒，又看看佩服得五体投地、面露仰慕之色的格扎维埃尔。这些女人，人们知道她们是谁，她们有美好的回忆，有显示她们特性的趣味和思想，有她们的音容笑貌反映出来的特定性格。然而弗朗索瓦丝从自己身上却辨认不出任何清晰的形态，通过刚才透过她全身的白光，她所发现的仅仅是一片空虚。格扎维埃尔说她"从来不看自己"，这是事实，弗朗索瓦丝关心自己的脸只是为了当做一件身外之物那样保养它。她从往日的岁月中寻找的是风景，是人物，而非自己，即使她的思想和兴趣在她看来也构不成一个形象：这只是一些暴露在她面前的真实事物的映象，如同悬吊于舞台上空的一簇簇槲寄生和冬青一样。而这些事物并非与她密不可分。

"我谁也不是。"弗朗索瓦丝想。由于她不同其他人那样把自己禁锢于狭小的个人范围内，她往往为此而感到自豪：不久前的一个夜晚，当她同伊丽莎白和格扎维埃尔一起在拉普莱里酒吧时就曾有这种感受。一个向世界敞开的、不加掩饰的意识，这就是她所想象的自己的样子。她摸摸脸，对她而言，这仅仅是一个白色的假面具。只是所有人都看着它，无论她愿意不愿意，它都在世界上，是这个世界的一部分。她是所有女人中的一个，这个女人，她任其自由自在地生长，不限制其外形。她难以对这个陌生女人作任何判断。然而格扎维埃尔在判断她，把她与波勒相比。她更喜欢谁？皮埃尔呢？当他看她时，他看见什么了？她把目光转向皮埃尔，但皮埃尔不在看她。

他看着格扎维埃尔，格扎维埃尔半张着嘴巴，泪水模糊了双眼，困难地呼吸着，神思恍惚，如堕五里雾中。弗朗索瓦丝难堪地转过目光，皮埃尔目不转睛盯着她的神情几乎是猥亵的，有失体面，因为这张着了魔似的脸不是专为被人看的。有一点弗朗索瓦丝心里起码是清楚的：她不可能产生这种魂不附体的激动心情，她有十分的把握知道自己所做不到的事。她对自己的了解好像仅仅是一系列欠缺之处，这令人难受。

"你看见格扎维埃尔的表情了吗？"皮埃尔问。

"看见了。"弗朗索瓦丝说。

他说这句话时，目光仍没有离开格扎维埃尔。

"是这样，"弗朗索瓦丝自忖，"皮埃尔的感觉和她自己的一样，他也不认为她具有与众不同的表情，她既无形，又无影，似乎只是属于他的一个部分，他对她说话就像对自己说话一样，但是眼光仍停留在格扎维埃尔脸上。这时的格扎维埃尔很美：嘴唇隆起，两滴泪珠挂在苍白的脸颊上。"

掌声四起。

"应该去谢谢波勒。"弗朗索瓦丝说，并想："我已经没有什么感觉了。"她一看完舞蹈，头脑里便像老年妇女那样反复出现古怪的想法。

波勒优雅大方地接受了恭维，弗朗索瓦丝十分欣赏她总是能出色地待人接物。

"我很想让人到我家去取来我的裙子、唱片和面具。"她说，她那天真的大眼睛瞪着皮埃尔。"我很希望知道您的看法。"

"我特别想看到您的舞蹈究竟是一种什么路子，"皮埃尔说，"从您刚才为我们做的表演来看，有各种各样的可能性。"

唱机正播放一个快速狐步舞曲，一对对舞伴又重新组成。

"请和我一起跳这个舞。"波勒以命令的口吻对弗朗索瓦丝说。

弗朗索瓦丝顺从地跟着她，她听到格扎维埃尔赌气地对皮埃尔说：

"不，我不想跳。"

她发火了。原来如此！看来自己又做错了，格扎维埃尔大发雷霆，皮埃尔将因此而抱怨她。但波勒带舞极其出色，被她带着跳是一种乐趣；格扎维埃尔对此却一窍不通。

在舞台上大约有十五对舞伴在跳舞，其他人分散在后台和化装室，有一群人坐在楼厅的椅子上。突然，热尔贝从舞台上窜出来，像一个精灵那样欢蹦乱跳，马克·安托尼紧随其后，在他周围翩翩起舞，模仿着勾引他的舞姿，这是个身体微厚实，但却生龙活虎、洒脱优雅的男人。热尔贝似乎有一点醉意，那绺长长的黑发掉落在眼睛前面，他停下来犹豫地做了个卖弄风情的动作，又害臊地把头靠在肩膀上闪在一旁，接着，他溜下台，一会又腼腆地、像受到引诱似的重新回到台上。

"他们很可爱。"波勒说。

"最动人的是，"弗朗索瓦丝说，"热尔贝确实有那么一种魅力，他也并不加以掩饰。"

"我当时想，他向马克·安托尼显示的女人气质究竟是艺术效果还是自然效果。"波勒说。

弗朗索瓦丝看了一眼皮埃尔，他正兴致勃勃地和格扎维埃尔谈话，但后者似乎没怎么在听，她正以一种入迷而贪婪的奇怪神情盯着热尔贝。弗朗索瓦丝被这目光所刺痛，它似乎显示出一种专横而秘密的占有欲。

音乐停止，弗朗索瓦丝离开了波勒。

"我也能带您跳舞。"格扎维埃尔说，并抓住弗朗索瓦丝。她肌肉十分紧张地紧紧搂住她，而弗朗索瓦丝感到了这只紧拽住她身体的小手，很想笑出来，她倍感亲切地闻到了格扎维埃尔特有的茶叶、蜂蜜和肌肤的香味。

"如果我能把她占为己有，我会爱她的。"她想。

这个专横的小姑娘并不是什么别的东西,只是这温和、平静世界的一小部分。

但是格扎维埃尔力不从心,她又像平常那样开始只顾自己跳,而不为弗朗索瓦丝着想,弗朗索瓦丝再也跟不上她了。

"跳不好了。"格扎维埃尔失望地说。"我渴死了,"她又说,"您不渴吗?"

"伊丽莎白在餐桌那里。"弗朗索瓦丝说。

"这可怎么办?"格扎维埃尔说,"我想喝些东西。"

伊丽莎白正和皮埃尔交谈,她跳了很多舞,阴郁的心情似乎稍有缓解,她发出一阵俗气的笑声。

"我正在对皮埃尔讲,埃卢瓦整个晚上都在泰代斯科身边转悠,"她说,"康塞蒂都气疯了。"

"埃卢瓦今天晚上很有风度,"皮埃尔说,"这种发式使她变了样,她形体方面的潜力比我想象的大。"

"吉米奥对我说她总是出其不意地出现在所有男人面前。"伊丽莎白说。

"出其不意地出现?不应该按字面来理解这话。"弗朗索瓦丝说。

她脱口而出说了这个词,格扎维埃尔没有皱眉,也许她没有明白。与伊丽莎白进行轻松的谈话时,谈吐很容易变得粗俗不堪。当感到身边有这样一个道貌岸然的小姑娘,总有些拘束。

"他们把她看作最最低贱的人。"弗朗索瓦丝说,"可奇怪的是,她还是处女,而且还想继续保持下去。"

"她有自卑感?"伊丽莎白说。

"由于肤色的关系。"弗朗索瓦丝笑着说。

她看到皮埃尔似乎在忍受着极大的痛苦便停止了说话。

"您不再跳舞了?"他急促地问。

"我累了。"格扎维埃尔说。

"您对戏剧感兴趣吗?"伊丽莎白兴头很足地问,"您真有这种志向?"

"你知道,万事开头难。"弗朗索瓦丝说。

谁也不作声了。格扎维埃尔是个彻头彻尾的刺儿头,她在场时,气氛便沉闷压抑,令人难以忍受。

"你最近有工作吗?"皮埃尔问。

"有,还可以,"伊丽莎白说,并以漫不经心的口吻补充道,"利斯·马朗刚才以多米尼克的名义来试探我是否愿意帮她搞夜总会的布景,我也许会接受。"

弗朗索瓦丝感到她本来是想保守秘密的,但是没能经受住想向他们炫耀一番的诱惑。

"接受下来吧,"皮埃尔说,"这件事大有干头,多米尼克开这个夜总会能挣大钱。"

"小多米尼克,是个古怪的人。"伊丽莎白笑着说。在她看来,人们都是一成不变的,在这个僵化的世界上,不存在任何变化,她在那里锲而不舍追求的东西是确定自己的位置。

"她很有才能。"皮埃尔说。

"她过去对我很亲热,总是对我大加赞赏。"伊丽莎白以一种客观的口吻说。

弗朗索瓦丝感到皮埃尔狠狠地踩了她一脚。

"你可得遵守诺言。"他说,"你太懒了,格扎维埃尔要带你跳这个伦巴舞。"

"跳吧!"她无可奈何地说,并拉走了格扎维埃尔。

"这是为了摆脱伊丽莎白,"她说,"我们只跳三分钟。"

皮埃尔装作很忙的样子穿过舞台。

"我在你的办公室里等你们,"他说,"咱们到上面去安安静静地喝一杯。"

"邀请波勒和热尔贝吗?"弗朗索瓦丝问。

"不,为什么?就咱们三个人。"皮埃尔生硬地回答。

他走了,弗朗索瓦丝和格扎维埃尔在离他不远处跟随着。在楼梯上,她们遇见了贝格拉米安,他正狂热地亲吻小夏诺,一组跳法兰多拉舞的演员正跑步穿过一层的演员休息室。

"终于有一点安静的时候了。"皮埃尔说。

弗朗索瓦丝从柜子里拿出一瓶香槟酒,这瓶好香槟是留着招待贵客的,还有三明治和小花点,是准备在黎明时分手前吃的。

"喏,把这给我们打开,"她对皮埃尔说,"在舞台上吃的灰尘够不少的了,这可以清清嗓子。"

皮埃尔灵巧地拔出塞子,并斟满了酒杯。

"晚上过得好吗?"他问格扎维埃尔。

"太棒了!"格扎维埃尔说,她一口气把杯子喝空了,然后笑了起来。

"我的天哪!一开头,当您和那个胖子说话时,您的样子多像一个重要人物。我以为看到我叔叔了呢!"

"现在呢?"皮埃尔问。

他脸上显现的温情像蒙上一层薄纱那样,仍然有所克制。只需嘴巴上出现一条皱纹,无懈可击的冷漠表情就会像一片平静的湖水那样重又形成,连微波都没有。

"现在,又重新恢复了您的模样。"格扎维埃尔说,嘴唇稍稍往前噘起。

皮埃尔神色轻松自如,弗朗索瓦丝关切而担忧地端详着他。不久以前,当她看皮埃尔时,她从他身上发现的是整个世界;而现在她只看见他本人。皮埃尔就在他身体所在的地方，这个身体一下子就看得一清二楚。

"那个胖子？"皮埃尔说，"您知道他是谁？贝尔热，波勒的丈夫。"

"她的丈夫？"她顿时显得有点儿困惑不解，然后她斩钉截铁地说："她不爱他。"

"可她非同寻常地依恋他。"皮埃尔说，"她原先结过婚，有个孩子，后来她离了婚就嫁给了他，这引起了一大堆麻烦事，因为她出生于一个虔诚的天主教家庭。您从来没有读过马松的小说？那是她父亲。她颇有大人物女儿的风度。"

"她对他没有爱情。"格扎维埃尔说，她腻烦地噘起嘴。"人怎么阴差阳错到这种地步！"

"我喜欢您那非凡的感受力，"皮埃尔快乐地说，他又对弗朗索瓦丝笑着说，"如果你刚才听到她说的话就好了：'这个小热尔贝，他是属于那样一种人：他们对自己爱得太深了，以致都不想取悦于人……'"

他出色地模仿了格扎维埃尔的腔调，后者又气又好笑地看了他一眼。

"最厉害的是经常被她说中。"弗朗索瓦丝说。

"这是个小巫婆。"皮埃尔亲热地说。

格扎维埃尔傻乎乎地笑了，每当她非常高兴的时候就这样。

"波勒·贝尔热这个人，我认为她是一个冷冰冰的多情者。"弗朗索瓦丝说。

"她不是那种冷冰冰的人，"格扎维埃尔说，"我特别喜欢第二个舞蹈。最后，当她为表现女仆的劳累而东倒西歪的时候，表演出了极度精疲力竭的效果，以致让人联想到某种快感。"

她那鲜亮的嘴唇缓缓地吐出"快感"这个词。

"她善于激起肉欲。"皮埃尔说,"但我不认为她自己是那种沉湎于肉欲的人。"

"这个女人能感觉到自己身体的存在。"格扎维埃尔说,并以微笑暗示自己同皮埃尔的默契。

"我对身体的存在没有感觉,"弗朗索瓦丝想,"这一点也是确定无疑的,但是无休止地把自己的种种缺陷罗列出来是无济于事的。"

"当她穿着这条黑色长裙静立不动的时候,"格扎维埃尔说,"让人想到中世纪那些僵化呆板的处女,可只要她一动,就来神了。"

弗朗索瓦丝又往自己杯子里倒了些酒。她没有参与谈话,本来倒也可以对波勒的头发、其灵巧的身体和胳臂的曲线做点什么比喻,可她还是置身于事外,因为皮埃尔和格扎维埃尔沉迷于他们正谈论的内容。有一大段时光好像出现了一片空白,她再也跟不上他们的嗓音在空间绘制的精美图案。接着,她又听到皮埃尔在说:

"波勒·贝尔热是个悲切动人的女人,但这种悲怆的力量并不能持久,对我来说,最完美的悲剧效果是您在看她时的脸部表情。"

格扎维埃尔脸红了。

"我完全沉浸在表演之中了。"她说。

"谁也没有注意到。"皮埃尔说,"我羡慕您对事物有那么强烈的感觉。"

格扎维埃尔眼睛盯着酒杯的底部。

"人真怪。"她天真地说,"他们鼓掌,可谁的样子都不是真正的激动。也许您懂得的事太多了,但好像您在对不同事物的感觉上也没什么区别。"

她摇摇头,严肃地补充道:

"真奇怪。您对我讲起波勒·贝尔热的时候,就这样,随便说说,好像在谈论那个哈伯雷一样。而您在今天晚会上那疲惫不堪的样子真像是在工作。我可从来也没有玩儿得那么痛快。"

"确实，"皮埃尔说，"我没有那么多感觉上的差异。"

有人在敲门，他停止了说话。

"对不起，"伊内斯说，"我来通知你们：利斯·马朗将要演唱她的新作，然后波勒还要跳舞，我给她拿来了唱片和面具。"

"我们马上就下去。"弗朗索瓦丝说，伊内斯关上了门。

"这儿多好啊。"格扎维埃尔带着不高兴的口吻说。

"我不在乎利斯唱的歌，"皮埃尔说，"我们一刻钟以后再下去。"

他从来也没有在征求弗朗索瓦丝意见前就武断做过决定，她顿时怒不可遏。

"这不太礼貌。"她说。

她的口吻比她希望的更生硬，但她喝得太多，难以自制。不下楼是十足的恶劣行为，总不能就这样跟随着格扎维埃尔任性行事。

"他们甚至都不会发觉咱们不在场。"皮埃尔直率地说。

格扎维埃尔朝他笑了笑，每当人们为她牺牲某些东西，尤其是某个人时，她便会流露出一种天使般的温情，喜形于色。

"应该永远不再从这里下楼，永远。"她说。

她笑了起来。

"咱们锁上门，让人家用滑车从外面把饭给咱们送进来。"

"您就教我如何区别对待各种不同的事物。"皮埃尔说。

他深情地对弗朗索瓦丝笑了笑。

"这个小巫婆。"他说，"她用全新的眼光观察事物。现在对我们来说，事物已经开始像她所看到的那样存在着了。从前，人们过圣诞夜就是握握手，尽是一桩桩要张罗的小事；多亏了她，今年咱们过了一个真正的圣诞之夜。

"对。"弗朗索瓦丝说。

皮埃尔的话不是对她说的,也不是对格扎维埃尔说的,他在自言自语。这是最大的变化:从前,他为戏剧、为弗朗索瓦丝、为一些思想而生活着,人们总是可以与他合作;然而现在,人们无法介入到他与他自己的关系中。弗朗索瓦丝喝干了杯中的酒。她必须最后下决心正视所有发生的变化,多少天来,她的全部思想有一种尖酸苦涩的味道,伊丽莎白的内心大概就是如此。不应该和伊丽莎白一样。

"我想看个一清二楚。"弗朗索瓦丝自忖。

但是她此时感到脑袋在剧烈地旋转,眼前红红的一片。

"该下楼了。"她突然说道。

"对,这回应该下去了。"皮埃尔说。

格扎维埃尔却怏怏不乐。

"可我想喝完香槟酒。"她说。

"快喝。"弗朗索瓦丝说。

"我不想快喝,我想边抽烟边喝酒。"

她把身子往后一靠。

"我不想下去。"

"您那么想看波勒跳舞。"皮埃尔说,"来吧,咱们一定得下去了。"

"你们去吧,我不去,"格扎维埃尔说,她在扶手椅里坐坐稳,执拗地重复,"我想喝完香槟酒。"

"那一会儿见。"弗朗索瓦丝说着推开门。

"她会把所有酒瓶都喝空的。"皮埃尔担忧地说。

"她那么任性,简直难以容忍。"弗朗索瓦丝说。

"这不是任性。"皮埃尔严厉地说,"和我们多待一会儿,她感到高兴。"

当格扎维埃尔似乎离不开他时,他理所当然地认为一切都是完美的,弗朗索瓦丝差点儿脱口而出,但是她保持了沉默,现在她有许多想法都为自己保留着。

"是我变了吗?"她想。

她意识到自己的思想中充满了敌意,顿时感到惊恐。

波勒穿一件阿拉伯式的白羊毛无袖长袍,手执一个网眼密密的铁丝假面具。

"你们知道,我很害怕。"她笑着说道。

舞台上的人已寥寥无几。波勒用面具挡住脸,震耳欲聋的音乐在后台响起,她随之跳了起来。她模仿暴风雨,一个人就代表了一场狂风暴雨。从印度乐队吸取的生硬而烦人的节奏伴着她的动作。在弗朗索瓦丝脑海中,迷雾顿散,她清晰地看到存在于皮埃尔和她之间的东西,他们曾经共同建造了无与伦比的漂亮建筑,并躲藏于其中,却没有再考虑里面可能包含着什么内容。尽管皮埃尔仍然喋喋不休地说:"我俩只是一个人。"她却发现他为自己而活着。他们的爱情、他们的生活虽仍保持完美的外形,但其内容正渐渐地被抽空,就像那些外壳结实的大毛虫,正在被它们身体里寄生着的幼小虫子一口一口地蚕食一样。

"我要同他谈谈。"弗朗索瓦丝想,并产生一种轻松感。虽然存在某种危险,但只要更加时刻警惕,他们将可以共同加以防范。她转身观看波勒,全神贯注于她那美丽的动作,不再分心。

"您应该尽早开独舞表演会。"皮埃尔热情洋溢地说。

"啊!我在想行不行。"波勒忧虑地说,"贝尔热认为,这不是一种可独成体系的艺术。"

"您一定很累了。"弗朗索瓦丝说,"我楼上有质量挺好的香槟酒,我们到休息室去喝,那儿比这儿更舒适。"

留下的人寥若晨星,显得舞台太大了,满地是烟头、果核和纸片。

"你们把唱片和酒杯带走。"弗朗索瓦丝吩咐康塞蒂和伊内斯。她把皮埃尔拉到闸合板那里,并拉下了操纵杆。

"我希望马上结束晚会,咱们俩单独出去走走。"她说。

"非常愿意。"皮埃尔说,他略显好奇地看了看她。"你不舒服?"

"哪里,我很好。"弗朗索瓦丝说,语气中透出不耐烦,皮埃尔似乎想不到除了身体不适,她还会受到其他方面的损伤。

"但我想和你在一起。这种晚会令人沮丧。"

他们开始爬楼梯,皮埃尔挽起她的胳膊。

"我刚才觉得你很忧伤。"他说。

她耸了耸肩,声音有些颤抖。

"当我看到别人的生活时,比如波勒、伊丽莎白、伊内斯,就产生一种非常奇怪的感受,我在想人们怎样从外部来判断自己。"

"你对你的生活不满意?"皮埃尔忧心忡忡地问道。

弗朗索瓦丝笑了笑。这没那么严重,总之,只要她向皮埃尔做了解释,一切都会冰消瓦解。

"问题是人们无法得到证明。"她开始说,"必须要有一种信念。"

她突然停止了说话,因为皮埃尔正紧张地、几乎是痛苦地从楼梯向上注视着那扇门:他们刚才把格扎维埃尔留在了里面。

"她肯定喝得烂醉。"他说。

他松开弗朗索瓦丝的胳膊,急匆匆迈过最后几级台阶。

"没有一点动静。"

他呆呆地站在那里,脸上显现出来的忐忑不安与他以往因弗朗索瓦丝而产生的那种情绪变化不大的担忧迥然不同。现在他忧心如焚,下意识地流露出痛苦的模样。

弗朗索瓦丝气得双颊通红,即使他猛然打她都不会使她受到更为沉重的打击。她将永生难忘这只友爱的胳臂如此果断地甩掉了她的胳臂。

皮埃尔推开门,格扎维埃尔蜷缩成一团在窗前地板上酣睡。皮埃尔弯下身去看她。弗朗索瓦丝从橱中取出一个装满食品的纸盒和一篮子酒,悄然无声地走了:她想逃离到任何一个地方去思索、去痛哭。

事情竟然发展到了这一步:格扎维埃尔的赌气远比弗朗索瓦丝的惶恐不安更重要。然而皮埃尔仍然说他爱她。

唱机中正播放一首悲哀的老曲子,康塞蒂从弗朗索瓦丝手中接过篮子,站到酒吧后,并把酒瓶递给了与泰代斯科一起坐在凳子上的朗勃兰和热尔贝。波勒·贝尔热、伊内斯、埃卢瓦和夏诺坐在大玻璃窗边。

"我想要一点香槟酒。"弗朗索瓦丝说。

她的头嗡嗡作响,觉得身上有某种东西,动脉、肋骨或心脏即将崩裂。她很少经历痛苦,这确实难以忍受。康塞蒂十分谨慎地举着一个盛满酒的高脚酒杯走近,长裙使她像年轻女祭司那样庄重。埃卢瓦手中拿着一个玻璃杯猛地站到了她和弗朗索瓦丝之间。弗朗索瓦丝犹豫了一秒钟,接过玻璃杯。

"谢谢。"她说,并抱歉地朝康塞蒂笑了笑。

康塞蒂用讽刺的目光瞟了埃卢瓦一眼。

"有仇不报非君子。"她嘀咕了一句。埃卢瓦也嘀咕了一句什么,弗朗索瓦丝没有听见。

"你敢!而且当着米凯尔小姐的面!"康塞蒂喊叫起来。

她举起手,一巴掌打在埃卢瓦的粉红脸颊上,埃卢瓦先是张皇失措地看了她一眼,接着扑向她,两人互相揪住头发,咬牙切齿地在原地厮打转圈。波勒·贝尔热冲上前去。

"你们想干什么?"她一边说一边用漂亮的手按在埃卢瓦的肩膀上。

人们听到一声尖厉的大笑,格扎维埃尔正向前走来,目光呆滞、脸色像石灰一样苍白。皮埃尔走在她身后。所有人都转过脸看他们。格扎维埃尔的笑声立即止住了。

"这音乐太可怕。"她说完就向唱机走去,神色阴沉而果断。

"等一等,我来换另一张唱片。"皮埃尔说。

弗朗索瓦丝看了看他,内心的痛苦不可思议。在此之前,当她想到"我们已经分手"时,这种离别仍然是打击两个人的共同不幸,他们将同心协力加以弥补。现在她明白,所谓分手,就是独自承受离别之苦。

埃卢瓦额头贴在玻璃上正伤心地小声哭泣。弗朗索瓦丝用胳臂抱住她的肩膀,她对这个经常被人玩弄、却始终保持贞洁的胖胖的小身体有些反感,然而这一点正是埃卢瓦坚持自己正派的合适托辞。

"不应该哭。"弗朗索瓦丝说,但脑海中一片空白。这些眼泪,这个温热的肉体具有某些令人宽慰的东西。格扎维埃尔和波勒、热尔贝和康塞蒂正结伴跳舞,他们面无表情、动作焦躁不安。对所有人来说,今天晚上发生了一件令人疲惫、失望和遗憾的事,大家都为此感到恶心。他们觉得既害怕分离时刻的来临,又不乐意在此滞留。所有人都想在地上蜷缩成一团,像格扎维埃尔那样睡一觉。弗朗索瓦丝本人也没有其他愿望。窗外灰白的天空下,树木的黑影已经依稀可辨。

弗朗索瓦丝哆嗦了一下,原来皮埃尔正站在她身边。

"离开之前应该去巡查一下,你跟我来吗?"

"我来。"弗朗索瓦丝说。

"我们先陪格扎维埃尔回去,然后我俩再去多莫咖啡馆,"皮埃尔说,"在清晨,这是很令人愉快的事。"

"是的。"弗朗索瓦丝说。

他不需要对她那么亲热。她希望从他那里得到的是,他能不掩饰自己感情地转过脸看她,他刚才正是这样俯首观看熟睡的格扎维埃尔的。

"出什么事了?"皮埃尔问。

剧场笼罩在黑暗中,他不可能看见弗朗索瓦丝的嘴唇在颤抖,她克制住自己。

"什么事也没有,你希望出什么事?我没有病,晚会很顺利,一切都正常。"

皮埃尔抓住她的手腕,她猛地挣脱了。

"也许我有点喝多了。"她说,并发出一种不寻常的笑声。

"坐在那儿。"皮埃尔说,并在她的身边坐下,这是剧院正厅第一排。"告诉我你怎么啦。你好像怨恨我?我做什么事了?"

"你什么也没做。"她温柔地说。她抓住皮埃尔的手,怨恨他是不公平的,他对她的态度无可指责。"当然,你什么也没有做。"她重复了一遍,声音哽住了,她放开他的手。

"是不是因为格扎维埃尔?我们之间的关系不可能因此而发生任何变化,这你很清楚。你也知道,如果你对这件事有哪怕一丁点儿不乐意,你只要说一句话就行。"

"问题不在这里。"她匆忙表示。

让他做出牺牲是不可能给她带来快乐的。当然,在他深思熟虑的行动中,他始终把弗朗索瓦丝置于一切之上。但是她今天面对的不是那个具有一丝不苟道德规范、对爱情周密思考的人。她的愿望是接触到他的赤裸裸的灵魂,而不去管他的尊严、地位和他本人是否赞同。她强忍住眼泪。

"问题是我感到我们的爱情正在衰老。"她说,话音刚落就泪流如注。

"衰老？"皮埃尔气愤地说，"可我对你的爱从没有这样强烈，你为什么这么想？"

他自然立即竭力使她放心，这样，自己也就感到坦然一些。

"你甚至都没有意识到，"她说，"这不奇怪。你对这个爱情那样珍惜，以致你把它置于保险的地方，超越了时间、生命和空间范围。你时常称心如意地想到它，但是它究竟变成什么样了，你从来没有留心看看。"

她抽抽噎噎地哭起来。

"而我，我却想看看。"她说，并止住了泪水。

"安静些，"皮埃尔说，同时紧紧地搂住她，"我觉得你有点儿说胡话。"

她把他推开。他错了，她不是为了得到抚慰才这么说的，如果他这样就能打消她的思虑那就太简单了。

"我没说胡话，也许是因为我醉了我今晚才对你说出来，但是我对这一切已经考虑好多天了。"

"你本来可以早点说出来。"皮埃尔忿忿地说，"我不懂，你谴责我什么？"

他摆出了防卫的架势，他对归咎于他很反感。

"我什么也不谴责你，"弗朗索瓦丝说，"你可以绝对问心无愧。但这难道是唯一重要的事吗？"她粗暴地喊起来。

"这脾气发得没头没脑，"皮埃尔说，"我爱你，你应该很清楚，但是如果你不乐意相信，我毫无办法向你证明。"

"相信，总是相信，"弗朗索瓦丝说，"就这样，伊丽莎白终于相信巴蒂埃爱她，也许还相信她自己也仍然爱他。显然，这种相信会带来某种安全感。你需要自己的感情始终维持同一个模式，这种感情在你身上应该是有条不紊的、一成不变的,即使内部已空洞无物,你也无所谓。就好像《圣经》里那些抹得白白的坟墓,外表又漂亮,又坚固,始终不变,甚至可以每过段时间就用漂亮的语言加以重新美化。"

她又一次泪如泉涌。

"只是永远不该把它们打开,人们从中只会找到灰烬和尘埃。"

她重复道:

"灰烬和尘埃,这是显而易见的。呜!"她哭诉着,并屈起胳臂遮住脸。

皮埃尔拿下她的胳臂。

"别哭了,"他说,"我希望我们理智地谈一谈。"

他将会找到动听的论据,那时做出让步顺理成章。像伊丽莎白那样欺骗自己,她不愿意,她看得一清二楚。她仍然固执地抽泣。

"但是,没那么严重。"皮埃尔柔声柔气地说,他轻轻地抚摸她的头发。她蓦地跳起。

"这很严重,我确信我所说的。你的感情始终不渝,可以持续千秋万代,因为这是些防腐香料。就像那些老太婆,"她一边说,一边突然恐怖地想起布朗什·布盖的脸容,"一成不变是因为涂上了防腐香料。"

"你真让人讨厌,"皮埃尔说,"要么哭,要么说话,别两个同时进行。"

他控制住自己。

"听着,如果说我一成不变,很少表现出激动、心跳,这我同意,但是难道非得激动才说明有爱情存在吗?为什么今天这个问题突然激怒了你?你一直了解我,我一向是这样的。"

"喏,你对热尔贝的友谊也是这样,"弗朗索瓦丝说,"你不再想见他，但是一说你对他的爱在减弱，你就大喊大叫，以示抗议。"

"我不那么需要见别人，这是事实。"皮埃尔说。

"你什么也不需要，"弗朗索瓦丝说，"你根本无所谓。"

她痛哭失声。当她想到她会在某一时刻抹干眼泪，重新回到这个对骗局充满宽容的世界上来时，她不寒而栗。必须找到一种永远把现时定住的魔法。

"你们在那儿啊。"一个声音说。

弗朗索瓦丝立即坐直，奇怪的是难以抑制的抽噎竟迅速止住。朗勃兰的身影出现在门洞口，他边笑边走进来。

"我被追得走投无路，小埃卢瓦把我拉到一个幽深的黑暗角落里，并对我诉说世界多么可恶，在那儿，她使出浑身劲头儿想委身于我。"

他像维纳斯一样害羞地把手放到自己的生殖器上。

"为了保住我的贞操，我竭尽了全力。"

"她今天晚上运气不好，"皮埃尔说，"她试图诱惑泰代斯科也白费了心机。"

"如果康塞蒂不在，我不知道会发生什么事。"弗朗索瓦丝说。

"请注意，我并没有成见，"朗勃兰说，"但是我觉得这种举止不规矩。"

他伸长了耳朵。

"你们听到什么了吗？"

"没有，"弗朗索瓦丝说，"什么声音？"

"有人呼吸的声音。"

一种轻微的声音从舞台方向传来，确实像喘息声。

"我不知道是谁。"朗勃兰说。

他们登上舞台，那里漆黑一片。

"向右拐。"皮埃尔说。

丝绒幕布后面有个身躯躺在那里,他们俯下身来看。

"吉米奥!我刚才还奇怪他在最后一瓶酒喝空以前就走了。"

吉米奥在睡梦中微笑,头部枕在弯曲的胳臂上,他确实很美。

"我来摇醒他,"朗勃兰说,"我把他弄到上面去。"

"我们接着巡查完。"皮埃尔说。

演员休息室空无一人,皮埃尔关好了门。

"我很希望我们互相再讲讲清楚,"他说,"你居然怀疑起我们的爱情来,这使我非常难受。"

他真诚的脸上布满愁容,弗朗索瓦丝看着他,心有所动。

"我不认为你已经不爱我。"她喃喃低语。

"但是你说我们拖着的是一具陈尸,这多不公平!首先,你,我不需要见你这不是事实,只要你不在,我就心烦,和你在一起我从不厌烦。我经历的一切事,首先想到的是马上告诉你,好像你和我一起经历了这些事,因为你是我的生命,你清楚得很。我不会因为你而时时心神不安,这,是事实,但这正是因为我们很幸福。如果你病了,如果你使我难堪,我就会失去理智的。"

他以十分肯定和平静的语气说出最后几句话,引得弗朗索瓦丝温顺地笑起来。她挽起他的胳臂,两人一起上楼走向演员化装室。

"我是你的生命,"弗朗索瓦丝说,"但你是否觉察到了我今天晚上强烈感受到的东西?那就是我们的生命,它们就在我们周围存在着,几乎不取决于我们的意志,不由我们来选择。对我也同样,你永远不再存在选择我的问题。你不再拥有不爱我的自由。"

"事实是我爱你。"皮埃尔说,"你真的认为自由就是意味着每时每刻对事物提出怀疑?我们在谈到格扎维埃尔的时候经常说,如果是那样,人们就成了自己情绪变化的奴隶,哪怕是微小的变化。"

"是的。"弗朗索瓦丝说。

她太疲劳了,以致她在思索问题时无法应付自如,但是当皮埃尔松开她的胳臂后,她又看见了他的脸:她确信她的看法是一个无可辩驳的事实。

"然而,生活是由被你填满的瞬间组成的,"她非常激动地说,"如果其中每一瞬间都是空的,你将永远不可能让我信服它们构成的是一个充实的整体。"

"但是我和你在一起有无数充实的瞬间,"皮埃尔说,"这事实你看不见?你这样讲,好像我是一个麻木不仁、十足迟钝的人。"

弗朗索瓦丝碰了碰他的胳臂。

"你是那样亲热体贴。"她说,"只是,你懂吗,我分不清哪些是充实的时刻,哪些是空虚的时刻,因为你永远是那样完美无缺。"

"所以你就得出所有时刻都是空虚的结论!"皮埃尔说,"荒谬的逻辑!那好,我是否从此就应该反复无常?"

他用责备的目光看了看弗朗索瓦丝。

"我那么爱你,而你为什么要那样闷闷不乐?"

弗朗索瓦丝扭过头。

"我不知道,脑子里有点乱。"她沉吟不决,"比如,当我对你谈论我自己的时候,不管你感不感兴趣,你总是很礼貌地听我说。那么我就要问自己,如果你不那么礼貌的话,你会不会有时候听我讲话呢?"

"我始终是感兴趣的。"皮埃尔惊讶地说。

"但是你从来不主动提问。"

"我认为你一旦有事要说,你就会告诉我。"皮埃尔说。

他略微有些担忧地盯视她。

"什么时候发生的事?"

"什么？"弗朗索瓦丝问。

"我没有提问的事。"

"最近有的时候。"弗朗索瓦丝轻轻笑着说，"你心不在焉。"

她没有把握，因而迟疑不决。皮埃尔的信任令她感到羞愧。她对他保持的每一次沉默就是一个陷阱，他没有怀疑到她向他设下圈套，于是乖乖地掉了进去。难道不是她变了？当她谈论完满的爱情、幸福以及被制服的嫉妒心理时，难道不是她在撒谎？她的言行不再符合内心感情的变化，而他则仍然信任她。这是出于信念还是因为麻木不仁？

演员化装室和走廊空无一人，一切都显得井然有序。他们默默无语地回到演员休息室和舞台，皮埃尔在前台边沿坐下。

"我想这些日子以来我是对你有些不关心。"他说，"我想假如我对你的态度真的很完美的话，你就不会为这种完美而忧心忡忡。"

"也许，"弗朗索瓦丝说，"甚至不能简单地讲不关心。"

她稍停片刻，以便使语气更坚定。

"我觉得当你无拘无束地任凭自己随意行动时，我对你来说不那么重要。"

"换句话说，只有当我有错误的时候，我才是真诚的？"皮埃尔说，"当我对你彬彬有礼的时候，那是一种意志力？你把它理解为理智？"

"可以这么说。"弗朗索瓦丝说。

"当然可以，既然我对你的关怀同我的笨拙行为一样使我遭受谴责。如果你这样看问题，我无论怎么做，你总是有道理。"

皮埃尔搂住弗朗索瓦丝的肩膀。

"这是错误的，错误得令人可笑。经常冷漠无情，这不是我对你的态度，因为我爱你。偶尔由于某种烦恼，我在短短几分钟内对你不太依恋的时候,你自己说这是可以理解的。"

他看了她一眼。

"你不相信我?"

"我相信你。"弗朗索瓦丝说。

她相信他,但是确切地说,问题不在于此。她已经搞不太清问题究竟是什么。

"你是个聪明人,"皮埃尔说,"以后别再这样了。"

他握住她的手。

"我认为我明白了怎么会使我这样的。我们试图超越一切瞬间来建立我们的爱情,可是唯有全部瞬间才是可靠的。至于其他,就需要信念,而信念究竟是勇气还是惰性呢?"

"这就是我刚才问自己的问题。"弗朗索瓦丝说。

"有时候对我的工作我这样问自己。"皮埃尔说,"当格扎维埃尔对我说我发奋工作是出于求得精神上的安全感,我就生气。然而又怎么样呢?"

弗朗索瓦丝非常痛心,皮埃尔对他的事业产生怀疑,这正是她最无法容忍的事。

"我的情况是存在盲目的执着精神。"皮埃尔说,他笑了笑。"你知道蜜蜂吗,当人们在它们巢房深处挖一个大洞时,它们会带着同样幸福的心情继续往里吐蜂蜜:这有点像我的形象。"

"你现在真的不这么想了?"弗朗索瓦丝问。

"过去我把自己看作一个小英雄,在黑暗中勇往直前走自己的路。"皮埃尔边说边皱起眉头,神态坚定而憨傻。

"是的,你是一个小英雄。"弗朗索瓦丝笑着说。

"我希望这样认为,"皮埃尔说,"……"

他站起来,但伫立不动,靠在一个布景撑架上。上面的留声机正播放着一首探戈舞曲,他们仍在跳舞,应该回去找他们。

"很奇怪,"皮埃尔说,"这个女人实在让我受不了,她的道德观念把我们贬得粪土不如。我觉得如果她爱我,我还是会像以前一样自信。我似乎感到我会迫使她赞同。"

"你真怪。"弗朗索瓦丝说,"她可以爱你,同时又谴责你。"

"这只能是一种抽象的谴责。"皮埃尔说,"让她爱上我,就意味着把我强加于她,也就是以她的价值观来衡量,我深入了她的世界之中和获得了胜利。"

他笑了笑。

"你是知道的,我对这类胜利有一种怪癖的需求。"

"我知道。"弗朗索瓦丝说。

皮埃尔庄重地看了她一眼。

"只是我不愿意这种有罪的怪癖导致我搞坏我们之间的什么关系。"

"你自己刚才说,这不可能破坏什么。"弗朗索瓦丝说。

"这不可能破坏任何主要的东西,"皮埃尔说,"但是实际上,当我因为她而不安的时候,我就忽略了你;当我看她的时候,就不会看你。"

他的语调变得急促起来。

"我在想,结束这件事是不是更好,我对她的感情不是爱情,更像是迷信。如果她抑制,我就固执;一旦我认为我能把握住她,她对我来说就无足轻重了。如果我决定不再见她,我知道我马上就会不再想她。"

"但是没有任何理由不见她。"弗朗索瓦丝急切地说。

如果皮埃尔主动决裂,他肯定不会遗憾,生活将恢复到格扎维埃尔来之前那样。令人有些惊讶的是,弗朗索瓦丝感到这种保证只是使她产生一种失望的感觉。

"你很清楚,"皮埃尔微笑着说,"我不可能接受任何人的任何东西,格扎维埃尔绝对不会给我带来任何东西。你没有什么可顾忌的。"

他又变得严肃起来。

"好好考虑考虑,这是很严肃的事。如果你认为这中间存在某种危险威胁我们的爱情,应该说出来。无论如何我都不愿冒这样的险。"

两人默默相对。弗朗索瓦丝的脑袋沉沉的,她只感觉脑袋的存在,躯体不再存在了,她的心脏也停止搏动,好像是疲惫和麻木的沉重感把她和自己分解了。没有嫉恨、没有爱情、没有年龄、没有姓名,她在自己的生命面前只是一个沉默而冷漠的见证人。

"全考虑过了。"她说,"不存在这个问题。"

皮埃尔用胳臂温柔地搂住弗朗索瓦丝的肩膀,他们又登上了二层楼。此时天已放亮,所有人都露出了倦容。弗朗索瓦丝打开玻璃门,迈步走到平台上,寒气顿时向她袭来。新的一天开始了。

"那么现在,将会发生什么事呢?"她想。

不管发生什么事,她不可能推翻她已经做出的决定。她总是拒绝生活在梦境中,但是她更不接受把自己封闭于一个残缺不全的世界中。格扎维埃尔存在着,不应该否认她,必须承受她的存在所包含的所有风险。

"进去吧,"皮埃尔说,"太冷了。"

她重新关上了玻璃门。明天也许会有痛苦和眼泪,但是她毫不怜悯她即将成为的那个痛苦万分的女人。她注视着波勒、热尔贝、皮埃尔、格扎维埃尔。除了一种客观的好奇心,她什么感觉也没有,这种好奇心如此强烈,以致使她欣喜万分。

# 第八章

"自然，"弗朗索瓦丝说，"角色还不够鲜明突出，你演得太内在，但是您领会了这个人物，所有分寸都掌握得很准确。"

她在长沙发上坐下，挨着格扎维埃尔，并搂住了她的肩膀。

"我以您的脑袋向您保证，您可以演给拉布鲁斯看了。这很好，您知道，真的很好。"

做到让格扎维埃尔为她朗诵独白这已经是一大成功，为此，恳求了她整整一小时，弗朗索瓦丝已经精疲力竭。但是如果不促使她现在下决心和皮埃尔一起工作，仍将无济于事。

"我不敢！"格扎维埃尔绝望地说。

"拉布鲁斯没那么吓人。"弗朗索瓦丝微笑着说。

"哦，他吓人，"格扎维埃尔说，"作为老师，他让我害怕。"

"算了，"弗朗索瓦丝说，"您练这段戏已经一个月了，快得精神衰弱症了，应该从中摆脱出来。"

"我当然想摆脱出来。"格扎维埃尔说。

"听着，请相信我。"弗朗索瓦丝热情洋溢地说，"如果我觉得您还没有准备好，我不会让您去接受拉布鲁斯的评论的。我为您作担保。"

她盯视着格扎维埃尔。

"您不相信我?"

"我相信您,"格扎维埃尔说,"但是一感到别人在对你做出评价,实在是太可怕了。"

"当人们想工作时,应该丢弃自尊心。"弗朗索瓦丝说,"勇敢些,一上课就演给他看。"

格扎维埃尔凝神思索起来。

"我一定这样做。"她坚信不疑地说,并眨了眨眼睛。"我多么希望您对我有点儿满意。"

"我确信您会成为一个真正的演员。"弗朗索瓦丝亲热地说。

"您刚才的主意真不错。"格扎维埃尔喜形于色地说,"如果我站着说,整个结尾就会更出色。"

她站起来,激情满怀地说。

"如果这根树枝上的叶子是偶数,我就把信交给他……十一、十二、十三、十四……偶数。"

"您完全把握住了。"弗朗索瓦丝高兴地说。

"格扎维埃尔的语调变化和脸部表情还仅仅是有一些苗头,但是富于创造力和魅力。如果能激起她一点欲望多好,"弗朗索瓦丝想,"要是只靠我一个人的力量把她引向成功之路,真是太累了。"

"拉布鲁斯来了。"弗朗索瓦丝说,"他分秒不差。"

她辨出了他的脚步声,便打开房门。皮埃尔眉开眼笑地出现在门口。

"你们好!"他说。

他身上穿着一件厚重的驼毛大衣,活像一只小熊。

"啊!烦死了,我一整天在和伯恩海姆算账。"

"嗨!而我们,我们可没有白白浪费时间。"弗朗索瓦丝说,"格扎维埃尔给我演了她在《机遇》里那段戏,你将看到她干得很不错。"

皮埃尔以鼓励的神态转身对着格扎维埃尔。

"我听您的吩咐。"他说。

格扎维埃尔对到别的场所去冒这个险胆战心惊,最后终于同意在她自己房间里上课,但是她又不起身离开。

"别马上就开始。"她哀求道,"还可以再待一小会儿。"

皮埃尔用目光询问弗朗索瓦丝。

"你愿意再留我们一会儿吗?"

"待到六点半。"弗朗索瓦丝说。

"对,只待短短半小时。"格扎维埃尔说,看看弗朗索瓦丝,又看看皮埃尔。

"你的样子好像很疲劳。"皮埃尔说。

"我想我得流感了。"弗朗索瓦丝说,"现在正是这个季节。"

正是这个季节,而且也缺乏睡眠。皮埃尔身强力壮,格扎维埃尔白天补觉。当弗朗索瓦丝声称要在六点以前躺下睡觉时,两个人都善意地嘲笑她。

"伯恩海姆说了些什么?"她问。

"他又向我谈了那个巡回计划,"皮埃尔说,他迟疑了一下,"当然,收入是诱人的。"

"但是我们不是那样需要钱。"弗朗索瓦丝生气地说。

"巡回演出?到哪儿去?"格扎维埃尔问。

"希腊、埃及、摩洛哥。"皮埃尔说,他笑了笑,"计划要是实现就带您去。"

弗朗索瓦丝大为震惊。这不是戏言,皮埃尔居然会这样说出来,这十分令人不快,他的慷慨大方太轻率了。如果果真要做这次旅行,她下定决心要单独同他前往:他们得带领一大队人马呢。这话不能算数。

"这不是近期内的事。"她说。

"如果我们给自己安排一点儿假,你认为就那么有害吗?"皮埃尔语气婉转地问道。

这次,犹如一场龙卷风,把弗朗索瓦丝撼动得晕头转向,皮埃尔甚至从来未思考过这个主意,他现在是感情冲动。明年冬天,要上演他的剧本,他的书应该出版,他有一成套涉及他的流派发展的规划。弗朗索瓦丝迫不及待地指望他达到职业生涯的顶峰,最终确定他在事业中的显赫地位。她难以控制声音的颤抖。

"这不是时候。"她说,"你很清楚,在戏剧方面,时机问题是那么重要,《尤利乌斯·恺撒》演出以后,人们将焦急地等待你重登舞台,如果你空过去一年,他们已经在想别的事了。"

"你讲的句句是金玉良言。"皮埃尔说,但是露出一丝遗憾。

"你们多理智啊!"格扎维埃尔说,她脸上表现出的钦佩是由衷的,同时又是反感的。

"哦!但总有一天要实现。"皮埃尔快活地说,"当我们到达雅典、阿尔及尔,在它们的破旧小剧场里安顿下来是多么有趣啊。演完戏不是坐到多莫咖啡馆,而是来到摩尔人咖啡馆里面,躺在席子上抽印度大麻烟。"

"印度大麻烟?"格扎维埃尔带着入迷的神色说。

"这是他们在那里种植的一种含鸦片的植物,好像会使人产生迷人的幻觉。"他失望地补充道:"尽管我本人从来没有过这种幻觉。"

"对您我不奇怪。"格扎维埃尔以温柔的宽容口吻说。

"抽这种烟使的是商人为您定做的十分逗人爱的小烟斗,"皮埃尔说,"您一定会因为自己拥有一个小烟斗而感到自豪。"

"而我,我肯定会产生幻觉。"格扎维埃尔说。

"你记得穆莱·伊德里斯吗?"皮埃尔笑着对弗朗索瓦丝说,"当时我们用那个在一些阿拉伯人嘴里传来传去的烟斗抽烟,而这些人想必都患有梅毒。"

"我记得很清楚。"弗朗索瓦丝说。

"你提心吊胆。"皮埃尔说。

"你也不那么自在。"弗朗索瓦丝说。

她神经紧张,吐字困难。然而这是些遥远的计划,她深知皮埃尔不得到她的同意不会做任何决定。她将说不同意,这很简单,没什么可忧虑的。不,不,明年冬天不能离开,不,不能带格扎维埃尔去。不。她打了个寒战,大概是发烧了,她手心出汗,浑身发烫。

"我们去工作吧。"皮埃尔说。

"我也要工作了。"弗朗索瓦丝说,她强作笑脸。他们肯定感到了她有些异常,有某种不适感。她通常是善于克制自己的。

"还有五分钟,"格扎维埃尔做出赌气的样子笑着说,她叹了口气,"就五分钟。"

她抬眼看了一下弗朗索瓦丝的脸,然后又把视线落在指甲尖尖的双手上。如果在从前,弗朗索瓦丝会被这热诚而偷偷的目光所打动,但是皮埃尔曾经提醒她注意,每当格扎维埃尔对他柔情满怀时,她就利用这心不在焉的表情。

"还有三分钟。"格扎维埃尔说,她的眼光注视着闹钟,遗憾的表情难以遮掩住责备的目光。"我还不至于如此吝啬自己。"弗朗索瓦丝想,显然,同皮埃尔相比较,她显得贪婪些:他最近已经不再写作,无忧无虑地耗费时光,她没办法同他相比,她不愿意和他一样。她再一次因发烧而打了个寒战。

皮埃尔站起来。

"半夜十二点我再到这儿来找你?"

"对，我哪儿也不去，"弗朗索瓦丝说，"我等你吃夜宵。"

她对格扎维埃尔笑了笑。

"鼓起勇气，一会儿工夫就过去了。"

格扎维埃尔叹了口气。

"明天见。"她说。

"明天见。"弗朗索瓦丝说。

她坐在桌前面，兴味索然地望着空白纸张。她脑袋沉重、颈背酸痛，她知道她今天将无法干好工作。格扎维埃尔竟然还耗了她半个小时，挨过这一整段时间真是如煎似熬。再也享受不到闲暇、清静，甚至连休息都谈不上，她的精神处于一种非人的紧张状态。不，她要说不，她要声嘶力竭地喊出"不"字，皮埃尔会听从于她的。

弗朗索瓦丝感到一阵心虚，似乎身体里有什么东西坍塌了。皮埃尔会轻易放弃这次旅行，他对此没有强烈的愿望。那以后呢？这又有什么用？令人焦虑的是他自己不起来反对这项计划，他对他的事业那么无所谓？难道他已经由不知所措走向无动于衷了？从外部强加给他一种自己已经丧失的信念是毫无意义的。如果他自己不参与，甚至与他的意愿背道而驰，何必要期望为他做什么事呢？弗朗索瓦丝所期待他做出的决定，应该按他自己的意愿做出，她的全部幸福都建立在皮埃尔的自由意愿上，而这恰恰是她无法驾驭的。

她哆嗦了一下：有人正以急促的脚步登上楼梯，房门在敲击下晃动。

"请进。"她说。

两张脸同时出现在门口，两人都眉开眼笑。格扎维埃尔的头发藏在一顶苏格兰式大风帽里，皮埃尔手中举着他的烟斗。

"如果我们不上课，而用到雪中散步来代替，你不责骂我们吗？"他说。

弗朗索瓦丝十分气愤。她曾想象皮埃尔的惊异以及格扎维埃尔受到他的夸奖而深感满意的情景，为此她是多么欢欣鼓舞，她曾呕心沥血想法让她好好工作，可她想得太简单了，课从来没有认真上过。他们竟然还打算让她为他们的懒惰承担责任。

"这是你们的事，"她说，"我跟这毫无关系。"

笑容顿时消失，这般声色俱厉始料未及。

"你真的责骂我们？"皮埃尔困惑地问道。

他看看格扎维埃尔，后者也不知所措地看看他，那副神态像两个罪人。这是第一次，由于弗朗索瓦丝的关系而使他们变成同谋，他们站在她面前犹如一对夫妻，对此，他们意识到了，因而十分尴尬。

"当然不，"弗朗索瓦丝说，"祝你们散步快乐。"

她匆匆地把门关上，靠着墙伫立不动。他们静悄悄地下了楼，她猜想得出他们窘迫的面容。他们不会更多地工作，她甚至还扫了他们散步的兴致，她抽泣起来。这又何苦？她造成的结果只是使他们败兴，使她自感面目可憎。换了她处在他们的位置也不可能高兴，这是不可思议的事。她蓦地扑到床上，眼泪夺眶而出。她头脑中执意坚持这种僵直不变的意愿给她带来莫大的痛苦，顺其自然算了，看将来会怎么样吧。

"看将来会怎么样吧。"弗朗索瓦丝重复了一遍。她感到筋疲力尽，她的全部渴求是处于幸福的宁静之中，就像白花花的雪片掉落到精疲力竭的步行者身上时那种宁静。只好放弃一切，放弃格扎维埃尔的前程，放弃皮埃尔的事业，放弃自己的幸福，那时才会得到安宁，她才可能抵御眼前的痛苦：心跳加速、喉咙痉挛、眼球发热和干涩。一个小小的动作便够了：撒手放松。她举起一只手，活动一下手指，它们顺从地摇动起来，千条未知的小肌腱如此驯服，这已经是奇迹了，何必还要提出更多要求呢？可她又犹豫起来，撒手不管，她将不再惧怕明天，她没有明天，但是她看到自身周围的现实却是空落落、冷森森的，她一时失去了勇气。这就像同热尔贝一起坐在那个歌舞升平的大咖啡馆里的感受相仿：时光一瞬间一瞬间散散落落地流逝过去，一个一个不连贯的动作和形象密密麻麻、杂沓纷乱地堆积在一起。弗朗索瓦丝一下跳起来，这是无法容忍的，任何痛苦都比绝望地在虚无和嘈杂中放任自流要强。

她穿上大衣，把一顶无边毛皮帽一直戴到耳边。她必须恢复镇静，需要与自己对话，长期以来她早该这样做，而不该有一点空闲就埋头工作。她泪痕斑斑，因而眼睑发亮、眼圈发青，这很容易弥补，但是没有什么必要，因为直到午夜前她不见任何人，而希望独自消磨这几小时形影相吊的光阴。她在镜子前呆立片刻观察自己的脸庞，这张脸不说明任何问题，它像贴在头部前方的一张标签：弗朗索瓦丝·米凯尔。相反，格扎维埃尔那张脸则在滔滔不绝地窃窃私语，也许正是因为这个缘故她才往往神秘地对镜微笑。弗朗索瓦丝离开房间，走下楼梯。人行道上布满积雪，天寒地冻。她登上一辆公共汽车；为了寻求孤独和自在的精神境界，她必须逃离这个地区。

弗朗索瓦丝用手心擦拭掉蒙在玻璃窗上的水汽，夜色中徐徐出现在她眼前的是灯火辉煌的橱窗、路灯和行人，但是她没有感到自己在动，所有这些显现的东西接踵而至，而她自己却没有挪动位置；这是一种在时间范围内的超空间旅行。她闭上双眼。恢复镇静。皮埃尔和格扎维埃尔已经站在她面前，她也想站立在他们面前。控制自己，控制什么？她的思想消逝了。她找不到丝毫可思索的东西。

汽车停在唐雷蒙街的街角，弗朗索瓦丝下了车，蒙马特尔的街道白雪皑皑、肃穆宁静，犹如凝固了一般。弗朗索瓦丝踟蹰不前，她因自己获得的自由而深感局促不安，她可以去任何地方，但她却哪儿都不想去。她开始机械地登上高地,脚每迈出一步,先是被积雪顶一下,然后随着一下撕裂丝绸般的咯啦声就塌陷下去。感到力量尚未使尽时障碍便消失殆尽,令人产生一种失望的不适感。雪、咖啡馆、台阶、房屋……都与我有什么关系?弗朗索瓦丝思索着,并为之愕然。她感到百无聊赖,以致两腿如同截断了似的。所有这些陌生的事物又能对她有什么用?这些存在于一定距离之外的东西甚至都触及不到她所陷入的这种令人目眩头晕的虚空境界。她被一个大漩涡卷了进去,呈螺旋状下沉,越陷越深,好像最终会达到某种状态,任何一种一劳永逸的状态:安宁或失望,但是她仍然停滞于同一处境:虚空的边缘。弗朗索瓦丝悲痛地向四周看了看,不,任何东西都无助于她。必须从自身迸发出自豪、自怜或温柔的激情。她背部和太阳穴疼痛,即使这种痛苦也与她无干。好像应该另有一个人在那里说:"我疲倦,我痛苦。"那时,这一朦胧而痛苦的时刻会在一个生命中显著地占有一席之地。然而却没有任何人存在。

"是我的错。"弗朗索瓦丝缓步攀登一个台阶时这样想。是她的错,伊丽莎白说得对,多少年来她不再是某个人,甚至不再具有形象。而最不幸的女子至少还能够爱慕地抚摸自己的手,她惊异地看着她的双手。我们的过去、我们的未来、我们的思想、我们的爱情……她从来没有说过"我"。然而皮埃尔拥有自己的未来和自己的情感,他远远离开,退到了自己生活的边缘。她则原地呆立,与他、与众人疏远了,与已也无联系。她被遗弃,却从中领略到真正的孤寂感。

她凭栏眺望脚下一大片蓝莹莹、冷冰冰的雾气,那是巴黎,它冷漠无情、目空一切地展现在眼前,弗朗索瓦丝把身子往后一闪,她来这里干什么?周围寒气袭人,头上是白色穹顶,脚下是直通星际的深渊。她奔跑着下了台阶,应该去电影院或者给某人挂个电话。

"太不幸了。"她喃喃自语。

孤独不像可蚕食的食品那样是可以被吞噬的,她那种期望在一个晚上逃避孤独的想法是幼稚可笑的。只要她尚未彻底征服孤独,她就应该彻底打消想回避它的念头。

阵阵刺痛使她喘不过气来,她停下来把手放到肋骨上:

"我怎么啦?"

她周身打了一个大寒战,汗流浃背,脑袋嗡嗡作响。

"我病了。"她想,心里有一种轻松感。她拦住一辆出租车。除了回去上床睡觉别无他法。

楼梯口一扇门砰地响了一下,有人趿拉着一双旧鞋穿过走廊,这该是那个金发妓女起床了。楼上房间那个黑人的电唱机正轻轻地播送着《孤独》这个曲子。弗朗索瓦丝睁开眼睛,黑夜几乎已经降临,她躺在温暖的被窝内已有将近四十八个小时。身边轻轻的呼吸声是格扎维埃尔,皮埃尔离开以后,她一直坐在大扶手椅上,没有挪动一步。弗朗索瓦丝深深地吸了一口气:痛点没有消除,她倒为此感到高兴,这样她便完全确信自己病了,多么令人心神安宁,什么都不必操心,甚至都不用费心讲话。假如她的睡衣不被汗水浸透,她便觉得安然无恙了,可它贴在身上,而且身体右侧有一大片灼痛的硬痂,医生对人们拙劣地瞎涂乱抹泥罨剂而大为愤慨,但这是他的错误,他本该解释得更清楚。

有人轻轻敲门。

"请进。"格扎维埃尔说。

楼层侍者的脸蛋出现在门口。

"小姐什么都不需要?"

他怯生生地走近床边。他不间断地前来表示愿意提供服务,显出一副如临大难的神情。

"谢谢。"弗朗索瓦丝说,她气喘吁吁,根本无法讲话。

"医生说小姐明早无论如何应该去住院,小姐您不愿我给什么地方挂个电话?"

弗朗索瓦丝摇了摇头。

"我不打算去。"她说。

一股热血冲上脸部,她的心脏猛烈地跳动起来,这个医生为什么把旅馆的人都煽动起来了?他们将要告诉皮埃尔,格扎维埃尔也会对他说,她自己也知道她不可能对他撒谎。皮埃尔将强迫她住院。她不愿意,别人毕竟不能违背她的意愿把她弄走。她看着门在侍者身后重新关上,她环顾了一下房间。感觉得到这是病人住的房间:两天以来,没有打扫屋子和整理床铺,甚至没有打开过窗户。皮埃尔、格扎维埃尔、伊丽莎白在壁炉上白白堆了一些令人垂涎的食品,火腿变硬了,杏子浸泡在流出的汁里,牛奶蛋糊塌陷在焦糖水里。这几乎像被非法监禁的人住的地方了,但这是她的房间,弗朗索瓦丝不愿意离开。她喜欢装饰墙纸上的鳞片状菊花、破旧的地毯以及旅馆的喧闹声。这是她的房间,她的生活,她愿消极地在此滞留,哪怕全身衰竭,而不愿被流放到白色的、陌生的围墙中去。

"我不愿意人家把我从这里弄走。"她有气无力地说,热血又一阵阵冲向全身,并因激动而热泪盈眶。

"别伤心。"格扎维埃尔愁眉不展、但满腔热情地说。"您很快会好起来的。"

她蓦地扑到床上,紧紧靠着弗朗索瓦丝,把冰凉的脸贴在她滚烫的脸颊上。

"我的小格扎维埃尔。"弗朗索瓦丝感动地说,她用胳膊搂住这柔软、温暖的身躯。格扎维埃尔的全身重量压得她喘不上气来,但是她不愿让她离开。曾几何时，有一天清晨她也这样把格扎维埃尔紧紧搂着贴在胸口。为什么她没有能力把她留在身边？她是那么爱这张忧虑而深情的脸。

"我的小格扎维埃尔。"她重复了一遍，一声抽泣哽住了嗓子。不，格扎维埃尔不会离开。其中有误会，她希望一切从头做起。她曾经不快地以为格扎维埃尔已经离她而去，但是刚才促使格扎维埃尔投入她怀抱的激情不可能是错觉。弗朗索瓦丝将永远不会忘记她忧伤的眼睛以及两天以来格扎维埃尔毫无保留地、慷慨地奉献予她的无微不至的、炽热的爱。

格扎维埃尔轻轻地挣脱开弗朗索瓦丝，并站起来。

"我要走了，"她说，"我听到拉布鲁斯走楼梯的脚步声。"

"我确信他想把我送到一个诊所去。"弗朗索瓦丝神经质地说。

皮埃尔敲了敲门，并走了进来，他满面愁容。

"你怎么样？"他边问边抓住弗朗索瓦丝的手，他对格扎维埃尔笑了笑："她听话吗？"

"还可以，"弗朗索瓦丝轻声说，"有些喘不过气来。"

她想坐起来，但是胸口感到一阵撕心裂肺的疼痛。

"您离开时请到我房间敲敲门。"格扎维埃尔说，并友好地看了看皮埃尔。"然后我再来。"

"没必要了，"弗朗索瓦丝说，"您应该出去走走。"

"我不是一个好看护吗？"格扎维埃尔责怪地说。

"最好的看护。"弗朗索瓦丝温柔地说。

格扎维埃尔悄悄地关上了身后的门，皮埃尔坐到床头。

"那么，你看过医生了？"

"是的。"弗朗索瓦丝有些警觉地说，她噘起嘴，不想哭出来，但感到难以克制。

"请一位护士来,但是让我留在这里。"她说。

"听着,"皮埃尔说,同时把手放在她额头上,"他们在楼下对我说,你需要受到严密看护。这并不要紧,但是一旦波及肺部就严重了。你需要打针、一系列的治疗和护理以及一位随叫随到的大夫,一位好大夫。而这个老头儿只是个笨蛋。"

"去另请一位大夫和一位护士。"她说。

眼泪夺眶而出,她使出仅剩的一点力量继续抗拒着,她不罢休,她将不听凭他人把她拽走,离开她的房间、她的过去和她的生活。但是她已经黔驴技穷,甚至她的嗓音也只剩下一阵阵唧哝。

"我要和你待在一起。"她说着便嚎啕大哭起来,现在她任凭他人摆布了,因为她仅剩下一个烧得浑身颤抖、极度衰竭、没有语言甚至没有思想的身体。

"我会整天守在那里,"皮埃尔说,"这完全是一回事。"

他用哀求和惶恐的神色看着她。

"不,这不是一回事。"弗朗索瓦丝说,抽泣使她窒息。"没有希望了。"

她太疲乏了,以致看不清在室内黄色光线中正在消失的东西,但她永远不愿因此而罢休。长期以来她感到存在威胁,她曾奋力搏斗过。在她眼前杂乱地重现北极酒吧的桌子、多莫咖啡馆的长椅、格扎维埃尔的房间和她自己的房间。她又看到自己不知因何缘故而紧张和抽搐。现在,时刻来到了,她徒劳地捏紧拳头作最后的挣扎,她将会被强行带走,什么都不再取决于她,她的反抗除了眼泪已一无所剩。

弗朗索瓦丝整夜高烧不退,只是到黎明才入睡。当她又睁开眼睛时,冬天和煦的阳光正照耀着房间,皮埃尔正在床边弯腰看着她。

"救护车来了。"他说。

"啊!"弗朗索瓦丝说。

她想起前一天晚上曾哭过,但是不再记得是什么原因。她内心空空的,心神十分安宁。

"我要带一些东西走。"她说。

格扎维埃尔笑了。

"您睡觉的时候,我们准备了您的行装。睡衣、手绢、香水。我想什么也没有忘记。"

"你可以放心。"皮埃尔高兴地说,"她已经找到了塞满大手提箱的办法。"

"如果是您,会让她像一个小孤女一样走的,就在一块手绢里包上一把牙刷。"格扎维埃尔说。她走近弗朗索瓦丝,忧虑地看了看她。"您感觉怎么样?您不太累吧?"

"我感觉很好。"弗朗索瓦丝说。

她的睡眠使她发生了一些变化,多少星期以来,她没有如此安宁过。格扎维埃尔脸色都变了,她抓住弗朗索瓦丝的手紧握了一下。

"我听到他们上楼了。"她说。

"您每天都要来看我。"弗朗索瓦丝说。

"嗯,行,每天。"格扎维埃尔说,她弯下腰亲吻弗朗索瓦丝,眼睛里汪着泪水。弗朗索瓦丝对她微笑了一下;她还知道怎样微笑,但不再知道怎样才能被眼泪打动和无缘无故地激动。她无动于衷地看着两个男护士进来把她抬起来平放在担架上。她最后一次向发愣地站立在空床边的格扎维埃尔微笑,然后门关上了,把她同格扎维埃尔、她的房间和过去分开了。弗朗索瓦丝甚至不是一个有机的躯体,而只是一块无生气的东西,人们把她抬下楼时,头在前,脚朝天,恰似一个沉重的包裹,抬担架的人是根据重力定律和他们各自的方便程度来摆弄它的。

"再见,米凯尔小姐,早日康复。"

女老板、楼层侍者和他的妻子站在夹道走廊里。

"再见。"弗朗索瓦丝说。

一股冷气向她脸部袭来,终于使她彻底清醒。一大堆人麇集在大门前。人们把一个女病人抬到一辆救护车上:弗朗索瓦丝从前经常在巴黎街头看到这幕情景。

"但这一次病人是我。"她惊奇地想,她不完全相信。疾病、事故,所有这类付印成千上万册的故事,她始终都认为不可能成为她的故事。关于战争她也曾这样思量过,这些非个人的、无名的不幸不可能降临到她头上。我怎么可能是随便哪个人呢?然而她就躺在那辆开动时不颠不簸的车上,皮埃尔坐在她身旁。她是病人。不管怎样,这件事发生了。她是否变成了随便哪个人?是否正因为如此她才那样轻松自如、摆脱了自我以及一系列令人窒息的喜和忧?她闭上双眼。车子在平稳地前进,时间在流逝。

救护车在一个大花园前停下,皮埃尔把弗朗索瓦丝用被子紧紧裹好,人们抬着她穿过路面结冰的小径和铺着漆布的走廊。她被放在一张大床上,脸颊和身体感受到了新床单的凉爽和清新。这里的一切都那么干净,那么宁静。一个黄褐色脸蛋的小护士前来轻轻拍打枕头,并与皮埃尔小声交谈。

"我走了,"皮埃尔说,"医生就过来看你。一会儿我再来。"

"一会儿见。"弗朗索瓦丝说。

她毫不遗憾地让他走了,她不再需要他,她只需要医生和护士,她是普普通通的一个病人,三十一号病床,仅仅是一个肺充血的普通病例。床单是新换的,墙是白色的,她周身感到无限的舒坦、安逸。原来如此,只要放松自如和放弃一切就行了,这如此简单,为什么她曾久久踌躇不决呢?现在,街头巷尾行人无休止地闲聊、人们的脸庞以及她自己的脑袋都无影无踪了，她的周围肃静无声，她不再期望什么。室外，寒风吹得树枝咯啦咯啦响。在这万籁俱寂的空间，稍有一点声音，就会以人们几乎能够看见和触及的长波传播开来，它无穷无尽地回响着，声波的千万次振动悬浮于太空、超越于时间，比音乐更令人心醉神迷。在独脚小圆桌上，护士放着一玻璃瓶透明的浅红色橙汁，弗朗索瓦丝觉得自己会不厌其烦地去看它。它就在那里，某件东西不费力地存在于那里，那就是奇迹。那是柔和的清新感或其他随便什么东西，它无忧无虑无烦恼地存在于那里，它不知疲倦地存在着，为什么不为此而赏心悦目呢？是的，这正是弗朗索瓦丝在三天前不敢期望的：她得到解脱、心满意足，置身于如同卵石一般光滑圆润的、自我封闭的、宁静的瞬息之中安息着。

"您能否抬起一点儿？"医生说，他帮助她坐起来。"这样就可以了，时间不会太长。"

他态度友好并通情达理，他从医药箱中拿出一个仪器，贴在弗朗索瓦丝的胸口。

"深呼吸。"他说。

弗朗索瓦丝开始深深吸气，由于她气息急促，这俨然是项费力的事，每当她试图深呼吸时，就感到一阵剧烈的疼痛。

"请数数：一、二、三。"医生说。

他现在听诊背部，并轻叩胸廓，犹如电影中的警探在探测一堵可疑的墙。弗朗索瓦丝顺从地数数、咳嗽和呼吸。

"好，行了。"医生说，他把枕头放在弗朗索瓦丝的脑袋下，和蔼地看着她。

"肺部轻微感染，我们马上给您打针以防心脏衰竭。"

"要很长时间才能好吗？"弗朗索瓦丝问。

"正常情况下九天,但是您以后需要长时间康复。您的肺过去有过麻烦吗?"

"没有。"弗朗索瓦丝说。"为什么?您认为我的肺受感染了?"

"这不好说,"医生含糊其词地说,他拍拍弗朗索瓦丝的手,"等您感觉好一些,就去照透视,那时再看需要对您做些什么。"

"您要把我送疗养院?"

"还没决定。"医生笑了笑说。"总之,几个月的休息并不可怕。特别是不要担心。"

"我不担心。"弗朗索瓦丝说。

肺部感染,几个月的疗养,也许要几年。这多么奇怪。各种各样的事都可能发生。那个圣诞节前夜多么遥远啊,那时她以为自己被封闭在一种定型的生活中,因为尚未发生过任何事情。未来伸向远方,犹如在寂静雪地上的一条漫长而柔美的足迹,像床单和粉墙那样光润莹洁。弗朗索瓦丝只是随便某一个人,随便什么事都突然会成为可能。

弗朗索瓦丝睁开双眼,她喜欢这样的苏醒,因为它既不剥夺她休息又使她欣喜地意识到醒了,她甚至不需要改变姿势,因为她已经采取坐姿,她很习惯这样睡觉。睡眠对她来说不再是一种为寻求快意和躲避现实的退隐方式,而是各种活动中的一种,采用与其他活动相仿的姿势。她从容地看了看皮埃尔摆在床头柜上的橙子和书籍。平静的一天缓缓地在她面前随意流逝。

"待一会儿,人家要为我照透视。"她想。这是被所有其他小事件围绕的中心事件。她对检查结果漠不关心,她关心的是走出这间屋子,在这里她被禁闭了三个星期了。今天她感到自己已经痊愈,她肯定能不费力地站起来,甚至迈步。

早晨过去得很快。那位负责护理弗朗索瓦丝的瘦削的棕发年轻护士一面为她梳洗，一面向她大谈特谈现代妇女的命运和教育是如何美好，然后医生来查房。米凯尔夫人大约十点到达，带来两件新熨过的睡衣、一件供床上看书时穿的玫瑰色轻便安哥拉呢上衣、橘子和科隆香水。她看着弗朗索瓦丝进午餐，并连连向护士道谢。她走了以后，弗朗索瓦丝舒展开双腿，上半身几乎垂直地靠着。她任凭世界向黑夜滑去，滑去后返回光明，又重新滑去：这是一种轻柔和缓的摇摆。突然摇摆止住了，原来格扎维埃尔正弯腰对着床看她。

"您夜里睡得好吗？"格扎维埃尔问。

"用几滴这种药，我总是睡得很好。"弗朗索瓦丝说。

格扎维埃尔把头往后一仰，嘴上隐含微笑，解着包头的围巾。每当她专心于自己的装束打扮时，她的举止中总带有某种宗教礼仪式的、神秘的东西。围巾解开后，她又恢复到世俗的常态。她审慎地用手指捏着小瓶。

"不应该养成习惯。"她说。"用了这个，您以后就再也离不开它了。您会眼睛发直、鼻子发紫，您会很吓人的。"

"您会和拉布鲁斯串通一气，把我所有的小药瓶都藏起来，但是我还会找到它们。"

她开始咳嗽，讲话使她感到劳累。

"而我，我一夜没睡。"格扎维埃尔神气十足地说。

"您讲给我听听。"弗朗索瓦丝说。

格扎维埃尔的那句话刺到她心里，如同牙医的钢钻深入一颗坏死的牙中一样，她唯一感受到的是不复存在的忧虑在心中留出的空隙。皮埃尔疲于奔命，格扎维埃尔则永远无所事事。想法依然存在，但无棱无角，无知无觉。

"我有件东西要给您。"格扎维埃尔说。

她脱去风衣,从口袋里掏出一个用绿色窄缎带扎起来的小纸盒。弗朗索瓦丝解开绳结,揭开盒盖,里面塞满了棉花和薄纸,在纸下躺着一束雪花莲。

"多漂亮啊!"弗朗索瓦丝说,"样子像是真的,又像是假的。"格扎维埃尔轻轻吹拂白色花冠。

"它们通宵没睡,今天早上我让它们按规定饮食,它们长得很健壮。"

她站起来,在一个玻璃杯里灌上水,然后把花插入。她的黑绒西式套服使她柔软的身材更加苗条,她身上农村小姑娘的痕迹已荡然无存,成为一个对自身的优雅十分自信的、完美的年轻姑娘。她将一把扶手椅拉到床边。

"我们真的度过了不平凡的一夜。"她说。

几乎每天晚上,她都到剧场门口等候皮埃尔,他们之间前嫌全消,弗朗索瓦丝还从未见过她脸上有过这种激动而沉思的表情,她眉开眼笑,嘴唇微微噘起,像一个钱币似的。珍藏在密封匣子内、薄纸和棉花底下的东西象征着她对皮埃尔的思念,通过她嘴唇的形状和眼睛的笑意表现出来。

"您知道,长期以来我一直想在蒙马特尔转一大圈,"格扎维埃尔说,"可从来也没有实现。"

弗朗索瓦丝笑了,在蒙帕纳斯区周围有一个格扎维埃尔始终没有决心跨越的魔圈,寒冷和疲劳足以使她望而却步,她战战兢兢地躲避在多莫咖啡馆和北极酒吧里。

"昨天晚上,拉布鲁斯来了一个强制行动,"格扎维埃尔说,"他用出租汽车把我拉走,直拉到皮加勒广场。我们不太清楚要去哪里,于是就探索着前进。"

她笑了笑。

"我们脑袋上方该是有火舌存在,因为五分钟以后,我们来到一座通体红亮的小房子前,无数小玻璃窗上挂着红色窗帘,样子神秘莫测,有些可疑。我不敢进去,但是拉布鲁斯兴致勃勃地推开门,里面热烘烘的,挤满了人。我们在一个角落里还是发现了一张桌子,上面铺着一块粉红色桌布,惹人喜爱的粉红色餐巾简直像不很庄重的小青年上衣左上角口袋里装的小手绢。我们就在那里坐下来,"格扎维埃尔停顿了一会儿,"我们吃了腌酸菜。"

"你们吃了一份腌酸菜?"弗朗索瓦丝问。

"是啊,"格扎维埃尔非常高兴她的话产生了作用,"我觉得味道很不错。"

弗朗索瓦丝猜测着格扎维埃尔大胆而闪闪发亮的目光。

"我也要一份腌酸菜。"当时格扎维埃尔肯定这样说。

这是她向皮埃尔表明他们之间暗中是心灵相通的。他们肩并肩,稍稍隔开坐着,看看别人,又像朋友一样会心而幸福地互相看看。在这些形象中不存在令人担忧的事,弗朗索瓦丝回味时心平气和。所有这些事都发生在光秃秃的大墙外、诊所的花园外,在一个同电影院银幕上的黑白世界同样虚幻的世界中。

"那里的顾客是些奇怪的人。"格扎维埃尔撇了一下嘴,做出一副假正经的模样说。"走私可卡因的,当然也有惯犯。老板是一个脸色苍白的棕发高个儿男人,粉红色嘴唇厚厚的,外表像个强盗。不是个粗鲁的人,是个相当文雅、因而不太残忍的强盗。"

她好像为自己补充了一句:

"我很希望勾引这样一个男人。"

"您怎么勾引?"弗朗索瓦丝问。

格扎维埃尔翘起嘴唇,露出洁白的牙齿。

"我要让他痛苦。"她说,做出一副颇具肉感的神态。

弗朗索瓦丝有些不安地看看她，把这个严肃和坚守贞操的女人想象成一个具有情欲的女人似乎是渎圣的，但是她自己如何看自己呢？是什么样的色情和调情的梦想使她的鼻子和嘴巴轻微颤抖？当她诡秘地微笑时，她那躲过他人耳目的真实个人形象是怎样的？此刻的格扎维埃尔对自己的肉体有感觉，自我感到是个女人，弗朗索瓦丝觉得被一个隐蔽在熟悉表情背后的嘲弄人的陌生女人欺骗了。

格扎维埃尔收起了强作的笑容，带着幼稚的语调补充道：

"然后，他会把我带到鸦片烟馆，让我结识罪犯。"

她凝神思索了片刻。

"也许每天晚上到那里去，我们最终会被收留。我们开始结交一些人：两个在酒吧喝得酩酊大醉的女人。"

她悄悄地补充道：

"是鸡奸者。"

"您是想说搞同性恋的女人？"弗朗索瓦丝说。

"不是一回事儿吗？"格扎维埃尔抬起眉毛问。

"鸡奸者只是指男人。"弗朗索瓦丝说。

"总之这是一对。"格扎维埃尔稍稍有些不耐烦地说。她脸部表情又活跃起来。"其中之一头发剪得很短，样子完全像一个年轻男子，一位富有魅力的、沉湎于花天酒地的小青年；另一位是个女人，她年龄稍微大些，相当漂亮，穿一条黑丝绸连衣裙，上身戴一朵红玫瑰花。由于我对小青年着了迷，拉布鲁斯对我说，我应该设法勾引她。我就向她做媚眼，让她神魂颠倒。她果真来到我们桌上，用她的酒杯向我敬酒。"

"您怎么做媚眼？"弗朗索瓦丝问。

"就这样。"格扎维埃尔说，她向橙汁瓶偷偷地、挑衅性地看了一眼。弗朗索瓦丝又一次感到不自在，不是因为格扎维埃尔具有这种令人困惑不解的天赋,而是因为她竟为此而洋洋自得。

"然后呢?"弗朗索瓦丝问。

"然后我们就邀请她坐下。"格扎维埃尔说。

房门无声地打开了,褐色脸蛋的年轻护士走向床铺。

"该打针了。"她轻快地说。

格扎维埃尔站起身。

"您不必离开。"护士说,她向注射器中灌满一种绿色液体。"我一分钟就完。"

格扎维埃尔愁眉苦脸地看着弗朗索瓦丝,并流露出一丝责备的神色。

"我不会叫喊的,您知道。"弗朗索瓦丝笑着说。

格扎维埃尔向窗户走去,把额头贴在玻璃上。护士翻开被子,使一部分大腿裸露在外,皮肤上青一块紫一块的,底下是一大堆小硬疙瘩。她麻利地一下把针头插入,动作敏捷,丝毫不让人疼痛。

"好,完了,"她说,她有些埋怨地看着弗朗索瓦丝,"不该说话太多,您会累坏身体的。"

"我不说话了。"弗朗索瓦丝说。

护士对她笑了笑,走出房间。

"多么可怕的女人!"格扎维埃尔说。

"她很可爱。"弗朗索瓦丝说。她对这位灵巧殷勤、照料周全的年轻姑娘充满一种脆弱的宽容感情。

"怎么可能去当一个护士呢!"格扎维埃尔说,她向弗朗索瓦丝投去胆怯和厌恶的目光。

"她让您感到不舒服?"

"不是,我什么感觉也没有。"

格扎维埃尔打了个寒战,在某些形象面前,她确实可能会胆战心惊。

"让一个针扎到肉里,我可忍受不了这个。"

"如果您吸毒……"弗朗索瓦丝说。

格扎维埃尔将头往后一仰,轻蔑地笑了笑。

"啊!那将是我自己给自己扎。我么,对自己,什么我都能做。"

弗朗索瓦丝熟悉这种充满优越感和怨恨的语调。

格扎维埃尔对人的判断不是根据他们的行动,而是根据他们的处境,哪怕并不是出于他们的自愿。因为现在涉及到的是弗朗索瓦丝生病的处境,格扎维埃尔原来想对此装作视而不见,然而她忽然想到,生病本身就是个严重的错误。

"您也很可能不得不忍受,"弗朗索瓦丝说,她有些不怀好意地补充道,"也许有一天这会临到您头上。"

"永远不会,"格扎维埃尔说,"我宁肯死也不看医生。"

她的道德观是人不该求医。如果生命要溜走,而竭力挣扎想活下来,那是平庸的表现。她憎恨任何形式的顽强拼搏,这是一种缺乏从容洒脱、孤傲清高气质的表现。

"她会像别人一样接受治疗和护理的。"弗朗索瓦丝不快地想,但这只是一种无力的宽慰。现在,格扎维埃尔就在那里,身着黑西裙,精神饱满,自由自在,衣领端正的苏格兰外套衬托出容光焕发的脸蛋,头发闪闪发亮。弗朗索瓦丝则卧床不起,束手无策,任凭护士和医生摆布。她瘦骨嶙峋,既丑陋又虚弱,几乎讲不了话。她突然感到身上的疾病是一种羞人的耻辱。

"您对我讲完您的故事吧。"她说。

"她是否不会来打扰我们了?"格扎维埃尔阴沉地说,"她连门都不敲。"

"我想她不会再来了。"弗朗索瓦丝说。

"好吧！她向她的女友招了招手，"格扎维埃尔勉强开始讲，"她们坐到了我们身旁，年轻的那个喝完威士忌，一下子就倒在桌上，像一个孩子那样胳臂伸向前方，脸颊贴在臂肘上。她哭笑无常，头发乱蓬蓬的，额头上冒着汗珠，然而她很干净，很纯洁。"

格扎维埃尔闭上了嘴，脑海里正再现这一场景。

"什么事情谁要是走到了极端，那种感受是十分强烈的，确实到了极端。"她说。她的眼睛茫然地凝望着，然后，又兴奋地说："另一个使劲摇晃她，她一定要把她带走，她像一个充满母爱的妓女，您知道，这类妓女不愿意自己的小情人沉沦下去，她们出于关心，出于占有者的本能，同时出于一种淫秽的怜悯心。"

"我懂。"弗朗索瓦丝说。

简直可以认为格扎维埃尔在娼妓中生活了好多年。

"是不是有人敲门？"她伸长耳朵听了听说，"请您叫他进来。"

"请进。"格扎维埃尔声音嘹亮地喊道，眼神中掠过一丝不悦。

门打开了。

"您好。"热尔贝说，他略显尴尬地向格扎维埃尔伸出手。

"您好。"他重复了一句，并走到床边。

"您太好了，能来这里。"弗朗索瓦丝说。

她原来没有期望他来探望，这下，出乎意料地看到他使她心花怒放。她像有一股清风吹进房间，涤荡了病气和污浊的热流。

"您的模样很怪。"热尔贝善意地笑着说，"好像印第安部族苏人的头领。您好点儿了吗？"

"我已经好了。"弗朗索瓦丝说，"这玩意儿，九天内见分晓，或者一命呜呼，或者烧退下来。请坐。"

热尔贝解下围巾，这是一条晶莹雪白的粗棱纹羊毛围巾。他在屋子中央的一个墩状软座上坐下，看看弗朗索瓦丝，又看看格扎维埃尔，一副走投无路的神情。

"我不再发烧，但是仍然腿发抖，不能站立。"弗朗索瓦丝说，"一会儿他们要给我透视，我想，离开床下地走肯定会使我产生一种奇怪的感觉。他们要检查我的肺，看看情况究竟怎么样了。医生对我说，我刚来这里的时候，右肺软得像一块肝，而且另一叶肺也快变软了。"

她一阵轻咳。

"我希望肺部已经复原，达到令人满意的健康程度。您知道，否则我必须疗养好几年。"

"这就不是闹着玩儿的了。"热尔贝说，他的目光在房间里环视了一圈，为了寻找话题。"您有这么多好看的花！简直像未婚妻的房间！"

"花篮是学校的学生送的，"弗朗索瓦丝说，"那盆杜鹃花是泰代斯科和朗勃兰送的，波勒·贝尔热送来了那些银莲花。"

又是一阵轻咳。

"您看，您咳嗽了，"格扎维埃尔说，她的怜悯心显得有些过分，"护士禁止您说话。"

"您是个严格认真的看护，"弗朗索瓦丝说，"我不说了。"

短暂的沉默。

"那么，那两个女人后来怎么样了？"她问。

"她们走了，就这样。"格扎维埃尔勉强回答。

热尔贝把挡住脸的那绺头发往后一甩，动作坚定而果断。

"我很希望您快点儿康复，赶得上来看我的木偶戏，"他说，"您知道，进行得很顺利，两个星期以后可以演出。"

"而年内您是不是还要推出其他的节目？"弗朗索瓦丝问。

"是的，现在我们有了木偶剧场。他们那些木偶造型很好。我不喜欢他们演的东西,但是他们为人却非常随和。"

"您很满意?"

"我喜出望外。"热尔贝说。

"格扎维埃尔告诉我,您的木偶娃娃漂亮极了。"弗朗索瓦丝说。

"模样很可笑,我本来应该给您带一个来,"热尔贝说,"那里,他们用提线木偶。但是我们,是布袋木偶,靠手让它们活动,这更有趣。它们用漆布做成,穿的是把整个胳臂都遮住的大喇叭裙,像手套一样鼓起来。"

"是您自己做的?"弗朗索瓦丝问。

"是莫利埃和我,但所有主意都是我出的。"热尔贝得意地说。

他完全沉浸在自己的话题中,因此,他的羞怯感被一扫而光。

"这不是那么容易演的,您知道,因为动作必须有节奏和有表情,但是我开始学会演了。您想象不出搬上舞台演出时可能出现的一切细小问题。您体会一下,"他把双手举向空中,"两只手中各有一个木偶。如果您想把其中一个弄到舞台尽头,就应该寻找借口同时活动另一个。这就需要创造性。"

"我真想看一次排练。"弗朗索瓦丝说。

"现在我们每天工作,五点到八点。"热尔贝说。"要演出一个五个角色的剧本和三个幕间短剧。好长时间以来,我脑子里尽是这些。"

他转过身对着格扎维埃尔。

"昨天,我们是指望您来的,您对那个角色不感兴趣吗?"

"怎么?我觉得有意思极了。"格扎维埃尔说话的口气像是被冒犯了似的。

"那么,一会儿您跟我一起去。"热尔贝说。"昨天夏诺念了她的角色台词,但是太糟糕了,她就像自己在台上那样说话。很难找到合适的音调,"他对弗朗索瓦丝说,"嗓音必须像出自木偶的口。"

"但是我担心我不会做。"格扎维埃尔说。

"肯定行,那天您念的四句台词正恰到好处。"

热尔贝哄人似的微微一笑。

"您知道,我们在演员之间分红利,您如果有点儿运气,就满可以得到一小笔五到六法郎的报酬。"

弗朗索瓦丝仰天倒向枕头,她很高兴他们之间谈起话来,她已经很疲劳。她想伸直双腿,但即使微小的动作也要牵动全局:她坐在一个撒了爽身粉的橡皮圈上,脚跟下也有橡皮垫,一种弓形柳条架子在膝盖上方支撑着被子,以免摩擦刺激皮肤。她终于成功地伸展开全身。他们离开以后,如果皮埃尔不立即到来,她可以睡一会儿觉,因为她感到头昏脑涨。她听到格扎维埃尔在说话:

"胖老太太突然变成一只气球,她的裙子卷起来成了气球吊篮,她在空中飞翔着。"

她正在讲她在鲁昂集市上看到的木偶戏。

"而我在帕莱尔姆看过人家演出《愤怒的罗兰》。"弗朗索瓦丝说。

她没有继续往下说,因为她没有叙述的愿望。那是在一条很小的街上,在一个卖葡萄的小商店旁,皮埃尔向店主买了一大串黏糊糊的麝香葡萄。一个座位五个苏,场子里只有孩子。长凳的宽度刚刚够坐上他们的小屁股。幕间休息时,有一个家伙手托一个放着几杯清水的盘子走来走去。卖一个苏一杯,然后他又坐回舞台边的一条长凳上。他手中捏着一根长长的竿子,演出中重重地抽打出声的孩子。墙上贴着几幅叙述罗兰故事的埃皮纳勒[①]图片。木偶绝妙无比,穿着骑士的盔甲显得又挺又直。弗朗索瓦丝闭上眼睛。仅仅过

---

[①] Epinal,法国孚日省首府,有全国闻名的图片厂,以创作和印刷民间画像出名。

去两年，可好像已经是史前的事了。现在一切都变得那么复杂：感情、生活、欧洲。而这些对她无关紧要，因为她像一个沉船后的遇难者被动地随波逐流，然而天涯到处有暗礁。她在一片灰色洋面上漂泊，展开在她周围的是含沥青和硫磺的水域，她仰浮于水面，无所思、无所惧、无所求。她又睁开眼睛。

谈话中断了，格扎维埃尔看着自己的脚，热尔贝则忧虑重重地端详着那盆杜鹃花。

"最近您在搞什么？"他终于开口。

"梅里美的《机遇》。"格扎维埃尔说。

她始终未下决心在皮埃尔面前通过她这场戏。

"您呢？"她问。

"《变幻莫测的玛丽亚娜》中的八行诗，但这只是为了陪康塞蒂排练台词。"

又是一阵沉默。格扎维埃尔忿忿地噘起嘴。

"康塞蒂演玛丽亚娜出色吗？"

"我不认为这对她是件有趣的事。"热尔贝说。

"她很庸俗。"格扎维埃尔说。

两人都不作声了，显得很尴尬。

热尔贝把头一甩，头发都甩到后面去了。

"您知道吗？我也许要在多米尼克·奥里奥尔的夜总会演出一场木偶戏。这会很了不起的，因为看来夜总会开张以来很顺利。"

"伊丽莎白和我谈起过。"弗朗索瓦丝说。

"是她给我介绍的。在夜总会里她指手画脚。"

他又高兴又反感地把手放在嘴上：

"啊，可她现在装出一副了不起的样子，这真不可想象！"

"她钱很多，有关她，别人谈起过一些。这使她的生活发生了变化。"弗朗索瓦丝说,"她现在打扮得时髦极了。"

"我不喜欢她的那副打扮。"热尔贝说,明显地表现出带有偏见。

在那里,在巴黎,每天的生活都不雷同,想到此觉得很奇怪。那里发生很多事,日新月异,千变万化。但是所有这些远离此地的动荡不安、令人眼花缭乱的纷乱事物在弗朗索瓦丝心中唤不起任何激情。

"我五点得赶到茹尔·夏普兰路,"热尔贝说,"我必须走了。"

他看了看格扎维埃尔。

"那么,您跟我去吗?否则,夏诺不会放弃角色。"

"我去。"格扎维埃尔说。她穿上风衣,并精心地在下巴底下系上围巾。

"您还会在这里住很长时间吗?"热尔贝问。

"一个星期,我希望。"弗朗索瓦丝说,"然后我将回家。"

"再见,明天见。"格扎维埃尔冷冷地说。

"明天见。"弗朗索瓦丝说。

她向热尔贝笑了笑,而他用手敬了个小小的礼以示告别。他打开房门,神色不安地先于格扎维埃尔走了出去,他大概在思考能对她谈些什么。弗朗索瓦丝向后倒到枕头上,想到热尔贝对她充满友情,心里乐滋滋的。当然,他对拉布鲁斯的感情远远超出对她的友情,但这是一种他真正给予她的个人好感。而她也非常爱他。无法想象比这种毫无需求、永远充实的友谊更令人愉快的关系了。她闭上眼睛,感到身心安适。疗养好几年……即使这个念头也不使她反感。过一会儿,她将知分晓:她已准备好迎接任何判决。

门轻轻地打开了。

"你好吗?"皮埃尔说。

弗朗索瓦丝顿时精神抖擞,皮埃尔的来临带给她的远不止快乐。

只有在他面前,冷漠的平静感才无影无踪。

"我越来越好了。"她边说边握住皮埃尔的手。

"过一会儿他们要给你透视吗?"

"是的。可你知道,医生认为我的肺恢复得很好。"

"但愿他们别太累着你。"皮埃尔说。

"今天我特别快乐。"她说。

她心里充满柔情,以前把皮埃尔的爱情比作破旧的白色坟墓是那么不公平!幸亏这场病,她才坚信不疑这爱情充实丰满、富有生命力。她感激的不仅是他的频繁探视、电话问候以及他的关怀备至,使她产生永世难忘甜蜜感的,除了他出自内心的温柔体贴,她还发现他不由自主流露出来的忧虑不安。此时,对着她的是一张表情未加控制的脸,即使有人反复向她强调,说这仅仅是出于礼貌,那也枉然,因为不安扰得他心慌意乱。他把一包书放在床上。

"看我给你选的书。你喜欢吗?"

弗朗索瓦丝看了看书名:两部侦探小说、一部美国小说和几本杂志。

"我想我喜欢,"她说,"你真好!"

皮埃尔脱下大衣。

"我在花园里碰见了热尔贝和格扎维埃尔。"

"他带她去排练一出木偶戏。"弗朗索瓦丝说,"他俩在一起看上去很怪。他们一会儿热烈地侃侃而谈,一会儿又阴沉沉地默不作声。"

"是的,"皮埃尔说,"他俩很怪。"

他朝房门跨了一步。

"好像来人了。"

"四点,时间到了。"弗朗索瓦丝说。

护士进来了，郑重其事地走在两位抬担架的人前面，他们抬着一把宽大的扶手椅。

"我们的病号，您感觉怎么样？"她问，"我希望她将沉着冷静地承受这次小小的远征。"

"她气色不错。"皮埃尔说。

"我感觉很好。"弗朗索瓦丝说。

长久幽闭于此以后要迈过这间屋子的门槛确实称得上一次冒险。他们抬起她、为她裹上被子、把她安置在扶手椅里。坐着的感觉很奇特，这同坐在床上迥然不同，有些令人眩晕。

"行吗？"护士一边拧门把一边问。

"很好。"弗朗索瓦丝说。

她又惊讶又气恼地看着这扇正在向外打开的门：通常门打开是为了让人进来，今天突然改变了方向，它变成了出口。房间因为床铺被腾空也显得令人气恼，在她看来，房间不再是诊所的中心，以往，走廊和楼梯都通向这里；而现在，铺着消音漆布的走廊变成了一条干线，无数一模一样的小房间都朝向它。弗朗索瓦丝产生了从世界的另一端走过来的感觉，这同穿过一面镜子的感觉几乎同样奇怪。

人们把扶手椅放在一间铺瓷砖的房间里，那里摆满了复杂器械。屋子里热烘烘的。弗朗索瓦丝半闭眼睛，这次"彼岸"之行使她感到劳累。

"您能不能站立两分钟？"刚进屋的医生说。

"我试试。"弗朗索瓦丝说，因为她对自己的体力不再有把握。

强壮的胳臂扶她站起来，并把她引到机器中间。地面在脚下如同旋风一样飞逝而去，使她感到恶心。她从未想到走路竟如此艰难，额头上渗出大滴大滴的汗珠。

"请站着别动。"听到一个声音说。

人们把她靠在一个器械上,一块木板贴住了她的胸脯。她喘不过气来,她坚持不了两分钟,否则非憋死不可。眼前突然一片漆黑,万籁俱寂,她只听到自己呼吸时短促的嘘嘘声,接着是干巴巴的咯啦一声,然后一切感觉都消失了。当她恢复知觉时,她又坐在扶手椅中了。医生正温柔地俯身看着她,护士擦拭着她汗珠湿透的额头。

"好了。"他说,"您的肺非常棒,您可以安心睡觉了。"

"好点儿了吗?"护士问。

弗朗索瓦丝微微点了点头,她已经精疲力竭。她感到自己永远也不可能恢复体力,将要终身卧床不起了。她倒在扶手椅靠背上,人们沿着走廊把她抬回去。她的脑袋空空的、沉沉的。她看见皮埃尔正在病房门前踱来踱去。他担忧地向她微笑。

"很好。"她喃喃地说。

他准备朝她走过来。

"请等一小会儿。"护士说。

弗朗索瓦丝向他转过头,看到他腿脚强健,稳稳地站着,忧伤便向她袭来,她是多么虚弱,多么衰竭!就像一个无生命的包裹让人靠胳臂的力量抬来抬去。

"现在您要好好休息。"护士一面说一面整理枕头和拉扯被子。

"谢谢。"弗朗索瓦丝说,并舒舒服服地躺下来。"劳驾请您告诉他,他可以进来了。"

护士离开房间,门后传来一阵短暂的低语,皮埃尔走了进来。弗朗索瓦丝带着羡慕的目光注视着他:对他来说,穿越房间竟那样自如。

"我太高兴了。"他说,"你好像恢复得很不错。"

他弯下腰来亲吻她。他那喜出望外的表情温暖了弗朗索瓦丝的心。他不是故作喜悦姿态来使她高兴,他为自己而欣喜若狂,没有掺杂任何理性因素。他的爱情又变成了活生生的事实。

"你坐在扶手椅上完全是一副担惊受怕的样子。"他温柔地说。

"我当时觉得很不好受。"弗朗索瓦丝说。

皮埃尔从口袋里掏出一支烟。

"你知道,你可以抽烟斗。"她说。

"决不抽,"皮埃尔说,他贪婪地看着香烟。"即使这,我也不该抽。"

"不,我的肺恢复了。"弗朗索瓦丝高兴地说。

皮埃尔点上了烟。

"现在,我们快要把你带回家去了,你将看到你会度过一个妙不可言的短短的康复期。我要为你搞一个电唱机、一些唱片,你将接待客人,你会受到细心照料。"

"明天我要问问医生,他什么时候允许我走。"弗朗索瓦丝说。她叹了口气:"可好像我再也不能走路了。"

"哦!很快就会好的,"皮埃尔说,"我们每天让你在扶手椅上坐一会儿,然后再让你站几分钟,最终你一定可以真正地散步。"

弗朗索瓦丝信任地朝他笑笑。

"昨天,格扎维埃尔和你,你们好像过了一个了不起的晚上。"

"我们发现了一个相当有趣的地方。"皮埃尔说。

他忽然脸色阴沉了下来,弗朗索瓦丝感到她刚才一下子使他堕入了一系列令人不快的思索中。

"她富有性感地对我谈起这件事。"她失望地说。

皮埃尔耸了耸肩膀。

"怎么回事?"她问,"你在想什么?"

"嗨!没什么意思。"皮埃尔说,并矜持地笑笑。

"你多怪啊!我什么都感兴趣。"弗朗索瓦丝说,心中不免有些担忧。

皮埃尔迟疑不语。

"怎么样?"弗朗索瓦丝说,并看着皮埃尔,"我求你,告诉我你在想什么。"

皮埃尔仍然犹豫不决,然后他似乎下了决心。

"我在想她是否爱上了热尔贝。"

弗朗索瓦丝瞠目结舌,盯视着他。

"你想说什么?"

"就是我刚才说的。"皮埃尔说,"这再自然不过了。热尔贝漂亮、有魅力,他具有迷住格扎维埃尔的优雅风度。"他茫然地看着窗户。"这件事实在太可能了。"他说。

"但是格扎维埃尔的心思都在你身上。"弗朗索瓦丝说,"她刚度过的那个夜晚好像使她很激动。"

皮埃尔的嘴唇向前翘起,弗朗索瓦丝重又看到这生硬而有些学究气的侧影,她已很久没看见这副模样了。

"当然,"他傲慢地说,"只要我愿意花点儿功夫去做,我肯定可以使某个人度过非常美好的时光。可这证明什么呢?"

"我不懂你为什么这么想。"弗朗索瓦丝说。

皮埃尔好像几乎没听见她说话。

"问题涉及的是格扎维埃尔,不是某一个伊丽莎白,"他说,"我在她身上产生某种精神上的诱惑,这是肯定的,但她绝对没有掺杂其他感情。"

弗朗索瓦丝感到有些不快:从前她爱上皮埃尔就是因为他精神上的魅力。

"她是个好色的人,"他继续说,"她的感情是单纯的。她喜欢听我谈话,但是她期待一位年轻美男子的亲吻。"

弗朗索瓦丝愈加不快了:她喜欢皮埃尔亲吻她。他是否因此而蔑视她?但现在谈论的不是她。

"我确信热尔贝没有向她献殷勤，"她说，"首先，他知道你对她感兴趣。"

"他什么也不知道，"皮埃尔说，"他永远只知道人们对他明说的事。再说，问题不在于此。"

"但究竟你是不是已经发现了他们之间什么事？"

"当我在花园里看见他们的时候，那明摆着的事实让我产生了强烈印象。"皮埃尔说，并开始啃指甲。"你从来没有见过，当她以为没有人观察她时，她是怎么盯着他看的：她简直想吃掉他。"

弗朗索瓦丝想起了圣诞节前夜她无意中发现的那种贪婪目光。

"是的，"她说，"但是在波勒·贝尔热面前，她也同样激动得如同鬼魂附体。这是瞬息的狂热，构不成一种真正的感情。"

"你不记得有一次当我们开克丽斯蒂娜姑姑和热尔贝的玩笑时，她气坏了。"皮埃尔说，如果他继续咬指甲，会把指头连同骨头一起吞下去。

"那是她和他相识的那天，"弗朗索瓦丝说，"你不会是说她那时已经爱上他了吧。"

"为什么不？"皮埃尔说，"她对他一见钟情。"

弗朗索瓦丝沉思起来。那天晚上，她把格扎维埃尔单独留下和热尔贝待在一起，当她回来找格扎维埃尔时，她正莫名其妙地发火。弗朗索瓦丝当时想是否他对她无礼了，也许正相反，她怨恨他是因为他太讨她喜欢了。几天以后就出了那件泄露秘密的怪事儿……

"你在想什么？"皮埃尔烦躁地问。

"我正试着回忆。"她说。

"你看，你也不置可否。"皮埃尔急迫地说，"有一系列迹象。当她把我们出去瞒着他这件事告诉他时，她脑子里在想什么？"

"你那时认为，这是她对你开始有感情了。"

"有这个因素,就在那时,她开始对我感兴趣,但是事情肯定还要复杂。也许她真的遗憾没有和他一起度过那天夜晚;也许她企图暂时同他合伙反对我们。或者还有,她想报复他,因为他唤起了她的欲望。"

"不管怎样,从任何意义上说都不存在任何迹象,这太模棱两可了。"

她让自己在枕头上躺得高一些。这次谈话使她很累,汗水开始湿透脊背和手心。她原以为扰得皮埃尔终日前思后想的种种说明、解释早已经过去了……她本想得到安宁和解脱,但是皮埃尔的烦躁不安扰乱了她的心绪。

"刚才她没有给我这个印象。"她又说。

皮埃尔的嘴唇又翘了起来。他做了个奇怪的表情,好像他庆幸自己把刚要脱口而出的小小的坏主意留在了肚子里。

"你只看见你想看到的事。"他说。

弗朗索瓦丝激动得脸都红了。

"我离群索居已经三个星期了。"

"但是这之前已经有一大堆迹象存在。"

"哪些呢?"弗朗索瓦丝问。

"所有我们刚说的那些。"皮埃尔含糊地说。

"这不严重。"弗朗索瓦丝说。

皮埃尔很不高兴。

"我告诉你我知道这是怎么回事。"他说。

"那就别问我。"弗朗索瓦丝说,声音有些颤抖。面对皮埃尔突如其来的生硬态度,她感到心力交瘁。

皮埃尔内疚地看着她。

"我这些麻烦事把你累着了。"他说,一阵柔情涌上心头。

"你怎么这么说？"弗朗索瓦丝说。看来他非常痛苦，她多么想帮助他。"坦白地讲，你的证据在我看都有些站不住脚。"

"在多米尼克那里，夜总会开张的那天晚上，格扎维埃尔和热尔贝跳了一次舞，当他搂住她的时候，她浑身颤抖了一下，她富于肉感地微微一笑，这不可能搞错。"

"为什么你过去没说过。"弗朗索瓦丝问。

皮埃尔耸了耸肩膀。

"我不知道。"

他凝神思索了一会儿。

"不，我知道。这是最令人不快的回忆，最使我感到心情压抑的回忆。如果我告诉了你，我担心你会赞同我指出的事实，而使其成为定论。"

他微笑了一下。

"我原来并不认为事情已经发展到这一步。"

弗朗索瓦丝眼前重现格扎维埃尔在谈到皮埃尔时的表情：柔和的嘴唇、温情的目光。

"我不觉得事情已经明显到那种程度。"她说。

"今晚我要和她谈。"皮埃尔说。

"她会暴跳如雷。"

皮埃尔稍带挖苦的神情笑了笑。

"不会的，她非常爱听我对她谈论她，她认为我善于赏识她全部细腻的变化，在她看来，这甚至是我的第一大优点。"

"她非常喜欢你。"弗朗索瓦丝说，"我认为热尔贝一时迷住了她，但是长不了。"

皮埃尔的脸上露出了一点喜色，但仍然绷紧着。

"你确信你所说的？"

"确信,永远不可能确信。"弗朗索瓦丝说。

"你看,你并不确信。"皮埃尔说。他几乎用威胁的眼光看着她,他需要从她那里听到劝慰的话,这足以神奇般地使他平静下来。弗朗索瓦丝十分恼怒,她不愿意把皮埃尔当做孩子。

"我不是先知。"她说。

"依你的看法,有多少可能性她会爱上热尔贝?"

"这没法算出来。"弗朗索瓦丝有些不耐烦地说。她很难受皮埃尔表现得如此幼稚,她不同意做他的同谋。

"你总可以说出个数字。"皮埃尔说。

下午,体温肯定大大升高了,弗朗索瓦丝感到她的整个身躯将要全部解体,化成汗水。

"我不知道,百分之十。"她随便一说。

"不超过百分之十?"

"听着,你怎么能指望我知道呢?"

"你没有诚心。"皮埃尔干巴巴地说。

弗朗索瓦丝感到有一个球哽住了喉咙,她想哭。说他爱听的话、任其摆布是轻而易举的事,但是固执的抗拒心理又一次在她心中油然而生,事物又一次具有了某种意义、某种价值,值得去为之奋斗,只是她心有余、力不足。

"太愚蠢了。"皮埃尔说,"你说得对,我拿这些来给你添烦恼干什么?"

他脸部表情放松了下来。

"要知道,我对格扎维埃尔除了现在所拥有的,没有任何更多的期望,但是我不能容忍的是其他某个人能拥有更多的东西。"

"我很理解。"弗朗索瓦丝说。

她微笑了,但是内心没有恢复平静。皮埃尔破坏了她的清静和安宁,她开始隐约看到一个五彩缤纷然而荆棘丛生的世界,一个她愿意重返的世界,为了到那里去寻求欲望和担忧。

"我今天晚上要同她谈。"他重复了这句话,"明天,我将把一切都告诉你,但是我不再折磨你,我向你许诺。"

"你没有折磨我。"弗朗索瓦丝说,"是我逼你谈的,你本来不愿谈。"

"这是一个特别容易动感情的问题。"皮埃尔笑着说,"我当时确信我不可能冷静地进行讨论。不是我缺乏同你谈的愿望,而是我来的时候看到你脸瘦得可怜巴巴的样,我觉得其他的一切都微不足道了。"

"我不再是病人了。"弗朗索瓦丝说,"不应该再那么小心谨慎对待我。"

"你看我没怎么对你小心谨慎。"皮埃尔说,他又笑了笑。"我甚至觉得可耻,一个劲儿只谈自己。"

"这样,人们才不可能说你是个感情不外露的人!"弗朗索瓦丝说,"你甚至坦率得令人惊讶。你在辩论中能成为一个大雄辩家,因为你从不自欺欺人。"

"我没有这方面的本事。"皮埃尔说,"你很清楚,我感到我从来不被自己的过去所拖累。"

他抬起眼睛专心地看着弗朗索瓦丝。

"那天你对我说了一件令我震惊的事,说我把我的感情置于时空之外,为使其完美无损而忽略去享受它,这不大公正。但是对我自己,我觉得倒是有点这样做的:我总觉得我超然于自己之上,我度过的每一个具体的时刻都无足轻重。"

"确实如此,"弗朗索瓦丝说,"你总认为自己超然于一切发生在你身上的事。"

"所以我能敢作敢为。"皮埃尔说,"我沉浸于这样的思想:我是完成一项事业的人,是和你一起成功地塑造十全十美爱情的人。但是想得太简单了,因为世界上还有其他一切事物存在。"

"是的,还有其他的事物存在。"弗朗索瓦丝说。

"你看,我的坦率也成了一种自我欺骗的方式。人的诡计令人惊叹。"皮埃尔坚信不疑地说。

"哼!我们一定会揭露你的诡计的。"弗朗索瓦丝说。

她对他笑了笑。她担忧的是什么?他完全能反省自己,能对世界提出怀疑。她知道,对这种使他与她分离的自由没有什么可惧怕的。任何东西都永远无损于他们的爱情。

弗朗索瓦丝把头靠在枕头上。中午。在她前面还有一长段清静时刻,但这不再是早晨那种无牵无挂、平淡无奇的清静了,一丝淡淡的愁绪钻进了房间,鲜花已黯然无光,橙汁失去了凉爽感,粉墙和光滑的家具显得光秃秃的。格扎维埃尔。皮埃尔。眼睛所到之处一无所见。弗朗索瓦丝闭上了眼睛。几个星期以来,烦扰第一次在她心中产生。昨夜是怎样度过的?皮埃尔冒失的问题必然伤害格扎维埃尔,也许他们一会儿将在弗朗索瓦丝的床前和解。"然后呢?"她察觉到嗓子又灼痛起来,心脏又像发烧时那样跳动。皮埃尔又把她从虚无飘渺的境遇深处带回来,她不愿意重返深渊,不愿意再滞留于此。此刻,诊所只是成了一个流放地。即使疾病都不足以注定她接受孤独的命运。在天边重新呈现的未来是她与皮埃尔朝夕相处的未来。我们的未来。她竖起耳朵倾听。过去那些日子,她安心于纯粹病人的生活,把欢迎来访者仅仅作为一种消遣。今天情况不同了。皮埃尔和格扎维埃尔正沿着走廊一步一步向前走,此前,他们先上了楼梯,是从车站、从巴黎,从他们的生活中走过来的。他们生活中的一个片段就要在这里度过。

脚步声在门前止住了。

"可以进来吗?"皮埃尔问道,并推开门。他出现在门口,格扎维埃尔和他在一起。从他们不在场到在场,这个过程一向总是难以捕捉的。

"护士告诉我们你睡得很好。"

"是的,一旦停止打针,我就可以出院了。"弗朗索瓦丝说。

"条件是你要听话,别太激动。"皮埃尔说。"好好休息,别说话。由我们来向你叙述发生的事。"她朝格扎维埃尔笑了笑。"我们有一大堆事要告诉你。"

他在床边的一个椅子上坐下,格扎维埃尔坐在那个方形的大软墩子上。她早上肯定用香波洗过发,一层厚厚的金色鬈发衬托着她的脸蛋,眼睛和苍白的嘴唇流露出柔情和神秘感。

"昨晚的戏演得很成功,"皮埃尔说,"全场气氛热烈,无数次鼓掌要求演员谢幕。但我不太知道为什么演出以后情绪很坏。"

"昨天下午你很烦躁。"弗朗索瓦丝半含微笑地说。

"对,此外也许还由于缺觉,我不知道。不过,当我走到盖泰街时,我立即开始表现得让人无法容忍。"

格扎维埃尔奇怪地撇了撇嘴,嘴巴像个小三角形。

"这是一条真正的小眼镜蛇,咝咝作响,恶毒之极。"她说。

"而我在到达的时候特别高兴,因为我规规矩矩地排练了两个小时中国公主,为了保持精神饱满,我还专门睡了一会儿觉。"她带着责备的口吻补充道。

"我情绪很坏,就是想找借口对她发脾气!"皮埃尔说,"穿过蒙帕纳斯大街的时候,她不高兴地松开我的胳膊……"

"那是因为汽车的关系,"格扎维埃尔急忙说,"我们不可能再并排走,这样一点儿也不舒服。"

"我把这看作有意侮辱,"皮埃尔说,"我气得浑身发抖,咬牙切齿。"

格扎维埃尔懊丧地看了看弗朗索瓦丝。

"很可怕,他什么话都不对我说,除了隔很长一段时间,来一句刻薄的礼貌话。我不知道自己该怎么办了,我觉得受到了十分不公平的粗暴对待。"

"我完全想象得出。"弗朗索瓦丝含着微笑说。

"我们决定去多莫咖啡馆,因为有一段时间没去那里了。"皮埃尔说,"格扎维埃尔好像对再次去那里感到满意,我却认为这对我们为寻求奇遇一起度过的最后几个晚上是一种否定。这让我更生气,简直不能自拔,对着我那杯黑啤酒,我将近有一个小时消不了怒气。"

"我试着想找个话题。"格扎维埃尔说。

"她确实像天使那样耐心,"皮埃尔惭愧地说,"可是她所有真心诚意的努力反而更激怒我。当我处于这种状态的时候,我知道,只要自己愿意是可以摆脱的,可恰恰相反,我找不到任何想摆脱的理由。我终于发作了,对她横加指责。我对她说,她像风一样变化无常,我说可以肯定,如果哪天晚上和她一起过得很好,第二天晚上准会糟糕透顶。"

弗朗索瓦丝笑了起来。

"可是当你毫无诚意的时候,你脑袋里想的是什么?"

"我当时真的认为她对我的态度是有所保留的、迟疑不决的,我这样认为是因为事先我就闷闷不乐,估计她准会摆出架势顶撞我。"

"是的。"格扎维埃尔以抱怨的口吻说。"他向我解释说,是因为害怕不能像前一天那样过一个同样美好的晚上,才使他脾气这样暴躁。"

他们亲热而会心地相视而笑。看来没有谈及热尔贝，无疑，皮埃尔终究没有勇气谈，他用似是而非的道理说服了自己。

"她的模样又痛苦又气愤，"皮埃尔说，"我一下子就息怒了，我感到羞耻。我向她叙述了我走出剧场以来心里想的一切，"他对格扎维埃尔笑了笑，"她宽宏大量地原谅了我。"

格扎维埃尔回敬她一个微笑。

短暂的沉默。

"然后，我们一致认为，很久以来我们度过的每个晚上都美好极了，"皮埃尔说，"格扎维埃尔很赞同地对我说，她和我在一起从不烦闷，我对她说，我同她一起度过的时光是我整个一生中最珍贵的。"

他以不那么恰到好处的诙谐语气匆匆地说：

"我俩都认为，这没什么奇怪的，因为不管怎么说，我俩是相爱的。"

嗓音虽轻，这个词却铿然有声地响彻房间。他的周围一时肃静无声。格扎维埃尔强作笑脸。弗朗索瓦丝装出某种表情。长期以来事情已经发展到这一步，虽然只是一个词，但这是一个具有决定意义的词，在说出来之前，皮埃尔本来可以征求一下她的意见。她不嫉妒他，但是这个她在某个寒风凛冽的清晨收养的冰肌玉骨的金发小姑娘，她却不能不加抵制地失去。

皮埃尔平心静气、悠然自得地接着说：

"格扎维埃尔告诉我，直到那时，她还从未认清这是一种爱情，"他笑了笑，"她发现我们一起度过的时光是幸福的、感受强烈的，但是她没有觉察这是由于我在场。"

弗朗索瓦丝看了看格扎维埃尔，后者正毫无表情地注视着地板。她不公正，皮埃尔曾征求过她意见，很久以前她曾首先主动对他说："你可以爱上她。"圣诞前夜，他曾向她表示要放弃格扎维埃尔。他完全有权利心安理得。

"您觉得这很意外、很不可思议？"弗朗索瓦丝很不自然地问道。

格扎维埃尔猛地抬起头。

"当然不。"她说，并看了一眼皮埃尔说："我很清楚这多亏您，但是我当时想这是因为您那么令人感兴趣，那么令人愉快，不是因为……因为其他的原因。"

"现在您又怎么想？从昨天开始您没有改变看法？"皮埃尔问，神态动人，但透着一丝担忧。

"当然没有，我不是那种变化无常的人。"格扎维埃尔生硬地说。

"您可能弄错，"皮埃尔说，语气不软不硬，"也许您是一时冲动，把友谊当做爱情了。"

"昨天晚上，我冲动了吗？"格扎维埃尔不自然地笑了笑说。

"您似乎一时冲动了一下。"皮埃尔说。

"并不比平常更过分。"格扎维埃尔说。她抓住一绺头发，开始傻里傻气、恶狠狠地斜视它。"问题在于，"她慢条斯理地说，"夸大的字眼马上让人感到心里沉甸甸的。"

皮埃尔脸色阴沉下来。

"如果用词准确，为什么要担心？"

"事情就是这样。"格扎维埃尔继续恶狠狠地斜视头发。

"爱情不是可耻的秘密，"皮埃尔说，"不愿正视自己身上发生的事，我觉得是软弱的表现。"

格扎维埃尔耸了耸肩。

"本性难移，"她说，"我不是个性格外露的人。"

皮埃尔显得张皇失措、浑身不适，弗朗索瓦丝心里很难受。假如他决定摧毁自己所有的自卫手段和武器，他可以变得十分脆弱。

"您不喜欢三个人一起来讨论这个问题？"他问，"但是我们昨天说定了的。也许每人单独同弗朗索瓦丝谈更好一些？"他迟疑地看看格扎维埃尔，她气恼地瞥了他一眼。

"两个人，三个人或者一大群人谈，我都无所谓，"她说，"我感到奇怪的是，听到您来对我谈论我自己的感情。"

她神经质地笑了起来。

"奇怪得让我不能相信。难道谈的真是我吗？您正在剖析的就是我吗？而我，我接受吗？"

"为什么不？问题涉及的正是您和我，"皮埃尔说，他腼腆地微笑了，"昨天晚上您感到这很自然。"

"昨天晚上……"格扎维埃尔说，她几乎是痛苦地咧嘴强笑了一下，"看样子您又一次经历了昨晚的事情，不光是谈论它们。"

"您现在让人讨厌透了。"皮埃尔说。

格扎维埃尔将双手插入头发，紧紧压着太阳穴。

"能够像谈论一块木头一样谈论自己，这简直荒唐可笑。"她激动地说。

"您只能在阴暗的角落里偷偷地经历事情。"皮埃尔用挖苦的口吻说，"您没有能力去想它们，不愿把它们置于光天化日之下。不是哪个词让您别扭，您生气的是我要求您今天心甘情愿地承认您昨晚突然答应了的东西。"

格扎维埃尔沮丧地看着皮埃尔，像一只惊弓之鸟。弗朗索瓦丝本想制止皮埃尔，他的表情因为蛮横、紧张而冷酷无情。她很理解，谁见了都会胆战心惊而退避三舍。此时此刻，他自己也不愉快，尽管他很脆弱，弗朗索瓦丝仍情不自禁地把他看作一个为大男子的胜利而竭尽全力的男人。

"您别光听着我说您爱我，"皮埃尔说，"现在该您自己说了。

我毫不惊讶地发现,您向来就只有一刹那的激情,剩下就什么也没有了。"

他冷冷地看了看格扎维埃尔。

"说吧,坦率地对我说您不爱我。"

格扎维埃尔绝望地看了一眼弗朗索瓦丝。

"哦!我希望什么事也没有发生,"她忧伤地喊道,"一开始多好!为什么您把一切都搅乱了?"皮埃尔看来被这惊呼触动了,他迟疑地看看格扎维埃尔,又看看弗朗索瓦丝。

"让她喘口气,"弗朗索瓦丝说,"你搞得她精疲力竭。"

爱还是不爱,皮埃尔渴求精确的心理使他变得简单化和只求推理。弗朗索瓦丝基于同病相怜的感情很理解格扎维埃尔的慌乱。她自己又能用什么样的词句来描绘自己的感情呢?她心烦意乱,不知所从。

"请原谅我,"皮埃尔说,"我错了,不该发火,到此为止。我不愿意您认为我们之间有什么东西被搅乱了。"

"但这已经被搅乱了,您看得很清楚!"格扎维埃尔说,她的嘴唇在颤抖,心情极度烦躁,突然她用手捂住脸。

"唉!现在怎么办?怎么办?"她支支吾吾地说。

皮埃尔弯腰对着她。

"不,什么事也没有发生,什么也没有变。"他急迫地说。

格扎维埃尔的双手落到膝盖上。

"现在是那么沉重,我四周整个像是一座矿。"她浑身不住地哆嗦,"那么沉重。"

"不要认为我还期待什么更多的东西,我什么也不再要求您,正如以前一样。"皮埃尔说。

"您看已经是这样了。"格扎维埃尔说,她坐直后又把脑袋倒向后面，以便控制泪水流下，脖子痉挛性地鼓胀起来。"这是个不幸，我可以肯定，我没有能力。"她断断续续地说。

弗朗索瓦丝伤心地看着她，但无能为力。同有一次在多莫咖啡馆发生的事一样，皮埃尔比那时更加不知所措、无所作为，这不仅需要胆量，而且需要自信。弗朗索瓦丝本想用胳臂搂住她颤抖的肩膀，寻找话语，但是她被裹在被子里，动弹不得，任何接触都没有可能，只能说一些呆板的、事先明知虚假的话语。格扎维埃尔无望地挣扎着，她孤单单地像一个神思恍惚的人，看到自己处于被团团围住的、不可抗拒的威胁之中。

"在我们三人之间不存在任何值得惧怕的不幸。"弗朗索瓦丝说，"您应该相信。您究竟害怕什么？"

"我害怕。"格扎维埃尔说。

"皮埃尔是一条小眼镜蛇，但与其说他咬人，不如说他只会咝咝作响，而且我们将驯服他。是不是，你让人驯服你吗？"

"我甚至都不再咝咝作响。"皮埃尔说，"我发誓。"

"怎么样？"弗朗索瓦丝问。

格扎维埃尔深深地呼吸起来。

"我害怕。"她疲乏无力地重复。

就像在前一天，房门在同一时辰轻轻被打开，护士手里拿着注射器走进来。格扎维埃尔跳起来，走向窗户。

"一会儿就完。"护士说。皮埃尔站起来，向前迈了一步，好像想走到格扎维埃尔身边，但是他在壁炉前止了步。

"这是不是最后一针了？"弗朗索瓦丝问。

"明天还给您打一针。"护士说。

"以后我是不是能在自己家里养病了？"

"您那么着急离开我们？应该等您稍微恢复一点儿元气，好让人家能抬您走。"

"多少时间？还要八天？"

"八至十天。"

护士把针头扎入。

"好，完了。"她说，她又盖上被子，笑容满面地出去了。格扎维埃尔直挺挺地转过身。

"我讨厌她，加上她那甜蜜的嗓音。"她厌恶地说。她在房间尽头呆立了片刻，然后走向她放风衣的扶手椅。

"您想干什么？"弗朗索瓦丝问。

"我去呼吸呼吸新鲜空气，"格扎维埃尔说，"我在这里憋得慌。"皮埃尔动了一下。"我需要一个人待着。"她粗暴地说。

"格扎维埃尔！别固执！"皮埃尔说，"过来坐下，我们理智地谈谈。"

"谈谈！我们已经谈得太多了！"格扎维埃尔说，她匆匆地穿上外衣，向门走去。

"别这样离开。"皮埃尔温柔地说。他伸出手，轻轻碰了碰她的胳膊，格扎维埃尔往后一跳。

"您现在别向我发号施令。"她语调平直地说。

"去散散步吧，"弗朗索瓦丝说，"但傍晚时再来看我，愿意吗？"格扎维埃尔看了她一眼。

"我愿意。"她好像顺从地说。

"午夜我要去看您吗？"皮埃尔生硬地问。

"我不知道。"格扎维埃尔用几乎很低的嗓音说。她猛地推开门，又在自己身后把门关上。

皮埃尔走到窗户边，额头贴在玻璃上，呆立了一会儿。他正看着她离开。

"事情搞得一团糟。"他一边说,一边回到床边。

"而且是多么愚蠢的行为!"弗朗索瓦丝激动地说,"你脑子里想了些什么?你和格扎维埃尔这样跑来满怀激情地向我叙述你们的谈话,这是最失策的事。这种气氛大家都很难受,即使一个不像她那么多疑的女孩也无法忍受。"

"嗨!你要我怎么做?"皮埃尔说,"我先提议她单独来看你,但很自然,这对她来说好像力所不能及,她说最好一起来。而我呢,没有必要背着她和你谈,好像我们想摆脱她,由大人来解决问题似的。"

"我不能肯定,"弗朗索瓦丝说,"这很微妙。"

她流露出一种奇怪而固执的高兴心情补充说:

"总而言之,你的办法不成功。"

"昨天晚上事情好像很简单。"皮埃尔说。他心不在焉地凝望远方。"我们发现我们相爱,我们来告诉你,把这作为发生在我们身上的一个美丽的故事。"

弗朗索瓦丝很气愤,内心充满怨恨。他们借口崇敬她,极不严肃地让她扮演这个感情冷漠、专会奉承的圣人角色,她憎恨充当这样的角色。

"是的,故事在事前被神圣化了。"弗朗索瓦丝说,"我很理解,格扎维埃尔比你更想把这一夜发生的事告诉我。"

她眼前重现了他们在到达她的房间时默契和着迷的神态,他们像是呈献给她一件漂亮礼品似的给她带来了他们的爱情,以便她把它作为一种美德加以赞美,并奉还给他们。

"只是格扎维埃尔从来没去设想事情的细节,她没有意识到必须使用某种词句来表达,当你一张嘴,她就惊惶失措了。关于她,我不觉得奇怪,但是你本该料到这一点的。"

皮埃尔耸了耸肩膀。

"我没有想到要预先考虑。"他说。"我没有注意到这一点。这个小泼妇,你要是看到她昨晚是多么柔顺、缠绵地顺从我就好了。当我说出'爱情'这个词时,她哆嗦了一下,但是从脸上看,她立即表示了同意。我把她送到家。"

他笑了,但是从神色看,他没有意识到自己在笑,两眼茫然地凝望着。

"离开她的时候,我把她抱在怀里,她把嘴伸给我。这是一个非常纯洁的吻,然而她的举动中处处透着柔情。"

这一幕情景从弗朗索瓦丝脑海中掠过,她像被突然灼伤一样:格扎维埃尔身着黑西裙和苏格兰女衫,露出雪白的脖子,她顺从、温柔地待在皮埃尔的怀里,半闭双眼、伸出嘴巴。她从未看到过这张脸,她做出顽强的努力,不愿意让自己被日趋增长的怨恨所控制,否则她将会变得不公正。

"你对她要求的不是一种简单的爱情。"她说,"她一时害怕是很自然的。我们不习惯从这个角度来看她,但终究她是个年轻姑娘,她从来没有恋爱过。不管怎样,这是很重要的事。"

"但愿她别做蠢事。"皮埃尔说。

"对她,人们永远没法知道,她刚才那种样子多可怕。"

他忧心忡忡地看了看弗朗索瓦丝。

"你试着劝劝她放心,好好把一切向她做个解释。只有你能处理这件事。"

"我试试看。"弗朗索瓦丝说。

她看了看他,他们前一天的谈话又在她心中回响。长时期以来,她盲目地爱他,因为她得到了他给予的一切。但是她要求自己为了他而爱他,甚至包括他所享有的、但她却无法控制的那种自由。她将不会被现在碰到的第一个障碍绊倒。她向他笑了笑。

"我将力图让她明白,"她说,"你不是一个夹在两个女人之中的男人,而是我们三个人形成某种特殊的组合,也许是很困难的组合,但是有可能是很美、很幸福的。"

"我在想她午夜十二点会不会来。"皮埃尔说,"她刚才气得难以自持。"

"我尽量说服她。"弗朗索瓦丝说,"事实上,这一切不是那么严重。"

片刻的沉默。

"热尔贝呢?"弗朗索瓦丝问,"绝对不再成问题了?"

"我们几乎没有谈。"皮埃尔说,"但是我认为你是对的。他迷住她是一时的,一分钟以后,她就不再想他了。"

他在手指间转动着一支烟。

"然而就是这个把一切都颠倒了。我本来觉得我们原先那样的关系很令人高兴。如果不是嫉妒心理挑起我的蛮横、专断,我不会试图对我们的关系做任何改变。这是病态,一旦我感到我前面遇到了抵抗,我就晕头转向。"

确实,他身上存在一种自己无法驾驭的、危险的本能反应。弗朗索瓦丝愁肠寸断。

"最终你会和她睡觉的。"她说。

她立即产生一种无法忍受的确定无疑的想法。皮埃尔用他男性的温柔的双手会把这颗黑珍珠、这位严肃的天使变成一个如痴如狂的女人。他已经把嘴唇贴在那甜蜜的嘴唇上了。她怀着一种恐惧感看了看他。

"你很清楚我不是一个耽于肉欲的人。"皮埃尔说,"我所要求的全部东西就是能够在任何时候再次看到昨晚那张脸,那时,对她来说,世上唯有我存在。"

"但这几乎不可避免。"弗朗索瓦丝说,"你的蛮横不会半途而废。为了确信她一如既往爱你,你会一天比一天提出更多的要求。"

她的语调生硬,透着敌意,皮埃尔有所感觉,他不高兴地蹙了蹙眉。

"你将让我对自己感到厌恶。"他说。

"我总是觉得,"弗朗索瓦丝较为温和地说,"把格扎维埃尔想成一个有性欲的女人是亵渎行为。"

"我也这样想。"皮埃尔说,他果断地点上一支烟。

"问题是我不能容忍她和另一个人睡觉。"

弗朗索瓦丝心中又一次感到那种难以忍受的灼痛。

"正因如此,你最终将和她睡觉,"她说,"我不是说马上,而是六个月以后,一年以后。"

她清楚地看到这条命中注定道路上的每个阶段:从亲吻到抚摸,从抚摸到最后以身相许。由于皮埃尔的错误,格扎维埃尔将会像任何人一样走这条路。此时此刻,她实在憎恨他。

"你知道你现在该做什么。"她竭力控制自己的声音,"你像那天一样到你那个角落里待着,老老实实地干你的事。我要歇一会儿。"

"是我累着你了,"皮埃尔说,"我完全忘了你是病人。"

"不是你。"弗朗索瓦丝说。

她闭上眼睛。她的痛苦不光明正大、怀有敌意。她究竟希望什么?她能够希望什么?她不得而知,但是如果设想她能把这一切弃之不顾而逃避现实,那简直是无稽之谈,她太依恋皮埃尔和格扎维埃尔了,她陷得太深了,成千痛苦的景象在她头脑中回旋,她的心都碎了。她感到在她血管中流淌的鲜血已被毒化。她翻身对着墙,开始无声地哭泣。

皮埃尔在七点离开弗朗索瓦丝。她已经吃完晚饭，因为过度疲劳而无法阅读，除了等待格扎维埃尔，她其他什么事都干不了。况且，她还会来吗？依附于这个随心所欲的人而又对她无能为力是可怕的事。她成了囚徒。弗朗索瓦丝看着光秃秃的墙，房间里热乎乎、黑洞洞的。护士已经撤去鲜花和熄灭房顶上的电灯，只剩下床边一盏昏暗的灯还亮着。

"我想要什么？"弗朗索瓦丝焦虑不安地重复着。

她只知道一味缅怀过去，任凭皮埃尔独自向前走，她早放开了手，他已经走得很远了，因而不可能赶上他，为时太晚了。

"如果还不太晚呢？"她自问。

如果她终于下决心尽全力冲向前，而不是晃着胳臂空着手在原地踏步呢？她稍稍在枕头上躺高一些。同他们一样毫无保留地全力以赴，这是她唯一的出路，也许她那时也会同走在她前面的皮埃尔和格扎维埃尔一样，被那个全新的未来吸引住。她焦急地看了看门。她将去做，她决心已定，绝对没有其他事可做了。只要让格扎维埃尔来就行。七点半，她手心潮湿、口干舌燥，她等待的不再是格扎维埃尔，而是她的生活，她的未来，她的幸福的复活。

有人轻轻敲门。

"请进。"弗朗索瓦丝说。

没有动静。格扎维埃尔大概担心皮埃尔还在那里。

"请进。"弗朗索瓦丝尽她所能地高声喊道，但是她的声音是哽住的，格扎维埃尔会因为听不见而离开，她毫无办法把她叫回来。

格扎维埃尔进来了。

"我不打扰您吧。"她问。

"当然不，我很希望看见您。"弗朗索瓦丝说。

格扎维埃尔在床边坐下。

"这段时间您上哪儿去了?"弗朗索瓦丝温柔地问道。

"我散步了。"格扎维埃尔说。

"您刚才是那样惊慌失措,"弗朗索瓦丝说,"您为什么这样痛苦万分?您究竟害怕什么?没有任何理由。"

格扎维埃尔低下头,她似乎精疲力竭。

"我刚才很惹人讨厌。"她说,接着胆怯地问:"拉布鲁斯很生气吗?"

"当然不。"弗朗索瓦丝说,"他只是非常不安。"

她微笑了。

"但是您得去让他放心。"

格扎维埃尔惊恐地看了看弗朗索瓦丝。

"我不敢去看他。"她说。

"但这很荒谬,"弗朗索瓦丝说,"是因为刚才发生的事吗?"

"因为一切。"

"您因为一个词而吓住了,"弗朗索瓦丝说,"但是一个词改变不了任何东西。您并不是以为他将自认对您拥有某种权利吧?"

"您看到了,"格扎维埃尔说,"这已经引起一场混乱。"

"混乱是您引起的,因为您慌了神。"弗朗索瓦丝说着笑起来,"新的事物总是令您不安。您害怕到巴黎来,害怕演戏。结果,时至今日您遭到巨大不幸了吗?"

"没有。"格扎维埃尔淡淡一笑。

她那因疲劳和焦虑而变了样的脸看来比平时更难以捉摸,然而它是由细嫩的皮肉组成,皮埃尔的嘴唇曾经贴在上面。弗朗索瓦丝久久地以情人的目光凝视这个皮埃尔钟爱的女人。

"相反,一切都可能很美好。"她说,"一对和睦结合的夫妇已经很美好,而三个竭尽全力彼此相爱的人更加多彩多姿。"

她停顿了一会儿。现在是她自己介入、接受冒险的时刻到了。
"因为您和我之间归根结蒂不也正是一种爱情关系吗？"
格扎维埃尔迅速地扫了她一眼。
"是的。"她低声说。突然一种带孩子气的温柔表情使她脸上的线条变得柔和了，她冲动地扑向弗朗索瓦丝，并亲吻了她。
"您那么烫。"她说，"您在发烧。"
"我晚上总有一点儿烧，"弗朗索瓦丝说着笑了笑，"但是您在身边，我多么幸福。"
事情如此简单，这种骤然使她柔情满怀的爱情始终唾手可得，只需要把这只战战兢兢、吝啬小气的手伸出来即可。
"您看，如果在拉布鲁斯和您之间也有爱情，这就构成了一个多么美好的三人组合，完全平衡均等。"她说，"这不是一种普通的生活形式，但是对我们来说，我不认为太困难。您不这么看吗？"
"我同意。"格扎维埃尔抓起弗朗索瓦丝的手，紧紧地握住。
"只要我痊愈了，您就能看到我们三人将会有多么美好的生活。"弗朗索瓦丝说。
"一个星期以后您会回来吗？"格扎维埃尔问。
"如果一切都顺利。"弗朗索瓦丝说。
她一下子觉察到全身僵直，十分痛苦，不，她将不在这诊所里长期待下去，这种平静的超脱状态结束了，因为她早已开始贪婪地在渴望幸福了。
"旅馆里没有您是多么凄凉。"格扎维埃尔说，"从前，即使我白天看不见您，我感觉到您就在我头顶上方，我听得见您走楼梯的脚步声。现在是那样空荡荡。"
"可我快回去了。"弗朗索瓦丝感动地说。她从未想到格扎维埃尔那么在意她的存在，她太不了解她了！她将真心地爱她以弥补失去的时光。她捏了一下她的手，无言地看着她。因为发烧，太阳穴嗡嗡作响，喉咙发干，她终于明白什么样的奇迹已经闯入她的生活。蛰居于生活节奏不慌不忙的建筑物内，经受着铅一般沉重的思想压力，她正在缓慢地枯竭、憔悴。这时，整个这个过于人道的世界随着象征纯洁和自由的一声爆炸顿时化为灰烬；格扎维埃尔天真的目光就足以摧毁这座牢狱。而现在，由于这位苛求的年轻天使的恩赐，不可胜数的奇迹将诞生在这方被拯救的土地上。这是一位忧郁的天使，有一双女性特有的柔软的手、一双像农民那样红红的手，有两片散发出蜂蜜、金色烟丝和绿茶芳香的嘴唇。

"珍贵的格扎维埃尔。"弗朗索瓦丝说。

# 第二部

# 第一章

伊丽莎白的目光环视了一下拼缝起来的墙壁，然后停留在大厅尽头的红色小舞台上。她一度骄傲地想过：这是我的杰作。但没有什么值得自豪的，反正这总该是某个人的作品。

"我必须回去了。"她说，"皮埃尔同弗朗索瓦丝、小帕热斯要到我家吃夜宵。"

"啊！帕热斯把我忘了。"热尔贝失望地说。

他没有来得及卸装，眼皮呈绿色，脸颊上覆盖着一层厚厚的赭石颜料，他比自然状态更漂亮了。是伊丽莎白帮他和多米尼克接上头的，并让人接受了他的木偶节目。她在夜总会的组织工作中起了很大作用。她苦笑了一下。在讨论过程中，因有烟酒助兴，她行动起来有一种飘飘然的感觉，但如同她其余部分的生活一样，这是些毫无价值的虚假行动。在这阴沉沉的三天中，她已经懂得，她所经历的事情，从来没有一件是真实的。有时，在雾天中凝望远方，可以看到某种类似一个事件或一项行动那样的景象，人们可能上当受骗，因为这仅仅是些赤裸裸的假相。

"她忘记您比您以后忘记她将会更经常。"伊丽莎白说。

格扎维埃尔缺席时，由利斯代替她的角色，据伊丽莎白的看法，她至少会同样出色地完成,然而热尔贝看上去不愉快。伊丽莎白用目光探测他。

"这孩子看来很有天赋,"她又说,"但是她做什么事都缺乏自信,这很可惜。"

"我很理解她不喜欢每天晚上到这里来。"热尔贝说,他的回避没有逃过伊丽莎白的眼睛。她长期以来就怀疑热尔贝对格扎维埃尔有点感情。这很有趣。弗朗索瓦丝觉察到了吗?

"我们决定一下,什么时候给您画像?"她说,"星期二晚上?我正好需要几幅速写。"

必须要了解的是格扎维埃尔对热尔贝的想法。她肯定不很关心他,因为有人把她牢牢地控制在手。然而在开幕式那天晚上,当她和他跳舞时,她的眼睛发出异样的光。如果他向她献殷勤,她会作何反应?

"就星期二吧,如果您愿意。"热尔贝说。

他是那样腼腆,他永远不敢主动行动,他甚至都猜想不到他会有运气。伊丽莎白的嘴唇轻轻吻了一下多米尼克的额头。

"再见,我的宝贝。"

她推开门。很晚了,她必须加快步伐,如果她想在他们之前到达。她把陷入孤独的时刻拖延到最后一分钟。她将设法同皮埃尔谈,这一局虽然已经输了,但她想最后再碰一次运气。她咬了咬嘴唇。苏珊娜赢了,南特伊刚接受明冬演《平分秋色》,克洛德又惊又喜。他从来没有像这三天那么温柔,她则从来没有更加倍地憎恨过他。一个野心家,一个爱虚荣的人,一个懦夫,他永生永世束缚在苏珊娜身上,而伊丽莎白将永远是个受到宽容的、偷偷摸摸的情妇。这几天里,真相呈现在她眼前,赤裸裸地令人难以容忍。是出于懦弱,她才怀着徒劳的希望。对克洛德她什么都不指望,然而她将接受任何代价来保住他,没有他,她不能生活。她甚至不为一种宽容的爱情寻找理由,痛苦和怨恨已经扼杀了全部爱。她竟然还爱过他?她可能去爱吗?她加快了步伐。还有皮埃尔。如果他曾经呕心沥血地帮助过她,也许她内心永远不会产生这些矛盾、这些虚伪假相。也许世界对她来说也同样会是充实的,她会心平气和。但是现在都结束了,她正匆匆地朝他走去,心中除了一种要伤害他的绝望祈求外,别无所求。

她走上楼梯,打开电灯。外出前她已经支起了桌子,夜宵的样子确实很诱人。她穿一条百褶裙和一件苏格兰上装,又精细地化了妆,她也显得很妩媚动人。如果人们在一面镜子里看到整个这景象,可能会以为自己正经历一场古老而实在的梦境。当她二十岁的时候,在她那寒酸的小屋里,她为皮埃尔准备涂熟肉酱的面包片和普通的红葡萄酒,可她假想自己奉献给他一顿有肥肝和勃艮第陈葡萄酒的精美夜餐。现在,肥肝在桌上,还有涂鱼子酱的面包片、瓶子里的赫雷斯白葡萄酒和伏特加。她有钱、有宽广的门路,而且已经初露头角。然而,她仍然感到自己远离生活。这顿夜宵只是在一个优雅的模拟画室的模拟夜宵,而她只是活龙活现地在模仿那个她声称将要成为的女人。她用手指掰碎一块小花点。昔日假想式的游戏是有趣的,它预示着光辉的未来,可她不再有未来,她知道在任何地方她将永远不能成为真正的典范,而现在的她仅仅是那个典范的一个复制品。除了这些伪装,她将永远感受不到什么其他的东西。这对她早已命中注定:她接触到的一切都被她变成用来伪装的硬纸板。

进口的门铃打破了寂静。他们是否知道一切都是虚假的?他们肯定知道。她最后瞥了一眼桌子和自己的脸庞。她打开门。弗朗索瓦丝站在门口,手中拿了一束银莲花,这是伊丽莎白最喜欢的花,至少伊丽莎白在十年前是这样认定的。

"瞧，我刚才在巴诺花店发现的这个。"弗朗索瓦丝说。

"你真好。"伊丽莎白说，"花多美啊。"她有些心软了，再说，她恨的不是弗朗索瓦丝。

"请快进来。"她一边说，一边领他们走进画室。

格扎维埃尔羞答答、傻乎乎地躲在皮埃尔背后。伊丽莎白对她的到来早有思想准备，但是她仍然十分恼怒。无论到哪儿，他们身后都拖着这个小姑娘，实在可笑透顶。

"啊！多美啊！"格扎维埃尔说。

她先后看了看屋子和伊丽莎白，毫不掩饰自己的惊讶。她似乎在说：

"我从来未想到她是这样的。"

"是不是，这画室多可爱。"弗朗索瓦丝说。她脱下大衣，并坐了下来。

"脱掉您的大衣，否则您出去时会冷的。"皮埃尔对格扎维埃尔说。

"我喜欢穿着它。"格扎维埃尔说。

"这儿很热。"弗朗索瓦丝说。

"我向你们保证我不太热。"格扎维埃尔固执而温柔地说。他俩都愁容满面地看着她，并且互相交换意见。伊丽莎白克制住自己没耸肩膀。格扎维埃尔从不会着装，她穿了一件老妇人穿的大衣，对她来说太宽大、颜色太深。

"我希望你们又饥又渴。"伊丽莎白轻快地说，"请吃，应该为我的夜宵赏脸。"

"我饿死了，也渴死了。"皮埃尔说，"再说，我吃起东西来狼吞虎咽是出名的。"他笑了笑，其他人也笑了，他们三个人像是串通好似的都很快活，别人可能会以为他们喝醉了。

"赫雷斯还是伏特加?"伊丽莎白问。

"伏特加。"他们齐声说。

皮埃尔和弗朗索瓦丝更喜欢赫雷斯,她确信这点,难道格扎维埃尔竟把她的口味强加给他们了?她在杯子里斟满了酒。皮埃尔同格扎维埃尔睡觉,这是毋庸置疑的。两个女人?这完全可能,他们构成了一个完美对称的三人组合。有时别人见到他们其中两个在一起,想必是安排了轮换交替的办法。但是绝大部分时间,他们全体出动,臂挽臂齐步前进。

"昨天我看到你们穿过蒙帕纳斯十字路口。"她说,并轻轻笑了笑:"你们的样子很怪。"

"怎么怪?"

"你们都挽着胳臂,三个人同时一脚一脚地跳。"

当皮埃尔迷恋上某个人或某件事时,他是没有什么节制的,他始终如此。他能在格扎维埃尔身上找到什么?黄黄的头发、暗淡的脸色、红红的双手,她没有什么诱人之处。

她转过身对着格扎维埃尔。

"您什么都不想吃?"

格扎维埃尔神色疑惑地打量着盘子。

"吃一块鱼子酱面包。"皮埃尔说,"味道很美。伊丽莎白,你把我们当王子招待了。"

"她穿得像个公主。"弗朗索瓦丝说,"你穿得很漂亮,对你合适极了。"

"对大家都会很合适。"伊丽莎白说。

如果弗朗索瓦丝肯于去做,她有足够宽裕的条件打扮得同样漂亮。

"我想我要尝尝鱼子酱。"格扎维埃尔说,做出一副沉思的样子。她拿起一块三明治,咬了一口。皮埃尔和弗朗索瓦丝万分关切地盯着她看。

"您觉得怎么样?"弗朗索瓦丝问。

格扎维埃尔默默想了想:

"好吃。"她肯定地说。

两张脸都放松了。由此可见,如果这小姑娘自视为美女,显然这不是她的错。

"你现在完全好了吗?"伊丽莎白问弗朗索瓦丝。

"我从来没有这样健壮过。"弗朗索瓦丝说,"这场病逼得我彻底地休息一番,这对我大有好处。"

她甚至有些发胖,而且面色红润。伊丽莎白以猜疑的目光看她津津有味地吞下一块涂肥肝的面包。在他们大肆炫耀的幸福中,真的没有任何裂痕?

"我很希望能看看你的近作。"皮埃尔说,"我好久没看你的画了。弗朗索瓦丝说你改变了风格。"

"我正处于蓬勃发展阶段。"伊丽莎白的夸张口气具有讽刺意味。她的画就是把颜料涂抹在画布上,以使其像幅画。她以作画度时光。目的是让自己相信自己是个画家,但是这仅仅是一种令人伤心的演戏罢了。

她拿来一幅画,把它放在画架上,并打开了蓝光灯。上面这些做法都属于常规程式。她即将把她那些假造的画给他们看,他们将给予她虚假的称赞。他们将不知道她清楚以下事实:这一次他们是受骗者。

"果然,这是彻底变化!"皮埃尔说。

看来他真正饶有兴趣地品味起这幅画来;这幅画描绘的是西班牙斗牛场,一个角落里有一个牛头,四周是枪支和尸体。

"这一点都不像你的初期作品,"弗朗索瓦丝说,"你应该也把那幅初作给皮埃尔看看，让他看出发展过程。"

伊丽莎白拿出她的《枪决》。

"很有意思，"皮埃尔说，"但是没有那幅画得好。我认为关于这样的题材，你放弃各种现实主义手法是有道理的。"

伊丽莎白用目光仔细观察他，但是他看起来很真诚。

"你看到了，我现在就是在朝这个方向努力。"她说，"我试图运用超现实主义的松散和自由的手法，但同时加以控制。"

她拿出她的《集中营》、《法西斯景象》、《沙皇屠杀犹太人之夜》，皮埃尔以赞同的神色一一加以研究。伊丽莎白对她的这些画茫然不知所措地看了一眼。总之，要成为一位真正的画家，她缺少的是否不仅仅是观众？一切对自己苛求的艺术家在没有观众、独自一人时是否并不把自己当做蹩脚画家？真正的画家就是能创作出货真价实作品的人。从某种意义上说，克洛德渴望自己的剧上演并非完全没有道理，一个作品在被人了解时才成为真正的作品。她挑选了最近创作的一幅画：《打木偶游戏》。当她把画放到画架上时，她发现格扎维埃尔向弗朗索瓦丝投去惊愕的目光。

"您不喜欢这幅画？"她生硬地笑了笑问道。

"我一点儿也不懂。"格扎维埃尔用辩解的口吻说。

皮埃尔神色不安地猛然向她转过身，伊丽莎白心头的火气直往上冒。他们肯定预先告诉了格扎维埃尔，来这里是不可避免的苦差使，但她开始不耐烦了，她最微小的情绪波动都比伊丽莎白的整个命运更加重要。

"你觉得怎么样？"她问。

这是一幅大胆而复杂的画，值得充分地评论一番。皮埃尔匆忙扫了一眼。

"我也很喜欢。"他说。

显而易见，他只希望赶快结束。

伊丽莎白收起了画。

"今天够了。"她说，"不该折磨这个小姑娘。"

格扎维埃尔用阴郁的目光看了她一眼，她明白伊丽莎白发现了她是举足轻重的。

"你知道，如果你愿意放一张唱片，"伊丽莎白对弗朗索瓦丝说，"你尽管可以放。只是要拿木唱针，以免打扰楼下住户。"

"噢！是的。"格扎维埃尔急忙回答。

"为什么今年你不尝试办一个画展？"皮埃尔边点烟斗边问道，"我确信你将赢得广大观众喜爱。"

"时机不怎么合适，"伊丽莎白说，"现在是一个动荡不安的时期，不可能抛出一个新的名字。"

"然而戏剧发展很顺利。"皮埃尔说。

伊丽莎白犹豫不决地看了看他，然后她突然说：

"你知道南特伊接受了克洛德的剧本吗？"

"啊，知道。"皮埃尔含糊地说，"克洛德高兴吗？"

"何止是高兴。"伊丽莎白说。她深深地吸入她抽的香烟烟雾。"而我，我很伤心。这是能把一个人永远毁掉的那类妥协行为。"

她鼓足勇气。

"啊！如果你接受了《平分秋色》多好。克洛德就扬名了。"

皮埃尔显得局促不安，他讨厌说"不"字。可当有人想向他提出某种要求时，他通常设法从你手指缝中溜走。

"听着，"他说，"你愿意我试着再和贝尔热谈谈吗？正好我们要到他们家吃午饭。"

格扎维埃尔已经搂着弗朗索瓦丝，正带她跳一个伦巴舞。弗朗索瓦丝因注意力集中而脸部肌肉很紧张，好像她拿自己灵魂的安全在冒险。

"贝尔热已经拒绝,他不会改变主意。"伊丽莎白说。她一阵冲动,脑海里掠过一丝荒谬的希望。"需要的不是他,而是你。听着,你明年冬天演你的剧本,但不是从十月就开始吧?如果你演几个星期《平分秋色》多好?"

她等着回答,心怦怦直跳。皮埃尔用力吸着烟斗,似乎很尴尬。

"你知道,最可能的是,"他终于开口,"明年我们要到世界各地巡回演出。"

"伯恩海姆那个著名的计划?"伊丽莎白怀疑地说,"但我还以为你说什么也不愿意去的。"

她的希望落空了,但她不让皮埃尔那么容易就溜走。

"这相当诱惑人,"皮埃尔说,"我们将既可赚钱,又可观赏各国风光。"

他朝弗朗索瓦丝看了一眼。

"当然,这还没有定。"

伊丽莎白思索起来。他们显然要带格扎维埃尔去。为了博得她一笑,皮埃尔似乎什么事情都干得出。也许他正准备抛弃他的事业,花费一年时间,到地中海过田园诗般的三角恋爱生活。

"但如果你们不去呢?"她又问。

"如果不去……"皮埃尔无精打采地说。

"对,那么你能不能在十月份演《平分秋色》?"

她想从他嘴里争得一个肯定答复,因为他不喜欢食言。

皮埃尔抽了几口烟斗。

"总而言之,为什么不能?"他没有信心地说。

"你说话算数?"

"当然算数。"皮埃尔说,语气坚定了一些。

"如果我们留下不走，我们完全可能在演出季节开始时上演《平分秋色》。"

他答应得很痛快，大概已经绝对肯定要进行这次巡回演出。无论如何，他答应下来是冒失举动。如果他不实现巡回计划，他就被约束住了。

"这对克洛德来说是多么了不起的事啊！"她说，"你什么时候最后确定走不走？"

"一两个月以后。"皮埃尔说。

沉默了一阵。

"如果有阻止他们动身的办法就好了。"伊丽莎白激动地想。

已用眼角窥测他们半天的弗朗索瓦丝急速走过来。

"轮到你去跳了。"她对皮埃尔说，"格扎维埃尔不知疲倦，但我再也跳不动了。"

"您跳得很好，"格扎维埃尔说，她做出一副天真的样子笑了笑，"您看，需要的就是一点点诚意。"

"您有的是同两个人跳的诚意。"弗朗索瓦丝快乐地说。

"我俩还得重新开始跳。"格扎维埃尔带着温柔的威胁口吻说。

他们之间采用的这种矫揉造作的语调极其令人不快。

"对不起。"皮埃尔说。他走去同格扎维埃尔选择唱片。她终于决定脱掉大衣，她身材苗条，但是一个画家的眼光从她身上看出某种体态丰腴的倾向。如果她不严格地节食，她很快就会发胖。

"她自我节制是对的。"伊丽莎白说，"她很容易发福。"

"格扎维埃尔？"弗朗索瓦丝笑起来，"她是个瘦弱的人。"

"你觉得她什么也不吃是偶然的？"伊丽莎白问。

"这肯定不是为了保持线条。"弗朗索瓦丝说。

弗朗索瓦丝好像认为这种想法全然荒唐可笑。从前她头脑还有些清醒,但现在她已经和皮埃尔一样变得愚不可及,竟然还怡然自得。好像格扎维埃尔是个与众不同的女人!伊丽莎白一眼就识破了她:隐藏在金发处女假面具下的她会具有人类的全部弱点。

"皮埃尔对我说,你们也许今年冬天要去巡回演出。"她说,"这当真吗?"

"大家在谈论这件事。"弗朗索瓦丝说。她显得有些为难,她不知道皮埃尔说了些什么,她大概担心牵连进去。

伊丽莎白倒了两杯伏特加。

"这个小姑娘,你们要把她怎么办?"她摇摇头说,"我在想。"

"把她怎么办?"弗朗索瓦丝问,她似乎愣住了,"她演戏,你知道的。"

"首先,她并不演戏。"伊丽莎白说,"其次,我想问的不是这个。"

她喝下半杯酒。

"她不会尾随你们过一辈子吧?"

"不,想必不会。"弗朗索瓦丝说。

"她不渴望有她自己的生活:爱情啦、冒险啦?"

弗朗索瓦丝偷偷一笑。

"我不认为她目前对这些想得很多。"

"目前当然不。"伊丽莎白说。

格扎维埃尔正同皮埃尔跳舞,她跳得十分出色,脸上带着恬不知耻卖弄风情的笑容,这一切弗朗索瓦丝是怎么容忍的?又妖艳、又肉感,伊丽莎白对她洞察入微。她肯定爱上了皮埃尔,但她是个阴险奸诈、朝三暮四的女孩。为一时的快乐她可以牺牲一切。就在她身上可能找到三人之间的裂痕。

"你的情人怎么样?"弗朗索瓦丝问。

"莫罗?我们俩大吵了一场。"伊丽莎白说,"是关于和平主义问题。我嘲笑他,他就发火了,最后他差点把我掐死。"

她在自己包里翻寻。

"瞧,看看他最后一封信。"

"我不觉得他那么愚蠢。"弗朗索瓦丝说,"你对我说了那么多他的坏话。"

"他得到所有人的尊重。"伊丽莎白说。

她一开始觉得他很有趣,以激发他的爱情为乐,为什么现在她变得如此厌恶他?她把提包里的东西都掏出来了。因为他爱她,所以她认为,厌恶他是使他丧失尊严的最好办法。她至少还有这样的自豪感:能够蔑视被她所挑起的可笑感情。

"这封信很得体。"弗朗索瓦丝说,"你怎么回答的?"

"我很为难,"伊丽莎白说,"很难对他解释我从来没有认真对待过这件事。再说……"

她耸了耸肩膀,该怎样承认?她自己都弄糊涂了。她因闲着无聊为自己制造出的这种虚假友谊,十分可能要求她面对与绘画、政治、同克洛德决裂同样现实的问题。这一切统统是一回事:无足轻重的喜剧。

她又说:

"他追我一直追到多米尼克那里,脸色像死人一样苍白,气得圆圆地瞪着两眼。天很黑,街上一个人也没有,可怕极了。"

她低声笑了笑。她情不自禁地想叙述。然而她当时并不害怕,没有发生争吵。确切地说仅仅是一个出言不逊和举止笨拙的、气得发疯的可怜虫。

"你设想一下,他把我按在一个路灯杆上,掐住我的喉咙,用戏剧道白似的口吻对我说:'我一定要得到你,伊丽莎白,否则我就杀死你。'"

"他真的差点要掐死你?"弗朗索瓦丝问,"我还以为只是就那么说说而已。"

"当然不,"伊丽莎白说,"他真的好像能杀了我。"

如果你准确地描绘事情的真实面目,而别人却以为没有发展到这一步,那是令人恼火的。一旦他们开始相信,但所相信的却与事情的本来面目大相径庭。她眼前已显现了那双逼近她脸蛋的呆滞眼睛和贴近她嘴唇的苍白嘴唇。

"我对他说:'掐死我吧,但是别吻我,'他的手在我脖子周围掐得更紧了。"

"好吧,"弗朗索瓦丝说,"这会构成一起实实在在的情杀案。"

"哦!他立刻松手了,"伊丽莎白说,"我说:'可笑,'他就松手了。"

她当时感到的好像是失望,但是即使他继续掐紧,直到她倒下,这也构不成一桩真正的罪行,充其量是一次笨拙的事故。她永远永远没有经历过真实的事。

"他是由于热衷于和平主义而想谋杀你?"弗朗索瓦丝问。

"我对他说战争是摆脱我们所生活的肮脏世界的唯一办法,我把他激怒了。"伊丽莎白说。

"我的看法像他一样。"弗朗索瓦丝说,"我担心吃药比病痛更对人有害。"

"那是为什么?"伊丽莎白问。

她耸了耸肩膀。战争。为什么他们都谈虎色变?这至少是硬石头,不像纸板在手中会变软。毕竟是某种真实的东西,真正的行为就将成为可能。组织革命。她已经开始学习俄语,以碰碰运气。也许她将最终大显身手,也许对她来说天地太狭小了。

皮埃尔走近来:

"你是否完全确信战争会导致革命?"他问,"即使那样,你不认为代价会太昂贵了吗?"

"问题是她是个战争狂人。"弗朗索瓦丝亲热地笑着说,"她将为了事业在欧洲点起战火,然后洗劫一空。"

伊丽莎白笑了。

"一个战争狂人……"她轻轻地说,她的笑容顿时消失。他们肯定没有受骗,他们知道,她内心空虚贫乏,在她说的话以外,没有一处有信念存在,即使语言,也是谎言和做戏。

"一个狂人!"她重复了一遍,同时爆发出一阵刺耳的笑声,"这可是个新发现。"

"你这是怎么啦?"皮埃尔困惑地问道。

"没什么。"伊丽莎白说。她闭上了嘴。她太过分了。我太过分了,她对自己说,太过分了,那么,这种对自己人格的恬不知耻的厌恶感,这也是故作姿态?此时此刻她正在装出来的对这种厌恶感的蔑视不也是做戏吗?甚至对于这种蔑视的怀疑……如果她这样认真地思索这些问题,是否就可能无止境地问下去?那简直会令人发疯。

"我们要向你道别了。"弗朗索瓦丝说,"我们该走了。"

伊丽莎白哆嗦了一下,三个人都一动不动地站在她对面,他们看来很不自然,想必在这沉默的一瞬间,她的表情很古怪。

"再见,最近某个晚上我将去剧场。"她边说边陪他们走到门口。她回到画室,走近桌子,为自己斟了一大杯伏特加一饮而尽。如果她继续笑下去会怎么样?如果她对他们喊道:"我知道,我知道你们知道。"他们将会瞠目结舌。但是有什么用?哭哭啼啼、忿忿不平这将是另一种更加累人、同样白费的做戏。没法摆脱困境:对她来说没有真实的东西,无论是世上任何事或者她自己。

她看了看脏盘子、空酒杯以及塞满烟头的烟灰缸。他们不会永远是胜利者，有些事情可做。一件让热尔贝参与进去的事。她在长沙发上坐下，她又重新见到了格扎维埃尔珍珠般的脸颊和金黄色的头发以及皮埃尔同她跳舞时怡然自得的微笑，这一切在她头脑里狂舞乱跳，杂乱无章，但明天，她会把自己的思想整理得有条不紊。有一件事可做，一项将会使人流下真实眼泪的真正举动，也许那时她将感受到她也在真正地生活。那时，巡回演出将实现不了，他们将上演克洛德的剧本。那时……

"我醉了。"她喃喃自语。

只有睡觉和等待明天。

# 第二章

"两杯清咖啡,一杯牛奶咖啡,再来几个羊角面包。"皮埃尔向侍者吩咐。他对格扎维埃尔笑了笑。"您不太累吗?"

"我玩儿的时候从不累。"格扎维埃尔说。她把一大口袋红虾、两个大香蕉和三个朝鲜蓟放在自己面前。从伊丽莎白家里出来,谁也不想回去睡觉,他们先在蒙奥格伊街喝了浓洋葱汤,然后又到令格扎维埃尔流连忘返的巴黎中央菜市蹓跶。

"这个时候的多莫咖啡馆多么令人愉快。"弗朗索瓦丝说。咖啡馆几乎没有顾客,一个穿蓝工作服的男人正跪在地下擦拭泡了肥皂液、散发出碱水味儿的方砖地。当侍者把食物放在桌上时,一个穿晚礼服的高大的美国女人往他头上扔了个纸团。

"她喝得太多了。"他微笑着说。

"一个醉了的美国女人,真了不起,"格扎维埃尔用坚信不疑的口吻说,"这是那种能喝得酩酊大醉而不立即变得烂醉如泥的女人。"

她拿起两块方糖,在杯子上方停了一会儿才让它们掉入她的咖啡中。

"您在做什么,小捣蛋鬼。"皮埃尔说,"您没法再喝了。"

"可这是有意的,是为了中和它。"格扎维埃尔说,她用责备的目光看看弗朗索瓦丝和皮埃尔。"你们不理解,你们喝那么多咖啡会中毒的。"

"您可以这样说。"弗朗索瓦丝快乐地说,"您用茶来灌我们,这更糟!"

"啊,但我是有讲究。"格扎维埃尔说,并摇摇头。"你们哪,你们不知不觉地喝这种有毒的东西还洋洋自得。"

她确实精神很振作,头发闪闪发亮,眼睛也像彩釉制品一样炯炯有神。弗朗索瓦丝发现她眼睛的浅色虹膜外有一圈深蓝色,人们在这张脸上永无止境地会有新的发现。格扎维埃尔是个变化无穷的新鲜东西。

"你们听见他们说的话了吗?"皮埃尔问。

一对男女正在窗户旁窃窃私语,年轻妇女卖弄风情地抚摸着罩在发网里的头发。

"就是这样,"她说,"从来没有谁看见我的头发,它们仅仅属于我。"

"那为什么?"年轻人激动地问道。

"这些庸俗女人,"格扎维埃尔轻蔑地撇着嘴说,"她们不得不故作风雅,她们应该明白自己值几个钱。"

"确实,"弗朗索瓦丝说,"这位是保住她的头发,埃卢瓦是她的贞操,康塞蒂是她的艺术。这就使得她们可以把其余的东西随便给人。"

格扎维埃尔轻快地笑了笑,弗朗索瓦丝看到这微笑有些羡慕,这大概是自感高贵的一种力量。

皮埃尔凝视他的杯子底有一阵子了,他的肌肉松软,眼神模糊,脸上表情呆傻而痛苦。

"从刚才开始,您感觉一直不舒服吗?"格扎维埃尔问。

"不舒服,"皮埃尔说,"不舒服,可怜的皮埃尔感觉不舒服。"

他们刚才在出租汽车里就开始演戏。看皮埃尔即兴创作一场场戏对弗朗索瓦丝来说始终是一种消遣,但是她自己只担当配角。

"皮埃尔不可怜,皮埃尔身体很好。"格扎维埃尔软中带硬地说,她把一张想吓唬人的脸凑过去,贴近皮埃尔的脸。

"您是不是很好?"

"是的,我很好。"皮埃尔急匆匆地说。

"那么,笑一笑。"格扎维埃尔说。

皮埃尔的嘴唇变得很扁平,嘴角几乎拉到耳边,同时眼神发狂,挂着笑容的脸受折磨似的抽搐着。他所能做的种种脸部表情都十分令人惊奇。好像弹簧绷裂一样,笑容顿时收住,变成一副哭相。格扎维埃尔忍住了笑声,然后像一个施催眠术的人一样庄重地把手在皮埃尔的脸前由下往上移动,笑容又重新出现。皮埃尔神色阴险地在自己嘴前由上往下移动手指,笑容又消失了。格扎维埃尔笑得流出了眼泪。

"您究竟用的什么办法,小姐?"弗朗索瓦丝问。

"我特有的方法。"格扎维埃尔态度谦虚地说,"一种暗示,恫吓和推论相混合的方法。"

"您取得了满意的效果?"

"效果惊人!"格扎维埃尔说,"如果您知道当我刚把他控制在手时,他那时处于什么状况就好了。"

"确实,总是应该考虑到最开始的状况。"弗朗索瓦丝说,"眼下,病人似乎患了严重的精神病。他贪婪地直接咀嚼烟斗中的烟丝,像一头驴在它的食槽中吃食一样,他眼球突出,他确确实实在嚼烟丝。"

"伟大的上帝。"格扎维埃尔惊恐万状地说。

接着她用平静的口气说。

"您好好听着,"她说,"应该只吃能吃的东西,烟丝不是能吃的,因此您吃烟丝是犯了个错误。"

皮埃尔驯服地听从了她,然后他重又开始抽烟斗。

"味道很好。"他若有所思地说。

"可能应该试着做一次精神分析。"弗朗索瓦丝说,"会不会在他童年时代,他父亲曾用一根接骨木枝条打过他?"

"为什么是这样?"格扎维埃尔说。

"'烟草'(tabac)这个词构成的一个词组'passé à tabac'就是'挨打'的意思,"弗朗索瓦丝说,"他吃烟丝是为了忘却挨打;此外,tabac 也有'接骨木茎内的髓质'的含义,他嚼烟丝是通过消化作用来象征性地毁掉接骨木。"

皮埃尔的脸正在发生危险的变化,涨得通红,脸颊鼓起,两眼充血,好像蒙着一层淡红色水汽。

"现在味道不好了。"皮埃尔怒气冲冲地说。

"别抽它了。"格扎维埃尔说,她从他手中拿走了烟斗。

"哎哟!"皮埃尔说,并看了看空空的两手,"哎哟,哎哟,哎哟!"他发出长长的呻吟。他鼻子一抽,忽然泪流满面,"啊,我太不幸了。"

"您让我害怕。"格扎维埃尔说,"停住。"

"啊!我太不幸。"皮埃尔说。他痛哭流涕,脸像号啕大哭的幼儿一样丑。

"停住。"格扎维埃尔喊道,恐惧使她脸部表情紧张起来。皮埃尔笑了,并开始揉擦眼睛。

"你简直是个富有诗意的白痴,"弗朗索瓦丝说,"人们可能会对一个有这样一副脸的白痴产生爱情。"

"不是一切运气都会失去的。"皮埃尔说。

"是不是戏剧里从来没有过白痴的角色？"格扎维埃尔说。

"我知道在瓦勒·安克朗①的一个剧本里有一个妙不可言的白痴角色，但这是一个哑角。"皮埃尔说。

"可惜。"格扎维埃尔温柔而挖苦地说。

"伊丽莎白是不是又用克洛德的剧本来麻烦你？"弗朗索瓦丝问，"我当时觉得你借口明年冬天要去巡回演出而推辞了。"

"是的。"皮埃尔带着全神贯注的神情说，他用勺搅了搅杯子里剩下的咖啡。"说到头你为什么对这个计划那么反感？"他问，"如果明年不作这次旅行，我担心永远也作不成了。"

弗朗索瓦丝感到一阵不快，但只是轻微的不快，对此她自己都几乎很吃惊，在她内心，一切都软绵绵、轻飘飘的，好像打了一针可卡因，麻醉了她的灵魂。

"但是剧本也同样可能永远上演不成了。"她说。

"在以后不太有可能离开法国的时候，我们无疑还能演戏。"皮埃尔缺乏诚意地说，他耸了耸肩膀。"再说，我的剧本不是终结，我们在生活中做了那么多工作，你不希望有一些变化？"

可恰恰是在他们即将接近目标的时刻：她可能在明年内写完她的小说，皮埃尔可能终于要采摘十年劳动的成果。她提醒自己空缺一年意味着一种灾难，但是她对此却采取了漠然置之、望而却步的态度。

"哦！你知道我本人是多么喜欢旅行。"她说。

甚至没有必要去斗争，她自认已被击败，不是被皮埃尔，而是被自己。在她身上残存的一点点抗争力不具备足够的威力使她能期望自己斗争到底。

---

① Valle Inclam（1869—1936），西班牙作家。

"想象我们三个人站在'开罗号'甲板上看着希腊海岸渐渐靠近,这对你没有诱惑力?"皮埃尔说,他对格扎维埃尔笑了笑。"远远望去,雅典卫城就像一个小小的、可笑的纪念建筑物。我们将乘一辆出租车,由于路面凹凸不平,它将一路颠簸着把我们带到雅典。"

"我们将到扎皮恩宫的花园吃晚饭。"弗朗索瓦丝说,她快乐地看了一眼格扎维埃尔。"她准能喜欢烤虾、羊肠,甚至含树脂的酒。"

"肯定,我准喜欢,"格扎维埃尔说,"使我厌烦的是法国搞的这种斯文的吃法。到那儿我将狼吞虎咽地吃,你们看吧。"

"这几乎像您在中国餐馆享受美味同样可恶。"弗朗索瓦丝说。

"我们是不是将住在小木板房和小铁皮房集中的地区?"格扎维埃尔问。

"不可能,没有旅馆。"皮埃尔说,"只有些移民宿营地。但是在那里我们将度过重要的时刻。"

同格扎维埃尔一起去参观这一切将会很愉快。她的目光可使最微小的事物改观。刚才领她看巴黎中央菜市场内的酒吧间,一堆堆胡萝卜以及流浪汉,弗朗索瓦丝好像是第一次对这些东西有新发现。弗朗索瓦丝拿了一把红虾剥起来。在格扎维埃尔的目光下,人群拥挤的皮雷滨河马路、蓝色小艇、蓬头垢面的儿童、散发油烟味和烤肉味的小饭店都会显露出以往从未被感知的无穷新奇面貌。她看看格扎维埃尔,又看看皮埃尔,她爱他们,他们相爱,他们爱她。好几个星期以来,他们三个人生活在狂喜和欢畅中。这一刻是多么宝贵:看着投射在多莫咖啡馆空长凳上的黎明曙光,闻着方砖的肥皂味,品尝着海鲜的清淡香味。

"贝尔热有一些在希腊拍的很美的照片,"皮埃尔说,"我待会儿应该向他要来看看。"

"对了,你们要到他们那里吃午饭。"格扎维埃尔亲热地赌着气说。

"如果只有波勒,我们就带您去。"弗朗索瓦丝说,"但是有了贝尔热,就一下变得很正式。"

"我们将把全团留在雅典,"皮埃尔说,"而我们到伯罗奔尼撒半岛转一大圈。"

"骑在骡背上。"格扎维埃尔说。

"一部分时间骑骡。"皮埃尔说。

"我们将有一系列奇遇。"弗朗索瓦丝说。

"我们将绑架一个美丽的希腊小姑娘。"皮埃尔说,"你记得吗?那个的黎波里小姑娘?我们特别可怜她。"

"完全记得。"弗朗索瓦丝说,"想到她也许整个一生流落在那种偏僻的十字街头,真是阴森可怖。"

格扎维埃尔皱起眉。

"这样的话,我们必须把她带着,这太累赘了。"她说。

"我们把她邮回巴黎。"弗朗索瓦丝说。

"可是回巴黎时,还得再找她。"格扎维埃尔说。

"然而,"弗朗索瓦丝说,"假如您听说在世界的某个角落有个很讨人喜欢的人,他不幸地被囚禁着,您不会费力去找他吗?"

"我不,"格扎维埃尔固执地说,"对我来说无所谓。"

她看了看皮埃尔和弗朗索瓦丝,突然粗声粗气地说:

"我不愿意有别人和我们在一起。"

这是孩子气,但是弗朗索瓦丝觉得有一个沉重的罩子掉到她肩上。她本该在舍弃一切以后感到自由才是,然而她还从来没有像几个星期以来那样感受不到自由的滋味。她甚至觉得此时被牢牢地捆绑住了。

"您说得对,"皮埃尔说,"我们三个人已经有足够的事要做。"

现在我们实现了均衡和谐的三重奏，应该充分享受，不管其他任何事。"

"但是如果我们当中有一个遇到激动人心的机缘呢？"弗朗索瓦丝问，"这将是共同的财富，束缚自己总是令人遗憾的。"

"但是我们刚刚创造的东西还是全新的呢，"皮埃尔说，"首先我们应该在前面留出很长一段时间，然后，每人可以去冒险，去美洲，领养一个中国小孩等。但在这以前不行……暂定五年吧。"

"对。"格扎维埃尔兴奋地说。

"一言为定，"皮埃尔说，"这是个条约，五年当中，我们每个人专心致志地献身于三人组合。"

他把手打开放在桌上。

"我忘了您不喜欢这个动作。"他笑着说。

"我喜欢，"格扎维埃尔庄重地说，"这是个条约。"

她把手放下，紧挨皮埃尔的手。

"那好吧。"弗朗索瓦丝说着也伸出了手。五年，这两个字沉甸甸的。她从不害怕为未来宣誓，但问题是未来改变了性质，不再是无拘无束地施展她的整个身心。是什么？她不能设想"我的未来"，因为她不能同皮埃尔和格扎维埃尔分离。但是也不再可能说"我们的未来"，同皮埃尔一起是有意义的，他们俩一起规划他们前面的共同目标：共同的生活、事业、爱情；可是同格扎维埃尔一起，这一切就不再有任何意义了。人们不能和她共同生活，而只能在她身旁生活。尽管近几个星期的生活欢乐而甜美，弗朗索瓦丝仍害怕想象今后她们生活在一起的漫长岁月，这些命中注定的陌生岁月像一条漆黑的隧道展示在面前，必须盲目地迂回前进。这不是真正的未来，这是一种无定形的、虚幻的时间延伸。

"现在这种时候，订计划好像不可思议。"弗朗索瓦丝说，"我们已经习惯了过一天算一天。"

"然而你从来也没有充分地相信过战争会爆发。"皮埃尔说着又笑了笑,"看来现在局势几乎还是平静的,因此你不必立刻就开始担忧。"

"我对局势没有确定的想法,"弗朗索瓦丝说,"但是未来却完全被堵住了。"

得过且过的状况并不完全是战争造成的,但是这无关紧要。她已经满足于能这样模棱两可地表述见解;很久以来,她已经不再那么坦诚了。

"真是这样,我们不知不觉地开始过一天算一天地生活了,"皮埃尔说,"几乎所有的人都如此,我想,甚至最乐观的人。"

"这使一切都枯竭了,"弗朗索瓦丝说,"事物不再有任何延续性。"

"嗨!我不这样认为。"皮埃尔神情专注地说,"相反,当事物周围存在着种种威胁的情况下,我觉得反而使它们更可贵了。"

"而我认为一切都是徒劳的。"弗朗索瓦丝说,"怎么对你说呢?以前,我从事一切工作的时候,我有被目标紧紧咬住的感觉,比如我的小说,它存在着,它要求我写。现在,写就是堆砌一页页稿纸。"

她把一堆她已剥出虾肉的小虾壳推开。那位具有神圣不可侵犯的头发的年轻妇女现在孤单单地对着两个空杯子,她失去了生气勃勃的神态,若有所思地在嘴唇上涂着口红。

"问题在于人们要从自己正做的事情中摆脱出来,"皮埃尔说,"而我觉得这倒使生活丰富多彩了。"

"当然。"弗朗索瓦丝微笑着说,"即使在战时,你还能找到丰富自己生活的办法。"

"但是你们怎么愿意发生这样的事情?"格扎维埃尔突然插嘴,

她摆出一副居高临下的神态,"人们毕竟不会愚蠢到想互相残杀。"

"可没人去征求他们的意见。"弗朗索瓦丝说。

"这毕竟是很多人决定的,他们不会都是疯子。"格扎维埃尔带着敌意的蔑视说。

关于战争或政治的谈话因为无益和无聊总是使她很恼怒。但弗朗索瓦丝还是对她那挑衅的口吻惊诧不已。

"他们不是疯子,但是他们无法控制局面。"皮埃尔说,"社会,这是架奇怪的机器,谁都主宰不了它。"

"怎么!我不理解人们会任凭这架机器把自己压死。"格扎维埃尔说。

"您希望人们怎么办?"弗朗索瓦丝问。

"不要像羊一样低头。"格扎维埃尔说。

"那应该参加一个政党。"弗朗索瓦丝说。

格扎维埃尔打断了她。

"上帝啊!我可不想弄脏自己的手。"

"那您将是一只羊。"皮埃尔说,"这是一回事。您只能以社会的方式与社会斗争。"

"总而言之,"格扎维埃尔说,她怒形于色,"如果我是个男人,人家来找我的时候,我决不走。"

"您讨不着便宜。"弗朗索瓦丝说,"人家将派两个宪兵把您带走。如果您坚持不走,人家将让您贴墙站着把您枪毙。"

格扎维埃尔神态冷漠地撇了撇嘴。

"确实如此,看来您很怕死。"她说。

怀着这样深的恶意进行推论,格扎维埃尔肯定是怒不可遏了。弗朗索瓦丝记起这次是专程为她而出来的,她完全弄不清自己究竟犯了什么错误。她痛苦地看了一眼格扎维埃尔,这是一张散发芳香、充满温情的脸,是什么样的有毒思想使它骤然变了样?这些思想在丝一般头发的掩盖下,在顽固的小额头里恶性地膨胀着,弗朗索瓦丝失去了招架之力。她爱格扎维埃尔,她不再能忍受她的仇恨。

"您刚才说任意被人残杀是令人愤慨的。"她说。

"但是如果故意去死就不是一回事了。"格扎维埃尔说。

"为了不被残杀而自杀,这不是故意去死。"弗朗索瓦丝说。

"总之,我宁愿自杀。"格扎维埃尔说。她又心不在焉地、懒洋洋地补充道:"再说,有其他办法,总是可以逃跑吧。"

"这不那么容易,您知道。"皮埃尔说。

格扎维埃尔的目光变得柔和了,她向皮埃尔讨好地笑了一下。

"如果可能的话,您会逃跑吗?"她问。

"不会,"皮埃尔说,"有千万条理由。首先,那就得永远放弃回到法国,而在这里有我的戏剧、我的观众,在这里我的事业有它的意义和有机会留下它的痕迹。"

格扎维埃尔叹了口气。

"真是这样。"她神情悲哀而失望地说,"您身后有那么多拖累。"

弗朗索瓦丝哆嗦了一下,格扎维埃尔的话总有双重含义。她是不是把弗朗索瓦丝也算在拖累里了?她是否指责皮埃尔对弗朗索瓦丝仍有爱情?弗朗索瓦丝有时注意到,当她打破他们俩面对面交谈时,格扎维埃尔会突然沉默;而当皮埃尔对弗朗索瓦丝谈论时间稍长时,格扎维埃尔会满脸不高兴。以前她对此未加理睬,然而今天的情况显而易见,格扎维埃尔渴望感到皮埃尔在她面前是自由的、独立的。

"这些拖累,"皮埃尔说,"就是我自己。我们不能把一个人同他所感、所爱以及所建立起的生活割裂开。"

格扎维埃尔的眼睛亮了起来。

"好吧！而我呢，"她用稍带戏剧性的颤抖口吻说，"我可以在任何时候去任何地方，人们永远不该把自己拴在一个国家、一种职业上，也不该依附于任何人、任何事。"她慷慨激昂地结束这段话。

"但这是因为您不理解，您的所作所为和您是什么样的人是一码事。"

"这得看您是谁。"格扎维埃尔说，她露出隐秘和富于挑衅性的微笑。她无所事事，她是格扎维埃尔。她就是她，这是无可辩驳的事实。

静默片刻后，她谦逊地、然而忿忿地说。

"当然，您比我更熟悉这些问题。"

"但您是不是以为有一点点见识就行了，不必拥有全部这方面的知识？"皮埃尔快乐地说，"您为什么突然开始恨起我们来了？"

"我？恨你们？"格扎维埃尔说。

她两只无辜的眼睛睁得又圆又大，但是她的嘴巴仍然在抽搐。

"我准是疯了才这样。"

"当我们正讨论令人欢欣鼓舞的旅行计划的时候，您听到我们仍没完没了地扯起战争的事，所以您就恼火了？"

"你们完全有权谈论你们感兴趣的事。"格扎维埃尔说。

"您认为我们是杞人忧天，并以此为乐，"皮埃尔说，"但是我向您保证不是如此。形势值得人们去思考，事态的发展对我们和您都至关重要。"

"我知道。"格扎维埃尔略有愧色地说，"但是谈论又有什么用？"

"为了准备好应付一切。"皮埃尔说。他笑了笑："这不算是资产阶级的谨慎。但是如果您确实害怕在世界上被别人杀死，如果您不愿做一只羊，只有重新开始清醒地考虑您的处境，别无他法。"

"但是我什么也不懂。"格扎维埃尔以抱怨的口气说。

"人们不可能在一日之间懂得。首先,您应该开始看报。"

格扎维埃尔把双手放到太阳穴上。

"哦!这多么令人腻烦!"她说,"我不知道从哪儿入手。"

"这,倒是真的,"弗朗索瓦丝说,"如果不是已经对事情有所了解,您还是抓不到它。"

弗朗索瓦丝仍然十分伤心和气愤,因为格扎维埃尔是出于嫉妒才憎恨她没法参与进来的大人之间的谈话,整个这件事的实质在于,她不能忍受皮埃尔有一刻时间不理睬她。

"好吧,我知道我该做什么,"皮埃尔说,"哪天我给您好好讲述一下政治,以后,我会定期使您了解情况。您知道,不那么复杂。"

"我很愿意。"格扎维埃尔愉快地说,她凑近弗朗索瓦丝和皮埃尔。"你们看见埃卢瓦了吗?她在门口的一张桌子边坐下了,希望能偶尔听到你们的片言只语。"

埃卢瓦正把一块羊角面包浸在一杯牛奶咖啡里。她没有化妆,她那羞答答、孤零零的神态并不令人讨厌。

"人们会觉得她很讨人喜欢,在不了解她的情况下会有这种看法。"弗朗索瓦丝说。

"我确信她来这里吃饭是专门为了遇见你们。"格扎维埃尔说。

"她很可能这样。"皮埃尔说。

咖啡馆里人满了一些。邻桌的一位妇女在写信,并时而向收款处投去惊慌失措的目光,她大概担心哪个侍者发现她而强迫她用餐。但是一个侍者都没有出现,虽然靠窗的一位先生在重重地敲桌子。

皮埃尔看了看挂钟。

"我们该回去了,"他说,"去贝尔热家吃饭前我还有很多很多事要做。"

"是的,现在你们该去了,可正好是一切都刚开始重又变得美好的时候。"格扎维埃尔以责备的口气说。

"但是刚才也很美好啊,"皮埃尔说,"短短五分钟时间的不愉快,与长长的整个一夜相比算得了什么?"

格扎维埃尔有所保留地笑了笑。他们走出多莫咖啡馆,同时远远地和埃卢瓦打了个招呼。去贝尔热家吃午饭,弗朗索瓦丝并不很感兴趣,但是她很高兴能单独与皮埃尔相处,总之,是没有格扎维埃尔在场的相处,在这愈益自我封闭的三人组合中,她开始感到窒息,而这次吃饭则是短暂地逃避到外部世界去。

格扎维埃尔做出真心诚意的样子挽起弗朗索瓦丝和皮埃尔的胳臂,但她的脸色仍然阴沉沉的。他们穿过十字路,默默无言地走到旅馆。在弗朗索瓦丝信箱里有一封气压传送信。

"好像是波勒的笔迹。"弗朗索瓦丝说,并拆开信。

"她取消了和我们的约会,"她说,"换成下午四点邀请我们去吃点心。"

"哦!多么意外的收获!"格扎维埃尔说,两眼闪闪发光。

"这是个运气。"皮埃尔说。

弗朗索瓦丝缄默不语,她用手指翻转着信纸。她如果没有当着格扎维埃尔把信拆开,她本可以向她隐瞒信的内容,和皮埃尔单独度过一天,现在已无可挽回。

"我们上楼清醒清醒脑子,然后再到多莫咖啡馆相会。"她说。

"今天是星期六。"皮埃尔说,"我们可以去跳蚤市场,并在蓝色大棚子里吃午饭。"

"对,这多让人高兴,真是意外收获!"格扎维埃尔欣喜若狂地说。

这种再三流露出来的快乐心情近乎冒失。

他们上了楼梯,格扎维埃尔回到她房间。皮埃尔跟随弗朗索瓦丝进了她的房间。

"你不太困吗?"他问。

"不,当人们这样散步的时候,即使通宵不睡也不太累人。"她说。

她开始卸妆。洗一个凉水澡以后,她将会完全消除疲劳。

"天气很好,我们将度过很美好的一天。"皮埃尔说。

"如果格扎维埃尔可爱的话。"弗朗索瓦丝说。

"她会可爱的。当她想到她不久会离开我们,她总是变得闷闷不乐。"

"这不是唯一的原因。"

她沉吟不决,她担心皮埃尔认为她的责难过于不近情理。

"我认为她生气是因为我们之间做了五分钟个人交谈。"

她仍然沉默不语。

"我认为她有些嫉妒。"

"她嫉妒心极重,"皮埃尔说,"你才发现?"

"我曾经想我是不是搞错了。"弗朗索瓦丝说。

当她看到皮埃尔友好地接受她内心全力抵制的某种感情时,她总是很震惊。

"她嫉妒我。"她又说。

"她嫉妒一切,"皮埃尔说,"嫉妒埃卢瓦、贝尔热、戏剧、政治。我们想到战争,这在她看来就是我们这方面的不忠,我们什么都不该关心,只应该关心她。"

"今天她怨恨的是我。"弗朗索瓦丝说。

"对,因为你对我们未来的规划有所保留。她嫉妒你,不只是因为我,而是通过你自己。"

"我很清楚。"弗朗索瓦丝说。

如果皮埃尔想解除她内心的重负,他干得很笨拙,因为她越来越感到抑郁。

"我觉得这样很难受,"她说,"这构成一种没有友情的爱,我感到被爱是违背自己意愿的,而不是为了自己。"

"这就是她的爱情方式。"皮埃尔说。

他对这种爱情非常适应,他甚至觉得战胜了格扎维埃尔。而弗朗索瓦丝则痛苦地感到被这颗狂热而阴郁的心摆布着,她只有通过格扎维埃尔带给她的反复无常的感情而存在。这个女巫夺走了她的形象,按其意愿向她施以恶毒的魔法使她入迷。这时的弗朗索瓦丝是一个不受欢迎的人,一个偏狭平庸、枯燥无味的灵魂,她必须等待格扎维埃尔的一个微笑以重获对自我的认同。

"总之,要看看她情绪会怎么样。"她说。

但是她的幸福,直至她自身的存在竟要这样取决于这个陌生而反叛的意识,这是一种真正的苦恼。

弗朗索瓦丝闷闷不乐地嚼着一片厚厚的巧克力蛋糕,一口口难以下咽。她怨恨皮埃尔,他很清楚格扎维埃尔由于一夜未睡而很疲劳,肯定早早便睡觉,他本应猜测到在早晨的误解以后,弗朗索瓦丝渴望长时间单独和他相处。当弗朗索瓦丝病愈时,他们做了严格的规定:两天中有一天,她从晚上七点至午夜与格扎维埃尔外出,另一天是皮埃尔从两点至七点见格扎维埃尔,其余时间按各自愿望支配,但是同格扎维埃尔的相会是不允许受到非议的,至少,弗朗索瓦丝一丝不苟地恪守协议,皮埃尔则采取过于自由的态度。今天,他以哀求和打趣的口吻要求她们在他去剧场前不要支走他。他似乎没有丝毫内疚。他坐在格扎维埃尔身边的高凳子上,绘声绘色地向她讲述兰波的生活。故事从去跳蚤市场开始就在讲,但因不断离题而被打断,此时兰波尚未遇见魏尔兰。皮埃尔讲着,话语描述的虽是兰波,但是嗓音中似乎充满种种亲密的暗示,格扎维埃尔看着他,表情驯服而富于肉感。他们的关系几乎是纯洁的,然而他通过几个亲吻和轻轻的抚摸,在他们之间建立起了一种有所保留的情况下隐约可见的具有肉欲的协和关系。弗朗索瓦丝转过眼睛去,通常她也爱听皮埃尔叙述,但今晚无论是他那抑扬顿挫的嗓音、趣味盎然的形象还是表达语句时出其不意的方式都未能打动她。因为她对他怀着满腔怨恨。他几乎每天都留心向弗朗索瓦丝解释,说格扎维埃尔像爱他一样爱她,但是他的行动却往往让人感到,似乎女人之间的友谊在他看来是可以忽视的。确实,他无疑居于主要地位,但这并不能为他的冒失解释。当然,不存在对他的要求加以拒绝的问题,因为这会使他十分气恼,也许格扎维埃尔也会如此。然而,当弗朗索瓦丝欣然接受皮埃尔留下时,她似乎轻视了格扎维埃尔。弗朗索瓦丝看了一眼酒吧柜台后面贴满整堵墙的镜子:格扎维埃尔正在向皮埃尔微笑,她显然很满意他企图独占她,但是并不因此而不责怪弗朗索瓦丝任他这样行动。

"啊!我想象得出魏尔兰夫人的脸色。"格扎维埃尔说,并爆发出一阵大笑。

弗朗索瓦丝心绪不宁。格扎维埃尔一直在恨她吗?整个下午她很可爱,但这是表面现象,因为天气晴朗,且跳蚤市场令她入迷,这不说明任何问题。

"如果她恨我,我能做什么?"弗朗索瓦丝想。

她把酒杯举到嘴唇边,发现自己的手在颤抖。白天她喝了太多的咖啡,焦躁使她发热。她无能为力,全然无法驾驭这个顽梗的小小灵魂以及保护这个灵魂的美丽肉体,这是个可接受男性的手抚摸的温顺、柔软的身躯,但却像一副钢盔铁甲那样矗立在弗朗索瓦丝面前。她只可能无所作为地坐待判决,或对她免诉,或对她判刑:她等了十个小时了。

"这真可鄙。"她突然想。

她在窥伺格扎维埃尔的每一次蹙眉、每一种语气中度过了一天。此时，这种忐忑不安的可悲念头仍然萦绕于心间，使她脱离了皮埃尔，脱离了镜子向她反射过来的欢乐背景，也脱离了她自己。

"如果她恨我，又能怎么样？"她忿忿不平地想。难道不能正视格扎维埃尔的仇恨，正如正视放在一个托盘上的奶酪糕点那样？它们呈美丽的浅黄色，上面点缀着粉红的奶油环饰，如果不知道它们刚做出来时的酸味，人们几乎想去吃它们。这颗小小的圆脑袋在世界上并没有占据更大的位置，人们可以一眼看清，这些仇恨如同云雾，旋转着从这脑袋中钻出，如果让它们回到头颅中，也是可以任意支配它们的。只要说一句话：仇恨在天崩地坼般塌陷后化为一股烟，这股烟正好被压制在格扎维埃尔的身躯内，和蛋糕的黄奶油下掩盖的酸味一样无毒害。烟雾感到自己的存在，但这无关紧要，它像狂怒的旋风那样在体内枉然地扭动着，人们只是会在这张平静的脸上看到飘过一层意外的和有规律的波浪，如同天上的云彩。

"这些就是她头脑中的思想。"弗朗索瓦丝想。

一刹那，他觉得话语产生了效果，在这金黄头颅下只有一些小小的花饰在杂乱地穿行，如果把眼睛转过去，甚至连看都看不见它们了。

"哎呀！我该走了！要迟到了。"皮埃尔说。

他从凳子上跳下来，穿上风衣，他早已不戴那条老人用的柔软围巾，样子显得年轻而快活。弗朗索瓦丝对他产生一股温情，但这股温情和适才的怨恨一样是单方面的。他在微笑，但在她面前笑得平平淡淡，不掺有内心的情感冲动。

"明天早上十点在多莫咖啡馆见。"皮埃尔说。

"一言为定，明天早上见。"弗朗索瓦丝说，她冷漠地握了一下他的手，然后她看到这只手握住了格扎维埃尔的手。通过格扎维埃尔的微笑，她明白握紧的手指实际在亲热地抚摸。

皮埃尔走远了，格扎维埃尔转过脸对着弗朗索瓦丝。她脑袋中的思想……很容易说出来，但是弗朗索瓦丝不相信她自己刚说过的那句话，这些仅仅是虚构的。富有魔力的句子应该从灵魂深处喷射出来，而她的灵魂是麻木不仁的。不祥的迷雾仍然悬浮于世界上空，它毒化着声音和光线，渗透进弗朗索瓦丝的身躯直至骨髓。应该等待迷雾自行消散，屈从地去等待、窥伺和忍受痛苦。

"您看我们做点什么？"她问。

"随您便。"格扎维埃尔妩媚动人地笑着说。

"您喜欢散步还是去个什么地方？"

格扎维埃尔迟疑不语，在她脑子里肯定有一个不可动摇的念头。

"到黑人舞厅去转一圈，您看怎么样？"她说。

"这可是个绝妙的主意，"弗朗索瓦丝说，"我们好久好久没去那儿了。"

她们走出饭馆，弗朗索瓦丝挽起格扎维埃尔的胳臂。格扎维埃尔提议的是一次郑重其事的外出游玩，每当她想以自己特有的方式对弗朗索瓦丝表示友情时，她往往选择邀请她跳舞。也可能她纯粹自己想去黑人舞厅。

"我们是不是走一走？"她问。

"好的，沿着蒙帕纳斯大街。"格扎维埃尔说。她抽回自己的胳臂。

"我更喜欢由我来挽着您的胳臂。"她解释道。

弗朗索瓦丝顺从地由着她。当格扎维埃尔的手指触到她的手指时，她轻轻地抓住了它们。戴着柔软的麂皮手套的手温顺而信赖地放在她手中。一种充满幸福感的兆头在弗朗索瓦丝心中油然升起，但也还摸不清是不是该真的相信。

"您看,这就是那个棕发美女和她的赫拉克勒斯[①]。"格扎维埃尔说。

他们俩手挽着手,斗士的脑袋在宽宽的肩膀上显得很小,女人正笑得合不拢嘴。

"我开始觉得这儿就是我的家。"格扎维埃尔满意地看了一眼多莫咖啡馆的露天座说。

"您曾经在这儿打发过时光。"弗朗索瓦丝说。

格扎维埃尔短短地叹了一口气:

"唉!当我回忆起鲁昂的夜晚,大教堂周围的那些古老街道时,我的心都碎了!"

"在鲁昂的时候,您可不太喜欢那儿。"弗朗索瓦丝说。

"那是多么富有诗意。"格扎维埃尔说。

"您是不是打算回去看望一下家里人?"弗朗索瓦丝问。

"肯定,我打算今年夏天去那儿。"格扎维埃尔说。

她的婶婶每星期都给她来信,家里人终于采取比人们能够期望的更通情达理的态度来对待发生的事情。

她的嘴角突然间下垂,摆出一副成熟女人老气横秋的态度。

"那时候我很会生活,对事物能有那么敏锐的感觉,多好啊。"

格扎维埃尔的遗憾始终掩盖着某种责备,弗朗索瓦丝开始警觉起来。

"然而我记得,那时候您已经在抱怨自己变得干巴巴了。"弗朗索瓦丝说。

"这和现在不一样。"格扎维埃尔用低沉的嗓音说。

她低下头,喃喃地说:

"现在我是冷漠的、无情的。"

---

[①] Hercule,古希腊神话中的英雄,以非凡的力气和勇武的功绩著称。

弗朗索瓦丝还未能来得及回答，她就快乐地抓住她的胳膊。

"如果您买一块这种好看的焦糖糖果多好。"她边说边停在一爿像洗礼堂那样亮堂堂的粉红色商店前。

橱窗里面有一个木托盘正在缓慢地自转，向那些被美食诱惑的目光呈献着夹心枣糖渍核桃仁、奶油巧克力圆糖。

"您买点东西吧！"格扎维埃尔催促着说。

"在一个庄重的美丽夜晚，不该像上次那样让人甜得倒胃口。"弗朗索瓦丝说。

"哦！一小块或两小块焦糖糖果，"格扎维埃尔说，"这没危险。"

她笑了笑。

"这家铺子色彩那么美，我好像觉得走进了动画世界。"

弗朗索瓦丝推开了门。

"您想要点儿什么？"她问。

"我想要一块阿拉伯甜点。"格扎维埃尔说。

她如醉如痴地端详着糖果。

"如果这个也买一点多好。"她说，并指了指用薄纸包裹的细棍麦芽糖。"它的名字多美。"

"两块焦糖糖果、一块阿拉伯甜点和二百五十克'仙女手指'。"弗朗索瓦丝说。

女售货员把糖果塞在一个有凹凸花纹的小纸袋里，并用一根从一个滑槽中抽出来的小粉绳扎上口。

"我买糖果恐怕只是为了要那个口袋。"格扎维埃尔说，"简直像一个小钱袋。我已经有六个了。"她自豪地说。

她递给弗朗索瓦丝一块焦糖糖果，并在胶状的小块糖上咬了一口。

"我们的样子像两个为自己张罗好吃东西的小老太太，"弗朗索瓦丝说,"不大体面。"

"当我们八十岁的时候,我们将踩着碎步,步履蹒跚地一直走到糖果铺,在橱窗前垂涎欲滴,对阿拉伯甜点的香味,我们会足足讨论两个小时。"格扎维埃尔说,"街道上的人用手指着我们。"

"而我们摇着头说:'这已经不是从前的焦糖块了!'"弗朗索瓦丝说,"我们走路时并不比今天的步子小多少。"

她们相视而笑,并有意模仿八十岁老妪的步态在大街上闲荡。

"我们看看帽子,您不厌烦吧。"格扎维埃尔说,并在帽店前站住了。

"您说不定想买一顶?"

格扎维埃尔笑了起来。

"不是因为我不喜欢,而是我的脸不适合戴。不,我看帽子是为了您。"

"您希望我戴一顶帽子?"弗朗索瓦丝问。

"您要是戴一顶这种扁平窄边的小草帽,准会好看极了。"格扎维埃尔用哀求的口吻说,"想象一下您在帽子下面的脸。当您去参加一次美妙的聚会时,您就装上一个大的半截面纱,在后面用一个大蝴蝶结固定住。"

她的眼睛闪闪发亮。

"哦!您得说您愿意这样做。"

"这有点让我害怕,"弗朗索瓦丝说,"一个大面纱!"

"但您可以什么都试试嘛。"格扎维埃尔抱怨起来,"啊!如果您让我给您打扮多好!"

"好吧!"弗朗索瓦丝高高兴兴地说,"您为我选择春装。我把自己交给您了。"

她握住了格扎维埃尔的手,她完全可能是非常迷人可爱的!应该原谅她脾气的突然变化,她处境艰难,而她还那么年轻。弗朗索瓦丝温柔地看了她一眼,她深深祝愿格扎维埃尔有美好幸福的生活。

"刚才您抱怨自己变得淡漠了,您确切的意思是什么?"她柔声地问。

"哦,没有别的了。"格扎维埃尔说。

"还有吧?"

"就这些。"

"我多么希望您满意您的生活。"弗朗索瓦丝说。

格扎维埃尔没有回答,她兴高采烈的心情顿时荡然无存。

"您认为亲密无间地同人们生活在一起,就失去了自己的某些东西。"弗朗索瓦丝说。

"是的,"格扎维埃尔说,"人变成了珊瑚虫。"

在她的语调中包含着一种伤人的意图。弗朗索瓦丝认为,实际上过合群的生活看来并不如此使她不悦,当皮埃尔和弗朗索瓦丝不带着她出去时,她甚至相当恼火。

"然而,您还有很多属于自己的时间。"她说。

"但这已经不是一回事了,"格扎维埃尔说,"这不再是真正的独来独往。"

"我理解,"弗朗索瓦丝说,"这仅仅是一些空白的间隙,而以前却是全部时光。"

"正是如此。"格扎维埃尔伤心地说。

弗朗索瓦丝思索了一下:

"但如果您试着做某些您自己的事,您不认为这就不同了吗?这是不让自己变得淡漠的最好办法。"

"唉!做什么呢?"格扎维埃尔问。

她的样子可怜巴巴的。弗朗索瓦丝衷心希望帮助她,但是帮助格扎维埃尔是很困难的。她微笑了一下。

"一个女演员,比如。"她说。

"啊!一个女演员。"格扎维埃尔说。

"只要您工作,我完全确信您会成为一个女演员。"弗朗索瓦丝热情地说。

"不可能。"格扎维埃尔无精打采地说。

"您现在无法知道可能不可能。"

"正是如此,在不知道的情况下工作纯粹是白费力气。"

格扎维埃尔耸了耸肩。

"那些小黄毛丫头才相信自己可以成为一个女演员。"

"这并不证明您就不会成功。"

"有百分之一的可能性。"格扎维埃尔说。

弗朗索瓦丝稍稍掐紧她的胳臂。

"多么奇怪的推想。"她说,"听着,我认为没有必要去估计自己的运气。这件事有百利而无一弊。应该寄希望于成功。"

"是的,您过去已经向我解释过。"格扎维埃尔说。

她怀疑地摇了摇头。

"我不喜欢凭信念干事。"

"这不是凭信念干事,这是一种不担风险的赌博。"

"这完全是一码事。"

格扎维埃尔稍微撇了一下嘴。

"康塞蒂和埃卢瓦就这样聊以自慰。"

"是的,这使她们荒唐地梦想得到报偿,这是令人恶心的。"弗朗索瓦丝说,"但是问题不在于梦想,而在于愿望,这是不同的!"

"伊丽莎白的愿望是成为一个大画家。"格扎维埃尔说,"这可很不错啊!"

"我也在想这个问题,"弗朗索瓦丝说,"我觉得她把梦想变成行动是为了更加去相信它,但是她不可能有发自内心深处的愿望。"

她考虑了一下。

"在您看来,人们生来怎么样就怎么样,是一成不变的,但我不这么认为,我觉得人们在自由地塑造自己的样子。皮埃尔在青年时代那么雄心勃勃,这不是偶然的。您知道人们怎样说维克多·雨果的?说他是一个自诩为维克多·雨果的疯子。"

"我受不了维克多·雨果。"格扎维埃尔说。

她加紧了步伐。

"我们能不能走得稍微快一点儿?天太冷,您不觉得吗?"

"那就走快点吧。"弗朗索瓦丝说。

她又说:

"我多想说服您。您为什么怀疑自己?"

"我不愿意撒谎。"格扎维埃尔说,"我觉得相信某件事是可卑的。除了可以触到的东西,没有任何肯定的事物。"

她看了看握紧的拳头,怪模怪样地咧着嘴狞笑。弗朗索瓦丝担忧地盯视着她:她脑子里在想什么?最近这几个星期的生活过得很宁静、幸福,这是确凿的,但她并没有麻木不仁。在微笑的背后,她思索了无数事,心情并不平静。她什么也没有忘记,一切都存在着,存在于一个角落里,而经过多次微小的撞击,总有一天会爆炸。

她们拐过布洛梅街角,看到了兼售香烟的咖啡馆前那支大红香烟。

"吃一块糖吧。"弗朗索瓦丝为了解闷说道。

"不,我不很喜欢。"格扎维埃尔说。

弗朗索瓦丝的手指掐住了一个透明棍儿糖。

"我觉得它们的味道还讨人喜欢,"她说,"一种干而纯的味道。"

"但是我痛恨单纯。"格扎维埃尔撇着嘴说。

弗朗索瓦丝又开始焦虑不安起来。什么东西过于单纯？是他们把格扎维埃尔封闭起来的生活？是皮埃尔的亲吻？是她？"您的侧影是那么单纯。"格扎维埃尔有时对她说。在一扇门上，有"移民舞厅"几个白色粗体字。她们走了进去。一群人挤在柜台前，黑色的脸、浅黄色的脸、奶油咖啡色的脸。弗朗索瓦丝排队买入场券：女士七法郎，男士九法郎。屏风那边的伦巴舞曲搅乱了她的全部思想。究竟发生了什么事？当然，对格扎维埃尔一时心血来潮的反应进行解释总是过于简单化，必须回忆最近两个月发生的事，以便找到症结所在。但是精心埋藏于心间的陈年老账只有通过现时的矛盾才能死灰复燃。弗朗索瓦丝力图回忆。刚才在蒙帕纳斯大街上的谈话内容轻松、简单，后来，弗朗索瓦丝没有沉浸于这样的内容，而突然跳到一个大一些的话题。这本来是出于亲热，然而是不是她只会通过语言来表达亲热，尽管当时她的手正掐着那只戴软手套的手，芬芳的头发正擦着她的脸颊？这是不是就是她那种笨拙的单纯？

"哟，多米尼克的全部人马都在。"格扎维埃尔走进大厅时说。

有小夏诺、利斯·马朗、杜尔丹、夏耶……弗朗索瓦丝微笑着向他们点点头，而格扎维埃尔则无精打采地溜了他们一眼，她没有放松弗朗索瓦丝的胳膊，当她进入某一个地方时，她不讨厌别人把她们当做一对：这是一种令她高兴的挑衅方式。

"那边的那张桌子很好。"她说。

"我要一杯马提尼克潘趣酒。"弗朗索瓦丝说。

"我也一样，一杯潘趣酒。"格扎维埃尔说。

她轻蔑地补充道：

"我不理解人们为什么用这种阴郁迟钝的无礼目光盯着人看。再说，我对此嗤之以鼻。"

弗朗索瓦丝察觉到自己和她在一起遭到了这一群说长道短的人流露出来的幼稚无知的敌意，她为此感到由衷的高兴。她觉得人们把她们孤立和封闭起来了，让她们脱离外部世界、单独亲密地相处。

"您知道，只要您愿意，我就跳。"弗朗索瓦丝说，"今天晚上，我觉得有灵感。"

如果不算伦巴舞，她跳得相当正规，丝毫不可笑。

格扎维埃尔喜气洋洋：

"真的，您不厌烦？"

格扎维埃尔果断地搂着她，她舞步简练，目不斜视，但是她不幼稚，她善于视而不见，这甚至是一种她为之十分自豪的天赋。惹人注目显然使她高兴，她比平时更紧地搂住弗朗索瓦丝，并过分妩媚地朝她微笑，这不是无企图的。弗朗索瓦丝以微笑相回报。跳舞使她有点晕头转向。她感到贴着她胸脯的是格扎维埃尔美丽、温热的乳房，并吸进她散发出的令人心醉神迷的气息，这是欲望吗？但她渴望什么？嘴唇贴着嘴唇？倾心地靠在她怀里的这个肉体？她无法做任何设想，只是有一种模糊的需要：使这张情人的脸永远朝向她，并能热烈地说："她是属于我的。"

"您跳得非常非常好。"格扎维埃尔在她们回到座位上时说。

她仍然站着，乐队开始演奏一曲伦巴舞，一位混血儿带着庄重的微笑弯腰站在她面前。弗朗索瓦丝在潘趣酒面前坐下，一口喝下了糖浆状的液体。这个大厅的墙上是平淡无奇的大幅壁画，大厅平凡得像一个婚礼宴会厅，在这里差不多只能见到有色人种的脸：可以找到从乌黑到浅赭石色之间各种不同颜色的皮肤。这些黑人猥亵、放纵地跳着舞，但是他们的动作有一种非常单纯的节奏感，以至这个伦巴舞曲通过天真粗犷的节奏保持了原始礼仪的神圣性质。混在其中的白人不那么适得其所，特别是女人，像一些生硬的机械或鬼魂附身的歇斯底里症患者。只有格扎维埃尔以其完美优雅的风度使猥亵和端庄都大为逊色。

格扎维埃尔摇了摇头谢绝了另一次邀请，她回到弗朗索瓦丝身旁坐下。

"这些黑人妇女，她们有魔鬼附身。"她生气地说，"我从来不可能这样跳舞。"

她的嘴唇在酒杯里抿了一口。

"那么甜啊！我不能喝。"她说。

"您跳得太出色了，您知道吗？"弗朗索瓦丝说。

"对，作为一个文明人。"她以蔑视的口吻说。她正盯视着舞池正中的某个东西。

"她还在同那位小克雷奥尔人①跳。"她说，目光指着利斯·马朗。"从我们来以后，她没有放开过他。"她带着抱怨的口气说，"他长得太漂亮了。"

他确实富有魅力，穿一身香木色掐腰西服，显出修长的身材。从格扎维埃尔的嘴唇里发出一声更为哀怨的呻吟：

"啊！"她说，"我将用我生命中的一年来换取一小时做这个黑女人。"

"她很美。"弗朗索瓦丝说，"她长得不像是黑人，您不觉得她有印度血统？"

"我不知道。"格扎维埃尔神态疲惫地说。

她的眼睛中闪烁着因仰慕而产生的嫉恨目光。

"或者，可能应该有足够的钱，以便把她买来并监禁起来。"格扎维埃尔说，"波德莱尔曾这样做过，对吗？您想象一下，当人们回

---

① Créole，安的列斯群岛等地的白种人后裔。

到家里，看到的不是一条狗或一只猫，而是这个正在柴火边发出呼噜声的奢华女人！"

一个赤裸的黑色身躯直直地躺在一堆柴火边……格扎维埃尔梦想的就是这个？她的梦想最终走向何处？

我憎恨单纯。弗朗索瓦丝怎么可能不了解这个鼻子和这张嘴巴富有肉感的轮廓呢！贪婪的目光、双手、半张的嘴唇内露出的尖锐牙齿正寻找着某种可以抓住的和可以触到的东西。对格扎维埃尔而言，一切都是猎物：声音、颜色、香味、实体，尽管她还不知道是什么。或者，她是知道的？

"来跳舞吧。"她突然说。

她的手又拢住了弗朗索瓦丝，但是它们所觊觎的不是弗朗索瓦丝，也不是她那理智的柔情。她们第一次相会的那个夜晚，在格扎维埃尔的目光中有一股富有醉意的火焰，现在火焰熄灭了，永远不会再升起。她怎么会爱我？弗朗索瓦丝痛苦地思索着。纤细、枯燥，像麦芽糖那种可鄙的味道，一张过于平静的冷若冰霜的脸，一个透明、纯洁、高傲的灵魂，伊丽莎白这样说的。格扎维埃尔虽以宗教的方式崇敬这种冰冷的完美，但不可能奉献出她生命中一个小时来亲身感受这种完美。这就是我，弗朗索瓦丝一面有些惧怕地观察自己一面想。这样的笨手笨脚，在过去几乎是不存在的，可她没有加以注意，现在它已经渗透到她全身和她的举止中，甚至她的思想中，并且具有僵直的和易折的棱角，她那谐调的平衡感丧失殆尽。这块半透明的、不加修饰的、具有粗糙棱角的实体就是她本人，这是由不得她和无可挽回的。

"您不累吗？"她在她们回到座位上时问格扎维埃尔。

格扎维埃尔的眼圈有些发黑。

"是的，我很累。"格扎维埃尔说，"我老了。"她噘起了嘴。

"您呢？"

"刚开始累。"弗朗索瓦丝说。跳舞、困倦和白朗姆酒的甜味使她恶心。

"我们总是必须在晚上会面。"格扎维埃尔说，"我们不可能很清醒。"

"确实。"弗朗索瓦丝说。她又犹豫不决地补充道："拉布鲁斯晚上从来没有空，我们不得不把下午留给他。"

"是的，当然。"格扎维埃尔说，脸沉了下来。

弗朗索瓦丝看了看她，突然产生一种希望，尽管这比遗憾更痛苦。格扎维埃尔是否抱怨她那审慎的谦让态度？她是否希望弗朗索瓦丝对她采取强迫的手段、迫使她爱弗朗索瓦丝？然而她本该理解，弗朗索瓦丝容忍格扎维埃尔爱皮埃尔胜过爱她并不是心甘情愿的。

"我们可以另做安排。"弗朗索瓦丝说。

格扎维埃尔打断了她：

"不，这样很好。"她急忙说。

她皱起眉头，这个另做安排的念头使她害怕，她更愿意没有计划地、随心所欲地看到皮埃尔和弗朗索瓦丝两个人。这毕竟要求太苛刻。她突然微笑了：

"啊！他上钩了。"她说。

利斯·马朗的那位克雷奥尔人走近来，他神态腼腆且动人。

"您刚才向他献殷勤了吧？"弗朗索瓦丝问。

"哦，这不是因为他的小脸蛋。"格扎维埃尔说，"只是为了让利斯难堪。"

她站起来，跟着她的战利品走到舞池中央。她做得很隐蔽，弗朗索瓦丝没有发现哪怕最微小的眼神和笑容。格扎维埃尔从来都无止境地使她惊诧不已。她拿起几乎还没碰过的酒，一下喝了半杯：

如果酒能告诉她这脑瓜里想的事就好了！格扎维埃尔是不是因为她同意她爱上了皮埃尔而怨恨她？……然而这不是我去请求她爱他的,她不服气地想。格扎维埃尔自由地做了选择。究竟她选择了什么？在这些卖弄风情、温柔亲切、嫉妒怨恨的深处,什么是真实的东西？甚至是否存在真实的东西？弗朗索瓦丝骤然感到自己随时都会憎恨她。她在那里翩翩起舞,身着宽袖白上衣,脸颊红扑扑的,显得光彩照人。她把一张因兴奋而容光焕发的脸转向克雷奥尔人,她很美。美丽、孤独、无忧无虑。她为自己的利益而生活,或柔情满怀,或冷酷无情,瞬息万变。而弗朗索瓦丝毫无保留地介入到这段故事中去了,当格扎维埃尔报以蔑视的或赞同的微笑时,弗朗索瓦丝必须面对她进行无望的挣扎。她究竟在等待什么？应该猜一猜,应该猜出一切,什么是皮埃尔所感到的？什么是好的？什么是坏的？什么是人们内心所期望的？弗朗索瓦丝喝光了杯内的酒。她再也看不清东西,一点儿也看不清。她的周围只有一些不成形的碎片,内心空虚,一片漆黑。

乐队停了一会儿,接着,跳舞又开始了。格扎维埃尔站在克雷奥尔人对面,仅几步之遥,两人互不接触,然而穿透他俩全身的似乎是同一阵战栗。此时此刻,格扎维埃尔除了对自己以外,对任何人和事都不期望什么,她自身的优雅风度足以使她满足。刹时,弗朗索瓦丝也感到自己十分满足,她不再是其他什么东西,仅仅是一个淹没在人海中的女人,是世界上极其微小的一部分。她舒展全身伸向这个微不足道的金色闪光片,她甚至没有能力抓住它。但是在这儿,这个她陷入的卑劣氛围中,她得到了六个月前当她沉浸在幸福中时妄想的东西：这音乐、这些脸庞、这些灯光正在变成遗憾、期待和爱情,它们和她混淆不清,赋予她每一次心跳以无可替代的含义。她的幸福被炸得粉碎,但又变成无数多情的瞬间组成的雨在她周围飘落下来。

格扎维埃尔摇摇晃晃地回到桌边。

"他跳得像一个小天神。"她说。

她任凭自己往后倒到椅子上,她的脸色猛地变了样。

"哦!我多累啊。"她说。

"您想回去吗?"弗朗索瓦丝问。

"哦!是的,我太想了。"格扎维埃尔以恳求的语气说。

她们出了舞厅,拦了一辆出租车。格扎维埃尔倒在车座上,弗朗索瓦丝把胳膊伸到她的胳膊下,当用自己的手捏住这只毫无生气的小手时,她内心产生一种喜滋滋的感觉。不管是否愿意,格扎维埃尔被一条比仇恨和爱情更强有力的纽带连接在她身上。对格扎维埃尔来说,弗朗索瓦丝是一个与她的其他猎物不同的猎物,她是她的生活的本质。热情、愉快、觊觎的时刻如果没有这条坚固的纽带予以维持是不可能存在的。一切发生在格扎维埃尔身上的事都要通过弗朗索瓦丝,不管她自己怎么想,格扎维埃尔是属于她的。

汽车停在旅馆前,她们迅速地上了楼梯。虽然累,格扎维埃尔的步履丝毫未失去其庄重和敏捷,她推开房间的门。

"我就进去坐一小会儿。"弗朗索瓦丝说。

"只要我一回到家,我就不那么累了。"格扎维埃尔说。

她脱下外衣,坐在弗朗索瓦丝边上。弗朗索瓦丝心中暂时的宁静一下子全消失了。格扎维埃尔直直地坐在那里,穿着鲜艳的上衣,近在咫尺,笑逐颜开,但不可企及。任何纽带都没有连着她,除非她决心自己创造一条,只有通过她自己,人们才能抓住她。

"今晚过得很快活。"弗朗索瓦丝说。

"是的。"格扎维埃尔说,"应该再去。"

弗朗索瓦丝忧心忡忡地看了看她的周围。孤独将再次把格扎维埃尔关闭在里面。她的房间、困倦和梦想都只属于她自己。不存在任何可强行介入的办法。

"总有一天您会和那个黑女人跳得一样好。"

"可惜！这不可能。"格扎维埃尔说。

出现一阵令人沉闷的冷场。语言是无能为力的，弗朗索瓦丝也找不到任何可做的举动，因为她被这一美丽躯体的令人敬畏的优雅风度所麻痹，对这个身体她甚至不会产生任何欲望。

格扎维埃尔的眼睛眯缝起来了，她憋住了一个孩子般的呵欠。

"我觉得我倒下就会睡着。"她说。

"我就走。"弗朗索瓦丝说。她站了起来，她很痛苦，可没有什么其他的事可做，她从不善于做什么其他的事。

"晚安。"她说。

她在门边站住了，一阵冲动使她抱住了格扎维埃尔。

"晚安，我的格扎维埃尔。"她说，并轻吻她的脸颊。

格扎维埃尔沉湎于这舒适中，一动不动、软绵绵地靠在她的肩膀上。她在等待什么？是让弗朗索瓦丝把她放下，还是让她更紧地拥抱她？她轻轻地挣脱了。

"晚安。"她口气十分自然地说。

完了。弗朗索瓦丝上了楼梯，她为这无谓的亲热动作感到耻辱，她任凭自己倒在床上，内心很沉重。

## 第三章

"四月、五月、六月、七月、八月、九月,六个月的军事训练,那时正好去打仗。"热尔贝想。

他站在浴室的镜子前面,把他刚从佩克拉尔那里借来的高级领带的两端扭来绞去。他原来很想知道他会不会害怕,怕还是不怕,但战争这玩意儿是不可预测的。估计最难以容忍的是寒冷,当人们脱掉皮鞋,会发现脚趾都缩在脚心里。

"这一次再也没有希望了。"他无可奈何地想,"人简直都疯了,居然平心静气地决定把世界推入火海和血泊之中,这看来不可信,但事实是德国军队开进了捷克,英国在这个问题上还挺坚持己见。"

热尔贝满意地端详着他刚打好的漂亮领结。他反对打领带,但是他搞不清拉布鲁斯和弗朗索瓦丝会把他带到哪里进晚餐,他们俩对奶油沙司有一种怪癖的爱好,弗朗索瓦丝不承认也没用,如果我穿着羊毛衫来到一家铺方格桌布的饭馆里会惹人注目的。他穿上西服来到客厅,房子里空荡荡的,在佩克拉尔的办公桌上,他仔细挑选了两支雪茄,然后走进雅克琳的房间,那里有手套、手帕、腮红以及朗万阿赫柏日香水,这些女用时髦小物品的价值可以养活一家子了。热尔贝把一包格雷斯香烟和一盒巧克力塞在口袋里,弗朗索瓦丝对甜食的爱好是她唯一的弱点,他可以把这些送给她。她时常穿着过时的鞋子、钩破的丝袜而不觉丢脸,热尔贝对此很赏识,在她的旅馆房间里没有任何富于诱感力的考究东西令人不堪入目:她不拥有小摆设、刺绣品,甚至没有一套茶具。此外,和她在一起不必装模作样,她不卖弄风骚,不患偏头痛,不反复无常,不要求人们看重她,人们甚至可以默默无言地、心神安定地躺在她身边。热尔贝关上了身后那扇大门、飞也似的下了三层楼梯。四十秒,拉布鲁斯下这个又小又黑、弯弯曲曲的楼梯从来没有那么快,有几次比赛中他赢了,那只是不公平的碰巧罢了。四十秒,拉布鲁斯将肯定谴责他夸张。我就说只用了三十秒,热尔贝下决心这样说,这样就可退让到四十秒的事实真相。他穿过圣日耳曼德普雷广场,他们约他在花神咖啡馆见面。他们看中那地方是因为他们不常去,但对于他而言,他对这儿的精英阶层极其厌烦。明年我将会换个环境,他愤怒地想。如果拉布鲁斯组织这次巡回演出,这简直太棒了,看样子他已经做出了决定。热尔贝推开门。明年他将在战壕里,这毫无疑问。他走进咖啡馆,同时随便地挨个儿向他们微笑,然后他又咧开嘴哈哈大笑起来:当分别一个个看他们时,三人中每个人的怪相都不引人注目,但是若同时看他们三人,那就会令人忍俊不禁了。

"您为什么哈哈大笑?"拉布鲁斯问。

热尔贝做了一个无能为力的动作。

"因为我看见你们了。"他说。

他们三人并排坐在长凳上,帕热斯夹在弗朗索瓦丝和拉布鲁斯中间,他坐在他们对面。

"我们那么可笑吗?"弗朗索瓦丝问。

"你们不理解。"热尔贝说。

拉布鲁斯用眼角看了他一眼。

"那么，到莱茵河畔的乡间度过一个短短的、欢快的假期这个念头，您是否觉得有点兴趣？"

"多可恶啊！"热尔贝说，"您那时还说局势好像平静下来了。"

"我们原来没料到会发生这事件啊。"拉布鲁斯说。

"这一次，我们肯定躲不过去了。"热尔贝说。

"我觉得我们摆脱困境的机会比九月份时少多了。英国明确地向捷克作了担保，它不可能气馁。"

短暂的沉默。有帕热斯在场，热尔贝总感到不自在，拉布鲁斯和弗朗索瓦丝他们也觉得很难堪。热尔贝从口袋里拿出雪茄，递给拉布鲁斯：

"拿着，"他说，"这是些好烟。"

拉布鲁斯轻轻地吹了一声口哨以示赞同。

"佩克拉尔挺讲究啊！我们吃餐后点心的时候再抽。"

"这是给您的。"热尔贝说着把烟和巧克力放在弗朗索瓦丝面前。

"啊！谢谢。"弗朗索瓦丝说。

洋溢在她脸上的微笑有点像她经常温柔地凝视拉布鲁斯时的笑容，热尔贝心中暖洋洋的。有时候他几乎以为弗朗索瓦丝爱他，然而她很久未见他了，她不怎么为他担忧，她只关心拉布鲁斯。

"吃吧。"她说，同时把盒子轮流给其他人。

格扎维埃尔克制地摇了摇头。

"别在晚饭前吃。"皮埃尔说，"你会没有胃口的。"

弗朗索瓦丝在一块糖上咬了一口，她肯定几口就能把整个一盒吞下去，她能狼吞虎咽很多甜食而不恶心，这令人害怕。

"您喝什么？"拉布鲁斯问。

"一杯潘诺酒。"热尔贝说。

"您为什么喝潘诺,既然您不喜欢?"

"我不喜欢潘诺,但是我喜欢喝潘诺。"热尔贝说。

"从这点我就看出您是什么样一个人了。"弗朗索瓦丝笑着说。

又是一阵沉默。热尔贝点着了烟斗,他俯身对着空酒杯,慢慢地呼出烟雾。

"您会做吗?"他挑战性地对拉布鲁斯说。

杯子里充满了奶油状的、混浊不清的涡状物。

"简真像降神显灵一样。"弗朗索瓦丝说。

"只要轻轻地吹。"皮埃尔说,他抽了一口烟,并也弯下身子全神贯注地吹。

"干得好。"热尔贝像给予恩赐似的说,"祝您身体健康。"

他用自己的酒杯碰了碰皮埃尔的酒杯,一口气喝尽了杯内的烟雾。

"你很自豪。"弗朗索瓦丝说,并向脸上露出得意之色的皮埃尔微笑。她遗憾地看了看巧克力盒,然后果断地把它放到皮包中。"你们知道,如果我们想有充裕时间吃饭,最好现在就离开。"她说。

热尔贝再一次思索,通常人们为什么觉得她态度生硬、令人敬而远之,因为她不装小姑娘的样子。但是她脸上总是喜气洋洋,富有生气和充满强烈的欲望。看来,她扮演自己这个角色是如此自如,因此别人在她身边总是显得舒服自在。

拉布鲁斯转过身对着帕热斯,担心地看着她。

"您懂了吗?您去要一辆出租车,对司机说:'去阿波罗电影院,布朗什街。'他正好把您带到电影院前停下车,您只要进去就行了。"

"这真的是一个美国西部牛仔的故事吗?"帕热斯带着疑惑的神情问。

"不可能有比这更好的了,"弗朗索瓦丝说,"全都是骑马奔驰的场面。"

"有打枪,有激烈的殴斗。"拉布鲁斯说。

他们像两个诱人的魔鬼凑向帕热斯,他们的嗓音中含有哀求的口吻。热尔贝竭尽全力才克制住立即会爆发的大笑。他吞了一口潘诺酒,每次他都希望这种香料味突然神奇般地使他感到舒服,但每次都同样因恶心而全身战栗。

"主角很漂亮?"帕热斯问。

"他非常招人喜欢。"弗朗索瓦丝说。

"但是他不漂亮。"帕热斯固执地说。

"这不是一种普通的美。"拉布鲁斯让步了。

帕热斯醒悟似的撅起嘴。

"我不信,你们那天带我去看的那个,脑袋长得像海豹一样,就不够美的标准。"

"那是威廉·鲍威尔。"弗朗索瓦丝说。

"但这个,完全不同。"拉布鲁斯带恳求的神态说。"他年轻,长得好,很粗犷。"

"好吧,总而言之我得看看。"帕热斯顺从地说。

"您午夜时到多米尼克那里去吗?"热尔贝问。

"当然。"帕热斯说,摆出一副被冒犯的样子。

热尔贝怀疑她的回答,可以说帕热斯从来不去。

"我还要待五分钟。"当弗朗索瓦丝站起来时她说。

"晚安。"弗朗索瓦丝热情地对她说。

"晚安。"格扎维埃尔说。她脸上的表情很古怪,并立即低下了头。

"我在想她是否会去看电影,"弗朗索瓦丝走出咖啡馆时说,"真愚蠢,我保证她会喜欢这个电影。"

"你看到了吧,"拉布鲁斯说,"她做了最大努力为保持可爱的样子,但是她没有坚持到底,她怨恨我们。"

"怨恨什么?"热尔贝问。

"怨恨我们不同她一起度过晚上。"拉布鲁斯说。

"那你们把她带去就是了。"热尔贝说。这顿晚饭对拉布鲁斯和弗朗索瓦丝来说像一件复杂的工作,这使他不舒服。

"绝不可能。"弗朗索瓦丝说,"这根本不是一回事儿。"

"这是个小暴君,这个女孩,但是我们有对付的办法。"皮埃尔乐呵呵地说。

热尔贝安心了,但是他很想知道帕热斯对拉布鲁斯来说究竟意味着什么,是由于他对弗朗索瓦丝的爱才使他也爱她?或者其他的什么?他从不敢问他。当拉布鲁斯偶然对他倾诉一些自己的情况时,他很高兴,但是不能由他来询问拉布鲁斯。

拉布鲁斯截住一辆出租车。

"去拉格里伊吃晚饭,您看怎么样?"弗朗索瓦丝问。

"这很好。"热尔贝说,"也许还有红豆荚火腿。"他突然发现自己饿了,并拍了拍前额。"啊!我当时很清楚我忘了什么事。"

"什么事?"拉布鲁斯问。

"吃午饭时,我忘了再要点牛肉,太愚蠢了。"

汽车停在小饭馆前。粗铁条栅栏保护着铺面的橱窗。一进门,右边有一个柜台,上面摆着一大排令人垂涎的酒瓶。大厅空空的。只有老板和女出纳员在一张大理石桌子边吃晚饭,他们的餐巾系在脖子上。

"啊!"热尔贝敲了敲脑壳说。

"您吓了我一跳。"弗朗索瓦丝说,"您还忘记什么了?"

"我忘了告诉你们我刚才用了三十秒钟下楼。"

"您撒谎。"拉布鲁斯说。

"我肯定您不愿意相信。"热尔贝说,"正好三十秒钟。"

"我要看着您再做一遍。"拉布鲁斯说,"尽管如此,我在蒙马特尔的台阶那里还是远远超过了您。"

"我滑下来的。"热尔贝说。他夺过菜单。"有红豆荚火腿。"

"这里挺空的。"弗朗索瓦丝说。

"现在时间还很早,"拉布鲁斯说,"再说,一发生意外事件,人们就躲在家里不露面。今晚我们将为十个观众演出。"他点了蛋黄酱鸡蛋,怪癖成瘾地把鸡蛋黄捣烂泡在汁里,称此为制作金合欢花鸡蛋。

"我宁愿一下子就决定打不打,"热尔贝说,"每天对自己说事情明天就要发生,这不是人过的日子。"

"这样总可以赢得时间。"弗朗索瓦丝说。

"这话在慕尼黑时期就说了,"拉布鲁斯说,"但是我认为这是愚蠢的行为。后退无济于事。"他拿起放在桌上的博若莱葡萄酒瓶,斟满了所有酒杯。"不,这种退缩,不可能无止境延续下去。"

"总之,为什么不能?"热尔贝问。

弗朗索瓦丝犹豫不决地说:

"难道任何办法都不如打一仗?"

拉布鲁斯耸了耸肩膀。

"我不知道。"

"如果这里形势变得太恶劣,您总是能够逃亡美国。"热尔贝说,"那里人们肯定欢迎您去,您已经出名了。"

"我去干什么?"拉布鲁斯问。

"我想很多美国人都会讲法语。而且你可以学英语,你用英语演出你的剧本。"弗朗索瓦丝说。

"这我一点儿也不感兴趣。"拉布鲁斯说,"在流亡地工作对我来说会具有什么意义？要想流芳百世，自己就应该和这个世界休戚相关。"

"美国也是一个世界。"弗朗索瓦丝说。

"但那不是我的世界。"

"在你接受它的那一天起，它就是你的世界。"

拉布鲁斯摇了摇头。

"你这样讲话像格扎维埃尔。但是我不能，我在这个世界里卷入太深了。"

"你还年轻。"弗朗索瓦丝说。

"是的，但是你看，为美国人创造一种新型的戏剧，这项任务不吸引我。我感兴趣的是完成属于我自己的事业，那就是我在我那戈伯兰小棚里开始的事业，我用的是靠我付出的血汗从克丽斯蒂娜姑姑那里得到的钱，"拉布鲁斯看了看弗朗索瓦丝，"你不理解吗？"

"理解。"弗朗索瓦丝说。

她多情地、专心致志地听着拉布鲁斯讲话，这在热尔贝心中引起某种遗憾。他经常遇到有些女人向他流露热烈的感情，他感到的却仅仅是局促不安：这类奔放的情感在他看来不是猥亵的，便是专断的。但是在弗朗索瓦丝眼中闪烁的爱情既不缠绵又不武断。他几乎希望自己能唤起同样的爱。

"我是由全部过去造就成的。"拉布鲁斯接着说，"俄罗斯芭蕾舞、老科隆比埃剧院、毕加索、超现实主义，没有所有这些，我将什么都不是。当然，我希望艺术因为我而有一个不同一般的未来，但这必须是属于这个传统的未来。我不能在虚空里工作，这会让我无所作为。"

"显然，带着人马、行装去那里安顿下来，为一个不属于你自己的历史服务，这是不怎么令人满意。"弗朗索瓦丝说。

"我个人认为,动身去纽约吃煮玉米无异于到洛林的某个地方去架设带刺铁丝网。"

"我毕竟还是更爱吃玉米,特别是吃烤玉米。"弗朗索瓦丝说。

"好吧,而我呢,"热尔贝说,"我向你们发誓,如果有办法逃到委内瑞拉或者圣多明各……"

"如果战争爆发,我不愿意错过。"拉布鲁斯说,"我甚至要向你们承认,我对此有一种好奇心。"

"您真是怪透了。"热尔贝说。

他整天都想着战争,但是听到拉布鲁斯郑重其事地谈论起来倒使人毛骨悚然了,好像战争已经爆发。确实,战争近在咫尺,就潜伏在呼呼作响的火炉和有黄色反光的酒吧柜台之间,这顿饭是一次丧葬宴席。钢盔、坦克、军服、灰绿色卡车,如同一大股泥泞的潮流向世界滚滚袭来,大地被这黑洞洞的陷阱吞噬,人们肩披散发出湿狗味的沉重衣服深深陷入其中,此时,不祥的闪电正划破长空。

"我也同样,"弗朗索瓦丝说,"我不愿意某件重大事件发生时我不在场。"

"照这么说,本应该到西班牙去参战,"热尔贝说,"甚至到中国去。"

"这不是一回事。"拉布鲁斯说。

"我看不出为什么。"热尔贝说。

"我觉得存在一个环境问题。"弗朗索瓦丝说,"记得当我在赫兹海岬时,皮埃尔想强迫我在暴风雨来临之前动身离开,我当时绝望得快疯了,如果我让步,我会觉得犯了错误。而现在,在那儿很可能正发生世界上各种暴风雨,可我没有这种感觉。"

"对,正是这个意思。"拉布鲁斯说,"这场战争属于我自己的历史,因此我不会同意避开它逃之夭夭。"

他面露喜色。热尔贝羡慕地看了看他俩。互相感到各自对另一方是举足轻重的,这大概可给人以安全感。也许如果他意识到自己对某个人真正关系重大的话,他就会稍许更看重些自己,然而他做不到赋予他的生活和思想以价值。

"你们知道吗,"热尔贝说,"佩克拉尔认识一个医生,由于不断给人做手术全然变成了远近闻名的'一把刀',在给这一个动手术时,旁边的病人就已经等在那里了。据说有一个病人,在整个为他施行手术期间,他不停地大喊大叫:'啊!膝盖疼!啊!膝盖疼!'这肯定不是有趣的事。"

"事情到了这地步,除了大喊大叫是没什么可做的了。"拉布鲁斯说,"但是您知道,即使这样,也不那么使我反感,这事儿和其他事儿一样值得去亲身经历一下。"

"如果您这么说,怎么做都行。"热尔贝说,"您只要袖手旁观就可以算亲身经历了。"

"啊!当然不。"拉布鲁斯说,"亲身经历一件事,不等于说愚蠢地承受它。几乎任何事情我都会同意去亲身经历一番,恰恰是因为我总是有办法能自由地去经历事物。"

"奇怪的自由。"热尔贝说,"您将不再能做任何您感兴趣的事。"

拉布鲁斯微笑了。

"您知道,我变了,我不再对艺术事业怀有神秘的信仰。我能出色地面对其他活动。"

热尔贝若有所思地喝干了杯里的酒。想到拉布鲁斯可能有变化是很奇怪的,因为热尔贝始终把他看作是一成不变的。他对所有问题都有答案,人们看不出他还可能对自己再提出哪些问题。

"那么您是绝对不会动身去美国了。"他说。

"目前,"拉布鲁斯说,"我觉得发挥我们自由的最好办法是保卫一种与我所珍惜的一切价值相联系的文明。"

"热尔贝还是有道理的。"弗朗索瓦丝说,"你会把你将占有一席之地的任何世界看作是合理的。"她笑了笑,"我总是怀疑,你把自己看作是上帝。"

他们两个人都显出兴高采烈的样子。看到他们如此说话逗趣,热尔贝总是惊诧不已。这是在改变事物吗?所有这些话语能抵制住他正畅饮的博若莱葡萄酒的热量、驱散将使他肺叶发绿的毒气以及清除正使他忐忑不安的恐惧感吗?

"什么?"拉布鲁斯问,"您指责我们的是什么?"

热尔贝颤抖了一下。他正在思索这问题,猛不防被问住了。

"什么也没指责啊。"他说。

"您摆出一副判官的模样。"弗朗索瓦丝说。她把菜单递给他。"您不想吃一份餐后点心?"

"我不喜欢吃餐后点心。"热尔贝说。

"有奶油水果馅饼,您爱吃这种馅饼。"弗朗索瓦丝说。

"对,我很爱吃,但是我心里有团火。"热尔贝说。

他们笑了起来。

"您是不是太累了,不能喝陈烧酒了?"拉布鲁斯问。

"不,这总是值得喝的。"热尔贝说。

拉布鲁斯叫了三杯烧酒,女侍者拿来了一个硕大的、布满灰尘的短颈大腹瓶。热尔贝点上烟斗。这很有趣,甚至拉布鲁斯,他也需要为自己创造某种他可以攀附的东西。热尔贝不可能相信他的泰然自若完全是真诚的。他离不开他的思想有点像佩克拉尔离不开他的家具一样。弗朗索瓦丝,她是依附于拉布鲁斯的。人们就这样安排自己,使周围形成一个坚不可摧的、生活包含某种意义的世界,但是其根基上总是有某种虚假的东西。如果不想被欺骗,而去仔细审视，在这些庄严外表的后面便只会见到无数微小的、毫无价值的东西像浮尘一样在那里飞扬，就像酒吧柜台上的黄色光线、烧酒里那种烂欧楂果味，这些在话语中是捕捉不到的，必须默默地去承受，然后，它们不留痕迹地消失殆尽，其他东西的产生也是不可捕捉的。只有沙和水可以捕捉，但想在那里创建些什么，那简直是发疯。甚至死亡也不值得人们围绕它小题大做，当然，死亡令人害怕，但只是因为人们不能想象死亡是什么滋味。

"被杀死，这就不说它了，"热尔贝说，"脸部受伤也还是可以照样生活下去的。"

"我还可以牺牲一条腿。"拉布鲁斯说。

"我宁肯牺牲一条胳膊。"热尔贝说，"我在马赛看见过一个英国青年，他的一只手是一个钩子。怎么样！这还挺别致的呢。"

"一条假腿，别人看得不那么清楚。"拉布鲁斯说，"一条胳臂，就不可能化装了。"

"真的，干我们这一行，不能去冒大险。"热尔贝说，"扯掉一个耳朵，饭碗就丢了。"

"但这不可能。"弗朗索瓦丝猛地插进来说。

她的喉咙哽住了，脸色也变了，顿时热泪盈眶。热尔贝发现她几乎很美。

"我们也很可能安然无恙地回来。"拉布鲁斯以和解的口吻说……"而且我们还没有去呢。"他向弗朗索瓦丝微笑了一下，"不应该现在就开始做噩梦。"

弗朗索瓦丝也勉强笑了笑。

"毫无疑问的是，你们今天晚上将对着一个空空的剧场演戏。"她说。

"是的。"拉布鲁斯说，他用目光环顾了一下冷冷清清的饭馆。"可总还是应该去呀,现在到时候了。"

"至于我,我回去工作。"弗朗索瓦丝说,并耸了耸肩膀。"尽管我不太知道我是不是还有工作的劲头。"

他们走出饭馆,拉布鲁斯叫了一辆出租车。

"你同我们一起来吗?"他问。

"不,我更喜欢步行回去。"弗朗索瓦丝说,她握了握拉布鲁斯和热尔贝的手。

热尔贝看着她两手插在口袋里、大步流星地走远了,步伐稍有些笨拙。此后,也许会有将近一个月见不到她。

"上车。"拉布鲁斯一边推他上出租车一边说。

热尔贝打开了他的化装室的门。吉米奥和梅卡通已经坐在他们的小梳妆台前,脖子和胳膊上涂满了赭石颜料,他心不在焉地同他们握了握手,他对他们没有好感。一种令人恶心的香脂和美发油的味道毒化了这间过于闷热的小房间的空气。吉米奥执意要关紧窗户,他害怕感冒。热尔贝果断地走向窗户。

"这个搞同性恋的家伙,如果他要说什么话,我就把他揍一顿。"他想。

他很希望和某个人打一架,这可能会使他轻松些,但是吉米奥没有发牢骚。他正在拿一个淡紫色大粉扑往脸上扑粉,粉末在他周围四处飞扬,他可怜巴巴地打了两个喷嚏。热尔贝情绪恶劣,以致这都未使他发笑。他开始脱衣服:西服、领带、皮鞋、袜子。过一会儿,还得重新都穿上。热尔贝已经感到烦透了,而且,他不喜欢在男人面前光膀子。

"我这是怎么啦!"他猛然问自己,并且惊奇地、几乎是痛苦地看了看自己周围。他熟悉这种心境,那就是厌恶到了顶点,好像整个身体内部都在变成腐水。他小时候经常产生这种情绪,特别是当他看到母亲弯腰对着一个小木桶、被包围在洗衣碱水的雾气中时。几天以后,他将擦亮一支枪,漫步在一个军营里,人们将安排他在一个冰冷的洞里放哨,这很荒谬。而现在,他则要在大腿上抹上一层费九牛二虎之力才能清洗掉的红皮肤色调的油彩,这更荒谬。

"啊!他妈的。"他高声喊道。他突然想起伊丽莎白今晚要来为他画一张速写。她选的真是时候。

门打开了,朗勃兰的脑袋出现在门口。

"谁有发膏?"

"我有。"吉米奥殷勤地说。他把朗勃兰看作一个富有和有影响的人物,因而小心翼翼地奉承他。

"谢谢。"朗勃兰冷淡地说。他抓住装有淡红色乳液晃动的小瓶,转向热尔贝。"今晚的气氛是不是会不大热烈?正厅前座有三只迷路的猫,楼厅也有三只。"[①]他突然大笑起来,热尔贝也会心地笑起来。他很赏识经常使朗勃兰冲动的那种自得其乐的奔放激情,而且他很感激他从来没有围着他转,尽管朗勃兰是个同性恋者。

"泰代斯科吓得脸都白了!"朗勃兰说,"他认为人们会把所有外国人都赶到集中营去。康塞蒂哭哭啼啼地拉着他的手,而夏诺已经把他看作讨厌的外国佬了,她大喊大叫,说法国妇女将会尽她们的义务。这种情绪会传染开去,我向您起誓。"

他精心地把环形鬈发贴在他的脸周围,并以半赞赏半怀疑的神态在镜子里对自己微笑。

"我的小热尔贝,你能给我一点蓝颜料吗?"埃卢瓦说。

这个女人,她总是在男人们赤身露体的时候设法走进他们的化

---

[①] 法语中用"一只猫也没有"来形容"没有一个人影儿",这里借以发挥,说明来的人寥寥无几。

装室。她半身裸露，一条透明的披肩刚刚遮住她的乳房。

"滚出去，人家衣服还没穿好呢。"热尔贝说。

"把这个盖住。"朗勃兰边说边拉了拉她的披肩，他厌恶地目送着她。"她说她要参军当护士，您知道这有意外的收获：所有那些手无寸铁的可怜的硬汉子都将落到她的手心里。"

他走了。热尔贝穿上罗马戏装，开始化妆脸部。这个活还有点意思，他酷爱精工细作，他曾发明一种化妆眼睛的新方法，即通过画一种效果极为优雅的星状线条来延长眼睑。他满意地看了一眼镜子，然后走下楼梯。在演员休息室里，伊丽莎白正坐在一条长凳上，腋下夹着画夹。

"我来得太早了？"她用社交生活中的口吻说。今晚她穿着讲究，这是不可否认的。肯定是一位好裁缝裁剪的这身服装，热尔贝是行家。

"我十分钟以后听您吩咐。"热尔贝说。

他看了一眼布景。全都布置就绪，道具随手可取。他透过幕布的一条缝隙察看了一下观众：不到二十位，令人有灾难临头之感。热尔贝从牙缝中吹出一声口哨，接着跑遍所有走廊，把演员请下楼，然后来到伊丽莎白身边顺从地坐下来。

"这不打搅您吗？"她说着开始打开图画纸。

"当然不，我正好应该在这儿，为了监视人们不要出声。"热尔贝说。

三下鼓声在寂静中敲响，庄严而凄凉。幕布升起。恺撒的一行人挤在通向舞台的门边。拉布鲁斯进来了，他身披白长袍。

"哟，你在这里。"他对他的妹妹说。

"是啊，我在这儿。"伊丽莎白说。

"我还以为你现在不再画肖像了。"他一边说一边从她的肩膀上他局促不安地看了看四周。伊丽莎白总是冒冒失失，说话时不知所云，只是为了取乐而已。可这一次她实实在在是在愚弄人。

"等五分钟，"他说着就站了起来，"该演热烈欢呼的场面了。"

群众角色已经进来坐在休息室另一头，他向他们打了个招呼，轻轻打开朝向舞台的门。他们听不到演员的嗓音，但热尔贝根据为卡西乌斯和卡斯卡的对白轻轻伴奏的音乐声来辨明时刻。每天晚上，当他静候预示人民把王冠授予恺撒的旋律出现的时候，他总是同样激动万分，他几乎相信这一瞬间那种模棱两可、令人失望的庄严感是真的。他举起手，一阵震耳欲聋的欢呼声盖住了钢琴的最后几个和弦。在一阵远方的低语声衬托出的沉寂中，他又开始静候，简短的旋律奏响了，随即众人一声齐吼。第三次，旋律刚刚奏出几个音，欢呼声即以加倍的响度爆发出来。

"现在我们可以安静一会儿了。"热尔贝说，并又摆好了姿势。他毕竟产生了好奇心：他讨人喜欢，这一点他很清楚，甚至富有魅力，但如果说会引起帕热斯喜欢，那就是奉承恭维了。

"今天晚上我看见帕热斯了，"他待了一会儿说，"我向您发誓她的样子不像对我怀有善意。"

"何以见得？"伊丽莎白说。

"因为我要同弗朗索瓦丝和拉布鲁斯一起吃晚饭，她就发牢骚。"

"啊！我明白，"伊丽莎白说，"她嫉妒起来像老虎一样凶恶，这个女孩子。她确实可能恨您，但是这不能说明什么。"伊丽莎白默默无言地用铅笔画了几笔。热尔贝本想进一步询问她，但是他想不出任何在他看来不失体面的问题。

"生活中有这样一个年轻人在身边是碍手碍脚的。"伊丽莎白说，"弗朗索瓦丝和拉布鲁斯纵然互相忠实也枉然，她压在他们肩上的负担很重。"

热尔贝想起了今晚发生的事以及拉布鲁斯好好先生的口气：

"这是个小暴君，这个女孩，但是我们有对付的办法。"

他记得清人们的音容笑貌，只是他不善于透过表象抓住他们脑袋中的东西，表象在他面前总是又清晰又不透明，他不可能产生任何明确的概念。他沉吟不决，但这是个打听到一些消息的不可多得的机会。

"我不理解他们对她怀有什么样的感情。"他说。

"您知道他们是怎样的人，"伊丽莎白说，"他俩亲密得如影随形，他们和别人的关系总是很淡薄，或者是做戏。"她精力集中地弯下身子作画。

"领一个养女给他们带来乐趣，但我觉得也开始有点引起他们的麻烦。"

热尔贝迟疑地说：

"有时候，拉布鲁斯看帕热斯的目光是那样关切。"

伊丽莎白笑了起来。

"您总不是认为皮埃尔爱上了帕热斯？"她说。

"当然不是。"热尔贝说。他非常气愤，这个女人摆出这副老大姐的模样像个十足的下等妓女。

"好好观察她。"伊丽莎白说，神色又严肃了起来。"我确信我说的话：您只要动一动手指就行。"她以粗俗的讽刺口吻补充道："确实应该动动手指。"

多米尼克的夜总会同莱特雷托剧院一样冷冷清清，演出在十位如丧考妣的常客面前进行。当热尔贝把漆布木偶小公主放入一个箱子里时，心情十分沉重。这也许是最后一个晚上。明天，灰色尘埃将像一场大雨倾泻而下，席卷欧洲，淹没脆弱的木偶娃娃、布景、酒吧柜台和所有在蒙帕纳斯街道上闪烁的霓虹灯。他的手久久地放在那娃娃光滑而冰冷的脸上。这是真正的葬礼。

"简直像个死人。"帕热斯说。

热尔贝哆嗦了一下,帕热斯一面在下巴下面系着头巾,一面看着排列在箱底的所有冰冷的小身躯。

"您说话算数,今天晚上来了,"他说,"您一在,进行得就顺利得多。"

"我说了我会来的。"她庄重而惊讶地说。

她刚到,幕布就拉开了,他们刚才没有时间交谈几句。热尔贝扫了她一眼,如果他能找些事对她说说多好,他很想留她一会儿。总之,她不那么令人畏惧,头上戴着这块方巾,脸颊胖胖的,甚至显得很面善。

"您去看电影了吗?"他问。

"没有。"格扎维埃尔说。她捏着头巾的穗子来回扭动它。

"太远了。"

热尔贝笑了起来。

"坐出租车,就很近了。"

"啊!"格扎维埃尔显出很有经验的样子说,"我不怀疑。"她亲切地笑了笑。"晚饭吃得好吗?"

"我吃了一个红豆荚火腿,这个菜没治了。"他激动地说,但又惭愧地停住了:"而您,您对有关吃的事很厌烦。"

帕热斯扬起眉毛,好像这眉毛是用毛笔在一个日本假面具上画出来的。

"谁告诉您的?这是愚蠢的无稽之谈。"

热尔贝满意地认为自己正在变成心理学家,因为他清楚地看到格扎维埃尔还在埋怨弗朗索瓦丝和拉布鲁斯。

"您不是想说您嗜好吃喝吧？"他边说边笑。

"那是因为我是金黄头发。"格扎维埃尔苦恼地说，"所以大家都以为我是不食人间烟火的仙女。"

"您敢不敢跟我去吃一个汉堡包？"热尔贝问。这句话未加思考，脱口而出，他立即为他的胆大妄为惊愕不已。

格扎维埃尔顿时眉开眼笑。

"我当然敢去吃一个。"她说。

"好吧，我们走。"热尔贝说。他闪开身子让她过去。"我能对她说些什么呢？"他担心地想。他毕竟有些自豪，人们不会说他没有动过一下手指了。一般而言，他总是被人抢先。

"啊，多冷啊。"帕热斯说。

"我们去圆顶，离这里五分钟路。"热尔贝说。

帕热斯神色苦恼地看了看周围。

"没有什么更近的地方？"

"汉堡包要在圆顶吃。"热尔贝坚定地说。

总是这样，女人们不是觉得太冷就是觉得太热，她们需要过分的小心侍候，因而成不了好伙伴。热尔贝对某些女人很温柔，因为他喜欢别人爱他，但不可救药的是，他和她们在一起感到腻烦。如果他是个搞同性恋的就好了，他只要与男人为伴就行。既然如此，如果想把她们甩掉那可真是件难事，尤其是他不喜欢给别人造成痛苦。久而久之，她们终于会明白，但是她们却颇有耐心。安妮正逐渐意识到这点，他已是第三次不事先招呼而失约了。热尔贝亲切地看了看圆顶的门面。这些变幻的灯光同爵士乐曲一样令人伤感地搅得人心绪不宁。

"您看，这不远。"他说。

"那是因为您有两条长腿，"格扎维埃尔边说边以赞许的目光打量他,"我喜欢走路快的人。"

在推开转门前,热尔贝转过身对着她。

"您还是想吃一个汉堡包?"他问。

格扎维埃尔犹豫了:

"说实话,我不是很想很想吃,我主要是渴。"

她很抱歉地看着他,她面颊丰满,再加上头巾下露出来的富有孩子气的穗子,确实是一张和善的面容。一个大胆的念头闪过热尔贝的脑海。

"这样的话,不如我们下楼到舞厅去,怎么样?"他说,并试着腼腆地笑一笑,这笑容往往为他带来成功。"我将给您上一小堂踢踏舞课。"

"哦!这太棒了!"帕热斯说,她感情如此冲动,他稍稍为之愕然。她动作敏捷地扯下头巾,两个两个台阶一跨飞快地奔下红色楼梯。热尔贝惊愕地想,伊丽莎白含沙射影的话语间是否有几分真实。帕热斯对人总是十分矜持的呀!今天晚上,她竟如此热情地接受他每次小小的主动接近。

"我们坐在这儿。"他指着一个桌子说。

"对,太让人高兴了。"帕热斯说,她带着狂喜的神情看了看周围。看来当灾难即将临头时,舞蹈是一种比艺术表演更好的避风港,因为舞池里有几对在跳舞。

"啊!我特别喜欢这种装饰。"帕热斯说。她皱了皱鼻子。看到她脸部表情的变化,热尔贝往往难以保持严肃。"在多米尼克那里,处处都精打细算,他们把这称之为有鉴赏力。"她噘了噘嘴,会意地看了一眼热尔贝。"您不认为这是吝啬?他们的思想方法也同样,还有他们开的玩笑,一切都千篇一律。"

"哦!是这样。"热尔贝说,"这些人笑起来都很严肃。他们让我想起拉布鲁斯对我讲起过的那个哲学家,当他看到一个圆上有一条切线就笑了,因为这像一个角,而实际却不是角。"

"您在骗我。"帕热斯说。

"我向您起誓,"热尔贝说,"在他看来,这滑稽到极点,但这个人是最可怜的人中的一个。"

"然而,简直可以说他在不失时机地取乐。"帕热斯说。

热尔贝笑了起来。

"您听过夏乐皮尼唱歌吗?这家伙啊,我称他是一个怪人,特别是当他唱《卡门》中的'我的母亲,我看见了她'的时候,而这时,布朗卡托却在台上到处寻找他的母亲,并唱'在哪里?这里?她在哪里,可怜的女人?'每次听到这儿,我都哭得很伤心。"

"不,"帕热斯伤心地说,"我从来没有听到过真正怪的东西,我很想听。"

"好吧,我们应该去听一次。"热尔贝说,"乔吉乌斯呢?您不知道乔吉乌斯?"

"不。"她可怜巴巴地看了他一眼说。

"您也许会觉得他愚蠢。"热尔贝迟疑地说,"他的歌曲里尽是些利用同音异义搞出来的玩笑,甚至全是无聊的玩笑。"他难以想象帕热斯会津津有味地听乔吉乌斯唱歌。

"我肯定我会感兴趣。"她说,并露出贪婪的表情。

"您想喝什么?"热尔贝问。

"一杯威士忌。"帕热斯说。

"那就来两杯威士忌。"热尔贝吩咐道,"您喜欢这酒?"

"不。"帕热斯蹙了蹙眉说,"有碘酒的味道。"

"但是您喜欢喝,就像我喝潘诺酒一样。"热尔贝说,"而我喜欢威士忌。"他认真地补充道。接着大胆地笑着问:"我们跳这个探戈吗？"

"当然。"帕热斯说。她站起来，并用手把裙子抹平。热尔贝搂住了她，他记得她跳得很好，比安妮和康塞蒂跳得好，而今晚她的完美舞步在他看来犹如奇迹。从她的金发上散发出一股清淡、柔和的香味，热尔贝刹时头脑中一片空白，忘情地沉醉在舞曲的节奏、吉他的琴声、灯光照耀下的橙色浮尘以及搂抱一个柔软身体的甜蜜感觉中。

"我太愚蠢了。"他忽然这样想，几个星期前他就该邀请她出来了，现在军营正在向他招手，已经太晚了，今夜过后可能就没有明天了。他感到一阵痛心，在他的生活中一切都没有明天。他从远处观赏着美丽多情的故事，但是伟大的爱如同奢望，只有在事物会具有重大价值的世界上，人们的语言和行为会流传千古的世界上，这种奢望才有可能变成现实。热尔贝感到自己被关在一个大厅内等候，未来永远不会为他打开大厅的门。当乐队停下休息时，整个晚上煎熬着他的焦虑心情突然变成恐惧感。在他手指间溜过去的所有年华在他看来仅仅是一段匆匆而过的、无意义的时光，但是却构成了他独一无二的生活，他将永远不会经历任何其他的生活。当他手里捏着身份证，直挺挺地、满身泥泞地躺在某处田野里时，绝对不会再有任何其他东西。

"我们去喝一杯威士忌吧。"他说。

格扎维埃尔顺从地笑了笑。在他们走回桌子去的时候，他们发现一个卖花女正向他们递过来一个盛满花的花篮。热尔贝站住后选择了一朵玫瑰花。他递到格扎维埃尔面前，她把花别在上衣上。

# 第四章

弗朗索瓦丝最后朝镜子里看了一眼。这一次，没有一个细节出毛病，她细心地拔过眉毛，头发翻起，下面露出干净的脖子，指甲像红宝石一样闪闪发亮。今天晚会的情景令她兴奋，她喜欢波勒·贝尔热，同她一起外出总是令人愉快。波勒说定今晚带他们去一个西班牙夜总会，这是塞维利亚舞厅的忠实翻版，弗朗索瓦丝因能在几个小时中摆脱皮埃尔和格扎维埃尔使她深深陷入的、充满偏见和令人窒息的紧张气氛而感到高兴。此时，她自觉精神饱满、朝气蓬勃，已经准备好为了自己的兴趣去领略波勒的风采、演出的魅力以及过一会儿由吉他琴声和西班牙曼查尼亚葡萄酒唤起的塞维利亚诗情画意。

午夜十二点差五分，事不宜迟，如果不想毁了今夜良辰，该下楼去敲格扎维埃尔的门了。皮埃尔十二点在剧院等她们，如果他看不到她们在约定时间到达，他会发疯的。她又看了一遍那张粉纸条，上面有格扎维埃尔用绿墨水写的大字体。

"请原谅我，为了今晚有精神，今天下午我想休息。十一点半，我将去您的房间。亲热地拥抱您。"弗朗索瓦丝今天早晨在她的门下发现的这张纸条，她和皮埃尔都很担忧，不知格扎维埃尔昨天夜里干了什么,以致想睡一整天觉。亲热地拥抱您,这是一种空洞的套语,不意味什么。当他们昨晚在同热尔贝一起去吃晚饭前把她留在花神咖啡馆时,她满腹牢骚,无法预料她今天的情绪。弗朗索瓦丝披上一件新的薄羊毛短披肩,拿起提包和她母亲赠送的漂亮手套走下楼梯。即使格扎维埃尔郁郁不乐、皮埃尔被激怒,她也决心不理会他们的纠缠。她敲了敲门,门里隐隐约约传出一点声音,好像是听到了格扎维埃尔在独自一人时怀有的神秘思维在突突跳动的声音。

"什么事?"一个无精打采的嗓音问道。

"是我。"弗朗索瓦丝说。这次,没有一点动静。尽管弗朗索瓦丝决心保持愉快的心情,她仍然厌恶地察觉到自己在等待格扎维埃尔露面时总怀有的那种不安心理。她是喜笑颜开还是面有愠色?不论什么情况,整个晚上的命运和今晚全世界的命运将决定于她的眼神。一分钟过去了门才打开。

"我一点都没有准备。"格扎维埃尔沮丧地说。

每次都这副模样,每次也同样令人困惑。格扎维埃尔穿着睡衣,乱蓬蓬的头发垂在又黄又臃肿的脸上,在她身后,散乱的床似乎仍是温热的,可觉察到百叶窗一整天都没有打开过。房间里烟雾弥漫,充斥着一股燃烧酒精的呛人气味,但是使空气令人窒息的远不是酒精和烟草,而是一小时一小时,一天一天,一星期一星期积聚而成的种种未满足的欲望、种种烦恼和怨恨,这一切如同一个狂热的幻影存在于这些花花绿绿的墙壁之间。

"我等您吧。"弗朗索瓦丝不很坚决地说。

"可我还没穿好衣服。"格扎维埃尔说。她屈从而痛苦地耸了耸肩膀。"不,"她说,"您去吧,我不去了。"

弗朗索瓦丝站在门口,呆滞而懊丧,自从她发现格扎维埃尔内心产生了嫉妒和仇恨以来,这间隐蔽所使她害怕。这儿不仅仅是格扎维埃尔赞美她自己的崇拜者的圣殿,也是一间暖暖的温室,那里茂盛地繁殖着一种珍贵而有毒的植物,也是一间禁闭的神思恍惚者的场所,那里的潮湿空气让人身上发黏。

"听我说。"她说,"我去找拉布鲁斯,二十分钟以后,我们过来找您,您不能在二十分钟内准备好吗?"

格扎维埃尔的脸突然恢复了活力。

"当然可以,您会看到,只要我想做,我就能做得很快。"

弗朗索瓦丝下了两层楼。这很令人不快,今晚出师不利。气氛紧张已经有好几天了,最终必然会爆发。特别在格扎维埃尔和弗朗索瓦丝之间关系发展不顺利,星期六黑人舞会以后产生的那种笨拙的感情冲动全然无济于事。弗朗索瓦丝加紧了步伐。这几乎难以把握:一个假装的笑容、一句模棱两可的话足以破坏整个一次欢快的外出。今晚她将仍装作什么也没有发现,但是她知道格扎维埃尔不会无意地让任何事情逃过去。

当弗朗索瓦丝走进皮埃尔的化装室时,几乎才十二点十分,他已经穿好大衣,坐在长沙发上抽烟斗。他抬起头,疑惑而冷淡地看了看弗朗索瓦丝。

"你一个人?"他问。

"格扎维埃尔等着我们,她没有完全准备好。"弗朗索瓦丝说。尽管她已多次领教他的这种态度,她仍感心情沉重。皮埃尔甚至没有向她笑一笑,他还从来没有如此迎接过她。

"你看见她了?她怎么样?"

她惊奇地盯视他。为什么他好像很惊慌?他自己的事进展完全顺利,格扎维埃尔可能向他挑起的争吵从来都是情人间的吵架。

"她神情很沮丧,很疲倦,一整天在房间里睡觉、抽烟和喝茶。"

皮埃尔站起来:

"你知道她昨晚干了什么?"他问。

"什么?"弗朗索瓦丝问。她精神紧张起来,有不愉快的事情要发生了。

"她同热尔贝跳舞一直跳到清晨五点。"皮埃尔说,口气几乎是得意洋洋的。

"啊!那么后来呢?"弗朗索瓦丝问。

她感到窘迫,这是热尔贝和格扎维埃尔第一次一起外出,在令人狂躁不安、错综复杂的生活中,一点点新情况就孕育无数危险,她试图维持生活的平衡,却束手无策。

"热尔贝兴高采烈,甚至略略有点自鸣得意的样子。"皮埃尔继续说。

"他说了些什么?"弗朗索瓦丝问。刚才在她心中产生的一种模糊感情对她来说不可名状,但其暧昧色彩并不使她惊讶。在当前她的全部快乐之中,有一股发霉的味道,而她心烦意乱的恶劣情绪又给予她某种富于刺激的快乐感。

"他觉得她舞跳得棒极了,并且很讨人喜欢。"皮埃尔冷冷地说。他满脸不高兴,弗朗索瓦丝想到他刚才粗暴地迎接她事出有因,心中便有所宽慰。"她一整天闭门不出。"皮埃尔又说,"这是当有什么事使她激动时的一贯做法,她关起门来好从容不迫地反复思考。"

他关上了化装室的门,他们走出剧院。

"你为什么不预先对热尔贝打招呼说你爱她?"弗朗索瓦丝在沉默片刻后问道。"你只要说一句话就行。"

皮埃尔态度变得更严峻。

"我肯定他在试着摸我的底。"他不高兴地笑了笑说,"他态度局促不安,小心地试探,有趣得很。"皮埃尔用更加刺耳的声音说:"我对他大大鼓励了一番。"

"那就很明白了！你怎么可能要求他猜想得到呢？"弗朗索瓦丝说，"你在他面前总是装出一副那么无所谓的样子。"

"你不会要我在格扎维埃尔的背上挂一块牌子，写上'禁猎地'吧。"皮埃尔以尖刻的口吻说。他咬起了指甲。"他只需要猜一下就行了嘛。"

弗朗索瓦丝很生气。皮埃尔傲慢地摆出输赢坦然的姿态，可又不老老实实地认输。这时的他又固执又不公正，她过高估计了他，因此对他的软弱十分憎恨。

"你明知他不是心理学家。"她说，"再说，"她严厉地补充道，"你自己在谈我们的关系时曾说过，当你对某人深怀敬意时，你不允许自己在未得到他认可时撬开他的灵魂。"

"可我没有谴责任何人什么东西，"皮埃尔冷冰冰地说，"这样，一切都很好。"

她怨恨地看了他一眼，他心烦意乱，虽然痛苦，却又咄咄逼人，不可能引起别人的同情。然而她还是尽力表现出诚意。

"我在想格扎维埃尔亲近他是否主要不是生我们的气。"她说。

"也许，"皮埃尔说，"但事实是她不想在黎明以前回来，她为他不遗余力。"他狂怒地耸了耸肩，"现在我们又要被波勒缠住，我们甚至都不可能解释清楚。"

弗朗索瓦丝感到失去了勇气。当皮埃尔不得不默默地咀嚼和吞咽他的不安和抱怨时，他擅长在时间的流逝中缓慢而巧妙地折磨自己，要想耐心地把这一切解释清楚，没有比这更困难的了。她为之感到兴奋的这次晚会不再是轻松愉快的事。简而言之，皮埃尔已经把它变成一件难以负担的苦差使。

"在这儿等着，我上楼找格扎维埃尔。"来到旅馆门前时她说。她快步上了两层楼。是否永远不再可能自由地摆脱？是否这次晚会她仍然可能只是对人们的脸和布景匆忙看上几眼?她渴望摧毁这个把她和皮埃尔、格扎维埃尔束缚在一起的魔圈,这使她同整个外部世界割裂开来了。

弗朗索瓦丝敲了敲门,门立即打开了。

"您看,我很快。"格扎维埃尔说。人们几乎难以相信那就是刚才那个关在屋里、面色发黄、焦躁不安的人。她脸部表情平静而明朗,头发呈均匀的波浪形垂在肩上,她穿上了她的蓝色连衣裙,在上衣上别着一朵有点谢了的玫瑰花。

"去西班牙舞厅太让我高兴了。"她活泼地说,"可以看见真正的西班牙人,对吗?"

"当然。"弗朗索瓦丝说,"有漂亮的舞蹈家,有吉他演奏家,还有响板。"

"我们快走吧。"格扎维埃尔说。她用手指尖碰了一下弗朗索瓦丝的披风。"我特别喜欢这件斗篷。"她说,"它让我想起假面舞会上的带风帽的长外衣。您很漂亮。"她赞赏地补充道。

弗朗索瓦丝尴尬地笑了笑,格扎维埃尔的情绪完全不合时宜,当她发现皮埃尔板着脸,她将会感到惊讶和窘迫。她兴致勃勃地下了楼梯。

"瞧我让您久等了。"她说着高高兴兴地向皮埃尔伸出了手。

"这无关紧要。"皮埃尔说话的声调非常生硬,格扎维埃尔惊讶地看了看他。他转过身,向一辆出租汽车招了招手。

"我们首先去找波勒,好让她给我们引路去那个地方。"弗朗索瓦丝说,"如果不认识那里,好像很难找到。"

格扎维埃尔靠着她在后座上坐下。

"你可以坐在我们俩中间,有空地方。"弗朗索瓦丝微笑着对皮埃尔说。

皮埃尔把折叠式座椅翻下来。

"谢谢,"他说,"我在这里很好。"

弗朗索瓦丝收起了笑容,如果他执意想赌气,只好让他这样做。扰乱她这次外出,他不会得逞。她转向格扎维埃尔。

"那么,昨晚您好像跳舞了?您玩得高兴吗?"

"哦!是的,热尔贝跳得棒极了。"格扎维埃尔语调极其自然地说,"我们是在圆顶的地下舞厅里,他对你们说了?那里有一个很出色的乐队。"

她眨了眨眼睛,把嘴唇往前伸了伸,似乎要向皮埃尔微笑。

"你们的电影让我害怕,"她说,"我在花神咖啡馆一直待到午夜。"

皮埃尔狠狠地扫了她一眼。

"可您是自由的。"他说。

格扎维埃尔一时间惊得目瞪口呆,接着,脸上露出一丝傲气,目光重又落到弗朗索瓦丝身上。

"我们应该一起去那儿。"她说,"总之,光是妇女也完全能去舞厅跳舞。星期六在黑人舞厅,玩儿得高兴极了。"

"我,非常愿意。"弗朗索瓦丝说,她愉快地看了看格扎维埃尔。"这下您要痛痛快快散散心了!您将连着过两个通宵。"

"正因如此,我休息了一整天。"格扎维埃尔说,"和您一起出去,我要精神饱满。"

弗朗索瓦丝泰然自若地忍受皮埃尔冷嘲热讽的眼神,他确实做得太过分,他没有理由因格扎维埃尔乐意与热尔贝跳舞而摆出这样一副面孔。再说,他明知有错,却以盛气凌人的优越感作挡箭牌,以此任意践踏诚意、教养和一切道德。

弗朗索瓦丝曾下决心爱他,并容许他拥有任何自由,但是在这种决心中含有过于廉价的乐观主义。如果皮埃尔是自由的,她爱他就不再仅决定于她,因为他可自由地使自己变得令人憎恨。这正是他此时所为。

出租车停下了。

"您和我们一起上楼去波勒家吗?"弗朗索瓦丝问。

"哦,是的,您对我说过,她家里很漂亮。"格扎维埃尔说。

弗朗索瓦丝打开了车门。

"你俩去吧,我等你们。"皮埃尔说。

"随你便。"弗朗索瓦丝说。格扎维埃尔抓住她的胳膊,她们跨进了大门。

"我多么高兴去看看她漂亮的住宅。"格扎维埃尔说,她的神色犹如一个兴高采烈的小女孩,弗朗索瓦丝夹紧她的胳膊。即使这种亲热出自于她对皮埃尔的怨恨,但仍令人乐于接受。再说,也许在这漫长的深居简出的一天中,格扎维埃尔纯洁了自己的心灵。由于这种期望在弗朗索瓦丝心中唤起无比的喜悦,由此她衡量出格扎维埃尔的敌意曾使她多么痛苦。

弗朗索瓦丝按了门铃,一个女仆出来为她们开门,并把她们带入一间天花板很高的大厅。

"我去通报夫人。"她说。

格扎维埃尔缓慢地转了个身,出神地说:

"太美了!"

她的目光依次凝视着五颜六色的枝形吊灯、钉满失去光泽的铜钉的海盗船井型甲板、覆盖着一块绣有蓝色快帆船的旧红绸面的灵床以及悬挂在凹室尽头的意大利镜子。在光滑的镜子四周盘绕着的是玻璃的阿拉伯图案装饰,闪闪烁烁、变化无常,犹如积满了白霜。弗朗索瓦丝隐隐约约产生一种羡慕的感情:能把自己的特有气质刻入丝绸、金银丝缠绕的玻璃以及珍贵木材中去是一种运气,因为这些既恰如其分又不雷同的实物都是富有鉴赏力的波勒选择的,在它们上面矗立着波勒的形象。透过日本假面具、海蓝色长颈大肚瓶以及玻璃世界中直挺挺躺着的贝壳娃娃,格扎维埃尔心醉神迷凝视着的就是她。因此在最近一次黑人舞会上,在圣诞节前夜,弗朗索瓦丝感到自己相形之下就像这些基里科①油画中的无脸头颅一样平滑、光秃。

"你们好,我很高兴见到你们。"波勒说。她走近来,两手在身体前方伸出,矫健的步子恰与黑色长裙的庄严感成为对照,一束暗黄色绒花点缀出她的身材。她伸出手抓住格扎维埃尔的手,捏在手中没有立即放开。"她越来越像一幅弗拉·安杰利科的画②了。"她说。

格扎维埃尔害羞地低下了头,波勒放开她的手。

"我全准备好了。"她说,并披上一件银狐皮短大衣。

她们走下楼梯。皮埃尔走向波勒,勉强笑了笑。

"今晚您的剧场里有人吗?"汽车起动时,波勒问道。

"二十五个人。"皮埃尔说,"我们快停演了。不管怎么样,我们开始排练《风先生》了,从现在起一星期内,我们应该结束。"

"我们运气更不好。"波勒说,"这个剧刚刚才开个头。您不认为当局势令人担忧时,人们吓得缩作一团的样子有些奇怪吗?我家隔壁那个卖紫罗兰花的商人甚至对我说,两天内她连三束花都没有卖掉。"

出租车停在一条攀援而上的小街上,当皮埃尔与出租车司机结账时,波勒和格扎维埃尔往前走了几步。格扎维埃尔入迷似的凝望着波勒。

"我夹在三个女人中间来到这个夜总会,样子会十分滑稽可笑。"

---

① Giorgio de Chirico(1888—1978),意大利画家和作家。
② Fra Angelico(1400—1455),意大利画家。

皮埃尔从牙缝中低声抱怨。

他怨怨地看着波勒引他们走进的那条阴暗的死胡同。所有房子似乎都在沉睡。在尽头的一个小木门上,有几个浅色字体:"塞维拉纳"。

"我打了电话,让他们给我们保留一个好桌子。"波勒说。

她第一个进去,快步走向一个想必是老板的黑脸膛男人,他们微笑着交谈了几句。屋子很小,天花板中央,有一盏聚光灯,向挤着几对舞伴的舞池射出一束淡红色光线,屋子的其余部分都笼罩在半昏暗中。波勒走向一张靠墙的桌子,木制屏风把一个个桌子隔开了。

"多有趣!"弗朗索瓦丝说,"布置得真像在塞维利亚一样。"

她正要向皮埃尔转过身,因为她记起了两年前他们在阿拉梅达附近的一个舞厅内一起度过的美好夜晚,但是皮埃尔没有心思回忆往事。他毫无兴致地向侍者要了一瓶曼查尼亚葡萄酒。弗朗索瓦丝环顾四周,她喜欢最初瞬间的印象:布景和人们一开始还只是一个被淹没在烟雾之中的模糊整体,想到这模模糊糊的场面将渐渐清晰,最终变成一大堆富有魅力的细节和插曲,这是一种快乐。

"在这里我所喜欢的,"波勒说,"是没有虚假的别致景色。"

"是的,不可能更朴实无华了。"弗朗索瓦丝说。

桌子是粗糙的木料做的,作为座椅的凳子以及里面摆有盛西班牙酒的小木桶的柜台都是如此。没有一件东西引人注目,除了美丽的吉他:在放着一架钢琴的台子上,穿浅色西服的音乐家们在他们膝盖上抱着闪闪发光的吉他。

"您应该脱掉您的大衣。"波勒碰了碰格扎维埃尔的肩膀说。

格扎维埃尔笑了笑,自他们坐上出租车,她的眼睛没有离开过波勒。她像梦游者那样顺从地脱下大衣。

"多好看的裙子!"波勒说。

皮埃尔用尖锐的目光看了格扎维埃尔一眼。

"可您为什么还留着这朵玫瑰?已经枯萎了。"他干巴巴地说。

格扎维埃尔挑衅地打量了他一眼,她缓缓地从上衣上摘下那朵玫瑰花,把它放在一位侍者刚摆在她面前的曼查尼亚酒杯里。

"您以为这能给予它活力?"弗朗索瓦丝问。

"为什么不?"格扎维埃尔说,并且用眼角注视着枯萎的花。

"吉他手很不错,不是吗?"波勒说,"他们有真正弗拉明戈风格。是他们制造了这里的整个气氛。"她看了看柜台,"我担心这里会冷落,但是西班牙人不那么受局势的影响。"

"她们是令人惊异的,这些女人。"弗朗索瓦丝说,"她们皮肤上涂着一层层脂粉,然而这并不使她们的外貌有人为造作的感觉,她们的表情非常生动,具有兽性。"

她一个个地观察这些矮矮胖胖的、浓妆艳抹的西班牙女人,她们都有浓密的黑发,和塞维利亚的女人完全一样,那些女人在夏季的晚上都在耳旁插一束有浓郁香气的松甘茅花。

"看她们跳的!"波勒说,"我经常到这儿来欣赏她们。在休息的时候,她们都显得又胖又圆,腿短短的,人们以为她们很笨重,但她们一活动起来,身子都变得像插上了翅膀,很高贵。"

弗朗索瓦丝用嘴唇在酒杯里抿了一口,这种核桃的干果味使她脑海中重现舒适的塞维利亚酒吧,当炽热的太阳照在街道上时,她和皮埃尔在那里一起品尝橄榄和鳀鱼。她转过目光看他,本想和他一起回忆这美好的假期,但是皮埃尔不怀好意的目光一直盯着格扎维埃尔。

"怎么,这花维持时间不长啊。"他说。

玫瑰花像中了毒,垂头丧气地悬在花茎上,它已枯黄,花瓣呈索瓦丝又把目光转向舞蹈家。她此刻正在向一个想象中的情人微笑，她挑逗他、拒绝他，终于投入他的怀抱。然后，她变成一个女巫，做着种种包含危险秘密的动作。此后，她模仿一位快乐的农妇在一个乡村节日中转圈跳舞，双目圆睁，面露狂喜之色。她的舞蹈唤起的青春活力和无忧无虑的欢乐像怒放的鲜花在这日趋衰老的躯体内滋生成长，并具有一种动人心弦的纯洁魅力。弗朗索瓦丝情不自禁地又向格扎维埃尔看了一眼，她吓得惊跳起来：格扎维埃尔不再看跳舞，她早已低下了头，右手拿着一支抽了一半的烟，正慢慢地把烟移向左手。弗朗索瓦丝不由自主地喊出了声，格扎维埃尔把正燃烧的红烟头按在皮肤上，一个痛苦的微笑使嘴唇翘起，这是隐秘而孤独的笑，像狂人的笑，像享受快乐的女子淫荡而痛苦的笑，它包含着某种恐怖的东西，几乎使人不堪入目。

舞蹈家演完了节目，正在掌声中向众人致意。波勒也已经转过头，默默无言地圆睁着惊讶的大眼睛。皮埃尔早已注意到格扎维埃尔的鬼把戏，既然谁都认为不说话为好，弗朗索瓦丝也克制住自己，然而所发生的事是不可容忍的。格扎维埃尔卖弄风情地、矫揉造作地撅起了圆圆的嘴唇，小心翼翼地吹拂覆盖着烧伤处的灰烬。当她吹散了这聚在一起的那一小堆灰烬后，又把燃烧的烟头贴到裸露的伤口上。

弗朗索瓦丝猛地抬起身子，这不仅是她的肉体在反抗，她感到自己更深、更致命地受到了触犯，一直触到她内心深处。在格扎维埃尔怪癖的强笑背后，孕育着某种危险，比她曾想象的任何危险都更加具有决定意义。某件事存在于那里，它自身压抑着，但渴望伸展，它确定无疑地为自己存在着。人们不可能接近它，哪怕从思想上接近它，当思想接触到它的那一刻，自身就分解了。这不是任何可抓住的物体，这是一种连续不断的喷射和连续不断的流逝，这种流逝只有对自身是可识透的，对他人来说则永远不可捉摸。人们只可能在其周围转圈，永远被它排斥在外。

"这太愚蠢了，"她说，"您会一直烧到骨头上的。"

格扎维埃尔抬起头，用惊慌的神色看了看四周。

"不疼。"她说。

波勒抓住她的手腕。

"等一会儿您会疼得要命。"她对她说，"真是孩子气！"

伤口有十生丁硬币那么大，看上去很深。

"我向您发誓我没有任何感觉。"格扎维埃尔说，并抽回了手。她会心而满意地看了看手。"烧伤的感觉是很舒服的。"她说。

舞蹈家走近来，她一手拿着一个托盘，另一手拿着一种西班牙人用来仰饮的双口水罐。

"谁愿意和我干杯？"她问。

皮埃尔把一张纸币放在盘上，波勒拿起长颈瓶，她用西班牙语对女人说了几句话，然后她把头往后一仰，灵巧地让喷出的红葡萄酒对准她的口，并又动作利索地止住酒往外流。

"该您了。"她对皮埃尔说。

皮埃尔抓住器皿，担忧地看了看，然后把头往后一仰，同时把器皿口放到嘴唇边上。

"不，不是这样。"女人说。

她以其有力的手把长颈瓶移开。皮埃尔让酒流到嘴里，一会儿工夫以后，他做了个重新吸气的动作，酒流了一领带。

"他妈的！"他愤怒地说。

舞蹈家笑了起来，并用西班牙语骂他。他的样子显得十分恼怒，逗得波勒乐不可支，使她严峻的面容变年轻了。弗朗索瓦丝费力地勉强做了个表情。此时她正心惊肉跳，任何东西都不能排解她的恐惧感。这次,她感到自己正处于危险境地,所危及的远远超出了她幸福本身的问题。

"我们还待一会儿,是不是?"皮埃尔问。

"如果您不觉得厌烦。"格扎维埃尔畏畏缩缩地说。

波勒刚走。她那恬静的欢快心情赋予这个晚上以全部魅力。她轮流传授给他们快速狐步舞和探戈舞中最罕见的舞步,她把那位女舞蹈家邀请到他们桌子上,成功地请她为他们演唱美丽动听的民间曲调,所有在场的人又齐声合唱这些曲子。他们喝了很多曼查尼亚葡萄酒,皮埃尔终于眉心舒展,恢复了愉快心情。格扎维埃尔灼伤似乎不痛苦,千变万化、互相矛盾的各种强烈感情交替流露于她的面部。唯有弗朗索瓦丝觉得时光的流逝令人难熬。音乐、歌曲、舞蹈,什么都不能消除令她心惊胆战的恐惧感:从格扎维埃尔烧手那一刻起,她再也不能从脑海中驱走这张扭曲变形、心荡神驰的脸,一想起就使她不寒而栗。她向皮埃尔转过身,她需要恢复同他的接触,但是她与他相距千里之遥,她再也赶不上他。她是孤零零的一个人。皮埃尔和格扎维埃尔正在交谈,他们的声音似乎从很遥远的地方传来。

"您为什么要这样做?"皮埃尔问,并碰了碰格扎维埃尔的手。

格扎维埃尔向他投过来一个哀求的目光,她满面柔情、情意绵绵。弗朗索瓦丝因为她才与皮埃尔反目,甚至到了不再能向他微笑的地步,格扎维埃尔却早已悄悄地同他和解,似乎就要倒入他怀抱中。

"为什么?"皮埃尔重又问道。他端详了一下灼伤的手。

"我可以打赌说这是一个神圣的伤疤。"他说。

格扎维埃尔微笑着,脸上露出不予以辩解的表情。

"一个赎罪的伤疤。"他接着说。

"是的。"格扎维埃尔说,"我对这朵玫瑰花那样多愁善感太可鄙了。我为此感到羞耻!"

"您是要埋葬掉您对昨晚的回忆?"皮埃尔问,口气是友好的,但很紧张。

格扎维埃尔钦佩地睁圆了眼睛。

"您怎么知道的?"她问。看来她被这种神通广大所折服。

"这朵凋谢的玫瑰花,很容易让人猜到。"皮埃尔说。

"我这种举动很可笑,是一种做作的举动。"格扎维埃尔说,"可这是您把我挑起来的。"她卖弄风情地说。

她的微笑像亲吻一样热烈。弗朗索瓦丝不安地想,她为什么在这里看着这对相爱的恋人,她的位置不在这里。但她的位置在哪里?肯定哪儿都没有她的立足之地。此时此刻,她觉得自己被排斥在世界之外了。

"我!"皮埃尔说。

"您刚才一副冷嘲热讽的样子,恶狠狠地斜眼看我。"格扎维埃尔温柔地说。

"对,我刚才让人讨厌。"皮埃尔说,"我很抱歉。但那是因为我感到您关心的是其他的事,而不关心我们。"

"您大概有触角。"格扎维埃尔说,"我还没有张开嘴,您已经发出嘘嘘的声音。"她摇了摇头:"只是您的触角很坏。"

"我立即就猜出热尔贝把您迷住了。"皮埃尔出其不意地说。

"迷住?"格扎维埃尔说,她皱起了眉头,"他究竟对您说了些什么,这个小伙子?"

皮埃尔这样说并非故意,他不会干卑鄙勾当,但是他的话含沙射影地表示出对热尔贝的不满。

"他什么也没说,"皮埃尔说,"但是他对昨晚的事欣喜若狂,您竟然劳神去取悦于人,这是罕见的。"

"我本来就该猜到这一点。"格扎维埃尔怒气冲冲地说,"一旦我对某个人稍微有点礼貌,他就立刻想入非非!上帝知道在他那贫乏的小脑瓜里他捏造了些什么!"

"然后您一整天闭门不出,"皮埃尔说,"是为了更好地回味这一夜的浪漫情节。"

"这是些昙花一现的浪漫情节。"她不高兴地说。

"这是您此时此刻的感觉。"皮埃尔说。

"当然不是,我当时立即就意识到了。"格扎维埃尔不耐烦地说。她正视着皮埃尔。"我曾希望这一夜对我来说是极端美好的,"她说,"您懂吗?"

片刻的沉默。人们永远不会知道这二十四小时内热尔贝究竟对她来说意味着什么,她现在已经把他忘了。确定无疑的是,此刻她真心诚意地否认了他。

"这是对我们的报复。"皮埃尔说。

"是的。"格扎维埃尔低声说。

"但是我们已经有很长时间没有和热尔贝一起吃晚饭了,我们应该见一见他。"皮埃尔用辩解的口吻说。

"我很清楚,"格扎维埃尔说,"但是你们任凭所有这帮人折磨你们,这总是让我不高兴。"

"您这个小家伙太独。"

"我本性难移。"格扎维埃尔沮丧地说。

"用不着试着去改。"皮埃尔温柔地说,"您的排他性不是偏狭的嫉妒心理,这同您的不妥协和强烈的感情是协调的。如果您改掉它,您就不再是您了。"

"啊!如果世界上只有我们三个人该多好!"格扎维埃尔说,她目光炽热、炯炯有神。"只有我们三个！"

弗朗索瓦丝强作欢笑。她时常因皮埃尔和格扎维埃尔串通一气而痛苦，但今晚，她从中发现了他们对她的判决。嫉妒、怨恨，这些她一向拒绝的感情，他俩谈论时竟将其作为必须恭恭敬敬、小心谨慎地加以对待的美好东西，这些感情虽然碍事，但极为珍贵。她本来也能在自身中找到这些令人担忧的财富，为什么她不喜欢它们，而更喜欢被格扎维埃尔大胆踢开的那些空泛的陈规陋习呢？多少次，她心怀嫉妒，她想怀恨皮埃尔，她想损害格扎维埃尔，但是在保住自身纯洁的徒劳借口下，也使内心变成了真空。格扎维埃尔冷静而勇敢地肯定自己全部的选择，她得到的报酬是在地球上具有举足轻重的影响，皮埃尔激情满怀地倾向于她。弗朗索瓦丝不敢表现自我，在痛不欲生中她懂得，这种虚伪的懦弱导致她成为虚无。

她抬起眼睛，格扎维埃尔正在说话。

"我喜欢您疲倦的神态。"她说，"您变得很苍白。"她突然对着皮埃尔的脸微笑了一下。"您现在像您的幽灵。您处在幽灵状态时很漂亮。"

弗朗索瓦丝打量了一下皮埃尔，他确实很苍白，他那疲惫不堪的面容此刻显示出的神经质虚弱往往把她感动得热泪盈眶，但是她这时与他隔阂太深，以至不为其所动。只是通过格扎维埃尔的笑容，她才推测到这张脸浪漫的魅力。

"但是您明知我不再想当幽灵。"皮埃尔说。

"啊！可幽灵不是尸体。"格扎维埃尔说，"这是个活生生的生命。只是他的身躯来自于尸体的灵魂，他没有多余的肉，他不饿、不渴、不困。"她的目光停在皮埃尔的额头上和他那双修长、坚硬和灵巧的手上，弗朗索瓦丝常常爱恋地抚摸这双手，但是她从来没想看过。"再说，我认为富有诗意之处，在于他固定在地面上：不管他在哪儿，他同时又在其他地方。"

"我哪儿都不在，只在这里。"皮埃尔说。

他向格扎维埃尔温柔地微笑着。弗朗索瓦丝还记得她常常接受这样的微笑，心中是多么甜蜜，但是她不再可能指望得到它们。

"是的，"格扎维埃尔说，"但我不知道怎么说：您在这里是因为您愿意。您现在不是城府很深的样子。"

"我是不是经常显得城府很深？"

格扎维埃尔犹豫了：

"有时候。"她妩媚地笑笑，"当您同某些严肃的先生们谈话时，您几乎也像他们一样严肃。"

"我想起来了，当您认识我的时候，您很自然地把我当作一个讨厌的重要人物！"

"您变了。"格扎维埃尔说。

她以占有者那种幸福、自豪的眼光凝视他。她认为是她改变了他。是事实吗？这不再由弗朗索瓦丝来判断。今夜，对她这颗淡漠干枯的心来说，最宝贵的财富也将无关紧要，因为必须对格扎维埃尔眼神中以全新的光泽闪烁着的阴暗热情寄予信任。

"你的样子显得非常疲劳。"皮埃尔说。

弗朗索瓦丝哆嗦了一下，他是在对她说话，看上去他很担忧。她试图控制自己的声音。

"我觉得我喝得太多了。"她说。

话语哽在嗓子里了。皮埃尔伤心地看着她。

"你觉得我整个晚上讨厌之极。"他内疚地说。

他出于本能地把手放在她手上，她成功地对他笑了笑。她被他的关切打动了，但是即使他在她心中重新唤起的这种温情也不能把她从孤独的焦虑中解脱出来。

"你刚才有点儿讨厌。"她抓住他的手说。

"原谅我,"皮埃尔说,"我控制不了自己。"他因伤了她的心而深深不安,因此,如果问题涉及的仅仅是他们的爱情,弗朗索瓦丝就会恢复平静了。"这次出来玩儿我扫了你的兴,"他说,"你原来是兴高采烈的。"

"没扫什么兴,"弗朗索瓦丝说,她做了番努力,更加快活地补充道,"下面我们还有时间,在这里待着很有趣,"她转身朝着格扎维埃尔,"是不是?波勒没有瞎说,这是个好地方。"

格扎维埃尔很古怪地笑了笑。

"您不认为我们像美国旅游者那样正参观'巴黎之夜'?我们坐在那里旁观,为了不弄脏自己的手,我们观看,但什么都不沾手……"

皮埃尔的脸阴沉了下来。

"什么!您希望我们用手指敲响板,嘴里喊着:'好极了!'"他说。

格扎维埃尔耸了耸肩。

"您想做什么?"皮埃尔问。

"我什么也不想。"格扎维埃尔冷冷地回答,"我说的是现象。"

又开始了:仇恨螺旋状、浓雾般再次从格扎维埃尔胸中冒出,像酸性物质一样具有腐蚀性,想抵御这种令人痛心的破坏是无益的,只有承受和等待。但是弗朗索瓦丝感到力不从心。皮埃尔不那样逆来顺受,他不怕格扎维埃尔。

"您为什么突然对我们恨起来了?"他生硬地问。

格扎维埃尔爆发出一阵刺耳的笑声。

"啊!不,您不会从头再来一遍吧。"她脸颊通红,嘴巴抽紧,气愤到了极点。"我不把时间花在恨你们上面,我在听音乐。"

"您在恨我们。"皮埃尔重复了一遍。

"绝对没有。"格扎维埃尔说。她吸了口气:"您乐于从外部观察事物,好像这是一些剧场布景,我对此感到惊奇,这不是第一次了。"她碰了碰自己的胸脯:"我,"她激动地笑着说,"我是有血有肉的,您懂吗?"

皮埃尔伤心地看了弗朗索瓦丝一眼,他迟疑了一下,然后似乎在勉强做自己不愿做的事。

"发生什么事了?"他口气稍为和解地问。

"什么事也没发生。"格扎维埃尔说。

"您觉得我们是一对夫妇。"皮埃尔说。

格扎维埃尔盯视着他。

"正是。"她傲慢地说。

弗朗索瓦丝气得咬牙切齿,胸中猛然产生要对格扎维埃尔拳打脚踢的粗暴想法。她长时间耐心听着她同皮埃尔的单独交谈,格扎维埃尔却拒绝给予她与他稍稍交换一下友好表示的权利!这太过分了,不能这样继续下去,她再也不能容忍了。

"您太不公正了。"皮埃尔愤怒地说,"假如说弗朗索瓦丝不高兴,那是由于我对您的态度。我不认为这是什么夫妇关系。"

格扎维埃尔向前欠了欠身,没有回答。邻桌上有位年轻妇女刚站起来,开始用沙哑的嗓子朗诵一首西班牙诗歌。全场鸦雀无声,所有目光全集中到她身上。即使人们不懂字词的含义,也被这富于感情的音调和流露出悲怆激情的面容所打动。诗歌谈的是仇恨和死亡,也许还有希冀。通过其中的惊呼和呻吟,所有心灵都骤然切身感受到了苦难深重的西班牙。街上的吉他、歌声、鲜艳的披巾和甘松茅花荡然无存,被战火和鲜血取而代之。舞厅倒塌,盛满酒的羊皮袋被炸弹穿破,在温馨的夜晚,恐怖和饥饿的幽灵正游来游去。弗拉明戈歌声以及葡萄酒的醇香令人飘飘然，但这只是对消逝的过去的悲痛追忆。弗朗索瓦丝的目光注视着这张红红的、富有悲剧效果的嘴，她一度沉浸在粗犷的语句所唤起的凄凉景象中。她愿她的身心都消逝在神秘音响下颤动着的召唤和遗恨中。她转过头，她能够不再考虑自己，但却忘不了格扎维埃尔在她身边。格扎维埃尔没有再看着那个女人，而是凝望着空间，一支烟在她手指间点燃着，烟头的火即将烧着她的肉，她似乎尚未发觉，看来她陷入了如痴如狂的精神恍惚之中。弗朗索瓦丝伸手摸了摸自己的额头，她全身是汗。空气令人窒息，内心的思绪犹如烈火在熊熊燃烧。敌对的现实通过刚才那一阵狂笑暴露了出来，并且正变得越来越临近，揭露真相令人心胆俱裂，但想要回避已无计可施了。弗朗索瓦丝曾一天又一天，一分钟又一分钟地逃避了危险，但是一切都完了，她终于遇到了自幼年时代起以朦朦胧胧的形式预感到的那种不可逾越的障碍：通过格扎维埃尔古怪的乐趣，通过她的仇恨和嫉妒，可耻的事正孕育着要爆发，它和死亡同样恐怖，同样不可逆转。某个事物存在于弗朗索瓦丝面前，但却不需要她，它如最后判决那样无可挽回：一个陌生的意识矗立着，它自由、绝对、不可制服。像死亡一样，这是一种全面的否定，一种永恒的乌有，然而存在着一个惊人的矛盾：这种虚无的深渊对其自身来说可能具有现实性，可能为了自身而充实地存在着，整个宇宙淹没于它之中。永远被剥夺了世界的弗朗索瓦丝自身分解在这虚空之中，任何语言、任何形象都不能包容这无边无际的虚空。

"注意。"皮埃尔说。

他凑向格扎维埃尔，把红烟头挪开她的手指，她像噩梦初醒似的盯视皮埃尔，然后看了看弗朗索瓦丝。她蓦地抓住他们每人一只手，她的手心滚烫。一接触到捏紧她手的发热手指，弗朗索瓦丝颤抖了一下，她本想抽回她的手，并扭过头同皮埃尔说话，但她已动弹不得。她被束缚在格扎维埃尔身上，惊愕地观察着这个让人触摸的身体和这张可看得见的漂亮脸蛋，在这张脸蛋背后掩盖着丑恶的现实。长期以来，格扎维埃尔仅仅是弗朗索瓦丝生活的一个片段，她突然变成主宰一切的唯一现实，弗朗索瓦丝则只是一个模模糊糊的形象。

"为什么宁可是她而不是我？"弗朗索瓦丝激动地想。只有一句话要说，只要说"是我"就行。但是必须相信这句话，必须善于下决心。几个星期以来，弗朗索瓦丝想把格扎维埃尔的仇恨、温情和思想化为无害的烟雾，却无计可施，她任凭它们腐蚀自己，她把自己变成了猎物。她心甘情愿地在反抗和叛逆中尽力摧毁自己，她像一个无动于衷的见证人目睹自己的历史，却永远不敢肯定自己；而格扎维埃尔却彻头彻尾地显示出对自我的活生生的肯定。她以一种十分有把握的威力使自己存在着，以至被慑服的弗朗索瓦丝不由自主地爱她甚于爱自己，而终于自我消亡。她开始用格扎维埃尔的眼光来观察环境、观察人、观察皮埃尔的微笑，她到了只通过格扎维埃尔带给她的感情来认识自己的境地。现在她试图同她合在一起，但在不现实的努力中，她的成果仅仅是自我消亡。

吉他继续演奏着单调的乐曲，空气炽热，好像刮过来一阵西罗科风。格扎维埃尔的手没有放开它们的猎物，僵化的脸毫无表情。皮埃尔也纹丝不动。人们以为同一种魔力把三个人都变成了大理石。弗朗索瓦丝脑海中出现一些形象：一件旧上衣、一块被遗弃的林中空地、北极酒吧一角，皮埃尔和格扎维埃尔正远离她在那里神秘地相对交谈。以往她已曾像今夜一样感到她的生命在分解，以利于一些无法认识的生命的诞生，但她还从未在如此完美的清醒状态中完成她自身的消亡。至少她已一无所存，但还有一团朦朦胧胧的磷火残存于事物表面，它是成千上万虚幻鬼火中的一个。使她全身僵直的紧张心情顿时消失，她静静地抽噎起来。

魔法解除了。格扎维埃尔抽回了手。皮埃尔说话了。

"现在我们走怎么样？"他说。

弗朗索瓦丝站起来，她头脑中一下子一片空白，身体开始顺从地动起来。她拿起斗篷放在胳臂上，穿过大厅。外面的冷空气吹干了她的泪水，但她内心的颤抖没有停止。皮埃尔碰了碰她的肩膀。

"你不舒服。"他不安地说。

弗朗索瓦丝蹙了蹙眉以示抱歉。

"我肯定喝得太多了。"她说。

格扎维埃尔跨了几步走到他们前面，直挺挺的像个木头人。

"那位也是，她使劲喝了很多。"皮埃尔说，"我们把她送回去，然后我们好安静地聊一聊。"

"对。"弗朗索瓦丝说。

夜晚的凉爽和皮埃尔的亲热给了她一些安慰。他们追上了格扎维埃尔，每人挽起她一个胳臂。

"我想走一走对我们有好处。"皮埃尔说。

格扎维埃尔没有回答。苍白的脸上，嘴唇肌肉收缩，僵硬地噘着。他们默默地顺街而下，此时晨曦微露。格扎维埃尔突然停下。

"我们在哪里？"她问。

"在特里尼特教堂。"皮埃尔说。

"啊！"格扎维埃尔说，"我觉得我有点醉了。"

"我也这样想。"皮埃尔快乐地说，"您现在怎么样？"

"我不知道，"格扎维埃尔说，"我不知道发生了什么事。"她痛苦地皱了皱眉头。"我恍惚看见一个说西班牙语的漂亮女人，然后就是一片漆黑。"

"您看了她一会儿,"皮埃尔说,"您一根接着一根地抽烟,不得不从您手指中把烟头拿掉,因为您让烟头烧着您都没有任何感觉。后来,您似乎苏醒过来了,您抓住了我们俩的手。"

"啊!是的。"格扎维埃尔说着就发起抖来,"我当时在地狱的深渊,我以为永远也出不来了。"

"您长时间地待在那里,好像您已经变成了雕像,"皮埃尔说,"接着,弗朗索瓦丝哭了起来。"

"我想起来了。"格扎维埃尔说,并茫然地笑了笑。她眼睑下垂,心不在焉地说:"她哭了以后,我高兴极了,因为这正是我想做的事。"

弗朗索瓦丝惊恐地对这张温柔、无情的脸看了一秒钟,她从未看到过自己的任何喜和忧曾在这张脸上反映出来。整个晚上,格扎维埃尔没有一刻关心过她的悲愁,看到她落泪,她感到的仅仅是高兴。弗朗索瓦丝从格扎维埃尔胳臂中挣脱出来,拔腿向前奔跑,好像一阵龙卷风把她卷走了。她因愤慨而抽抽噎噎地哭起来,她的焦虑、她的哭泣、这一晚受的折磨都是属于她自己的,她不允许格扎维埃尔把它们从她那里窃走,她要逃到天涯尽头来躲避格扎维埃尔贪婪的触手,它们想把她活活地吞噬。她听到身后急促的脚步声,一只有力的手把她抓住。

"怎么啦?"皮埃尔说,"我求你,镇静一下。"

"我不愿意。"弗朗索瓦丝说,"我不愿意。"她泪人般地倒在他肩膀上。当她抬起头来时,她看到格扎维埃尔已经走近,她正好奇而惊愕地看着她。但是弗朗索瓦丝失去了羞耻感,现在什么都不能使她动心。皮埃尔把她们推到一辆出租汽车上,她继续无节制地哭着。

"我们到了。"皮埃尔说。

弗朗索瓦丝不顾身后,三步并两步地上了楼梯,她一下倒在长沙发上。她感到头痛。楼下传来一阵说话声,房门几乎立即就打开了。

"出什么事了?"皮埃尔问。他快步走到她身边,把她抱在怀里。她紧紧依偎着他,长时间内只有一片虚空和黑暗以及在她头发上轻轻抚摸的动作。

"我亲爱的,你怎么啦?告诉我。"她听到了皮埃尔的声音。她睁开眼睛。黎明的曙光照进房间,屋里异乎寻常的凉爽,人们感觉到房间里没有夜晚留下的痕迹。弗朗索瓦丝意外地发现又回到了她熟悉的事物面前,现在她正平心静气地目睹着这些事物。逃避现实的念头与死亡的念头一样不是永远能持续下去的,因为必须回复到充实的事物和自我中。但是她仍然大惊失色,好像经过垂死挣扎后摆脱出来一样。她将对此永生难忘。

"我不知道。"她说。她对他无力地笑了笑。"一切都那样沉重。"

"是我使你难受了?"

她抓住他的手。

"不。"她说。

"是因为格扎维埃尔?"

弗朗索瓦丝耸了耸肩,感到束手无策,这很难解释,她头痛得厉害。

"发现她嫉妒你,你厌恶透顶。"皮埃尔说,他嗓音中含有歉意。"我也觉得她令人难以忍受,不能这样继续下去,明天我就对她说。"

弗朗索瓦丝跳起来:

"你不能这样做,"她说,"她会恨你的。"

"活该。"皮埃尔说。

他站起来,在屋子里走了几步,然后又回到她身边。

"我觉得自己有罪。"他说,"我愚蠢地享受了这个女孩给我的爱情,但是问题在于这不能是一种丑陋的、狭隘的诱惑欲。我们曾经想建立一个真正的三人组合,一种任何人都不会做出牺牲的、平衡的三人生活,这也许是不可思议的事,但至少值得试一试!如果格扎维埃尔的行为像一个讨厌的醋劲十足的小气女人,而你在我高兴地讨好她时成为一个可怜的受害者,那我们的事就变得卑鄙无耻了。"他陷入了沉思,声音是沉重的。"我要和她谈谈。"他重复了一句。

"你总不是想让她承认因为她爱你才嫉妒我吧?"她有气无力地说。

"我的样子可能会像一个自命不凡的人,她会气得发疯,"皮埃尔说,"但我要冒冒险。"

"不。"弗朗索瓦丝说。如果皮埃尔失去格扎维埃尔,她将会觉得自己不可容忍地犯了罪。"不,我求你。再说我不是因为这个才哭的。"

"那是为什么?"

"你会笑话我的。"她勉强笑了笑说。她产生一丝希望:如果她能成功地把自己的焦虑化为语言,也许她将能摆脱焦虑。"这是因为我发现她的意识和我的意识一样,你有没有过从内心感受到另一个人的意识?"她又发起抖来,这说明言语解救不了她。"这是难以接受的,你知道。"

皮埃尔将信将疑地看着她。

"你以为我醉了。"弗朗索瓦丝说,"应当说我确实醉了,但这改变不了什么。你为什么那么惊讶?"她蓦地站起来:"如果我对你说我害怕死,你就会明白了。好吧,这和死同样真实,同样令人毛骨悚然。自然,每个人都深知自己在世界上不是孤独的,人们说的是事实，就好像说人有一天要死一样。但是当人们开始相信这个……"

她靠在墙上，房间在她周围旋转。皮埃尔把她抱在怀里。

"听着，你不认为你该休息了吗？我很重视你对我说的话，但是最好在你睡一会儿以后平静地谈。

"没有什么可说的。"弗朗索瓦丝说，眼泪又哗哗地流下来，她已经心力交瘁。

"过来休息吧。"皮埃尔说。

他让她躺到床上，脱去她的鞋，为她盖上一床被子。

"而我宁愿去外面走走。"他说，"但我陪着你，到你睡着为止。"

他在她身旁坐下，她把他的手放在自己脸颊上。今晚，皮埃尔的爱情不足以使她安宁，它难以保护她，以便抵御今天暴露的这个东西，这个东西是不可及的，连弗朗索瓦丝都已经感觉不到它神秘地轻轻擦过，然而它还是无情地存在着。格扎维埃尔在巴黎安顿下来的同时，随她也带来了疲倦、烦恼，甚至灾难，弗朗索瓦丝都心甘情愿地接受了，因为这是她自己生活的一部分时光，但是今晚发生的事是属于另一种类型，她不可能将其归于自己。现在，世界像一块无边无际的禁地矗立在她面前，这意味着她生命本身刚刚分崩离析。

## 第五章

弗朗索瓦丝向看门人笑了笑，穿过常年堆满旧布景的内院，快步登上绿色小木梯。几天以来剧场停演，她很高兴将和皮埃尔一起度过长长的一个晚上，她已经有二十四小时没有看见他了，不耐烦中掺杂着一些忧虑。她从来做不到平静地等待听他叙述同格扎维埃尔外出的经过，尽管都大同小异：有亲吻、争吵、亲密的和解、热烈的交谈、长时间的沉默。弗朗索瓦丝推开门。皮埃尔正弯着腰对着一个柜台的抽屉，两手翻腾着一沓沓纸张。他向她跑过来。

"啊！看不见你，时间对我来说过得真慢。"他说，"我诅咒伯恩海姆和他的工作午餐！他们到排练时刻才放我走。"他抓住弗朗索瓦丝的肩膀。"你怎么样啦？"

"我有很多事要告诉你。"弗朗索瓦丝说。

她抚摸他的头发和他的后颈，每当她又一次看到他，她希望确信他是有血有肉的。

"你正在干什么？在整理？"

"唉！我不干了，我都失望了。"皮埃尔说着厌恶地看了一眼柜子。"再说，不那么紧急。"他补充道。

"这次彩排的气氛显然是轻松的。"弗朗索瓦丝说。

"是的，我认为我们又一次逃避了战争，至于能持续多长时间是另一码事，"皮埃尔把烟斗在鼻子上蹭了蹭，以便擦亮些。"演出成功吗？"

"大家使劲笑，我不能肯定这就是期望的效果，但是无论如何我非常高兴。布朗什·布盖想留住我吃夜宵，但是我和朗勃兰溜走了。他带我逛了不知多少个酒吧，但是我没有醉倒。这没有妨碍我工作了整整一天。"

"你要详细对我讲讲剧本，讲讲布盖和朗勃兰，你想喝一小杯什么东西吗？"

"给我一小杯威士忌。"弗朗索瓦丝说，"然后，先对我说说你做了什么，你和格扎维埃尔过了一个很美好的夜晚吗？"

"啊！"皮埃尔叫起来，并把两手举到空中，"你想象不出这一场争吵。幸好结局还可以，但整整两个小时，我们并排坐在北极酒吧一个角落里，都恨得咬牙切齿。事情还从来没有发展到这样严重的地步。"

他从柜子中拿出一瓶瓦特69，在两个杯子中各斟了半杯。

"发生什么事了？"弗朗索瓦丝问。

"嗨，我终于涉及到她嫉妒你的问题。"皮埃尔说。

"你本不该这样。"弗朗索瓦丝说。

"我对你说过我下定了决心。"

"你怎么谈到的？"

"我们谈到了她的排他性，我对她说，一般讲，在她身上这是某种强烈的、有一定价值的东西，但是它在一种情况下不可取，这就是三人组合内部。她高兴地表示同意，但当我补充说，她让人感到她在嫉妒你时，她又惊又气，满脸通红。"

"你的处境很不易。"弗朗索瓦丝说。

"是啊,"皮埃尔说,"在她眼里,我可能很可笑或很可憎。但是她并不斤斤计较,只是因为我指责得彻底才使她震惊。她发疯似的大吵大闹,我顶住了,我向她举出一大堆例子。她愤怒地哭喊,对我恨之入骨,我都感到害怕,我以为她快哭得憋死过去了。"

弗朗索瓦丝担心地看着他。

"至少你确信,她没有记你的仇?"

"我完全确信。"皮埃尔说,"我自己一开始也生气了。但是后来我好好向她解释说我只是想设法帮助她,因为她在你眼里正变得十分可憎。我让她懂得我们三个人计划实现的事是多么困难,这多么需要每个人有最诚挚的心愿。当她确信在我的话中没有一点责怪的意思,我只是提醒她注意某种危险时,她不再恨我。我想她不仅原谅了我,而且她决定自己要作出巨大的努力。"

"如果这是事实,她值得称颂。"弗朗索瓦丝说。她一下子产生了信任感。

"我们聊了很多,比平常更坦率,"皮埃尔说,"我感觉到通过这次谈话,在她身上某些东西解开了。你知道,她那种总是自命清高的劲头消失了,她好像毫无保留地、全心全意地愿和我相处,好像为了公开承认爱我,她不再认为有什么障碍存在。"

"当她坦白地承认了她的嫉妒心,她也许从中摆脱了出来。"弗朗索瓦丝说,她拿起一支烟,温柔地看着皮埃尔。

"你笑什么?"皮埃尔问。

"你把别人对你的爱情视为美德的这种做法总是使我很感兴趣。这又是一种你把自己当作上帝的方式。"

"有点这样。"皮埃尔惭愧地说。他茫然地笑了笑,脸上显出一种幸福而无辜的表情,这是弗朗索瓦丝只有在他睡梦中才能见到的。"她邀请我到她屋里喝茶。当我亲吻她时,她也吻了我,这是第一次。

直到早晨三点,她一直毫无保留地、倾心地偎依在我怀里。"

弗朗索瓦丝感到心被轻轻刺了一下,她也应该学会战胜自己。皮埃尔能够搂抱这个身体,而她甚至都不善于去接受它,这在她来说始终是痛苦的事。

"我对你说过你最终会和她睡觉。"她试图以一笑来淡化这句粗鲁的话。

皮埃尔支支吾吾地做了个手势。

"这将决定于她,"他说,"我当然……但是我不愿意引她做任何可能使她不快的事。"

"她没有贞女的气质。"弗朗索瓦丝说。

这句话刚出口,又痛苦地回荡于她心中,她脸上微微发红。她不喜欢把格扎维埃尔看作一个有女性欲望的女人,但事实是不可抗拒的:我憎恨纯洁,我是有血有肉的。格扎维埃尔竭尽全力反抗这种别人硬要她保持的暧昧的贞洁。一种强烈的需求从她恶劣的心境中透露出来。

"肯定没有。"皮埃尔说,"我甚至认为只有当她找到了一种肉欲的平衡感她才会幸福。现在她正处于危机之中,你不认为吗?"

"是的,我完全是这样认为的。"弗朗索瓦丝说。

也许正是皮埃尔的亲吻和抚摸唤起了格扎维埃尔的欲望,事情肯定不可能就此静止不前。弗朗索瓦丝仔细看着她的手指,她终于对这种念头习以为常了,不悦的心情似乎已经不那么强烈了。既然她确信存在皮埃尔的爱情和格扎维埃尔的温情,那么任何形象都将不会伤害她。

"我们要求她做的事很不寻常。"皮埃尔说。"只是因为在我俩之间有一种不同寻常的爱情,我们才可能想象这样的生活方式;只是因为她自己是一种非同一般的人,才可能屈从于此。我们很理解她有犹豫甚至反抗的时刻。"

"是的,应该给我们以时间。"弗朗索瓦丝说。

她站起来,走近皮埃尔开着的抽屉边,并把手伸进散乱的纸张中。她自己也因不信任而犯过错误,她往往因皮埃尔微不足道的失误而怀恨他,她曾把一大堆本该向他坦露的思想深藏心间,她常常设法与他斗,而不去理解他。她抓住了一张旧照片,笑了起来。皮埃尔身穿一件古罗马式长袍,头戴环形假发,仰望着天空,样子十分年轻而庄重。

"你第一次出现在我面前时就是这个模样。"她说,"你没怎么变老。"

"你也没变老。"皮埃尔说。他来到她身边,弯下腰看抽屉。

"我愿意我们俩一起来看所有这些东西。"弗朗索瓦丝说。

"对,"皮埃尔说,"全是有趣的东西。"他直起身,把手放在弗朗索瓦丝胳臂上。"你是否觉得我们搞这件事是错误的?"他忧心忡忡地问。"你认为我们能成功地处理好吗?"

"我有时也产生怀疑,"弗朗索瓦丝说,"但是今天晚上我又产生了希望。"

她从衣柜边走开,又回到她的威士忌酒杯前坐下。

"你现在是怎么想的?"皮埃尔问,同时在她对面坐下。

"我?"弗朗索瓦丝问,当她冷静时,谈论她自己总有些使她害怕。

"是的。"皮埃尔说。"你是不是继续觉得格扎维埃尔的存在是令人气愤的事?"

"你知道,对我来说,这永远只是一些闪念。"弗朗索瓦丝说。

"但是它经常闪现在你头脑中?"皮埃尔固执地问。

"必然如此。"弗朗索瓦丝说。

"你使我感到惊奇,"皮埃尔说,"我一直在考虑,当发现别人身上具有同你相似的意识时,你竟然能流下眼泪。"

"你觉得这很愚蠢吗?"

"当然不。"皮埃尔说,"每人在体验自己的意识时都把它看作一个绝对的东西,这是确实的。很多个绝对怎么能并存呢?这和出生与死亡同样神秘莫测。所有哲学体系就是在这样一个问题上都遭到挫折。"

"那么,你奇怪的是什么?"

"使我惊讶的是,你能那样具体地感觉到一种超感觉的处境。"

"但这是具体的东西,"弗朗索瓦丝说,"这关系到我生命的全部含义。"

"我不能肯定。"皮埃尔说。他好奇地打量着她。"你具有的这种全身心地体验到一种思想的本领毕竟是异乎寻常的。"

"但是对我来说,一种思想,不是理论上的,"弗朗索瓦丝说,"它是可感觉的,或者说如果仅仅停留于理论上,那么它就无足轻重。"她笑了笑:"否则,我就无需一直等到格扎维埃尔来,我才觉察到我的意识在世界上不是唯一的。"

皮埃尔若有所思地把一个手指放在下嘴唇上。

"我很理解你通过格扎维埃尔完成了这个发现。"他说。

"是的。"弗朗索瓦丝说。"和你在一起,我从来都没有不自在过。因为我不怎么把你和我自己区分开来。"

"而且我们之间存在相互性。"皮埃尔说。

"你这话什么意思?"

"当你在我身上觉察到一种意识时,你知道我也在你身上觉察到一种意识。这样,一切都好办了。"

"也许。"弗朗索瓦丝说。她困惑地看了看酒杯底部。"总之,这就是友谊：每人都放弃自己的优越感。但是如果两个人中的一个拒绝放弃呢？"

"在这种情况下，友谊就不可能了。"皮埃尔说。

"那么，怎么解决呢？"

"我不知道。"皮埃尔说。

格扎维埃尔永远不自我舍弃，不管她把你置于多高的地位，甚至当她钟情地爱你时，你对于她来说仍然只是一件东西。

"这是无可救药的。"弗朗索瓦丝说。

她笑了。应该杀死格扎维埃尔……她站起来，向窗户走去。今晚，格扎维埃尔没有使她心情沉重。她掀开窗帘，她喜欢这安静的小广场，本地区的人们经常来此纳凉。一位坐在长凳上的老者正从纸袋内掏食物吃，一个小孩正围着一棵树奔跑，一盏路灯的光线把树叶的轮廓像切割金属一般精确地勾勒出来。皮埃尔是自由的。她是孤独的。但是在这种分离内部，他们将会重新获得一种同她过去梦想过于简单化的结合同样重要的结合。

"你在想什么？"皮埃尔问。

她把他的脸捧在手中，以亲吻来代替她的回答。

"我们今天晚上过得多好。"弗朗索瓦丝说。她高兴地挽住皮埃尔的胳臂。他们俩一起长时间地看照片、念旧信，然后他们到沿河各码头、夏特莱、巴黎中央菜市场兜了一大圈，同时谈论弗朗索瓦丝的小说、他们的青年时代、欧洲的未来。好几个星期以来，他们第一次那样自由自在、无牵无挂地长谈。格扎维埃尔的魔力使他们囿于激动和焦虑的循环中，这循环终于被冲破了，他们又再度互相融合于广袤无边的世界中心。在他们身后，过去无尽头地伸展着，陆地和海洋在地球表面铺展开，浩瀚辽阔。由于神奇般地确知自己存在于这些不可胜数的、多姿多彩的事物中,因而,甚至都意识不到空间的过于狭窄和时间的过于短暂。

"咦,格扎维埃尔屋里有灯光。"皮埃尔说。

弗朗索瓦丝不禁一哆嗦。经过这番自由翱翔,一旦在这阴暗小街的旅馆前着落,不能不感受到痛苦的冲击。当时是凌晨两点,皮埃尔像一个埋伏着的警察那样窥伺着黑色墙面上一个亮着灯光的窗户。

"有什么奇怪的地方吗?"弗朗索瓦丝问。

"没什么。"皮埃尔说。他推开门,疾步登上楼梯,在三层的楼梯口上停住步。夜深人静中传来一阵低语声。

"她房间里有人说话。"皮埃尔说。他站立不动,伸着耳朵倾听,弗朗索瓦丝也一动不动地站在他下面的几个台阶上,一手扶着栏杆。"这可能是谁呢?"他问。

"今晚她会和谁一起出去?"弗朗索瓦丝问。

"她没有任何安排。"皮埃尔说。他向前挪了一步:"我想知道是谁。"

他又走了一步,地板咯啦一响。

"他们要听见你了。"弗朗索瓦丝说。

皮埃尔踟蹰不前,然后他弯下腰,开始解鞋带。弗朗索瓦丝心中顿时感到万分失望,她从未经历过如此令人痛心的感情。皮埃尔蹑手蹑脚地在黄色墙壁间往前走,并把耳朵贴在门上。一切如同海绵吸过似的消逝殆尽:这个幸福的夜晚、弗朗索瓦丝和世界,剩下的只有静静的走廊、木制门板和这低语声。弗朗索瓦丝痛苦地看着他,她难以在这神情古怪、如临大敌的脸上辨认出刚才那张温情脉脉地向她微笑的可爱脸庞。她迈过最后几级台阶,感到自己好像被一个疯子意识暂时清醒时的假象所迷惑,吹一口气就足以使他再度陷入谵妄之中,这些理智和放松的时刻仅仅是病痛的暂时缓和而已,缓和不会持久，病痛永远不得治愈。皮埃尔踮着脚尖走回到她身边。

"是热尔贝。"他低声说，"我早猜到了。"

他手里举着鞋，上了最后一层。

"嗨，没什么神秘的地方。"弗朗索瓦丝进屋时说。"他们一起出去了，他又陪她回来。"

"她没有对我说她要去看他。"皮埃尔说，"她为什么瞒着我？要不这就是她突然做出的决定。"

弗朗索瓦丝脱下大衣和裙子，穿上睡衣。

"他们大概是碰见的。"她说。

"他们不再去多米尼克那里了。不，她肯定是专门去找他的。"

"除非是他来找她。"弗朗索瓦丝说。

"即使到最后一刻他也永远不敢邀请她。"

皮埃尔坐到长沙发上，他茫然不知所措地看着脱去鞋的脚。

"她想必是想跳舞。"弗朗索瓦丝说。

"要么有一种特别强烈的愿望促使她给他打电话，可她一到电话机面前就怕得要命；要么她上街一直走到圣日耳曼德普雷，可她出了蒙帕纳斯就难以举步！"皮埃尔继续在看他的脚，右脚的袜子有个破洞，可看到一个小小的脚趾，好像在诱惑他。

"这里面有文章。"他说。

"你觉得有什么问题？"弗朗索瓦丝问。她梳着头发，态度有些逆来顺受。这场无休止的、总是具有新内容的讨论进行了多长时间了？格扎维埃尔干了什么？她将要干什么？她想干什么？为什么？每天夜晚，这些顽固的念头再一次萌生，每次都令人精疲力竭，枉费心机，每次都嘴内发烫、心中忧伤、身体疲乏得如同昏睡的病人。当问题终于找到了答案，其他完全类同的问题将会像无情的车轱辘转那样重又出现：格扎维埃尔想怎么样？她将说什么？怎么说？为什么？没有任何办法能让它停止。

"我不理解，"皮埃尔说，"昨天晚上，她那么温柔、那么倾心、那么信赖我。"

"可谁对你说她变了？"弗朗索瓦丝说，"不管怎么样，和热尔贝待一个晚上这不是罪过。"

"除了你和我，从来没有其他任何人到她房间里去过。"皮埃尔说。"如果她邀请了热尔贝去，要么是一种对我的报复，因此这说明她开始恨我了；要么她本能地产生让他来她家里的愿望，那就是说他特别讨她喜欢。"他困惑而呆傻地摇晃着脚。"也可能两者兼而有之。"

"也可能单纯是心血来潮。"弗朗索瓦丝不肯定地说。前一天晚上同皮埃尔的和解显然是诚挚的，格扎维埃尔做不出这样一种虚情假意。但是不应该对她最后时刻的微笑予以信赖，它们仅仅表示暂时的平静。一旦离开人们，格扎维埃尔立即开始回味发生的事。往往人们在经过一番解释后离开时，她是平静、理智和温柔的，再见面时，她胸中又充满了仇恨。

皮埃尔耸了耸肩。

"你明知不是。"他说。

弗朗索瓦丝朝他走了一步。

"你是不是认为由于这次谈话她就恨你了？要这样，那我就太遗憾了。"

"你没什么可遗憾的。"皮埃尔突然说，"她应该能够经得住别人对她说出真情。"

他站起来，在房间里走了几步。弗朗索瓦丝经常看到他痛苦，但是这次，他似乎在与一种无法忍受的痛苦进行搏斗。她本想帮他从中解脱出来，因为通常当他忐忑不安和苦恼万分时，她总是以猜疑和怨恨的眼光看他，现在面对他痛不欲生的表情，她的这种情绪都冰消瓦解了。但是一切都不取决于她。

"你不睡？"她问。

"睡。"皮埃尔说。

她走到屏风后面，在脸上涂一层橙味面霜。皮埃尔的不安感染了她。就在她脚下隔着几块木板和一些石灰粉的地方，有带着神秘莫测脸部表情的格扎维埃尔以及正注视着她的热尔贝。她点着有一个鲜红色灯罩的小小床头灯，压低的话语正穿过烟雾缭绕的微光。他们在说什么？他们挨着坐吗？他们互相触摸吗？人们可以想象出热尔贝的脸，他总是他本人那种模样，但是他在格扎维埃尔心目中是什么样的？他是令人向往的、含情脉脉的、冷酷无情的还是无动于衷的？他是个供人欣赏的漂亮形象？还是个敌人？或是个猎物？他们的嗓音传不到这个房间里。弗朗索瓦丝只听到屏风那边衣服的瑟瑟声以及在寂静中显得声音增大了的闹钟嘀嗒声，它们好像是穿过炽热的气流传出来的。

"你准备好了吗？"弗朗索瓦丝问。

"好了。"皮埃尔说。他穿着睡衣，赤脚站在门边，他轻轻地打开一点门。"现在什么也听不见了。"他说，"我在想热尔贝是否还在。"

弗朗索瓦丝走近他。

"对，一点声音也听不见。"

"我去看看。"皮埃尔说。

弗朗索瓦丝把手放在他胳臂上。

"当心，如果他们碰上你，是很令人不快的。"

"没有任何危险。"皮埃尔说。

弗朗索瓦丝通过半开的门目送了他一阵，然后她拿起一小团棉花和一瓶洗甲水,开始细心地擦拭指甲:一个指甲,又一个指甲。可指甲缝内还有红色痕迹。如果人们能在每分钟内自我吸收,不幸将永远不会长驱直入抵达心间,它需要有同谋才能做到这点。弗朗索瓦丝蓦地跳起来,她听到了两只光脚轻轻触及地板的声音。

"怎么?"她问。

"一点动静也没有。"皮埃尔说,他靠在门上。"他们肯定正在亲吻。"

"或者更可能热尔贝已经走了。"弗朗索瓦丝说。

"不可能,如果他们开关门,我就会听见的。"

"无论怎样,他们不接吻也能不出声。"弗朗索瓦丝说。

"如果说她把他带回家来,那是她想投到他怀抱里。"皮埃尔说。

"不一定。"弗朗索瓦丝说。

"我可以肯定。"皮埃尔说。

这种不容置辩的语气在他来说不常有,弗朗索瓦丝紧张起来。

"我看不出格扎维埃尔把一个人带回家来是要亲吻他,除非那个人没有知觉她才吻他。就算热尔贝可能猜到她喜欢他,但她会为此而气疯的!你明明看到,当她发觉他有一点点自命不凡时,她是多么恨他。"

皮埃尔神色古怪地盯视着弗朗索瓦丝:

"你不相信我心里的感觉?我对你说他们正在亲吻。"

"你并不是没有错觉的。"弗朗索瓦丝说。

"也许,但是当涉及到格扎维埃尔的时候,你呀,你次次都错。"皮埃尔说。

"这要有证据。"弗朗索瓦丝说。

皮埃尔露出狡黠的、几乎带有恶意的微笑。

"如果我告诉你我看见他们了呢?"他说。

弗朗索瓦丝困惑不解，他为什么如此愚弄她？

"你看见他们了？"她语气很没有把握地说。

"是的，我从钥匙孔里看了，他们在长沙发上，正在亲吻。"

弗朗索瓦丝越来越局促不安。皮埃尔的表情中有某种困窘和虚假的成分。

"你为什么不马上告诉我？"她问。

"我想知道你是否信任我。"皮埃尔说着轻轻一笑，让人感到不舒服。

弗朗索瓦丝难以忍住眼泪。皮埃尔原来是故意要抓住她的错！整个这次奇怪的举动意味着他怀有她从未怀疑到的一种敌意，他是否可能暗暗地在怨恨她？

"你把自己当做降旨的神了。"她冷冷地说。

她钻到被子里，皮埃尔消失在屏风后面。她的喉咙灼热，度过一个如此和谐、温馨的夜晚后，突然爆发怨恨是不可设想的，但这是同一个人吗？这个人刚才还关怀备至地谈论她，而现在却是个偷偷摸摸的间谍，怀着被欺骗的嫉妒心理，咧着嘴扒在钥匙孔上。面对这种固执而狂热的不得体行为，她情不自禁地产生一种真正的恐惧感。她仰卧着，两手交叉放在脖子底下，她像屏住呼吸那样拦住自己的思路，以便推迟痛苦的时刻，但是这种强制行动本身比实实在在的、确定无疑的痛苦更糟糕。她转眼看了看正在走近的皮埃尔，他的脸部肌肉因疲倦而塌陷，但没有使线条变得柔和，冷酷而封闭的面容下，白白的脖子显得很猥亵。她退到靠墙那边。皮埃尔在她身边躺下，并伸手去关灯。他们生活中第一次像两个敌人那样去入睡。弗朗索瓦丝仍然睁着眼睛，她害怕一旦放松入睡会发生什么事。

"你不困。"皮埃尔说。

她没有动。

"不困。"她说。

"你在想什么?"

她无言以对,她只要说一个字,就可能要哭出来。

"你觉得我可憎。"皮埃尔说。

她控制住自己。

"我觉得你已经开始在恨我。"她说。

"我!"皮埃尔说。她感到他的手放到她肩膀上,并看见他大惊失色地向她转过脸。"我不愿意你把事情想成这样,这将是最沉重的打击。"

"你看上去就是这样。"她哽住嗓子说。

"你怎么能这么认为?"皮埃尔说,"说我恨你,你?"

他的声调流露出一种突如其来的、令人心碎的绝望心情。弗朗索瓦丝看到他热泪盈眶不禁悲喜交集,她向他扑过去,再也抑制不住呜咽,她从来没有看见皮埃尔哭过。

"不,我不认为,"她说,"这将是多么可怕。"

皮埃尔紧紧搂住她。

"我爱你。"他低声说。

"我也是,我爱你。"弗朗索瓦丝说。

她偎依在他肩上继续哭泣,但现在她的眼泪是甘甜的。她永远也忘不了皮埃尔因她而流眼泪。

"你知道,"皮埃尔说,"我刚才对你撒谎了。"

"怎么回事?"弗朗索瓦丝问。

"我并不是想考验你;我因偷看而感到羞耻,为此我没有马上告诉你。"

"啊!"弗朗索瓦丝说,"你神色那么暧昧原来是为这个!"

"我想让你知道他们正在亲吻,但是我希望你凭我的话相信我,我抱怨你逼我说出真情。"

"我还以为你那么干是纯粹出于敌意，"弗朗索瓦丝说，"这在我看来太残酷了。"她温柔地抚摸皮埃尔的前额。"真怪，我从来都想象不到你可能感到羞耻。"

"你想象不到我自己觉得自己多么可鄙，穿着睡衣在走廊里游荡，从钥匙孔里去窥伺人家。"

"我理解，这种狂热是很可鄙的。"弗朗索瓦丝说。

她平静下来了，既然皮埃尔能清醒地判断自己，在她看来，他不再那么可怕了。

"这是可鄙的。"皮埃尔重复了一遍，他的目光注视着天花板。"想到她正在亲吻热尔贝，我无法容忍。"

"我理解。"弗朗索瓦丝说。她把自己的脸颊紧紧贴在皮埃尔的脸颊上。直到今天夜里，她始终竭力对皮埃尔的不快保持一段距离，这也许是一种本能的谨慎。由于现在她力图分担他的忧虑，原来她内心的痛苦便成为不可容忍的了。

"我们应该尽量睡觉。"皮埃尔说。

"是的。"她说，并闭上眼睛。她知道皮埃尔没有睡的愿望。她也没有，她无法从思想中排除她楼底下的那张长沙发，热尔贝和格扎维埃尔正坐在上面嘴贴嘴地搂抱在一起。格扎维埃尔在他怀抱里寻求什么？报复皮埃尔？满足肉欲？是偶然性促使她选择了这个猎物而非另一个，还是当怯生生地要求触摸某件东西时，她所垂涎的就已经是他了。弗朗索瓦丝的眼皮越来越沉，她眼前突然闪现热尔贝的脸、他那棕色的脸颊以及女人般的长睫毛。他爱格扎维埃尔吗？他可能爱吗？如果弗朗索瓦丝愿意，他会爱她吗？为什么他以前不想爱她？一切原有的理由看来都多么站不住脚！或者是她现在不可能再找到这些难以捉摸的理由的真正含义？不管怎样，他亲吻的是格扎维埃尔。她的眼睛变得和石头一样坚硬,有一刻,她还听见身边有均匀的喘息声,然后什么也听不见了。

弗朗索瓦丝猛地醒过来,在她身后有一层厚厚的雾,想必她已睡了很久。她睁开眼睛,房间里黑暗已经驱散,皮埃尔正坐着,他似乎完全醒了。

"几点了?"她问。

"五点。"皮埃尔说。

"你没有睡?"

"睡了一会儿。"他看了看门。"我想知道热尔贝是否已经走了。"

"他不会待一整夜的。"弗朗索瓦丝说。

"我去看看。"皮埃尔说。

他掀开被子,下了床。这次,弗朗索瓦丝不试图制止他,她也想知道。她起了床,跟他走到楼梯口。一道灰暗的光线照在楼梯上,整幢房子还在沉睡。她俯身靠着栏杆,心怦怦地跳。现在会发生什么事?

一会儿工夫以后,皮埃尔又出现在楼梯下方,向她打招呼。她也下了楼。

"钥匙插在孔里,什么也看不见了,但我想她是一个人。好像她在哭。"

弗朗索瓦丝走近房门,她听到轻轻的丁当一声,好像格扎维埃尔把一个茶杯放到一个茶碟上了,然后是一下低沉的响声、一声呜咽、又一声更响亮的呜咽,这是一阵绝望而放纵的哀号。格扎维埃尔大概跪倒在长沙发前或者直挺挺地躺倒在地上。她一向在悲痛欲绝时竭力克制,人们无法相信这动物般的呻吟是发自于她身体内部的。

"你不认为她是醉了吗?"弗朗索瓦丝说。

只有酒才可能使格扎维埃尔完全丧失自制力。
　　"我猜是。"皮埃尔说。
　　他们俩一直待在门前，忧心忡忡，无能为力。没有任何借口允许他们在半夜这个时刻敲门，然而，格扎维埃尔泣不成声地跪在地上，醉意和孤独如噩梦缠身似的折磨着她，想到此，他们痛苦万分。
　　"我们别在这里站着。"弗朗索瓦丝终于说。呜咽声减弱了，变成了一种痛苦而嘶哑的喘息声。"几个钟头以后我们什么都会明白。"她补充道。
　　他们慢悠悠地重新上楼回房间，两人谁都无力做新的臆测，格扎维埃尔的呻吟没完没了地回响在耳边，不是语言能把他们从这种朦胧的恐惧中解脱出来的。她的痛苦是什么？有可能治愈吗？弗朗索瓦丝扑到床上，消极地沉浸在极度的疲劳、惊恐和痛苦之中。
　　当弗朗索瓦丝醒来时已是早上十点，阳光穿过百叶窗缝射进屋内。皮埃尔还在睡觉，两个胳臂呈环形举在头顶上方，神态如天使般平静安详。弗朗索瓦丝支着肘抬起身，门底下有一张塞进来的粉红色小纸条。顿时，整个夜晚的情景又涌上心头：发狂似的上下楼来回折腾以及缠绕人的形象。她急速下了床。纸张从中间裁开，在有缺口的纸上，写着竖道长长的难看字体，字行不齐。弗朗索瓦丝辨认出留言的开头："我万分厌恶自己，我本来应该从窗户中跳下去，但是我没有勇气。不要原谅我，如果我太懦弱，你们明天早上应该亲自把我杀死。"最后几句话完全辨认不清。纸条下方，用颤抖的大字体写着："不要宽恕我。"
　　"什么东西？"皮埃尔问。
　　他坐在床边，头发蓬乱，睡眼惺忪，懵懂中明显地透出焦虑的神色。
　　弗朗索瓦丝把纸条递给他。

"她喝得酩酊大醉。"她说,"看看她的笔迹。"

"不要宽恕我。"皮埃尔说,他迅速地浏览了一遍绿色字体。"快去看看她怎么样了。"他说,"去敲她的门。"

他目光中流露出惊恐。

"我就去。"弗朗索瓦丝说。她穿上拖鞋,迅速下了楼,两腿不停地哆嗦。如果格扎维埃尔突然变疯了呢?她是否会不省人事地躺在门后?或者眼神恐惧地缩在一个角落里?门上有一块粉红色的东西,弗朗索瓦丝走近一看,在门板上有一张纸条用一个图钉固定着。这是被撕碎的那张纸的另一半。

格扎维埃尔用大字体写着:"不要宽恕我。"底下是一大堆不可辨认的、胡乱涂写的字体。弗朗索瓦丝弯下腰对着钥匙孔,但是钥匙堵住了孔,她敲了敲门。听到轻微的咯拉一声,但没人回答。格扎维埃尔可能睡着了。

弗朗索瓦丝犹豫了一下,然后扯下纸条,回到房间。

"我没有敢敲门。"她说,"我觉得她在睡。看这个她钉在门上的东西。"

"看不清。"皮埃尔说。他细细端详了一会儿神秘的符号。"有'不相称'这个词。可以肯定的是,她完全失去了控制。"他沉思起来。当她亲吻热尔贝时,她是否已经醉了?她故意这样做是否为了给自己壮胆,因为她打算对我耍花招?或者他们俩都醉了,并非事先预谋?

"她哭完后,写了这张纸条,接着她肯定就睡着了。"弗朗索瓦丝说。她是想确信格扎维埃尔现在平静地安睡在床上。

她推开百叶窗,阳光进入房间,她惊讶地凝视了一刻这条街,人们熙熙攘攘,神志清醒,一切事物都显得很理智。然后她转身对着弥漫焦虑气氛的房间,萦绕于脑际的思想无休止地在那里回旋往返。

"我还是去敲敲门。"她说,"我们不能情况不明地这样待着。如果她吞了什么毒品呢!上帝知道她现在情况怎么样。"

"对,敲到她回答为止。"皮埃尔说。

弗朗索瓦丝下了楼,几个小时以来她就这样不停地下楼又上楼,时而用腿,时而用思想。格扎维埃尔的呜咽声仍在她心中回荡,她大概跪了很久,然后又探出窗外,厌恶自己的情绪使她痛心疾首、晕头转向,想起来令人毛骨悚然。弗朗索瓦丝心惊肉跳地敲了敲门,没有回音。她更重地敲了一下。一个微弱的嗓音咕哝道:

"谁呀?"

"是我。"弗朗索瓦丝说。

"有事儿吗?"那个嗓音又问。

"我想知道您是不是生病了。"弗朗索瓦丝说。

"没有病。"格扎维埃尔说,"我正在睡觉。"

弗朗索瓦丝十分尴尬。现在正是白天,格扎维埃尔在自己屋里睡觉,她说话的声音充满活力。这是个正常的早晨,夜晚的悲剧气氛看来完全不合时宜了。

"是因为昨天夜里的事。"弗朗索瓦丝说,"您真的很好吗?"

"当然是啦,我很好,我想睡觉。"格扎维埃尔不快地说。

弗朗索瓦丝仍迟疑不走,这些乏味的回答远远填补了某种灾难曾在她心中占据的空档,这构成了一种令人失望、枯燥无味的奇怪感觉。她又回到房间里。经历了这些嘶哑的哀鸣和悲怆的呼唤后,人们要顺理成章地开始一成不变、毫无新鲜感的一天不是没有困难的。

"她在睡觉。"她对皮埃尔说,"我去喊醒她,她似乎觉得这很唐突。"

"她没有给你开门?"皮埃尔问。

"没有。"弗朗索瓦丝说。

"我在想她中午是否会来赴约。我想她不会来。"

"我也这样想。"

他们默不作声地梳洗起来。用语言来整理无头无绪的思想是徒劳的。他们准备好后走出房间,不约而同地向多莫咖啡馆走去。

"你知道应该怎么办吗?"皮埃尔说,"应该给热尔贝打电话,叫他来找我们。他会告诉我们情况。"

"什么借口?"弗朗索瓦丝问。

"把实际情况告诉他:说格扎维埃尔写了一张荒谬的纸条,把自己关在屋里;说我们很担心,想弄清情况。"

"好,我去打电话。"弗朗索瓦丝说着进了咖啡馆,"给我要一杯清咖啡。"

她走下楼梯,把热尔贝的电话号码告诉了电话员。她和皮埃尔一样心慌意乱。昨晚究竟发生什么事了?仅仅是亲吻?他们互相期望得到什么?以后会发生什么事?

"喂。"电话员说,"别挂掉,有人和您说话。"

弗朗索瓦丝走进电话间。

"喂,我想和热尔贝说话。"

"我就是。"热尔贝说,"您是谁?"

"我是弗朗索瓦丝。您能到多莫咖啡馆找我们吗?一会儿向您解释为什么。"

"好吧。"热尔贝说,"我十分钟以后到。"

"行。"弗朗索瓦丝说。她在碟子里放了四十个苏,上楼走到咖啡馆。伊丽莎白坐在尽头的一张桌子边,面前放着报纸,嘴里叼着一根烟。皮埃尔坐在她旁边,面有愠色。

"哟!你在这里。"弗朗索瓦丝说。伊丽莎白知道他们几乎每天早晨来此,她坐在这里肯定为了窥伺他们。她是不是知道点什么了?

"我进来看报和写几封信。"伊丽莎白说。她带着某种满意的口气加了一句:"这不过分吧。"

"不。"弗朗索瓦丝说。她注意到皮埃尔没有叫饮料,他无疑想尽快离开。

伊丽莎白开心地笑了起来。

"你们俩今天早上怎么了?简直像两个掘墓工人,都哭丧着脸。"

弗朗索瓦丝沉吟不决。

"格扎维埃尔昨天夜里喝醉了。"皮埃尔说,"她写了一张荒谬的纸条,说她想自杀,现在她拒绝给我们开门。"他耸了耸肩膀。"她什么蠢事都做得出来。"

"我们甚至应该尽快回旅馆。"弗朗索瓦丝说,"我一点儿也不放心。"

"得了,她不会自杀的。"伊丽莎白说,她把烟掐灭了,"我昨天夜里在拉斯帕伊街碰到她,她蹦蹦跳跳地和热尔贝在一起,我向你们发誓她不想自杀。"

"她那时已经有喝醉的样子吗?"弗朗索瓦丝问。

"她的样子总是多少有点像吸了毒。"伊丽莎白说,"我没法对你讲。"她摇了摇头。"你们对待她过于认真了。我很清楚她需要什么:你们应该把她放到一个体操俱乐部里去,人们在那里强迫她一天搞八小时体育活动和吃牛排,这样她身体就会大大好起来,相信我。"

"我们去看看她现在怎么样。"皮埃尔站起来边说。

他们和伊丽莎白握了握手,离开了咖啡馆。

"我一见她马上就说我们是来打电话的。"皮埃尔说。

"好,但我约了热尔贝到这里来。"弗朗索瓦丝说。

"我们在外面等他,"皮埃尔说,"我们半路上截住他。"

他们开始默默地在人行道上踱步。

"如果伊丽莎白出来,发现我们在这儿,我们装作什么样子?"弗朗索瓦丝问。

"哦!管她呢!"皮埃尔烦躁地说。

"她昨天晚上碰见他们了,她是来刺探风声的。"弗朗索瓦丝说,"她是多么恨我们哪!"

皮埃尔什么也没回答,目光死死盯着地铁出口。弗朗索瓦丝胆战心惊地监视着咖啡馆露天座,她不喜欢惶惶不安的时刻被伊丽莎白撞见。

"他来了。"皮埃尔说。

热尔贝微笑着走近来,黑眼圈大大的,遮住了脸颊的一半。皮埃尔脸上露出了喜色。

"您好,我们快走。"他笑眯眯地说,"里面有伊丽莎白在监视我们。我们躲到对面咖啡馆去。"

"约您到这里来不打扰您吗?"弗朗索瓦丝问。

她感到局促不安。热尔贝会觉得这种举止很奇怪,他已经显出拘束的表情。

"不,完全不。"他说。

他们在一张桌子边坐下,皮埃尔叫了三份咖啡,唯有他安之若素。

"您看一下今天早上在我们门底下发现的东西。"他说着从口袋里掏出格扎维埃尔的信,"弗朗索瓦丝敲了她的门,她拒绝打开。您也许能提供我们一些情况,我们昨晚听到了您的声音。她是醉了还是怎么了?您走的时候,她情况怎么样?"

"她当时没有醉,"热尔贝说,"但是我们带上去一瓶威士忌,也许她后来喝了。"他停住了,神态窘迫地把那绺头发往后一甩。"我应该告诉你们,昨天夜里我和她睡觉了。"他说。

一阵短暂的沉默。

"这里不存在什么理由值得她想从窗户里跳出去的。"皮埃尔坦率地说。

弗朗索瓦丝略微赏识地看了看他。他多么会装假!换了她本人,也差一点儿会给他骗了。

"可以想象,这在她看来完全是一场悲剧。"她拘谨地说。这个消息显然没有使皮埃尔措手不及,他肯定早已发誓要泰然处之。但是热尔贝一旦离开,将会看到他怎样发怒,怎样发泄他的痛苦呢!

"她来到双偶咖啡馆找到了我。"热尔贝说,"我们聊了一会儿,她邀请我到她家里。我不知道事情是怎么发生的,但是她扑过来亲我的嘴,我们就一起睡觉了。"

他固执地盯视着他的杯子,神色窘迫,隐隐约约有些忿忿不平。

"这事很久以来已有苗头了!"皮埃尔说。

"您认为在您离开后,她就喝起了威士忌。"弗朗索瓦丝说。

"很可能。"热尔贝说。他抬起了头。"她把我赶出门外,然而我向你们发誓不是我去找的她。"他恳切地说。他的紧张表情松弛了下来。"她竟能那样辱骂我!我都呆了!人家会以为我强奸了她。"

"这就是她的处世方法。"弗朗索瓦丝说。

热尔贝突然惭愧地看了看皮埃尔。

"您不责备我?"

"责备您什么?"皮埃尔说。

"我不知道。"热尔贝拘束地说。"她那么年轻。我不知道。"他说完时脸上微微泛起红晕。

"别让她怀孩子,这是我对您的全部要求。"皮埃尔说。

弗朗索瓦丝不安地在碟子里把烟掐灭。皮埃尔的口是心非使她不舒服，比演戏还有过之而无不及。这时，他嘲弄地对待自己的人格以及一切他十分珍惜的东西，但是他故作镇静，掩饰内心激动，只有以难以想象的精神紧张为代价才装得出来。

"哦！您可以放心。"热尔贝说。他忧心忡忡地加了一句："我在想她是否会再来。"

"我临走时对她说，她知道在哪里能找到我，但我不会去找她。"热尔贝庄重地说。

"哦！您还是会去的。"弗朗索瓦丝说。

"绝不。"热尔贝激愤地说，"她不要自以为能指使我。"

"不必担忧，她会再来的。"皮埃尔说，"此刻她很傲慢，但是她没有一定的品行规范，她将渴望见到您，并找到合适的理由。"他抽了一口烟斗。

"您的印象是她爱上了您？还是有别的什么？"

"我不太明白。"热尔贝说，"有时我亲吻她，但是看样子这不总是讨她喜欢的。"

"你应该去看看她怎么样了。"皮埃尔说。

"但是她已经打发我去睡觉了。"弗朗索瓦丝说。

"活该，坚持到她见你为止。不应该留下她一个人。上帝知道她脑子里可能产生什么念头。"皮埃尔笑了笑："我本可以自己去，但是我觉得这样不大合适。"

"别告诉她你们见过我。"热尔贝担心地说。

"不用担心。"弗朗索瓦丝说。

"提醒她我中午等她。"皮埃尔说。

弗朗索瓦丝走出咖啡馆，上了德朗布尔街。她憎恶皮埃尔和格扎维埃尔经常让她扮演的这个中间人角色，这使她轮流在这个或那个眼里变得很可憎，但是今天她由衷地愿意去做，因为她真的为他们担忧。

她走上楼梯，敲了敲门。格扎维埃尔打开房门。她脸色发黄，眼睑浮肿，但穿着讲究，嘴唇上涂了口红，睫毛上刷了睫毛膏。

"我来打听您的消息。"弗朗索瓦丝高兴地说。

格扎维埃尔闷闷不乐地扫了她一眼。

"我的消息？我没有病。"

"您给我写了一个条，我看了以后非常害怕。"弗朗索瓦丝说。

"我写了条？我？"格扎维埃尔问。

"您看。"弗朗索瓦丝说，并把粉红纸条递给她。

"啊！我模模糊糊想起来了。"格扎维埃尔说。她挨着弗朗索瓦丝在长沙发上坐下。"我喝得醉醺醺的，可鄙极了。"她说。

"我以为您真的要自杀。"弗朗索瓦丝说，"为此我早上来敲过门。"

格扎维埃尔厌恶地看着纸条。

"我醉得比我想象的还厉害。"她说。她用手摸了摸前额。"我在双偶咖啡馆碰见热尔贝，我已经不太知道是为什么，我们带着一瓶威士忌回到我家，我们一起喝了一点，他走以后，我把一瓶全喝了。"她眼望远方，嘴巴半咧着，似乎在笑。"对，我现在想起来我长时间站在窗户边，一面想我应该跳下去。后来我觉得冷了。"

"好吧！如果人家把您那小小的尸体给我送来，这就热闹了。"弗朗索瓦丝说。

格扎维埃尔颤抖了一下。

"不管怎样，我不会这样去自杀。"她说。

她神情沮丧。弗朗索瓦丝从未见到过她如此不幸的模样。她对她产生一种强烈的同情心，她多么想帮助她！但是格扎维埃尔必须愿意接受这种帮助才行。

"那您为什么想死?"她温柔地问,"您是否很不幸?"

格扎维埃尔激动地瞪着眼睛,脸部因极度痛苦而变了样。弗朗索瓦丝顿时忘了自我,被这无法容忍的痛苦所吞噬。她抱住格扎维埃尔,紧紧地搂住她。

"我可爱的小格扎维埃尔,出什么事了?告诉我。"

格扎维埃尔把全身重量都压在她肩膀上,抽抽噎噎地哭了起来。

"出什么事了?"弗朗索瓦丝又问了一遍。

"我感到羞耻。"格扎维埃尔说。

"为什么羞耻,是因为您喝醉了?"

格扎维埃尔强忍住泪水,用孩子般的激动声音说:

"因为这个,因为一切,我不会做人。我和热尔贝吵架了,我把他赶出了门,我惹人讨厌。后来,我写了这封愚蠢的信。后来……"她呻吟着又开始哭起来。

"后来怎么?"弗朗索瓦丝问。

"后来没什么了,您觉得这还不够吗?我觉得自己非常肮脏。"格扎维埃尔说。她可怜巴巴地擤了擤鼻涕。

"这一切都没那么严重。"弗朗索瓦丝说。刚才一瞬间充满她心间的崇高而宽厚的痛苦感变得十分狭隘而尖酸,因为格扎维埃尔在绝望中能恰如其分地控制住自己……她撒谎撒得多么从容自然。

"您没有必要这样烦乱不安。"

"原谅我。"格扎维埃尔说。她擦了擦眼睛,恶狠狠地说:"我永远不再喝醉酒了。"

期望格扎维埃尔像对一个朋友那样向弗朗索瓦丝倾诉衷肠,以解脱心中烦恼,那是妄想,哪怕这种期望是一闪念;她太骄傲,太缺乏勇气。出现一阵沉默。面对威胁着格扎维埃尔而又无法回避的前景，弗朗索瓦丝因怜悯而深感焦虑。格扎维埃尔无疑会永远失去皮埃尔，她同弗朗索瓦丝的关系也因这样的决裂而受牵连。如果格扎维埃尔拒绝做任何努力，弗朗索瓦丝将不能成功地挽救他们的关系。

"拉布鲁斯等我们去吃午饭。"弗朗索瓦丝说。

"哦！我不想去。"

"为什么？"

"我累，全身没力气。"格扎维埃尔说。

"这不是理由。"

"我不愿意去。"格扎维埃尔说。她惊慌失措地推开弗朗索瓦丝。"现在我不愿意见拉布鲁斯。"

弗朗索瓦丝用胳臂搂住她。她多么想迫使她吐露真情！格扎维埃尔没有臆测到她是多么需要救援。

"那您害怕什么？"她问。

"他会以为我因为前一天晚上的事而故意喝醉的，而那晚我和他那么融洽。"格扎维埃尔说，"又要做一次解释，我够了，够了，够了。"她哭得泪人儿似的。

弗朗索瓦丝更紧地搂住她，含糊地说：

"没什么可解释的。"

"有，一切都要解释。"格扎维埃尔说。她泪如泉涌，流满双颊，一脸痛不欲生的表情。

"每当我见热尔贝，拉布鲁斯就以为我与他过不去，他怨恨我。我不再能忍受了，我不再想见他了。"她极度失望地哭喊着。

"相反，如果您去见他，"弗朗索瓦丝说，"如果您自己去找他谈，我确信事情会处理好。"

"不，什么办法也没有了，"格扎维埃尔说，"一切都完了，他会恨我。"她的头伏在弗朗索瓦丝的膝盖上抽抽搭搭地哭起来。她是多么不幸，皮埃尔此时也正经受着巨大痛苦！

弗朗索瓦丝心都碎了，泪水模糊了眼睛。为什么他们的全部爱情只是用来互相折磨的呢？现在等待他们的是一个黑洞洞的地狱。

格扎维埃尔抬起头，惊愕地看着弗朗索瓦丝。

"您因为我哭了。"她说，"您哭了！哦！我不愿意。"

她冲动地把弗朗索瓦丝的脸捧在手里，狂热而爱慕地吻起来。这是神圣的亲吻，涤荡了格扎维埃尔身上的一切污泥浊水，使她重获自尊。弗朗索瓦丝在甜蜜嘴唇的亲吻下感到自己是多么崇高、纯洁和神圣，这反而使她十分反感。她希冀的是人类的友谊，而不是这种狂热、专断的崇拜，因为她必须成为被崇拜的驯服的偶像。

"我不配让您为我哭。"格扎维埃尔说，"因为我看到了您是什么人，而我又是什么人！如果您知道我是什么样的人就好了！可您却因为我而哭！"

弗朗索瓦丝也亲吻了她。不管怎样，这温柔而谦卑的激情是给予她的。在格扎维埃尔脸颊上，弗朗索瓦丝又捕捉到了对过去某一时刻的回忆，它掺杂在眼泪的咸味中，那是在一个催人入睡的小小的咖啡馆里，她答应要使她幸福。她没有成功，但是只要格扎维埃尔同意，她将会不惜一切代价，走遍全世界都要保护她。

"我不愿意您遇到不幸。"她激动地说。

格扎维埃尔摇了摇头：

"您不了解我，您爱我是错误的。"

"我爱您，我没有办法。"弗朗索瓦丝笑了笑说。

"您错了。"格扎维埃尔一边呜咽一边重复。

"生活对您来说是多么困难。"弗朗索瓦丝说，"让我来帮助您。"

她本想对格扎维埃尔说：我知道一切，这丝毫不改变我们之间的关系，但是她不能说，否则就出卖了热尔贝。她徒有满腔怜悯心，却找不到任何可予以宽恕的确切过失。如果格扎维埃尔决心供认，她将会安慰她，让她安心，她会保护她来反对皮埃尔。

"告诉我什么使您那么烦恼。"她语气急切地说，"告诉我吧。"

从格扎维埃尔脸上看出她有些动摇。弗朗索瓦丝盯着她的嘴唇等待着。只要说出一句话，格扎维埃尔就会创造出弗朗索瓦丝期望已久的东西：有福同享，有难同当，完全融洽的关系。

"我不能对您说。"格扎维埃尔绝望地说。她喘了口气，更镇静地说："没什么可说的。"

弗朗索瓦丝因无能为力而怒不可遏，她多么希望把这个顽固的小脑袋掐在手里，直到它爆裂，难道没有任何办法迫使格扎维埃尔退却了？尽管软硬兼施，她仍执迷不悟，以挑衅性的克制来掩护自己。灾难就要降临到她头上，弗朗索瓦丝注定要当一个无用的旁观者而被置身事外。

"我能帮助您，我确信。"她说，语气中透着愤怒。

"谁也不能帮助我。"格扎维埃尔说。她把头往后一仰，用手指尖梳理好头发。"我已经对您说了我一钱不值，我已经预先打了招呼。"她不耐烦地说。她又恢复了拒人于千里之外的冷漠神态。

弗朗索瓦丝不能再坚持，否则就冒失了。她觉得自己已经做好准备无保留地为格扎维埃尔效力，如果被接受，她就能摆脱自我，同时摆脱这无休止挡住她路的、痛苦而奇怪的现实，但是格扎维埃尔拒绝了她。她愿意在弗朗索瓦丝面前哭泣，但却不允许她分担泪水。弗朗索瓦丝在一个孤独和倔强的灵魂面前又变得孤单单的了。她用手指碰了碰格扎维埃尔的手，上面长着一个难看的大赘疣。

"完全好了吗，这块烧伤？"她问。

"完全好了，"格扎维埃尔说，她看了看手，"我从来也不认为有可能疼。"

"所以您就让它接受奇怪的治疗，"弗朗索瓦丝说。她住了口，心中深感遗憾。"我该走了。您真的不想来？"

"不。"格扎维埃尔说。

"我怎么和拉布鲁斯说？"

格扎维埃尔耸了耸肩，好像这个问题与她无关。

"随您便。"

弗朗索瓦丝站起来。

"我想法对付。"她说，"再见。"

"再见。"格扎维埃尔说。

弗朗索瓦丝抓住她的手。

"您那么累，那么难受，这样离开您我很伤心。"

格扎维埃尔勉强笑了笑。

"醉后第二天总是这样。"她说。她仍坐在长沙发边上发着愣。弗朗索瓦丝离开了房间。

不管怎样，她将努力保护格扎维埃尔，这将是一场无乐趣可言的孤军奋战，既然格扎维埃尔自己拒绝与她并肩战斗。如果她保护格扎维埃尔而与皮埃尔对立，就会引起他的敌意，考虑到此，她不无恐惧感。但是她感到自己被一种不由她选择的链条锁在格扎维埃尔身上了。她缓步走上街，想头靠路灯痛哭一场。

皮埃尔坐在她离开他时的座位上。独自一人。

"那么，你见到她了。"他说。

"我见到她了，她不停地哭，她心烦意乱。"

"她来吗？"

"不，她怕得要命，不敢见你。"弗朗索瓦丝看了看皮埃尔，小心翼翼地选择字眼:"我觉得她怕你猜出,担心失去你的念头使她绝望。"

皮埃尔冷笑了一下。

"在我和她之间还没有做一次小小的精彩谈话以前,她不会失去我。我有不止一件事要对她说。她自然什么也没有告诉你?"

"没有,什么也没有。她只是说热尔贝到她那里去了,她把他赶走了,他走后她喝醉了。"弗朗索瓦丝灰心丧气地耸了耸肩。

"有一刻我以为她要说了。"

"我会让她说出真情的。"皮埃尔说。

"要当心。"弗朗索瓦丝说,"尽管她以为你很有本事,如果你太坚持,她会猜出你已经知道。"

皮埃尔的脸部表情更严肃了。

"我会妥善处理。"他说,"万不得已,我会对她说我是从钥匙孔里看的。"

弗朗索瓦丝为掩饰窘态点了一支烟,她的手在发抖。如果格扎维埃尔认为皮埃尔看见了她,她会感到羞耻,弗朗索瓦丝想到此不无恐惧感,因为他能说出一些令人无地自容的话。

"别把她逼到绝路上。"她说。"她最后要闹出事来的。"

"不会的,她实在太懦弱了。"皮埃尔说。

"我不能肯定她会去自杀,但是她将回到鲁昂去,她的生活就完蛋了。"弗朗索瓦丝说。

"让她去做她爱做的事。"皮埃尔气愤地说,"但是我向你发誓,我要以其人之道还治其人之身。"

弗朗索瓦丝低下头。格扎维埃尔对皮埃尔有了过错,她刺伤了他,直刺到他心灵深处。弗朗索瓦丝强烈地感受到这处伤害。如果她能把关切的目光只放在自己身上,一切都更简单了。但是她的目光也注意到了格扎维埃尔痛苦的脸。

"你想象不到,"皮埃尔语气较缓和地说,"她曾对我多亲热。没有什么迫使她演这场疯狂的戏。"他的声音又生硬起来。"她是妖艳、任性、叛逆的化身。她和热尔贝睡觉仅仅由于又产生了仇恨,是为了使我们的和解失去一切价值,为了欺骗我,为了报复我。她成功了,但是她将付出昂贵的代价!"

"听着,"弗朗索瓦丝说,"我不能阻止你的行动,您想怎么干都行。但是答应我一件事,别告诉她我知道。否则她再不能忍受生活在我身边。"

皮埃尔看了看她。

"那好,"他说,"我肯定会保守秘密的。"

弗朗索瓦丝把手放在他胳臂上,她深深地感到忧伤。她爱他,为了拯救与自己不可能有任何爱的格扎维埃尔,她像一个陌路人那样站在他面前,也许明天他将成为她的敌人。他将去忍受痛苦、进行报复和发泄仇恨,但是没有她的支持,甚至违背她的意愿。她一向只渴望与他合而为一,现在却把他抛向了孤独的深渊!她抽回了手。他眼望着远方。她已经失去了他。

# 第六章

弗朗索瓦丝最后看了一眼正在台上进行热烈对白的埃卢瓦和泰代斯科。

"我走了。"她小声说。

"你去同格扎维埃尔谈话？"皮埃尔问。

"对，我答应过你的。"弗朗索瓦丝说。

她痛苦地看看皮埃尔。格扎维埃尔执意躲着他，而他则顽固坚持让她做解释，这三天中，他的烦恼日盛一日。在他不谈论格扎维埃尔的感情时，他便缄默不语，态度阴森可怕。在他身边度过的时光沉闷不堪，因此弗朗索瓦丝如释重负地欢迎今天下午进行排练，好像是一种逃避的方法。

"我怎么知道她是否接受？"皮埃尔说。

"你在八点的时候看看她是否来这里。"

"但是在不知道的情况下等是无法忍受的。"皮埃尔说。

弗朗索瓦丝无能为力地耸了耸肩，她几乎确信这次行动是徒劳的，但是如果她这样对皮埃尔说，他便会怀疑她的诚意。

"你在哪里见她？"皮埃尔问。

"双偶。"

"那好吧！我一个小时以后打电话，你告诉我她的决定。"

弗朗索瓦丝克制住没有反驳他。她要驳斥皮埃尔的机会已经太多了，目前哪怕最小的争论，都包含激化和猜疑的成分，这使她心如刀绞。

"好吧。"她说。

她站起来，走到中间过道上。后天是彩排，她不怎么为此担忧，皮埃尔也不担忧。八个月前，就在这个剧场里，人们结束了《尤利乌斯·恺撒》的排练，人们在昏暗中看到的也是这些金黄色和棕色的脑袋，皮埃尔坐在同一个位置上，目光注视着同今天一样被聚光灯照耀的舞台。但是一切都变得迥然不同！那时候，康塞蒂的一个笑容、波勒的一个动作、一条裙子的褶子就是一个动人心弦的故事的反映或雏形；嗓音的一种变化，一片树丛的色彩呈现在充满希望的广阔天际，光彩夺目，激动人心。整个未来都隐藏在红色坐椅的阴影中。弗朗索瓦丝走出剧院。偏见使过去的财宝枯竭，在这枯燥无味的现在，不再有什么值得爱、值得想的。街道把永无止境地延长它们存在的回忆和希望都抛开了，在这个有瞬息蓝光穿透的风云莫测的天空下，街道只剩下了一段段要跨过的距离。

弗朗索瓦丝在咖啡馆露天座坐下，空气中飘着一股核桃青皮的潮湿味，往年这个季节，人们开始想到灼热的路面和绿树成荫的山峦了。弗朗索瓦丝回想起热尔贝晒黑的脸，修长的身躯被山地旅行包压得弯弯的。他和格扎维埃尔关系怎么样？弗朗索瓦丝知道，就在悲剧性的夜晚过后的当天晚上，她就去找他了，他们言归于好。格扎维埃尔一方面装作对热尔贝无动于衷、兴趣索然的样子，一方面又承认经常见他。他对她是什么感情呢？

"您好。"格扎维埃尔快活地说。她坐下来，把一小束铃兰放在弗朗索瓦丝面前。"这是给您的。"她说。

"您真好。"弗朗索瓦丝说。

"应该把它别在您上衣上。"格扎维埃尔说。

弗朗索瓦丝笑了笑照着做了。她知道,格扎维埃尔微笑的目光中流露出的这种信任的友情仅仅是一种幻影。格扎维埃尔对她不太担心,能悠然自得地向她撒谎。在她哄人的微笑背后,也许有内疚,但当她想到弗朗索瓦丝不加反驳地受了骗,她也肯定得意忘形。想必格扎维埃尔也在寻求一种反对皮埃尔的同盟。但尽管她内心不纯正,弗朗索瓦丝仍然经不住她伪装面容的诱惑力。格扎维埃尔穿着鲜艳色彩的苏格兰外套,显得充满青春活力,快活而开朗的情绪使她神采奕奕而无神秘感。

"多令人高兴的天气。"她说,"我为自己感到自豪,我像一个男人那样走了两小时,我一点儿也不累。"

"可我很遗憾。"弗朗索瓦丝说,"我没怎么享受这太阳。我在剧场度过了一下午。"

她心中很难受,她喜欢沉浸在格扎维埃尔趣味盎然地为她创造的令人心醉神迷的幻想中,她们可互相讲故事,小步走向塞纳河,交换亲切的话语。但是,即使是这种靠不住的乐趣也享受不到,因为必须马上开始一场棘手的争论,它将使格扎维埃尔笑容收敛,使无数藏匿的毒液滚滚翻腾而起。

"排练顺利吗?"格扎维埃尔非常关切地问。

"不太好,我想可坚持三四个星期,正好结束这一演出季。"

弗朗索瓦丝取出一支烟,拿在手指间转动。

"您为什么不来看排练?拉布鲁斯还问我您是否决定不再见他。"

格扎维埃心的脸阴沉了下来。她微微耸了耸肩。

"他为什么这么想?这很愚蠢。"

"您已经有三天躲着他。"弗朗索瓦丝说。

"我没有躲他，我误了一次约会，因为我弄错时间了。"

"而另一次是因为您累了。"弗朗索瓦丝说，"他托我问您，您能否八点的时候到剧场去找他。"

格扎维埃尔转过头。

"八点？我没有空。"她说。

弗朗索瓦丝不安地端详了一下藏在厚厚金发下的侧影，它是不可捉摸和阴沉不快的。

"肯定没空？"她问。

今晚热尔贝不同格扎维埃尔出去。皮埃尔在确定时间时已经打听过了。

"不，我有空。"格扎维埃尔说，"但是我想早睡觉。"

"您可以在八点见拉布鲁斯并早睡觉。"

格扎维埃尔抬起头，怒目而视。

"您很清楚这不可能！必须要解释到早上四点！"

弗朗索瓦丝耸了耸肩。

"请您干脆承认您不想再见他。"她说，"不过，得向他说明理由。"

"他照样会谴责我的。"格扎维埃尔有气无力地说，"我确信他现在恨我。"

确实，皮埃尔想和她见面只是为了公开地同她决裂。但是如果她同意见他，就能平息他的怒火，如再一次回避，她最终会使他更恼火。

"确实，我不认为他会十分友善地对待您。"她说，"但是无论如何，您不露面不会有任何好处，他绝对能找到您，您最好还是就在今晚去找他谈。"

她不耐烦地看了看格扎维埃尔。

"努一把力吧。"她说。

格扎维埃尔沮丧着脸。

"他让我害怕。"她说。

"听着。"弗朗索瓦丝说,并把手放在格扎维埃尔胳臂上。您不愿意拉布鲁斯永远不再见你吧?"

"他不想再见我了?"格扎维埃尔问。

"如果您继续固执己见,他肯定不想再见您。"

格扎维埃尔消沉地低下头。已经有多少次弗朗索瓦丝没有勇气凝视这金黄色脑袋,要把理智的思索灌入这里是多么困难啊!

"他一会儿就给我打电话。"她继续说,"接受这次约会吧。"

格扎维埃尔不回答。

"如果您愿意,我在您以前先去见他。我试着向他做解释。"

"不。"格扎维埃尔粗暴地说,"你们的那些事我受够了。我不愿意去。"

"您宁愿决裂。"弗朗索瓦丝说,"再考虑考虑吧,您将导致的后果就是决裂。"

"活该。"格扎维埃尔说,一副命中注定要倒霉的样子。

弗朗索瓦丝用手指折断了一根铃兰花茎。从格扎维埃尔那里什么也得不到,她的怯懦更加重了她的背叛。但如果她以为能逃脱皮埃尔,那她想错了,他能在半夜三更来敲她的门。

"您说活该是因为您从来不严肃地正视未来。"

"哼!"格扎维埃尔说,"不管怎样,拉布鲁斯和我,我们不可能有什么结果。"

她把两手伸入头发,使两边太阳穴裸露出来,脸上充满仇恨和痛苦的表情,半咧开的嘴巴像一个熟透水果的裂口,在太阳下,神秘而有毒的果肉正爆开在张着的伤口中。他们不可能有什么结果。格扎维埃尔觊觎的是整个皮埃尔,既然她不能与他人共同拥有他,她便放弃他,把愤怒和怨恨发泄在弗朗索瓦丝和他身上。

弗朗索瓦丝缄默不语。她曾决心为格扎维埃尔进行战斗,但格扎维埃尔使这场战斗变得很艰巨。格扎维埃尔的嫉妒心理因被皮埃尔揭露而未起到作用,但其激烈程度却丝毫未减。只有当她成功地把皮埃尔的身体和灵魂全部占有时,她才可能给予弗朗索瓦丝一点点真正的温情。

"米凯尔小姐有电话。"一个声音喊道。

弗朗索瓦丝站起来。

"说您接受了。"她恳切地说。

格扎维埃尔用哀求的眼光看了看她,然后摇摇头。

弗朗索瓦丝下了楼梯,走进电话间,拿起听筒。

"喂,我是弗朗索瓦丝。"她说。

"那么,"皮埃尔说,"她来不来?"

"还是老样子,"弗朗索瓦丝说,"她太害怕了。我没有能够说服她。当我提醒她你最终会同她决裂,她愁得要命。"

"好吧。"皮埃尔说,"少不了有她的好处。"

"我做了我所能做的。"弗朗索瓦丝说。

"我知道,你做得很好。"皮埃尔说,但他的语气很冷淡。

他挂上了电话。弗朗索瓦丝回来坐到格扎维埃尔身边,她用轻快的笑容迎接她。

"您知道,"格扎维埃尔说,"没有一种帽子像这顶小小的窄边草帽那样适合于您了。"

弗朗索瓦丝不自信地笑了笑。

"您总是为我选择帽子。"她说。

"格雷塔用眼睛盯着您,气恼得要命。当她看见另一个女人和她一样高雅，会把她气病。"

"她有一身很漂亮的西服。"弗朗索瓦丝说。

弗朗索瓦丝感到几乎卸去了包袱。命运已注定：格扎维埃尔执意拒绝她的援助和劝告，使她从确保格扎维埃尔的深深焦虑中解脱出来。她用目光扫视了一下露天座，浅色大衣、薄上衣、草帽已经开始悄悄地出现。突然，她像往年一样热烈地渴望阳光、翠绿以及在山坡上锲而不舍地攀登。

格扎维埃尔带着讨好的微笑偷偷地看了看她。

"您看见第一次领圣体的人了吗？"她问，"多伤心啊，这个年龄的女孩，胸脯跟小牛肝那么大。"

她好像想把弗朗索瓦丝从令人苦恼的焦虑中拽出来，这些焦虑与她无关。她全身给人一种无忧无虑、天真善良的宁静感。弗朗索瓦丝顺从地看了一眼正穿过广场、穿节日盛装的一家人。

"人家让您去参加过第一次领圣体了吗？"她问。

"我参加了。"格扎维埃尔说。她兴高采烈地笑了起来。"我要求在我裙子上从上到下都绣上玫瑰花。我可怜的父亲终于让步了。"

她一下子停住了说话。弗朗索瓦丝随着她的目光方向看见皮埃尔正在关一辆出租车的门。她怒火中烧。皮埃尔忘记他的诺言了？如果他当着她的面和格扎维埃尔谈话，他将不可能伪装出对他可耻的发现保守秘密。

"你们好。"皮埃尔说。他拉过一把椅子，泰然自若地坐下。"好像您今晚还没有空。"他对格扎维埃尔说。

格扎维埃尔仍然傻呆呆地看着他。

"我想应该避免阻拦我们约会的厄运。"皮埃尔很友好地笑了笑，"三天来，您为什么躲着我？"

弗朗索瓦丝站起来，她不愿意皮埃尔当着她的面戳穿格扎维埃尔,她感到他表面虽彬彬有礼,可他的决心是毫不留情的。

"我觉得你们解释时我最好不在。"她说。

格扎维埃尔抓住了她的胳臂。

"不,您留下。"她以微弱的声音说。

"放开我。"弗朗索瓦丝温柔地说,"皮埃尔要对您说的话与我无关。"

"您留下,要不我走。"格扎维埃尔咬牙切齿地说。

"那你就留下吧。"皮埃尔不耐烦地说,"你看她快歇斯底里发作了。"

他转向格扎维埃尔,他脸上已经没有和蔼可亲的痕迹了。

"我很想知道您为什么怕我怕到这种程度。"

弗朗索瓦丝又坐下来,格扎维埃尔放开了她的胳臂。她咽了口唾沫,看来又恢复了她的全部尊严。

"我没有怕您。"她说。

"好像是怕我的。"皮埃尔说。他的目光紧紧盯着格扎维埃尔的眼睛。"再说,我能向您解释为什么。"

"那就别问了。"格扎维埃尔说。

"我喜欢从您嘴里了解到。"皮埃尔说。他戏剧性地停顿了一下,目光直视着她说:"您害怕我看到了您心里,并公开对您说出我看到的。"

格扎维埃尔的脸很紧张。

"我知道您一脑袋肮脏的想法,我讨厌这些,我不愿意知道。"她厌恶地说。

"如果您所引起的思想不干净,这不是我的错。"皮埃尔说。

"不管怎样,为您自己留着吧。"格扎维埃尔说。

"我很遗憾。"皮埃尔说,"但我到这儿来是专程要把它们告诉您的。"

他停顿了一下。现在他正把格扎维埃尔掌握在手心里,看来他很镇静,一想到能随心所欲操纵事态发展,他几乎感到很高兴。他的声调和笑容、他的间隙停顿都是精心设计的,因此弗朗索瓦丝有了一线希望。他所寻求的是任意支配格扎维埃尔,但如果他不费吹灰之力成功了,也许他就会免去她接受过于严酷的现实,也许他会被说服不再与她决裂。

"您似乎不再想见我。"他又说,"当我对您说我也不想继续我们的关系时,想必您会很高兴。只是我不习惯不向人们说明理由就放过他们。"

格扎维埃尔暂时的尊严一下子崩溃了。她两眼圆睁、嘴巴半开,表现出来的只是一种充满疑惑的惶恐心理。这种出自内心的不安不可能不打动皮埃尔。

"可我对您做了什么?"格扎维埃尔问。

"您对我什么也没有做。"皮埃尔说,"再说您什么都不欠我的,我从来都不承认自己对您有什么权利。"他摆出一副冷酷无情的面容。"不,简单地说,我终于懂得您是什么样的人,因而这件事我不再感兴趣。"

格扎维埃尔看了看四周,好像她在某处寻找救援。她的手在抽搐,她似乎强烈渴望斗争和自卫,但无疑她没有找到任何在她看来充满火药味的句子。弗朗索瓦丝想提示她,她现在确信皮埃尔不想切断身后所有退路,他希望正是由于他的强硬会逼迫格扎维埃尔采取使他心软的语调。

"是因为这几次没去赴约?"格扎维埃尔终于悲哀地问。

"是因为促使您不赴约的原因。"皮埃尔说。他等了一会儿,格扎维埃尔没再说什么。"您为您自己感到羞耻。"他继续说。

格扎维埃尔猛地挺起胸。

"我不感到羞耻。只是我确信您非常生我的气。每次我见热尔贝，您总是大发雷霆，由于我和他一起喝醉了……"她做出一副蔑视的神色耸了耸肩。

"可我会认为，您对热尔贝有友情或甚至有爱情是再好不过的事。"皮埃尔说，"您不可能选择到更好的了。"这次，愤怒的腔调失去了控制。"但是您不可能具有纯洁的感情：您向来只是把他看作一个用来抚慰您的傲慢和发泄您的私愤的工具。"他用手势制止格扎维埃尔企图进行的抗议。"您自己曾供认不讳，当您和他发生浪漫故事的时候，是出于嫉妒，您那天夜里把他带回家里不是由于他那漂亮的眼睛。"

"我早确信您会这么想。"格扎维埃尔说，"我早确信。"她咬牙切齿，两行愤怒的眼泪流在脸颊上。

"因为您知道这是事实。"皮埃尔说，"我来对您说发生了什么事。当我迫使您承认您那强烈的嫉妒心时，您气得发抖，您内心可容纳无论什么样的肮脏东西，但条件是处于隐蔽状态。您全部卖弄风情的言行没能成功地向我掩盖住您小小灵魂最深处的污垢，为此您狼狈不堪。您对人们的要求是心满意足地赏识您，可事与愿违。"

弗朗索瓦丝担忧地看了看他，她本想止住他，他似乎语无伦次，失去了理智，冷酷的表情已经不是装出来的了。

"这太不公正了。"格扎维埃尔说，"我当时马上就不恨您了。"

"并非如此。"皮埃尔说，"只有天真的人才会相信这点。您从来没有停止恨我，只是，为了全力以赴去恨，您应该更勇敢些。恨是很累人的，您让自己稍稍休息一会儿。您很心安，您知道一旦到了您认为合适的时候，您将重新开始您的怨恨。所以您暂且把它放在一边等几小时,因为您想得到亲吻。"

格扎维埃尔的脸都痉挛了。

"我丝毫不想让您亲吻我。"她突然大声说。

"这可能。"皮埃尔说。他发出刺耳的笑声。"但是您想被人亲吻,而我正在那里。"他从头至脚轻蔑地打量了她一番,并以无耻的口吻说:"请注意,我不为此抱怨,亲吻您是很令人愉快的,我从中捞到了与您同样的好处。"

格扎维埃尔喘了口气,她看着皮埃尔,脸上除了厌恶没有其他表情,因此她显得几乎很平静,但是静静流淌的眼泪说明她那歇斯底里的平静是伪装的。

"您说的话很可耻。"她低声说。

"除了您的行为,还有什么是可耻的?"皮埃尔激动地说,"您和我的全部关系就是嫉妒、傲慢、背叛。只有当我拜倒在您的脚下时您才会罢休,可这样,您还不会对我有任何友情,除非您幼稚地排除他人,您恼恨地试图使我和热尔贝不和睦。然后,您嫉妒弗朗索瓦丝,直至不惜牺牲您和她的友谊。当我恳求您尽力和我们一起创造不自私自利、不反复无常的人和人的关系时,您对我只有恨。最终,您心中满怀这种仇恨投入我的怀抱,因为您需要爱抚。"

"您在撒谎。"格扎维埃尔说,"这一切是您编造的。"

"您为什么吻我?"皮埃尔问,"这不是为了使我高兴,这可能意味着一种谁都从未在您身上看到过痕迹的慷慨行为,再说,我并没有向您提出那么多要求。"

"啊!我多么为这些吻而感到懊悔。"格扎维埃尔咬着牙说。

"我料到了。"皮埃尔带着恶狠狠的微笑说,"只是您不善于拒绝它们,因为您永远不善于拒绝任何事。那天晚上,您想恨我,但我

"您为什么不和热尔贝一起工作？编出一个好剧情，这是最好的药。"

格扎维埃尔耸了耸肩。

"没法和热尔贝一起工作！他为自己演戏，他没有能力向别人指点出什么，这和跟一堵墙一起工作是一码事。"她生硬地补充道："再说我不喜欢他搞的东西，很小气。"

"您不公正。"弗朗索瓦丝说，"他缺少点气质，但是他聪明、敏感。"

"可这不够。"格扎维埃尔说。她脸部肌肉挛缩起来："我憎恨平庸。"她忿忿地说。

"他还年轻，还不够内行。但是我认为他会有成就的。"弗朗索瓦丝说。

格扎维埃尔摇了摇头。

"至少他是个庸才，可能有希望，但是庸俗乏味。他只不过有能力准确地再现拉布鲁斯给他指点的东西。"

格扎维埃尔对热尔贝大加抱怨，但最辛辣的一点，显然是他对拉布鲁斯的崇拜。热尔贝曾说，只有当他刚见过皮埃尔或甚至弗朗索瓦丝后，她才在他面前一触即怒。

"很可惜。"弗朗索瓦丝说，"如果您做一些工作，您的生活会有变化。"

她厌烦地看了看格扎维埃尔。她确实看不到能为她做些什么。她一下辨出了从格扎维埃尔身上散发出来的这种味道。

"您身上发出的是乙醚味儿。"她惊愕地说。

格扎维埃尔转过头去，没有回答。

"您用乙醚干什么？"弗朗索瓦丝问。

"什么也没干。"格扎维埃尔说。

"究竟干了什么？"

"我稍稍闻了闻。"格扎维埃尔说，"很舒服。"

"这是您第一次闻？还是以前已经闻过？"

"哦！我闻过几次。"她不乐意地说，而且有些做作。

弗朗索瓦丝感到她并没有因自己的秘密被揭露而恼怒。

"当心。"弗朗索瓦丝说，"您会变得昏头昏脑或毁了自己。"

"尽管有点弊病也没关系。"格扎维埃尔说。

"您为什么这样做？"

"我不能再喝醉，那样我会生病。"格扎维埃尔说。

"这将使您病得更厉害。"弗朗索瓦丝说。

"您想一想，"格扎维埃尔说，"只要把一个棉花球放到鼻子边，几个小时内，我不再感到自己活着。"

弗朗索瓦丝抓住她的手。

"您那么不幸吗？"她问，"是什么不顺心？告诉我行吗？"

她很清楚格扎维埃尔痛苦的原因，但是她不能让她直接承认。

"除了工作，您和热尔贝很合得来吗？"她又问。

她关心地期待她的回答，这不仅出自于对格扎维埃尔的关心。

"哦！热尔贝！是的。"格扎维埃尔耸了耸肩，"他算不了什么，您知道。"

"然而您很爱他。"弗朗索瓦丝说。

"我总是很爱属于我的东西。"格扎维埃尔说。她又凶相毕露地说："有一个只属于自己的人是很令人舒服的。"她的声音又缓和了下来："可这在我生活中终究只是件令人愉快的东西，仅此而已。"

弗朗索瓦丝的心都寒了，她感到格扎维埃尔蔑视的口吻侮辱了她本人。

"所以不是因为他您才这样悲伤吧？"

"不是。"格扎维埃尔说。

她的神情是如此颓丧、如此值得同情，弗朗索瓦丝一时的敌意顿时烟消云散。

"也不是我的错吗？"她问，"您对我们的关系满意吗？"

"哦！是的。"格扎维埃尔说。她友好地微微一笑，但立即收敛住。她的脸部表情又突然活跃起来。"我心里很烦。"她激动地说，"我烦透了。"

弗朗索瓦丝没有回答，是失去皮埃尔在格扎维埃尔的生活中造成了如此严重的空缺，也许应该把他还给她，但是弗朗索瓦丝担心不可能做到。她拿起茶杯一饮而尽。咖啡馆里人多了一些，音乐家们开始吹了一会儿带鼻音的笛子，女舞蹈家走向屋子中央，全身抖动起来。

"她的臀部多胖啊，"格扎维埃尔厌恶地说，"她长胖了。"

"她一直那么胖。"弗朗索瓦丝说。

"这很可能。"格扎维埃尔说，"过去轻易就可使我着迷。"她的眼光慢慢环视四周墙壁。"我变得太多。"

"说实在的，这一切都是假货。"弗朗索瓦丝说，"现在您只喜欢真正美的东西，这没什么可遗憾的。"

"当然不。"格扎维埃尔说，"现在不再有什么会打动我！"她眨了眨眼睛，有气无力地说："我老朽了。"

"您热衷于这样去想，"弗朗索瓦丝说，"但这只是说说而已：您并没有老朽，您只是忧伤。"

格扎维埃尔愁容满面地看了看她。

"您灰心丧气。"弗朗索瓦丝友好地说，"不应该这样继续下去了。听着，您首先答应我不再闻乙醚。"

"但您不理解。"格扎维埃尔说，"这些漫长的日子太可怕了。"

"这是严肃的事,您知道。如果不停止,您会完全毁了自己。"

"这对谁都无关紧要。"格扎维埃尔说。

"不管怎样,对我很重要。"弗朗索瓦丝温柔地说。

"哦!"格扎维埃尔不信任地说。

"您想说什么?"弗朗索瓦丝问。

"您肯定已经不那么重视我了。"格扎维埃尔说。

弗朗索瓦丝很惊奇,心中感到不舒服。格扎维埃尔似乎不经常被她的亲热打动,但至少她以前从未对此产生过怀疑。

"怎么!"弗朗索瓦丝说,"您很清楚我始终是多么看重您。"

"过去是,您想着为我好。"格扎维埃尔说。

"为什么现在就差了呢?"

"这只是一个印象。"格扎维埃尔懒洋洋地说。

"然而,我们从来没有像现在这样频繁地见面,我从没有和您相处得比现在更亲密。"弗朗索瓦丝困惑地说。

"因为您可怜我。"格扎维埃尔说,她痛苦地笑了笑,"这就是我现在的处境,我的处境!我是一个被人可怜的人!"

"可这是错误的。"弗朗索瓦丝说,"什么使您头脑中有这些东西的?"

格扎维埃尔固执地盯着她的烟头。

"您解释一下。"弗朗索瓦丝说,"您不能没有根据地对事情作这样的断言。"

格扎维埃尔沉吟不决,弗朗索瓦丝又不快地感到,是格扎维埃尔通过矜持和沉默在随心所欲地引导这次谈话。

"您讨厌我是很自然的事。"格扎维埃尔说,"您有充分的理由看不起我。"

"又是老一套。"弗朗索瓦丝说,"可我们已经互相解释得很清楚从未如此贪婪地渴望这次长期与他朝夕相处的机会。

"她病了？"皮埃尔冷冷地问道。

"确切地说，她情绪很坏。"弗朗索瓦丝说。

不应该谈，应该让皮埃尔的仇恨慢慢地在冷漠中消失，他已经快从痛苦中恢复过来。再有一个月，到南方的天空下，这狂热的一年就只剩下一种回忆了。只要不再继续往下说什么，只要变换主题即可。皮埃尔已经张嘴要说其他事，但弗朗索瓦丝先开了口。

"你不知道她想出什么办法了？她开始闻乙醚了。"

"太妙了。"皮埃尔说，"什么目的？"

"她极为不幸。"弗朗索瓦丝说，"她实在没有办法，在危险面前她心惊胆战，但危险把她吸引过去时却遭不到她的抵抗，她从来不会坚持谨慎从事。"

"小可怜虫。"皮埃尔大加嘲弄地说，"她究竟遇到什么事了？"

弗朗索瓦丝用潮湿的手揉搓一块手帕。

"你在她生活中留下一块空白。"她打趣地说，但装得不像。

皮埃尔的表情变得严厉起来。

"我很痛心。"他说，"但是你想要我做什么？"

弗朗索瓦丝把手帕拽得更紧了。伤口尚未愈合！刚说几句话，皮埃尔就警觉起来，她已经不再是对一位朋友在交谈。她又鼓起勇气。

"你绝对不想考虑哪天再见她？"

皮埃尔冷冷地看了她一眼。

"啊！"他说，"她托你来试探我？"

弗朗索瓦丝的声调也变得生硬起来。

"是我向她这样建议的。"她说，"当我知道她是因为你而感到非常懊悔的时候。"

"我看出来了。"皮埃尔说，"她演了一出染上乙醚瘾的戏，使你心碎了。"

弗朗索瓦丝脸红了。她知道在格扎维埃尔演的悲剧中有表现给人看的成分，而她则任其操纵，但是在皮埃尔生硬的口气面前，她执意不让步。

"这太容易理解了。"她说，"你对格扎维埃尔的命运不在乎，好吧，但事实是她现在一钱不值，那是因为你！"

"因为我！"皮埃尔说，"真有你的！"他站起来，边嘲笑边来到她面前站立着："你想让我每天晚上拉着她的手把她领到热尔贝的床上？为了使她灵魂安宁，这就是她需要的？"

弗朗索瓦丝勉强克制自己，如果发怒她将一无所获。

"你明知你离开她时对她说了一些极其残忍的话，即使不像她那么傲慢的人也振作不起来了。解铃还需系铃人。"

"请原谅。"皮埃尔说，"我不阻止你为那些侮辱的话去道歉，至于我，我没感到负有一种修女发慈悲的使命。"

弗朗索瓦丝被这轻蔑的口吻深深刺痛。

"总之，与热尔贝睡觉不是那么严重的罪恶，她是自由的，她什么都没向你许诺过。这使你很痛苦，但是你知道，如果你愿意，你会对这件事容忍的。"她扑到一把扶手椅上坐下，"我觉得你对她怀有的怨恨是出于性的考虑，是狭隘的。你成了这样的男人：抱怨一个并不属于他的女人。我觉得这与你不相称。"

她胆战心惊地等待着。子弹已打出。皮埃尔的眼睛中掠过一道仇恨的光。

"我恨她卖弄风情和背信弃义。她为什么让我吻她？她为什么做出种种亲热的微笑？她为什么扬言说爱我？"

"可她是真诚的，她爱你。"弗朗索瓦丝说。无情的往事刹时又涌上心头。"而且是你要求她给予你爱情的。"她说，"你很清楚，当你第一次说这个词时,她大惊失色。"

"你的意思是说她当时不爱我?"皮埃尔问。

他从来还未如此虎视眈眈地看过她。

"我不能肯定是这样。"弗朗索瓦丝说,"我的意思是从揠苗助长的意义上说,在这个爱情中有某些强制的因素,你总是得寸进尺,要求更加亲密,更加热烈。"

"你对这件事杜撰得很可笑。"皮埃尔不怀好意地笑着说,"是她最终表现得那么苛求,才必须对她加以制止,因为她完完全全要求我牺牲你。"

弗朗索瓦丝的脸色一下变了。确实如此,皮埃尔是出于对她的忠诚而牺牲了格扎维埃尔。他是否为她感到后悔了?这是他在本能的冲动下做的事,现在他是否因此而对弗朗索瓦丝不满了?

"如果她完全拥有了我,她就准备狂热地爱我。"皮埃尔又说,"她和热尔贝睡觉是为了惩罚我不放弃你。你得承认,这一切确实很丑恶。你还站在她一边,使我很吃惊。"

"我没站在她那一边。"弗朗索瓦丝用微弱的声音说。她觉得嘴唇在开始颤抖。皮埃尔一句话就唤起了她内心强烈的怨恨。她为什么执意要站在格扎维埃尔一边? "她是那样不幸。"她喃喃地说。

她把手指放到眼睑上,她不愿哭,但她突然犹如掉入无底洞似的陷入了失望之中,在那里,她什么也看不清,她懒于寻找出路。她所知道的全部东西就是她爱皮埃尔,爱他一个人。

"你以为我那么幸福吗?"皮埃尔说。

弗朗索瓦丝顿时感到五内俱裂,差点喊出声来,她咬紧了牙,但是泪如泉涌。皮埃尔的所有痛苦全都涌上她心头。世上没有其他东西比他的爱情更重要了。整整一个月中,当他需要她时,她却让他孤单单地自己挣扎。请求他原谅为时已晚,她离他太远了,因此他仍期望不了她的援助。

"别哭了。"皮埃尔有些不耐烦地说。他毫不同情地看着她。她深知既然站出来反对他,她便无权在他面前流泪,但是她现在悔恨交加,痛不欲生。"我求求你,平静些。"皮埃尔说。

她不能平静下来,由于她的错误,她失去了他,为此痛哭一辈子也不够。她把手蒙住脸。皮埃尔在房间里前后左右踱步。这时,她甚至已经不再想到他,她的身体完全失去了控制,思想也抓不住了,她成了一架运转失常的破旧机器。

她突然感到皮埃尔的手放到她肩膀上,她抬起眼睛。

"你现在恨我。"她说。

"当然不,我不恨你。"他勉强笑了笑说。

她抓住了他的手。

"你知道,"她断断续续地说,"我对格扎维埃尔并不那么友好,但我感到对她负有相当重大的责任,十个月前,她是年轻、热情、满怀憧憬的,可现在是个可怜而堕落的人。"

"在鲁昂,她也是这样可怜,她成天说要自杀。"皮埃尔说。

"这不是一回事。"弗朗索瓦丝说。

她又抽泣起来。她一看到格扎维埃尔苍白的脸,她就不能下决心牺牲她,哪怕为了皮埃尔的幸福。这是令人痛苦的事。她待在那里,一动不动,她的手紧紧贴着那只无力地放在她肩上的手。皮埃尔看着她。他终于说:

"你想让我做什么?"他的脸在抽搐。

弗朗索瓦丝放开他的手,擦了擦眼睛。

"我什么也不想了。"她说。

"刚才你想什么了?"他问,并勉强控制住他的急躁情绪。

她站起来,向平台走去,她害怕向他提出某种要求,如果他不是心甘情愿答应她的事，只会使他们更疏远。她又朝他走回来。

"我刚才想如果你再见见她，你也许可以恢复对她的友谊，她是那样依恋于你。"

皮埃尔打断了她。

"好吧，我再见见她。"他说。

他走到栏杆边，两肘靠在那里，弗朗索瓦丝跟着他。他低着头凝望着有几只鸽子正在跳跃的土台。弗朗索瓦丝盯视着他那圆圆的脖子，又一阵令人心碎的内疚袭来：当他正令人满意地努力恢复他的平静时，她把他再次投入痛苦中。她眼前再现他刚才迎接她时的欢快笑脸，现在站在她面前的却是一个内心充满痛苦的男人，他正准备违心地顺从于一个他不同意的要求。她以往经常向皮埃尔提出一些要求，但是在他们融洽相处时，一个向另一个所给予的从不可能被认为是一种牺牲。这次，她把皮埃尔置于这样的境地：怀着怨恨向她做出让步。她摸了摸太阳穴。她脑袋胀痛，两眼赤热。

"今晚她干什么？"皮埃尔突然发问。

弗朗索瓦丝哆嗦了一下。

"据我所知，什么事也没有。"

"好吧！给她打电话。既然要做，我喜欢尽早处理这件事。"

皮埃尔神经质地咬起指甲。弗朗索瓦丝向电话机走去。

"热尔贝怎么办？"

"你去见他，我不去了。"

弗朗索瓦丝拨了旅馆的电话。她熟悉地觉察到那种心里发堵的感受，一切旧有的痛苦即将复生。皮埃尔永远不会同格扎维埃尔有平静的爱情，他的仓猝从事已经预示未来的暴风雨。

"喂，您能否叫帕热斯小姐听电话？"她说。

"马上就去，请等着。"

她听见脚走在地板上的咯拉声和在楼梯上喊格扎维埃尔名字的叫嚷声。弗朗索瓦丝的心怦怦地跳起来,皮埃尔的神经质传染了她。

"喂,"那是格扎维埃尔不安的声音。皮埃尔凑过去抓住听筒。

"我是弗朗索瓦丝。今天晚上您有空吗?"

"有空,为什么?"

"拉布鲁斯让我问,他能去看您吗?"

没有回答。

"喂。"弗朗索瓦丝重复了一声。

"现在来?"格扎维埃尔问。

"打扰您吗?"

"不,不打扰我。"

弗朗索瓦丝停了一会儿,不知说什么好。

"那就定了。"她说,"他马上就去。"

她把电话挂上。

"你让我做一桩蠢事。"皮埃尔不满地说,"她丝毫没有愿望让我去。"

"我倒是认为她很激动。"弗朗索瓦丝说。

他们俩相对无言,沉默了很长时间。

"我要走了。"皮埃尔说。

"回到我那里告诉我事情进行得怎么样。"弗朗索瓦丝说。

"一言为定,夜里见。"皮埃尔说,"我想我早早就会回你那儿。"

弗朗索瓦丝走近窗户,看着他穿过广场,然后她回到扶手椅上坐下,颓丧地待着,她感到刚做了一个最终的选择,这是她的最佳抉择。她跳了起来,因为有人敲门。

"请进。"她说。

热尔贝走进来。弗朗索瓦丝惊奇地看到了那张容光焕发的脸,脸的周围是像中国人那样的黑亮的头发。面对这天真无邪的笑容，笼罩她心头的阴影驱散开了。她忽然想起世界上存在着既不是格扎维埃尔、又不是皮埃尔的可爱东西，有白雪皑皑的山峰、阳光照耀下的松树、乡间旅店、公路、人们以及种种故事。还有这双微笑的眼睛友好地望着她。

弗朗索瓦丝睁开了眼睛，又立即合上，此时已是黎明。她确信自己没有睡着，因为听到了每次敲钟声，然而她却没有觉得躺下多久。她同热尔贝拟订了一个详细的旅行计划，当他午夜十二点回家时，皮埃尔尚未回来。她读了几分钟书，接着熄灭了灯，并设法入睡。同格扎维埃尔做解释自然需要时间，她不愿意对谈话的结局提任何问题，她不愿意再一次感到有一把钳子掐住她的喉咙，她不愿意等待。她睡不着，但进入了迷迷糊糊的昏睡状态，声音的回响和形象的反射无穷无尽，如同她生病发高烧时那样。时间在她看来显得很短暂。也许她将能做到无忧无虑地度过后半夜。

她听见楼梯上有脚步声就跳了起来。台阶发出沉重的响声，这不是皮埃尔，脚步已经继续往高层走去。她转向墙壁。如果说她开始密切注意夜间的动静，一分一秒地计算时间，那将是可怕的，她想保持平静。舒服、温暖地躺在自己床上已经算不错的了，这时刻，一些乞丐正在中央菜场坚硬的人行道上露宿，疲惫不堪的旅行者正站在火车的过道里，士兵们正在兵营门口站岗。

她在被子里蜷缩得更紧了一些。在这一段漫长的时间内，皮埃尔和格扎维埃尔肯定不止一次地互相仇视，然后又言归于好，但怎样又能知道到黎明时分是爱还是恨占了上风？她看到在一个几乎空无一人的大厅里有一张红色桌子，在空酒杯上方，有两张时而狂喜、时而愤怒的脸。她试图陆续地固定每一个形象，她发现任何形象都不包含威胁，因为事情发展到现在这样，不剩下什么东西还可能受到威胁。只是可能应该果断地停留在其中的一个形象上。正是这个不明确的空白最终把人搞得惊恐万状。

房间逐渐发亮。皮埃尔即将回到这里，但是弗朗索瓦丝不可能预先到达他的存在即将填补的瞬间里，她甚至不可能感觉到自己被带到了这个瞬间，因为它有位置还没有确定。弗朗索瓦丝经历过同疯狂的奔跑相似的等待，但是现在她却在原地踏步。等待、逃避，全年就这样过去了。现在要期望的是什么？是他们三人组合的完满的平衡状态？还是三人组合的最终破裂？两者将永不可能，既然没有任何办法可与格扎维埃尔结合或脱离，即使逃离也消除不了这个不任人占有的生命。弗朗索瓦丝记得她曾首先以漠然置之的态度否定她，但冷漠被征服了，友谊破产了。无可救药。她可以逃避，但还是必须回来，这又将是新的等待，新的逃避，无穷无尽。

弗朗索瓦丝把胳臂伸向闹钟。七点。外面天大亮了。她全身已经处于紧张状态，静止转换成厌烦。她掀开被子，开始梳洗，并惊呆地发现，一旦起床，在白天头脑清醒时，她就想痛哭。她慢条斯理地梳洗、化妆和穿衣。她不觉得烦躁，但也不知道怎么安排自己。准备就绪后，她又躺到床上。此时，世界上任何地方都无她一席之地，外面没有任何东西吸引她，而里面除了一片虚无，没有任何东西挽留她，她自己只成了一种空洞的期待，她与一切实在的和一切现实的东西相割裂，以致连她房间的墙壁都令她感到惊异。弗朗索瓦丝坐了起来。这次她辨出了脚步声。她做出适当的表情，向门口跳去。皮埃尔在向她微笑。

"你已经起来了？"他说，"我想你没有担心吧。"

"没有。"弗朗索瓦丝说，"我想你们有很多事要谈。"她盯视着他。很显然，他不是从虚无中走出来的。从他红润的面色、活跃的眼神以及动作中反映出他刚刚度过了十分充实的时光。"怎么样？"

她问。

皮埃尔局促不安,但兴致勃勃,弗朗索瓦丝很熟悉这种神色。

"那么,一切又从头开始了。"他说,并碰了碰弗朗索瓦丝的胳臂。"我将详细向你叙述,但格扎维埃尔等我们去吃早饭,我说我们马上就到。"

弗朗索瓦丝穿上一件上衣。她失去了与皮埃尔一起恢复宁静、纯洁的亲密关系的最后机会,那是在她对这次机会刚刚相信几分钟以后发生的事。她现在实在太厌倦了,因此对遗憾和希望都无所谓。她走下楼梯。重新处于三人组合中的念头在她心中唤起的除了一种必须忍受的焦虑外不再有什么了。

"用几句话简单概括一下发生的事。"她说。

"好吧,昨天晚上我来到了她旅馆。"皮埃尔说,"我马上感到她非常激动,这也使我很激动。一段时间内,我们尽愚蠢地寒暄了,然后我们去了北极酒吧,互相做了一番长长的解释。"皮埃尔停了一会儿,又以一种总是让弗朗索瓦丝难受的自命不凡的烦躁口气说:"我感到不需要做很多工作就可以让她放弃热尔贝。"

"你要求她决裂?"弗朗索瓦丝问。

"我不愿意当废物。"皮埃尔说。

热尔贝原来并不因皮埃尔和格扎维埃尔的突然不和而不安,因为在他看来,他们的友谊从来仅仅是建立在反复无常的基础上的,所以一旦他得知真相,他将受到莫大的侮辱。实际上,皮埃尔本可以做得更完满,即从一开始就让他了解情况,热尔贝也会不费力地放弃争夺格扎维埃尔。现在他虽没有深深地眷恋她,但失去她显然是会使他不愉快的。

"当你动身去旅行的时候,"皮埃尔又说,"我就把格扎维埃尔掌握在手,一星期以后,如果问题不自行解决,我就让她做选择。"

"好吧。"弗朗索瓦丝说。她犹豫了一下:"你应该把全部事情向热尔贝解释清楚,否则你就像是个十足的卑鄙家伙。"

"我会向他解释的。"皮埃尔激动地说,"我将对他说,我不愿意利用对他的权威,但我认为有权公平竞争。"他不太自信地看了看弗朗索瓦丝。"你不同意这个意见吗?"

"这不坏。"弗朗索瓦丝说。

从某种意义上说,皮埃尔确实没有任何理由为热尔贝牺牲自己的利益,但热尔贝也不该面对正等待他的令人绝望的严峻现实。弗朗索瓦丝用脚踢走一块小圆石子。也许应该放弃对任何问题寻找正确的解决办法,一个时期以来,似乎不管做出什么决定,总是错误的。再说,谁也不再急于知道什么是好的或坏的,她本人对这个问题漠不关心。

他们进了多莫咖啡馆。格扎维埃尔低着头坐在一张桌子边。弗朗索瓦丝触了触她的肩膀。

"您好。"她笑着说。

格扎维埃尔哆嗦了一下,抬起脸望着弗朗索瓦丝,表情有些失常,然后她也勉强地笑了笑。

"我没有想到您已经来了。"她说。

弗朗索瓦丝在她边上坐下。迎接她的态度中有某种东西她很熟悉,但令人感到痛苦。

"您气色多好!"皮埃尔说。

格扎维埃尔大概利用皮埃尔离开的时刻精心地化了妆:平滑而明朗的脸、鲜艳的嘴唇、光亮的头发。

"可是我很累。"格扎维埃尔说。她的目光先后在弗朗索瓦丝和皮埃尔身上停留,她把手放在嘴上抑制住一个小小的呵欠。"我甚至觉得我想回去睡觉。"她困窘而温柔地说,但不是对弗朗索瓦丝。

"现在？"皮埃尔问，"您有一整天呢。"

格扎维埃尔的脸阴沉下来。

"但是我感到皮肤疼。"她说，她抖了抖胳臂，宽宽的外衣袖子飘了起来。"好几个小时都穿同一件衣服很不舒服。"

"至少和我们一起喝杯咖啡吧。"皮埃尔以失望的口吻说。

"如果您愿意。"格扎维埃尔说。

皮埃尔叫了三杯咖啡。弗朗索瓦丝拿起一个羊角面包，开始小口小口地吃。她没有勇气试着说一句亲热的话，这样的场面她经历了不下二十次。欢快的音调、露在嘴边的活泼的微笑以及涌上心头的气恼，凡此种种，在没有出现之前她就已经感到恶心了。格扎维埃尔无精打采地看着她的手指。很长时间谁都不说一个字。

"你和热尔贝干什么了？"皮埃尔问。

"我们在拉格里伊吃了晚饭，筹划了我们的旅行。"弗朗索瓦丝说，"我想我们后天将动身。"

"你们还去爬山。"格扎维埃尔用沮丧的口气说。

"对。"弗朗索瓦丝生硬地说，"您觉得这很荒谬？"

格扎维埃尔抬起眉毛。

"如果你们觉得有意思。"她说。

又是沉默。皮埃尔不安地看看这个又看看那个。

"你们俩的样子都像没睡醒。"他用责备的口气说。

"这不是见人的好时间。"格扎维埃尔说。

"然而，我记得也是在这个时间，我们曾在这里度过一段很令人愉快的时光。"皮埃尔说。

"哦！并不那么令人愉快。"格扎维埃尔说。

弗朗索瓦丝很清楚那天早晨的肥皂水味儿：就在这里，格扎维埃尔的嫉妒心第一次公开表露。从此，弗朗索瓦丝竭尽全力平息她的嫉恨，可今天她发现，嫉恨一如既往。此刻，格扎维埃尔想消灭的不仅是她的在场，而是她的生命。

格扎维埃尔推开杯子。

"我回去了。"她坚决地说。

"特别是要好好休息。"弗朗索瓦丝带着讽刺的口吻说。

格扎维埃尔未予理睬地向她伸出手。她向皮埃尔隐隐约约笑了笑，便急速穿过咖啡馆。

"很糟糕。"弗朗索瓦丝说。

"是的。"皮埃尔说。他看来很不愉快。"可当我要求她等我们的时候，她的样子很高兴。"

"想必她不想离开你。"弗朗索瓦丝说。她轻轻地笑了一下。"但当她看见我站在她面前时，这对她是什么样的打击啊！"

"事情仍然会很可怕。"皮埃尔说。他用阴郁的目光打量了一下格扎维埃尔走出去的门口。"我在想是否有必要重新开始，我们将永远拔不出来。"

"她对你怎么谈起我？"弗朗索瓦丝问。

皮埃尔犹豫不决。

"看样子她觉得你很好。"他说。

"还有呢？"她恼火地看了看皮埃尔困惑的脸。现在是他自认为不得不小心对待她了。"她肯定有一些小小的抱怨吧？"

"她似乎有一点点埋怨你。"皮埃尔承认，"我认为她觉得你不热烈地爱她。"

弗朗索瓦丝态度强硬起来。

"她究竟说了什么？"

"她对我说，我是唯一不主张借助于冷水淋浴对待她坏脾气的人。"皮埃尔说。毫不在意的声音中透露出一丝满足，因为他感到自己竟如此不可替代。"然后，有一刻，她样子很可爱地对我说：'您和我，我们不是卫道者，我们有能力干出无耻勾当。'由于我提出抗议，她补充说：'是因为弗朗索瓦丝，您才坚持显得很讲道德，但是实质上您和我一样背信弃义，您的灵魂同样肮脏。'"

弗朗索瓦丝脸红了。她自己也开始感到这种传统的道德观是一块可笑的瑕疵，对此人们私下里宽容地加以嘲笑。也许不需要很多时间，她将从中摆脱出来。她看了看皮埃尔，他脸上犹豫不决的表情反映他心中有愧，看得出格扎维埃尔的话语隐隐约约使他感到得意。

"我让你尝试着和解，我想她是想以此证明我并不热衷我同她的关系，因而加以指责。"她说。

"我不知道。"皮埃尔说。

"还有什么？"弗朗索瓦丝说，"全部倒出来。"

她不耐烦地补充道。

"好吧，她咬牙切齿地影射了一番她称之为忠诚爱情的东西。"

"怎么说？"

"她对我摆了摆她的性格，她装得很谦卑地说：'我知道，我常常很惹人家讨厌，但您要我怎么办？我么，我生来不是为了搞忠诚爱情的。'"

弗朗索瓦丝十分困惑。这种背叛行为一箭双雕：格扎维埃尔谴责皮埃尔对一种如此可悲的爱情动感情，至于她自己，则对这种爱情断然拒绝。弗朗索瓦丝远远没有猜想到这种掺杂嫉妒和气恼的敌意是如此之深。

"完了？"她问。

"我觉得完了。"皮埃尔说。

不是全部内容，但是弗朗索瓦丝突然感到懒得再询问。她所知道的东西足以使她领略昨天夜里的背信弃义气氛,格扎维埃尔的怨恨成功地迫使皮埃尔做出数以千计微小的不忠行为。

"再说,你知道我不在乎她的感情。"她说。

这是确实的。处于不幸的顶点时,忽然不再有什么东西是重要的了。因为格扎维埃尔,她几乎失去皮埃尔,作为报答,格扎维埃尔给她的仅仅是蔑视和嫉恨。一旦同皮埃尔重修旧好,格扎维埃尔就试图在他们之间建立一种阴险的同谋关系,而他对此半推半就。两个人都遗弃了弗朗索瓦丝,她心中填满忧伤,甚至都没有了愤怒和眼泪的地盘。弗朗索瓦丝对皮埃尔不再存有希望,他的冷淡不再触动她。面对格扎维埃尔,她怀着某种喜悦地感到,胸中升起她尚未经历过的一些阴暗而苦涩的东西,这东西几乎是一种解脱:它强大而自由,终于不受拘束地充分发展,这就是仇恨。

## 第八章

"我们终于到了,我想。"热尔贝说。

"是的,那上面我们看到的是一所房子。"弗朗索瓦丝说。

他们白天步行了很久,两个小时以来,他们一直在艰难地攀登。夜幕降临,天气很冷。弗朗索瓦丝温柔地看了一眼在陡峭小径上走在她前面的热尔贝。他们俩以同一步伐前进,身上产生同一种舒适的疲劳感,共同默默地想着他们希望在山顶上找到的红葡萄酒、浓汤和火。他们来到一些荒凉的村落,每次都像奇遇一样出乎意料。他们无法猜到,将会坐在一个农家厨房的喧闹饭桌边,还是会在空荡荡的乡村旅店孤单地进晚餐,还是会疲劳地停留在一个已挤满度假者的资产阶级小旅馆里。不管怎样,他们将把旅行包扔在角落里,放松肌肉,心满意足地一起度过安静的几小时:互相叙述刚刚共同度过的一天以及拟订第二天的计划。弗朗索瓦丝更急于盼到的是这种亲密无间的温馨气氛,而不是硕大的摊鸡蛋和乡村烈性烧酒。一阵狂风鞭打在她脸上。他们来到一个山口,它俯临消失在朦胧黄昏中的一片扇形山谷。

"我们不能支帐篷了。"她说,"地太潮湿。"

"我们肯定能找到一个谷仓。"热尔贝说。

一个谷仓。弗朗索瓦丝感到心中空空的,有些恶心。三天以前,他们在一个谷仓内就寝。他们互隔几步远睡着了,但在睡梦中,热尔贝的身体滚到她身边,两个胳臂围住了她。她有些遗憾地想:他把我当做另一个人了,她屏住呼吸以免惊醒他。她做了一个梦。梦中她身处同一个谷仓,热尔贝两眼睁得大大地把她搂在怀抱里,她忘我地委身于他,心中充满甜蜜和安全感,而在这温情脉脉的舒适中透出一丝惆怅。"这是一个梦,"她说,"这不是真实的。"热尔贝把她搂得更紧,并愉快地说:"这完全是真实的,如果这不真实,那就太愚蠢了。"过了一会儿,一束光线穿过她的眼睑,她发现自己仍在干草堆里,紧靠着热尔贝:丝毫不真实。

"整个一夜您把头发都甩在我脸上。"她笑着说。

"是您不停地用胳臂肘捅我。"热尔贝生气地回答。

她考虑明天醒来又将经历类似的一幕,心中不免惶惶不安。在帐篷下,蜷缩在狭窄的空间里,她感到有坚硬的土地、不舒适感以及把她与热尔贝分开的木桩保护。但她知道,待一会儿她将没有勇气在远离他的地方做一个床。对这些天她朦朦胧胧所忍受的伤感仍试图加以轻视那是无益的。这种伤感在两小时默默攀登中不断增长,变成一种令人窒息的渴望。今晚,当热尔贝天真无知地睡着时,她将白白地梦想、遗憾和痛苦。

"您不认为这里是一个咖啡馆吗?"热尔贝说。

在房子的墙上贴着一张红色布告,上面用特大的字体写着"金龟子"这个词,门的上方有一把干树枝。

"像咖啡馆。"弗朗索瓦丝说。

他们上了三个台阶,走进一间暖和的大厅,闻到了浓汤和枯枝味。有两个女人坐在一条长凳上削土豆皮,三个农民坐在桌边,面前放着几杯红葡萄酒。

"夫人、先生们。"热尔贝说。

所有人的目光都转向了他。他向两位妇女走去。

"请问我们能吃点东西吗？"

女人们不信任地打量他。

"这么说，你们从很远的地方来？"老一些的那个人问道。

"我们从比尔泽那里攀登上来的。"弗朗索瓦丝说。

"这可有一段路程。"另一个女人说。

"正因为这样，我们饿了。"弗朗索瓦丝说。

"但你们不是比尔泽人。"那位老妇人带着责备的神情说。

"不是，我们从巴黎来。"热尔贝说。

沉默了一会儿。两个女人用目光互相商量了一下。

"是这样，我没有很多可供你们吃的东西。"老的说。

"你们没有鸡蛋吗？或者一点肉酱？随便什么……"弗朗索瓦丝说。

老妇人耸了耸肩。

"鸡蛋，有，我们有很多鸡蛋。"她站起来，在她的蓝围裙上擦了擦手。"请你们到那里去。"她似乎不情愿地说。

他们跟她走到一间低房顶的屋子里，那里用木柴生着一堆火。这像是一个外省资产阶级的餐厅，有一张圆桌，一个里面放有小摆设的乡村碗柜，扶手椅上有镶贴黑丝绒饰物的红缎坐垫。

"请马上给我们拿一瓶红葡萄酒。"热尔贝说。他帮助弗朗索瓦丝卸下旅行袋，并放下自己的包。

"在这里我们像国王一样。"他带着满意的神色说。

"对，简直舒服极了。"弗朗索瓦丝说。

她走近柴火，她很清楚在这舒适的夜晚缺少的是什么。如果她能触摸热尔贝的手，公然深情地对他微笑，那熊熊的火焰、晚餐的香味、黑绒绒的猫和麻雀将使她心间充满愉快。然而这些东西仍然散乱地分布在她周围，没有使她心动，因而在她看来，它们被放在这里近乎荒谬。

客栈女老板拿了一瓶很普通的红葡萄酒回来。

"碰巧的话，你们是否有一个可供我们过夜的谷仓？"热尔贝问。

女人正在漆布上放餐具，她抬起头来。

"你们不会在一个谷仓里睡吧？"她神态反感地说。她考虑了一下。"你们没有运气，我本来有一个房间，可我那在外当邮差的儿子刚回到本地。"

"只要不给您添麻烦，我们在干草堆里将会很舒适。"弗朗索瓦丝说，"我们有被子。"她指了指旅行包。"只是天气太冷，我们不可能支帐篷。"

"对我来说，这不给我添麻烦。"女人说。她离开房间，拿进来一个热气腾腾的大汤碗。"这总会让你们暖和一些。"她很友好地说。

热尔贝在盘里舀满汤，弗朗索瓦丝在他对面坐下。

"她变得容易接近了。"当只有他们俩时热尔贝说，"一切以最圆满的方式得到解决。"

"是最圆满的方式。"弗朗索瓦丝确信地说。

她偷偷看了看热尔贝，洋溢在他脸上的快乐类似于温柔。他真的不可企及吗？还是仅仅因为她从未敢于向他伸出手？谁止住了它？既不是皮埃尔，也不是格扎维埃尔。她不再欠格扎维埃尔什么，再说她随时都会背叛热尔贝。他们俩独处于一个被大风袭击的山口，与世隔绝。他们的事仅与己有关，与其他任何人无关。

"我要做一种让你恶心的东西。"热尔贝用威胁的口吻说。

"是什么？"她问。

"我把这酒倒在我的汤里。"他说做就做。

"这肯定很可怕。"弗朗索瓦丝说。

热尔贝把一勺鲜红的流体放到嘴边。

"真好喝。"他说,"尝尝。"

"无论如何不尝。"弗朗索瓦丝说。

她喝了一口酒,她的手心潮乎乎的。面对她的梦想和渴望,她总是加以克制,但是现在她对这种无个性的谨慎很厌恶。为什么她不决心企求她期望的东西呢?

"从山口望下去的景色似乎很棒。"她说,"我想明天将是晴朗的一天。"

热尔贝凶巴巴地斜视她一眼:

"您还要让我们黎明时就起床吗?"

"您别诉苦,认真的登山专家早上五点就在山顶上了。"

"这是疯子。"热尔贝说,"我呀,八点以前我总是懒洋洋的。"

"我知道。"弗朗索瓦丝说。她笑了笑。"您知道,如果您到希腊旅行,必须在黎明前就上路。"

"是的,但到那里旅行可以睡午觉。"热尔贝说。他沉思起来。"我很希望巡回演出的计划不落空。"

"除非形势还紧张。"弗朗索瓦丝说,"我很担心计划要付诸东流。"

热尔贝果断地切了一大块面包。

"总之,我将找到巧妙的办法。明年我不留在法国。"他的脸活跃起来,"在毛里求斯好像有很多很多钱可赚。"

"为什么在毛里求斯?"

"是朗勃兰对我说的。有无数百万富翁为了让人给他们散散心,肯出任何代价。"

门打开了,客栈女老板走进来,给他们送来一个填满土豆的搪鸡蛋饼。

"太丰盛了。"弗朗索瓦丝说。她为自己拿了一块,把盘子递给热尔贝。"拿着,我给您留了一大块。"

"都给我了?"

"都给您了。"

"您太彬彬有礼了。"热尔贝说。

她快速扫了他一眼。

"是不是我对您不总是彬彬有礼的?"她问。

在她的语调中有一种她自己都觉得尴尬的冒昧。

"总是彬彬有礼,应该承认事实。"热尔贝泰然自若地说。

弗朗索瓦丝用手指揉搓着一小团面包渣。所必需的是毫不松懈地抓住她突然面对的决心。她不知道通过什么方式,但明天以前某件事情必须发生。

"您想走很长时间?"她问。

"一到两年。"热尔贝说。

"格扎维埃尔将要恨死您。"弗朗索瓦丝不真诚地说。她在桌子上滚动那灰色小团,心不在焉地说:"离开她您不烦恼?"

"正相反。"热尔贝激动地说。

弗朗索瓦丝低下头,内心突然产生一种十分强烈的希望之光,她担心流露出来。

"为什么?她那么让您难受?我还以为您还是有些爱她的。"

她很高兴地想到,旅行回去后,如果格扎维埃尔同他决裂,他将不怎么痛苦。但这并不是她幸灾乐祸的理由。

"如果我认为这不久将会结束,她就不使我难受。"热尔贝说,"但时而我问自己,是否别这样开始同居,因为我厌恶。"

"即使您喜欢上了好姑娘,您也厌恶?"弗朗索瓦丝问。

她把自己的杯子递给他,他把瓶口贴着酒杯为她斟酒。现在她很焦虑。他在她对面坐着,独自一人,没有约束,绝对自由。由于他年轻,并始终对皮埃尔和她敬重备至,因而不可能指望他有任何举动。如果弗朗索瓦丝希望发生什么事,只能依靠自己。

"我不认为我会爱上任何女人。"热尔贝说。

"为什么?"弗朗索瓦丝说。她紧张得手都在颤抖。她低下头,不用手指接触酒杯喝了一口。

"我不知道。"热尔贝说。他迟疑了一下。"和一个木头人在一起什么都干不了:不能散步,不能喝醉,什么都不能,她们不会开玩笑,而且对待她们必须有一大堆规矩,因为你什么时候都觉得自己有错。"他很有信心地补充道:"我喜欢和人们相处时不装腔作势。"

"对我您不必拘束。"弗朗索瓦丝说。

热尔贝哈哈大笑起来。

"哦!您啊!您多么与众不同!"他很有好感地说。

"您确实从来没有把我当做一个女人。"弗朗索瓦丝说。

她觉得自己的嘴古怪地微笑了一下。热尔贝好奇地看了看她。她转过头,将杯中的酒一饮而尽。她出师不利,她将因与热尔贝笨拙地卖俏而感到羞耻,最好还是开诚布公地进行:"如果我向您提议和我睡觉,您觉得奇怪吗?"或者说某种类似的话。但是她的嘴巴拒绝说这些话语。她指了指空盘子。

"您认为她还会给我们其他东西吗?"她问,她的声音走样了,不是她原来所希望的。

"不好说。"热尔贝说。

沉默的时间已经过长,气氛中悄悄地出现某种捉摸不透的东西。

"不管怎样,我们能再要点酒。"她说。

热尔贝带着一些不安的神色又看了看她。

"半瓶。"他说。她笑了。他喜欢对情况做简单理解,他是否在猜想为什么她需要求助于醉酒?

"太太,请进来一下。"热尔贝喊道。

老妇人进来了,把一块四周摆有蔬菜的煮熟的牛肉放在桌上。

"完了你们还想要什么?要点奶酪还是果酱?"

"我觉得我们不再会饿了。"热尔贝说,"请再给我们来一点儿酒。"

"为什么这个老太婆开始说没有什么吃的?"弗朗索瓦丝说。

"这里的人经常是这样的。"热尔贝说,"我想他们对挣二十法郎并不那么感兴趣,他们想到的是人们会麻烦他们。"

"差不多是这类原因。"弗朗索瓦丝说。

女人又拿了一瓶酒回来。弗朗索瓦丝经考虑决定只喝一至两杯。她不愿意热尔贝把她的行为归于一时失去理智。

"总之,"她又说,"您之所以谴责爱情是因为您觉得在爱情中不自在。但是您不认为,如果您拒绝与人们作任何深交,您的生活将会很乏味?"

他久久凝视着弗朗索瓦丝。他是否也想让她理解某件事?他对她怀有一种真正的友谊,还是对他来说她是很珍贵的?他如此长时间地谈论自己,以往很罕见,今晚他表现出一种热情。

"事实上,我从来不可能爱一个我首先对他没有友谊的人。"弗朗索瓦丝说。

她把句子说成现在时,但她是用无所谓的肯定语气说的。她想补充些什么,但到嘴边的任何句子都没能说出来。她最终说:"光有友谊,我认为是枯燥的。"

"我不认为。"热尔贝说。

他有些不满,他想到了皮埃尔,他认为他不可能对任何人产生甚于他对皮埃尔的感情。

"是的,实际上您是对的。"弗朗索瓦丝说。

她把叉子放下,走到炉火边坐下。热尔贝也站起来,在壁炉边拿起一大块圆木柴灵巧地放在柴架上。

"现在您可以好好抽一斗烟了。"弗朗索瓦丝说。她带着一股温柔的激情补充道:"我很喜欢看您抽烟斗。"

她把手伸向炉火,她很幸福,今晚在热尔贝和她之间几乎存在一种公开表露的友谊,为什么要求进一步的东西呢。他的头微微前倾,他谨慎地吸着烟斗,火焰照红了他的脸。她折断一段枯木,扔到炉膛里。任何东西都不再能扼杀在她心中滋生的这个愿望:把他的头捧在手中。

"明天我们干什么?"热尔贝说。

"我们去登热尔比耶-德-戎克山,然后去梅桑克山。"她站起来,在旅行包中翻寻。"我不确切知道最好从哪儿下山。"她把地图铺在地上,打开旅行指南,平趴在地板上。

"您想看看吗?"

"不,我相信您。"热尔贝说。

她心不在焉地端详着饰有绿色的小公路网,上面布满表示观察点的蓝点。明天会怎样?答案不在地图上。她不希望旅行在遗憾中结束,这遗憾即将转为悔恨和对自己的憎恶;她还是说吧。但是她甚至不知道热尔贝是否愿意亲吻她。他可能从未想过,她将不能容忍他出于讨好而对她让步。她感到脸部发烫,因为她想到了伊丽莎白:一个主动的女人,这个念头使她害怕。她抬起头看了看热尔贝,感到有些放心。他太爱她、太尊重她,以至不能私下里嘲弄她。所需的是避免他坦率拒绝的可能性。但是采取什么措施呢?

她哆嗦了一下,原来那个年轻些的女人已经站在她面前,胳膊上挂着一个大防风灯。

"如果你们想去睡觉，"她说，"我这就带你们去。"

"好的，谢谢。"弗朗索瓦丝说。

热尔贝拿起两个包，他们走出房子。漆黑的夜，狂风怒号，在他们前面，圆圆的、摇曳不停的灯光照着泥泞的土地。

"我不知道你们是不是会很舒服。"女人说。

"有一块玻璃碎了，再说，旁边牛棚里的奶牛会发出声音。"

"哦！这不打扰我们。"弗朗索瓦丝说。

女人站住了，推开一个沉重的木头门梃子。弗朗索瓦丝幸福地呼吸干草的味道。这是一个很宽大的谷仓，在麦秆垛中，依稀可见木柴、箱子和一个独轮车。

"你们不会有火柴吧？"女人问。

"没有，可我有一个电筒。"热尔贝说。

"那么，晚安。"她说。

热尔贝关上门，锁上锁。

"我们在哪儿躺下？"弗朗索瓦丝问。

热尔贝用微弱的电筒光束在地上和墙上扫了一遍。

"在尽头的角落里，您认为好吗？干草很厚，离门又远。"

他们小心翼翼地往前走。弗朗索瓦丝口干舌燥。时机已到，否则就永远错过了。她还剩约十分钟，因为热尔贝总是睡得像木头那么死，而且她还根本没有找到通过什么渠道才能涉及到问题。

"您听这风声。"热尔贝说，"这儿比帐篷里好。"谷仓的墙在阵阵狂风中抖动，旁边一头奶牛在隔墙上踢了一脚，晃动了它的锁链。

"您看吧，我会搞一个棒极了的睡窝。"热尔贝说。

他把电筒放在一块板上，又细心地把烟斗、手表和钱夹摆在上面。弗朗索瓦丝从她的包里取出睡袋和一件法兰绒睡袍。她走远几步，在阴暗处脱衣服。她脑子里空空如也，只有堵在她心里的那件规定要做的棘手事。她再没有时间拐弯抹角，但她不罢休。如果在她说之前电筒就灭了，她会喊："热尔贝！"她会一口气说出："您从没有想过我们可以一起睡吗？"以后可能发生的事无关宏旨，她只有一个愿望，这就是摆脱这个顽念。

"您多巧啊。"她回到亮处时说。

热尔贝已经把睡袋并排放好，并把干草塞在两件毛衣里做好了两个枕头。他走远了，弗朗索瓦丝下半身钻入睡袋。她的心脏怦怦直跳。有一刻，她都想放弃一切，逃避到睡眠中去。

"躺在干草里真舒服。"热尔贝一边在她旁边躺下一边说。他把电筒放在他们身后的一根木梁上。弗朗索瓦丝看了看他，一种折磨人的欲望又油然升起：感到他的嘴唇在亲吻她的嘴。

"我们过了了不起的一天。"他又说，"这个地方很美。"

他仰卧着，脸上笑眯眯的，看来他不太急于睡觉。

"是的，我很喜欢这顿晚饭和那堆炉火，在炉火前我们像老朋友一样聊天。"

"为什么像老朋友？"热尔贝问。

"我们像一些老成持重、与世无争的人那样谈论了爱情、友谊。"

语调中存在一种带有怨恨的讽刺味，这没有逃过热尔贝的注意，他局促不安地看了她一眼。

"您为明天制订了令人满意的计划了？"短暂的沉默后他问道。

"对，不复杂。"弗朗索瓦丝说。

她放弃了，她并无不快地感到气氛变得沉闷了。热尔贝又做了一下努力。

"您刚才讲到的那个湖，如果能在里面洗澡就太让人高兴了。"

"也许能。"弗朗索瓦丝说。

她固执地保持沉默。通常他们之间谈话从不冷场。热尔贝终将预感到一些什么。

"您看我会做什么。"他突然说。

他把双手举过头，活动手指，灯光在对面墙上照射出一个隐隐约约的动物侧影。

"您太巧了！"弗朗索瓦丝说。

"我还会做一个法官。"热尔贝说。

她现在确信他在故作镇静。她心情紧张地看着他专心致志地做兔子、骆驼、长颈鹿的影子。当他使尽了最后所有本领时，他放下手。

"皮影戏很好看。"他开始滔滔不绝地说，"几乎和木偶戏一样好看。您从来没有见过贝格拉米安画的侧影像吗？只是我们缺少一个剧本。明年我们将尝试重新搞这个。"

他骤然停止说话，他不再能装作没有发现弗朗索瓦丝没在听。她转过身趴着，注视着光线渐渐暗淡的电筒。

"电池快完了。"他说，"它快灭了。"

弗朗索瓦丝什么也没回答。尽管从碎玻璃窗中吹进来的气流很冷，她却汗流浃背，她觉得自己停留在一个深渊上方，既不能进，又不能退。她没有思想，没有欲望，她顿时觉得这种情况纯粹荒谬。她神经质地笑了笑。

"您笑什么？"热尔贝说。

"没什么。"弗朗索瓦丝说。

她的嘴唇开始颤抖，她曾全心全意地希望提出这个问题，现在她胆怯了。

"您想什么事了？"热尔贝问。

"没有，"她说，"什么也没有。"

她突然热泪盈眶,心情异常激动。现在她不好办了。要热尔贝来强迫她说出来了。也许他们之间令人愉快的友谊将永远受到损害。

"应该承认,我知道您想了什么。"热尔贝用挑衅的口吻说。

"是什么?"弗朗索瓦丝问。

热尔贝做了一个傲慢的姿态:

"我不说。"

"说出来,"弗朗索瓦丝说,"我将会告诉您是不是这样。"

"不,您先说。"热尔贝说。

一时间他们俩像敌人一样互相打量着。弗朗索瓦丝脑子里什么都不想了,话终于说出口。

"我笑是因为我在想如果我建议您和我睡觉,而您一向不喜欢把问题复杂化,您会是一种什么态度。"

"我以为您在想我想亲您,而我不敢。"热尔贝说。

"我从来没有想过您有亲吻我的欲望。"弗朗索瓦丝傲慢地说。沉默了一阵。她的太阳穴在嗡嗡作响。现在一切都完了,她已经说出来。"好吧,回答吧,您会是什么态度?"

热尔贝蜷缩起来,他的目光没有离开弗朗索瓦丝,整个脸部处于戒备状态。

"不是因为我不喜欢。"他说,"可这太让我害怕了。"

弗朗索瓦丝吸了口气,她成功地露出真诚的笑容。

"回答得很巧妙。"她说,最后语气坚定地说:"您是对的,这将会很做作和令人难堪。"

她把手伸向电筒,应该尽快关上,逃避到黑夜中。她将痛快地哭一场,但至少她不再让这顽念缠身。她担心的只是早上醒来不知会怎样。

"晚安。"她说。

热尔贝顽固地盯视着她，一副恶狠狠的、无把握的神态。

"我确信动身前您对拉布鲁斯谈到我会亲吻您。"

弗朗索瓦丝又放下手。

"我没有那么自命不凡。"她说，"我很清楚您把我当男人。"

"不是这样。"热尔贝说。他一下子收住自己的冲动，一丝怀疑的阴影又出现在他脸上。"我害怕我在您的生活中如同拉布鲁斯生活中的康塞蒂们。"

弗朗索瓦丝犹豫地说：

"您的意思是，和我发生的事我会轻率对待？"

"是的。"热尔贝说。

"但我对任何事从不轻率处之。"弗朗索瓦丝说。

热尔贝疑惑地看着她。

"我原以为您已经觉察到，而且您觉得很有趣。"他说。

"您指什么？"

"我想亲吻您：那天夜里，在谷仓里，昨天在小溪边。"他蜷缩得更紧，并忿忿地说："我本来下决心，回巴黎的时候，我要在火车站上亲吻您。只是我觉得您会当面耻笑我。"

"我！"弗朗索瓦丝说，现在使她脸颊通红的是高兴。

"如果不是这样，我早就想过好多次了。我想吻您。"

他一动不动地藏在睡袋里，犹如惊弓之鸟。弗朗索瓦丝用目光衡量了一下隔开他们俩的距离，然后扑了上去。

"好吧，亲我吧，愚蠢的小热尔贝。"她说着把嘴伸了过去。

过了一会儿，弗朗索瓦丝出奇谨慎地抚摸着光滑而坚硬的年轻身体，这个长期以来在她看来不可触摸的身体。这次她不是做梦，她千真万确地搂着完全清醒的他，而他紧紧贴着自己。热尔贝的手抚摸着她的背、她的脖子，落在她的头上停住了。

"我很喜欢您脑袋的形状。"热尔贝喃喃地说。他用她不熟悉的嗓音补充道:"亲吻您,我觉得很怪。"

灯灭了,狂风继续怒号着,从砸碎的玻璃那儿吹进来一股冷风。弗朗索瓦丝把脸颊靠在热尔贝的肩膀上,她身心放松地委身于他,与他说话不再感到拘束。

"您知道,"她说,"不只是出于肉欲,我才想投入您的怀抱,主要是出于柔情。"

"真的吗?"热尔贝用高兴的口吻说。

"当然,是真的。您从来没有感觉到我对您满怀温情吗?"

热尔贝的手指在她的肩膀上抽搐。

"这,这使我高兴,"他说,"这,这真的使我高兴。"

"可您却视而不见?"弗朗索瓦丝问。

"当然看不见。"热尔贝说,"您像一根棍子那样干巴巴。当我看见您以某种方式看拉布鲁斯或格扎维埃尔的时候,这都使我难受,我想您对我从来没有这种表情。"

"是您对我说话很生硬。"弗朗索瓦丝说。

热尔贝蜷缩着贴在她身旁。

"然而我一直深深地爱您。"他说,"甚至很深很深。"

"您隐瞒得很好。"弗朗索瓦丝说。她亲吻了那对有长睫毛的眼睑。"第一次我想把您的头这样捧在我手里是在我的办公室,皮埃尔回来前一天夜里。您还记得吗?您靠在我肩膀上睡着了,您不管我,但我还是很高兴有您在我身旁。"

"哦!我有些清醒。"热尔贝说,"我也很喜欢感到您靠着我,但是我觉得您借给我肩膀如同您借我一个靠垫一样。"他惊奇地补充道。

"您错了。"弗朗索瓦丝说。她用手去抚摸那些柔软的黑发。"您知道,那天在谷仓我给您叙述的那个梦,您对我说:'不,这不是一个梦,如果这不是真的,那就太愚蠢了……'我对您撒谎了,这不是因为我们在纽约散步我才担心醒来。这是因为我在您怀抱里,正好和现在一样。"

"这可能吗?"热尔贝说。他压低了嗓音,"早上我那么害怕您猜到了我没有真睡着,我只是装作睡着,好搂住您。这不诚实,可我太想搂住您了!"

"怎么!我根本没有怀疑。"弗朗索瓦丝说。她笑了起来,"我们本来还可能捉更长时间迷藏。我粗鲁地扑到您身上是做对了。"

"您?"热尔贝说,"您根本没有扑过来,您什么也不愿意说。"

"您敢说是多亏您我们才发展到这一步?"弗朗索瓦丝问。

"我做得和您一样多。我让电筒一直亮着,我设法维持谈话不让您睡觉。"

"胆大包天?"弗朗索瓦丝说,"吃晚饭的时候,我试着小心翼翼地主动接近您,如果您知道当时您怎么看我的就好了。"

"我以为您开始有些醉了。"热尔贝说。

弗朗索瓦丝把她的脸颊紧紧贴在他脸上。

"我很高兴没有让自己失望。"她说。

"我也是,"热尔贝说,"我很高兴。"

他把自己炽热的嘴唇贴在她嘴上,她感到他的身体紧贴着她的身体。

出租车在阿拉戈大街的栗树间飞驶而过。在高楼上方,蓝色天空像山区的天空一样晴朗。热尔贝带着羞怯的笑容用胳膊抱住弗朗索瓦丝的肩膀,她偎依在他身旁。

"您还是很高兴吗?"她说。

"是的,我很高兴。"热尔贝说。他信任地看了看她。"使我高兴的是我感到您真的爱我。所以如果很长时间不再见到您,对我来说也几乎无关紧要。我说的这些看上去不令人愉快,可实际上是令人愉快的。"

"我理解。"弗朗索瓦丝说。

一阵小小的激动涌上心头。她记得他们第一夜同床后在旅店吃早饭的情景。他们久久地相视而笑,带着兴奋的惊奇感,并有些局促不安。他们像瑞士未婚夫妇似的拉着一个手指头上了路。在热尔比耶-德-戎克山脚下的一块草地上,热尔贝摘了一朵深蓝色小花送给弗朗索瓦丝。

"真愚蠢。"她说,"不应该这样,可我不喜欢想到今天晚上另一个人睡在您身旁。"

"我也不喜欢。"热尔贝低声说。他带着某种忧伤加了一句:"我希望只有您爱我。"

"我深深爱您。"弗朗索瓦丝说。

"我从来没有爱过一个女人像我爱您一样。"热尔贝说,"从遥远的、很遥远的地方爱您。"

弗朗索瓦丝眼睛湿润了。热尔贝将不会在任何地方扎根,他永不属于任何人。但是他毫无保留地把他自己能给予的一切都给她了。

"亲爱的、亲爱的小热尔贝。"她边说边亲吻他。

出租车停下了。她面对他待了一会儿,眼睛模糊,下不了决心放开他的手。她身上感到烦躁不安,好像她不得不一下子投入深水中一样。

"再见。"她突然说,"明天见。"

"明天见。"热尔贝说。

她穿过剧院小门。

"拉布鲁斯先生在上面吗？"

"肯定在。他还没拉铃呢。"女门房说。

"请您拿两杯牛奶咖啡上来。"弗朗索瓦丝说，"再来点烤面包片。"

她穿过院子。她激动得心跳，怀着希望，却又有疑虑。信是三天以前接到的。皮埃尔能够改变主意，这正是他的性格：当他一旦放弃一件事，他即完全从中摆脱出来了。她敲了敲门。

"请进。"一个无精打采的声音说。

她打开灯。皮埃尔睁开红红的眼睛。他整个身体被裹在被子里，像一个大软虫子那样显得又舒适又懒洋洋。

"你好像还在睡觉。"她高兴地说。

她在他床边坐下，吻了吻他：

"你身上真热。你搞得我也想睡了。"

她睡得很好，直挺挺地躺在一条火车座椅上，然而这里的白被单看来是那样柔软。

"嗨！我真高兴你在这里！"皮埃尔说。他揉了揉眼睛。"等一等，我就起床。"

她向窗户走去，拉开窗帘，这时，他正穿上一件精制的红丝绒室内便袍，它裁剪得像一套戏装。

"你脸色真好。"皮埃尔说。

"你休息过来了。"弗朗索瓦丝说。她笑了笑。"你接到我的信了？"

"是的。"皮埃尔说。他也笑了笑。"你知道，我当时不怎么惊讶。"

"不是和热尔贝睡觉这件事那么让我吃惊。"弗朗索瓦丝说，"是他似乎爱我的方式。"

"你呢？"皮埃尔温柔地问。

"我也是。"弗朗索瓦丝说,"我非常爱他。而且,使我高兴的是,我们的交情变得非常深厚,同时又保持距离。"

"是的,处理得很好。"皮埃尔说,"这对他和你都是运气。"

他在笑,但是从他的声音里听出他有一点点保留。

"对此,你不责备什么吧?"弗朗索瓦丝问。

"当然不。"皮埃尔说。

有人敲门。

"早饭来了。"女门房说。

她把托盘放在桌上。弗朗索瓦丝抓起一块烤面包,面包外脆里软,她涂上了黄油,并在碗里倒满牛奶咖啡。

"真正的牛奶咖啡。"她说。"真正的烤面包片。吃起来真舒服。如果你看见热尔贝为他和我做的黑糖蜜就好了。"

"但愿看不见。"皮埃尔说。他露出一副忧心忡忡的神情。

"你在想什么?"弗朗索瓦丝有些不安地问。

"哦!没有什么。"皮埃尔说。他犹豫了一下:"如果说我有些茫然,那是因为格扎维埃尔。目前发生的事对她来说很倒霉!"

弗朗索瓦丝火气一下就上来了。

"格扎维埃尔!"她说,"可我不会再原谅自己为她做出任何牺牲。"

"哦!别以为我是要责备你什么。"皮埃尔急忙说,"但于我有些关系的,是我正好刚刚做出决定,让她和热尔贝建立牢固而恰当的关系。"

"显然,这很不巧。"弗朗索瓦丝轻轻地笑着说。她盯视着他:"你和她关系究竟怎么样?事情怎么发生的?"

"嗨!很简单。"皮埃尔说。他迟疑了一秒钟:"当我离开你的时候,你记得吗,我想迫使她决裂。但是我们一谈到热尔贝,我就遇到比我想象中更强烈的抵抗。不管她说些什么,她钟情地爱他。这就使我犹豫了。如果我坚持,我认为我会占他上风。但是我问自己,我是否真有这样的愿望。"

"是的。"弗朗索瓦丝说。

她还不敢相信这理智的声音和这自信的面孔可能导致的美好前景。

"第一次我再见她时,我动摇了。"皮埃尔耸了耸肩:"然后,当我从早到晚把她掌握在手里的时候,尽管她悔恨莫及、充满诚意,几乎掉入爱河,她在我眼里一下子就失去了全部重要价值。"

"你还是那生来的坏脾气。"弗朗索瓦丝快活地说。

"不。"皮埃尔说,"你懂吗,如果她毫无保留地投入我怀抱,我肯定会感动;此外,如果她始终严阵以待,我也可能就会不认输。可是我发现她又贪婪地想赢得我,又担心会为我做出什么牺牲,这使我产生一种有些厌恶的怜悯心理。"

"那么后来呢?"弗朗索瓦丝问。

"有一阵,我还是想固执到底。"皮埃尔说,"但是我感到自己对她已那样冷漠,以至我觉得自己对她、对你和对热尔贝都不诚实了。"他停了一会儿:"再说,当一件事结束了,就是结束了,"他说,"没有办法。她同热尔贝睡觉、我们进行的争吵、我对她和对我所做的思考,这一切都无法补救。第一天早上在多莫咖啡馆,当她又嫉妒心大发的时候,我一想到一切又要从头开始,觉得很恶心。"

弗朗索瓦丝对自己心中产生的幸灾乐祸心情并不认为可耻。不久前,她想保持纯洁的灵魂曾使她付出了昂贵的代价。

"但你还是继续见她吧?"她问。

"当然。"皮埃尔说,"甚至可以肯定地说,现在我们之间存在一种不可替代的友谊。"

"当她知道你不再热烈地爱她时，她没有埋怨你？"

"哼！我做得很巧妙。"皮埃尔说，"我装作只好遗憾地屈服，但同时我劝说她既然她不愿牺牲热尔贝，就要全身心地贡献于这个爱情。"他看了看弗朗索瓦丝。"我不再想让她难受，你知道。如同你有一次对我说的，作审判官不是我的事。如果她有错，我也有。"

"我们大家都有。"弗朗索瓦丝说。

"你和我，我们没有损失，胜利通过了这次考验。"皮埃尔说，"我希望她也能胜利通过。"他若有所思地咬着手指甲。"你有点打乱了我的这个安排。"

"她没有运气。"弗朗索瓦丝漠不关心地说，"但是她以前只要不装出那么看不起热尔贝就好了。"

"这样会挡得住你吗？"皮埃尔温柔地问。

"如果她表现得更有诚意，他会更爱她的。"弗朗索瓦丝说，"事情就会完全变样的。"

"总之，生米已经煮成熟饭。"皮埃尔说，"只是应该严密防止她别怀疑到什么。你理解吗？那时她只好跳河了。"

"她什么也不会怀疑的。"弗朗索瓦丝说。

她丝毫不想把格扎维埃尔推上绝望境地，每天可以用一些固定的谎话来使她平静。格扎维埃尔将受到蔑视和欺骗，不再能夺取弗朗索瓦丝在世上的位置了。

弗朗索瓦丝在镜子里看了看自己。所有诸如反复无常、毫不让步、极端自私等这些虚假的价值观念渐渐地暴露了它们的弱点，被蔑视的旧道德观念获得了胜利。

"我赢了。"弗朗索瓦丝怀着胜利的喜悦想。

她又变成独自一人，存在于她自己命运的中心，没有任何障碍。格扎维埃尔被关闭在她那幻想的、空虚的世界中已无足挂齿，仅仅是一种无谓的有生命搏动。

## 第九章

伊丽莎白穿过空无一人的旅馆，一直走到花园里。他们俩坐在一个人造岩洞附近，岩洞的阴影遮住了他们。皮埃尔在写东西，弗朗索瓦丝半卧在一个折叠式帆布躺椅上。两个人都一动不动，简直像一幅活油画。伊丽莎白就地伫立，他们一旦看见她就会改变脸色，不应该在识破他们的秘密之前露面。皮埃尔抬起头，笑着对弗朗索瓦丝说了几句话。他说了什么？盯视着他的白色运动式衬衣和晒黑的皮肤是没有什么用处的。他们的幸福隐藏在他们的举止和面容里面。这一个星期的朝夕相处同在巴黎的匆匆会面一样，在伊丽莎白心中留下同样令人失望的滋味。

"你们的箱子整理好了吗？"她问。

"是的，我让人订了两个客车座。"皮埃尔说，"我们还有一小时时间。"

伊丽莎白用手碰了碰放在他面前的纸：

"这文章是什么？你开始写一本小说？"

"这是给格扎维埃尔的一封信。"弗朗索瓦丝笑着说。

"好了，她不应该感到被遗忘了。"伊丽莎白说。她不能理解热尔贝的介入竟丝毫没有破坏三人组合的和谐。"今年你还让她回巴黎？"

"肯定。"弗朗索瓦丝说,"除非真的有轰炸。"

伊丽莎白看了看自己周围。花园像个平台向前伸展,位于一个点缀着红绿色的广阔平原上方。花园很小,花坛四周有人随意摆上了贝壳和奇形怪状的大石子,塞满稻草的鸟的躯壳栖息在假山上,放在花朵间的金属球、圆形玻璃饰物、闪光纸剪成的形象光彩夺目。看来战争离这里十分遥远。人们几乎需要做出努力才可能不把战争忘掉。

"你们的火车会很挤。"她说。

"对,大家都在逃跑。"皮埃尔说,"我们是最后一批旅客。"

"可惜!"弗朗索瓦丝说,"我多么喜欢我们这个小旅馆啊。"

皮埃尔把手放在她手上:

"我们会回来的。即使有战争,即使打得时间很长,它总有一天会结束。"

"它将怎样结束?"伊丽莎白若有所思地说。

夜幕降临。他们待在那里,三个法国知识分子面对将要爆发的战争,在法兰西某个村庄不安的宁静气氛中思索着和闲聊着。这一时刻是历史篇章中具有伟大意义的一页,然而它隐藏在迷惑人的平凡外表下。

"啊!点心来了。"弗朗索瓦丝说。

一个女仆走近来,端着摆有啤酒、果汁、果酱、饼干的托盘。

"你要果酱还是蜂蜜?"弗朗索瓦丝兴奋地问。

"我无所谓。"伊丽莎白情绪不佳地说。

好像他们故意在回避严肃的话题。这种简单推理的方式渐渐地变得令人厌烦了。她看了看弗朗索瓦丝。她的布裙子和飘扬的头发使她显得很年轻。伊丽莎白突然问自己,人们在弗朗索瓦丝身上所赏识的娴静是否部分地是因为麻木不仁造成的。

"我们将会过一种奇怪的生活。"她又说。

"我尤其害怕会腻烦得要死。"弗朗索瓦丝说。

"相反,将会热闹得很。"伊丽莎白说。

她不确切知道她将做什么。德苏条约使她内心受到沉重打击。但是她深信她的努力不会白白浪费。

皮埃尔咬了一口涂蜂蜜的面包片,对弗朗索瓦丝笑了笑:

"想到明天早上我们将到达巴黎觉得很奇怪。"他说。

"我在想是不是很多人已经回去了。"弗朗索瓦丝说。

"总而言之,有热尔贝。"皮埃尔满脸喜色,"明天晚上无论如何我们将去看电影。有那么多美国新电影正在放映。"

巴黎。在圣日耳曼德普雷街的露天座上,身着薄裙的女人们正在喝冰橙汁,吸引人的大幅照片正在香榭丽舍大街至凯旋门展示。不久,这一切令人舒适绵软的愉快景象都将烟消云散。伊丽莎白心如刀绞,她过去不善于享受它们。是皮埃尔教会她厌恶轻浮的东西,然而他自己却没有那样严守戒规。整整这一星期,她都愤怒地感受到这一点:当她把目光盯着他们如同盯着要求严格的楷模那样来生活时,他们却安然地沉醉于任性行事、反复无常的生活。

"你应该去结账了。"弗朗索瓦丝说。

"我就去。"皮埃尔说。他站起来。"哎唷!"他说,"可恶的小石子。"他拣起了凉鞋。

"你为什么总是光着脚?"伊丽莎白问。

"他说他打的泡还没有下去。"弗朗索瓦丝说。

"确实,"皮埃尔说,"你让我走了那么多路。"

"我们做了一天多出色的旅行。"弗朗索瓦丝叹了口气说。

皮埃尔走远了。几天以后,他们将分手。穿上布军服的皮埃尔仅仅是一名孤独的无名战士。弗朗索瓦丝将面对关闭的剧院和四处分散的朋友。而克洛德将远离苏珊娜在利摩日苦苦等待。伊丽莎白凝望着蓝色地平线，平原上的红色和绿色就消失在那里。在悲剧性的历史光环中，人们抛掉了自己令人担忧的秘密。一切都很平静，全世界都处于紧张状态。在这全人类普遍等待的时刻，伊丽莎白感到自己无所畏惧、无所欲念地融合到夜晚的静止之中了。她觉得她终于得到了一段长时间的休息，此时，她不再有任何要求。

"好了，一切都安排好了。"皮埃尔说，"箱子放在客车上了。"

他坐下来。由于阳光照射，他容光焕发，加上穿着白色运动式衬衫，他变得非常年轻。顿时，某种未知和被遗忘的东西充满伊丽莎白心间。他要走了。不久他将远走高飞，到一个难以进入的危险地区，她将很长时间再也看不见他。她过去怎么没有学会从他的存在中得益呢？

"吃点饼干吧。"弗朗索瓦丝说，"很好吃。"

"谢谢。"伊丽莎白说，"我不饿。"

内心的痛苦不像她通常忍受的痛苦，这是某种冷酷无情和不可救药的东西。"如果我永远见不到他了呢？"她想。她感到她脸上没有了血色。

"你应该去的是南希吗？"她问。

"是的，这不是一个很危险的地方。"皮埃尔说。

"可你不会永远留在那里。你至少不会太英勇吧？"

"相信我。"皮埃尔笑着说。

伊丽莎白焦虑地看了看他。他可能死去。皮埃尔。我的哥哥。我不能让他这样走，而我不对他说……对他说什么？这个坐在她对面爱挖苦的男人从来都不需要她的温情。

"我将给你寄去一大堆包裹。"她说。

"真的，我将接到包裹。"皮埃尔说，"这多叫人高兴。"

他深情地笑着，他的神色中没有流露出任何不可告人的想法。在这个星期里，他经常是这样的表情。为什么她对他那么不信任？为什么她永远失去了友谊的一切欢乐？她过去寻求的是什么？有什么必要进行这些斗争和怀有这些仇恨？皮埃尔在说话。

"你知道，"弗朗索瓦丝说，"我们该走了。"

"走吧。"皮埃尔说。

他们站了起来。伊丽莎白跟着他们，心情十分沉重："我不希望人们把他杀死。"她绝望地想。她走在他身边，甚至不敢去抓他的胳臂。为什么她使真挚的举止和言谈都成为不可能？现在，她内心本能的反应在她看来倒是不寻常的。为了救他，她愿意献出生命。

"那么多人！"弗朗索瓦丝说。

闪闪发光的客车周围人群熙来攘往。司机站在车顶上，周围是手提箱、大箱子和木箱，一个男人站在车后的一个梯子上，正向他递一辆自行车。弗朗索瓦丝把鼻子贴着一块玻璃往里看。

"我们的位置还保留着。"她满意地说。

"我担心你们上了火车一路上会待在过道里。"伊丽莎白说。

"我们事先睡好觉。"皮埃尔说。

他们开始围着客车兜圈子。只有几分钟了。只要说一句话、做一个动作，让他知道……可我不敢。伊丽莎白失望地看了看皮埃尔。难道一切不可能是另一种样子？这些年她难道不可能在信任和愉快中生活在他们身边吗？而不是抵御某种想象的危险而自卫？

"上车。"司机喊道。

"太晚了。"伊丽莎白迷茫地想。必须摧毁她的过去、她整个人，她才能扑向皮埃尔，投入他怀里。太晚了。她不再是此时此刻的主人，甚至她的脸都不服从于她。

"不久再见。"弗朗索瓦丝说。

她吻了吻伊丽莎白,然后走到她的座位那里。

"再见。"皮埃尔说。

他匆匆地握了握他妹妹的手,微笑着看了看她。她觉得自己眼泪汪汪的,她抓住他的肩膀,用嘴唇亲了一下他的脸颊:

"你一定要当心。"她说。

"别担心。"皮埃尔说。

他迅速吻了她一下就登上车子,他的脸有一刻还出现在打开的窗口。客车动了。他招了招手。伊丽莎白摇动手绢,当汽车在围墙后面消失时,她才转过身往回走。

"白费。"她喃喃自语,"这一切都白费。"

她用手绢压住嘴唇,开始往旅店奔去。

弗朗索瓦丝睁大眼睛注视着天花板。皮埃尔脱了一半衣服躺在她身边。弗朗索瓦丝有些困倦,但街上一声尖叫划破夜间的宁静,她苏醒过来。她因惧怕噩梦而不再合上眼睛。窗帘没有拉上,月光射进屋内。她不痛苦,什么都不想,她只是觉得惊奇:灾难降临在她生活的自然进程中是如此容易。她俯身对着皮埃尔。

"快三点了。"她说。

皮埃尔哼了哼,伸展了一下四肢。她打开电灯,箱子开着盖,布背包装了一半东西,罐头、袜子乱糟糟地铺了一地。弗朗索瓦丝盯视着糊墙纸上盛开的红菊花,焦虑一下子涌上心头。明天,这些菊花仍在原来的地方,仍然没有活力。皮埃尔离去,环境却依旧。直到目前,所等待的分离始终是一处空洞的威胁,但这个房间是实在的未来,未来就在那里,完全现实地存在于无可挽救的悲哀中。

"你需要的一切东西都有了吗?"她问。

"我想是的。"皮埃尔说。他已经穿上了最旧的那套西服,他往衣服口袋里装钱夹、钢笔和烟丝口袋。

"真愚蠢,最后还是没有给你买一双行军鞋。"她说,"我知道该怎么办了,我把我的滑雪鞋给你。你穿着很合适。"

"我不愿意拿你那双破滑雪鞋。"皮埃尔说。

"当我们将来再去参加冬季运动时,你给我买新的。"她伤心地说。

她从壁橱尽里面拿出鞋,递给他,然后她往一个布背包里放衣服和食品。

"你不拿你的海泡石烟斗?"

"不,我留着休假时用,"皮埃尔说,"给我保管好。"

"别担心。"弗朗索瓦丝说。

漂亮的金黄色烟斗躺在盒子里犹如躺在一个小棺材里。弗朗索瓦丝关上盖子,把盒子放入一个抽屉。她转过身对着皮埃尔。他已经放好鞋,坐在床边,啃着指甲。他眼球发红,脸部表情呆傻,以前他同格扎维尔做某些游戏时就乐于做这种表情。弗朗索瓦丝站在他对面,不知自己该做什么。他们谈了一整天,现在没有什么可谈了。他轻轻地咬着一个指甲,她则不快和屈从地看着他,心中空落落的。

"我们走吗?"她终于说。

"走吧。"皮埃尔说。

他把两个背包斜挂在肩上走出房间。弗朗索瓦丝关上了身后的门,几个月内,想必他不会跨进这扇门。下楼的时候,她的腿发软。

"我们还有时间到多莫咖啡馆喝一杯。"皮埃尔说,"但是我们必须小心,找到一辆出租车不会很容易。"

他们出了旅馆,最后一次走上这条常常经过的路。月亮已隐去,天黑沉沉的。已经有好几个夜晚，巴黎的天空惨淡无光，街上只剩下几盏昏黄的灯，微弱的灯光照在贴近地面之处。从前从远处就能辨出蒙帕纳斯十字路口的红色霓虹灯光已荡然无存，然而咖啡馆的露天座仍在微光中闪耀。

"从明天开始，一到晚上十一点，全部灯都熄灭。"弗朗索瓦丝说，"这是战前最后一夜。"

他们在露天座上坐下，咖啡馆里坐满了人，声音嘈杂，烟雾弥漫。有一批很年轻的人在唱歌，一大堆穿制服的军官半夜突然出现，一组组分散在每个桌子周围，一些女人用欢声笑语纠缠着他们，只是没有引起反响。最后一夜，最后几小时。神经质的嗓音和呆滞的表情形成鲜明对照。

"这儿的生活将会很特别。"皮埃尔说。

"是的。"弗朗索瓦丝说，"我会把一切都叙述给你听的。"

"但愿格扎维埃尔不要使你负担太重。也许不应该让她那么快回巴黎。"

"不，你再见她一下是比较好的。"弗朗索瓦丝说，"确实没有必要写那么些长信来一下子消除后果。再说，最后几天她应该在热尔贝身边。她不能留在鲁昂。"

格扎维埃尔。这只是一种回忆，一个信封上的地址，未来的无足轻重的一部分。她难以相信几个小时后将看到一个活生生的她。

"只要热尔贝在凡尔赛，你一定能时常见到他。"皮埃尔说。

"别为我担心。"弗朗索瓦丝说，"我总是能处理好的。"

她把手放在他手上。他要走了。任何其他东西都不重要了。他们长时间无言以对，眼看着和平时期渐渐消失。

"我想那边会不会有很多人。"弗朗索瓦丝边说边站起来。

"我不认为，四分之三的人已经被征召走。"皮埃尔说。

他们在大街上逛了一会儿,皮埃尔叫了一辆出租车。
"到拉维莱特车站。"他对司机说。
他们默默无言地穿过巴黎。最后几颗星星渐渐黯淡。皮埃尔嘴角上微微带笑,他不紧张,不如说他的神态像孩子一样专心致志。弗朗索瓦丝感到内心的焦虑平息了。
"我们到了吗?"她惊奇地问。
出租车在一个圆圆的、冷清的小广场边上停下。一根杆子竖在中央土台正中。靠着杆子有两个戴镶银饰带法国军帽的卫兵。皮埃尔付了钱,向他们走去。
"集合中心不在这里?"他说着把他的军籍簿递给他们。
一个卫兵指了指贴在木杆上的一张小纸条。
"您应该去东站。"他说。
皮埃尔很困惑,对卫兵做出一副天真烂漫的样子,这种出其不意的天真表情每次都十分打动弗朗索瓦丝的心。
"我来得及走着去吗?"
卫兵笑了。
"人们肯定不会专门为您给一列火车生火,您没必要那么赶。"
皮埃尔回到弗朗索瓦丝身边。他身背两个布背包,脚穿滑雪鞋,在这个被遗弃的广场上显得如此渺小和荒诞。弗朗索瓦丝觉得以往的十年时间还不足以使他明白她是多么爱他。
"我们还有一点儿时间。"他说。从他的微笑中她看出,他该知道的一切他全很清楚。
他们上路穿过小街,此时已是拂晓。天气暖和,天空中彩云绯红。真好像他们在经过通宵达旦的工作以后出来散步时一样。他们在通向火车站的台阶高处止步。闪闪发光的铁轨在起点处驯服地躺在柏油人行道之间,突然冲刺出去,途中纵横交错,奔向无穷尽的远方。他们注视了一会儿排在月台边长长的、平平的火车车顶,月台上十个白针黑底钟面上都指着五点半。

"一会儿这里会有很多人。"弗朗索瓦丝有些害怕地说。

她想象有警察、军官和一大群老百姓,如同她在报纸上看到的照片那样。但是火车站大厅里几乎空无一人,人们看不到一件军服。有几家人坐在好几堆小包中间,还有一些背着布挎包、形单影只的人。

皮埃尔走到一个营业窗口前,然后回到弗朗索瓦丝身边。

"第一列火车六点十九分开。我六点上车,好找一个座位。"他抓住她的胳膊,"我们还可以转一小圈。"他说。

"这次出发很奇怪。"弗朗索瓦丝说,"我没有想到是这样的,一切都好像完全是自愿的。"

"是的,哪儿都感觉不到有任何强制行为。"皮埃尔说,"我甚至都没有接到一张征召我的纸条,谁也没有来找我,我像一个老百姓一样去打听我的火车时刻,我几乎觉得是主动出发的。"

"然而人们知道你不可能留下来,好像这是一种内在的命运在推你走。"弗朗索瓦丝说。

他们在火车站外面走了几步,在僻静的大街上方,天空明朗而温暖。

"再也看不到出租车。"皮埃尔说,"地铁停了。你怎么回去?"

"走回去。"弗朗索瓦丝说,"我要去看看格扎维埃尔,然后,我整理你的办公室。"她喉咙哽咽,"你马上给我写信吗?"

"在火车里就写。"皮埃尔说,"可是从现在开始,信肯定好长一段时间到不了。你会很耐心吗?"

"哦!我觉得我大有耐心。"她说。

他们沿马路走了走。清晨,街上很宁静,看来完全正常,哪儿都没有战争的迹象。只是有这些贴在墙上的布告：一张用三色旗饰带装饰的大布告，是一份对法国人民的号召书，一张不起眼的白色小布告上画有黑白旗，是总动员令。

"我该走了。"皮埃尔说。

他们回到火车站。在一排通往月台的小门上方，一块标语牌上写明月台入口为旅客专用。几对夫妇在栏木附近拥抱，看到他们，弗朗索瓦丝突然热泪盈眶。她正经历的不可名状的事件变得可领会了。在这些陌生的脸上，在他们惊惶不安的笑容中，离愁昭然若揭。她转过身对着皮埃尔，他不愿意感情用事，她又陷入了朦朦胧胧的状态，这一刻，不可捉摸的强烈刺激甚至不是一种痛苦。

"再见。"皮埃尔说，他把她轻轻搂住，最后看了她一眼就转过背。

他穿过门。她看着他消失了，步伐敏捷，过于坚定，让人猜到他紧张的表情。她也转过身。两个女人和她同时转身，她们的脸部一下子变得委靡不振了，其中之一开始哭泣。弗朗索瓦丝振作起精神，向出口走去。哭是无益的，她会白白抽噎几小时，因为她总是会剩有同样多的眼泪要流淌。在巴黎不寻常的寂静中，她迈着规律的步伐、旅行的步伐大步流星地走了。现在，在任何地方，尚看不到不幸的存在，它既不存在于温暖的空气中、金色的树叶丛中，也不存在于来自中央菜场的新鲜蔬菜味儿中。只要她继续往前走，不幸永远难以觉察，但是她感到如果她什么时候止步不前，那么周围存在的阴险的东西就将涌向她心间，使她的心爆裂。

她穿过夏特莱广场，走上圣米歇尔大街。人们抽干了卢森堡公园池塘中的水，塘底暴露无遗，斑斑点点如同沼泽地。弗朗索瓦丝在瓦万街上买了一份报纸。还必须等很长时间才可去敲格扎维埃尔的门，弗朗索瓦丝决定在多莫咖啡馆坐一坐。她不怎么为格扎维埃尔担心，但是她很高兴早上有某件固定的事情可做了。

她走进咖啡馆,血液突然涌向脸颊。在靠窗户的一张桌子旁,她看见一个金黄色的脑袋和一张棕色的脸。她踌躇不前,但是后退太晚了,热尔贝和格扎维埃尔已经看见她。她是如此无精打采、精疲力竭,因此当她走近他们桌子的时候,她神经质地打了个颤。

"您好吗?"她一边抓住格扎维埃尔的手一边对她说。

"我很好。"格扎维埃尔用知心的口气说。她盯视着弗朗索瓦丝。"您样子很疲劳。"

"我刚陪拉布鲁斯去赶火车。"弗朗索瓦丝说,"我睡得很少。"

她的心突突地跳。好几个星期以来,格扎维埃尔除了是思维中形成的一个模糊形象外别无所存。现在她猛然在眼前复活,穿着一条尚未见过的印有小花的蓝色裙子,头发比记忆中更加金黄,嘴唇的轮廓她已经忘却,正张开着露出不熟悉的微笑。她没有变成一个温顺的幽灵,还得再度迎战这个有血有肉的现实存在。

"而我,我散了一夜步。"格扎维埃尔说,"真美,这些漆黑的街道。好像是世界的末日。"

她同热尔贝一起度过了这些时光。对他来说也一样,她重新成为一个可触摸的存在物,他内心是如何迎接她的?脸上没有任何表露。

"当咖啡馆都关掉的时候,就更糟了。"

"是的,这是很凄凉的。"格扎维埃尔说。她的眼睛炯炯发光。"您认为真的会遭轰炸?"

"也许。"弗朗索瓦丝说。

"半夜里听到呼啸声,看到人们像老鼠一样四面八方逃跑该是多了不起啊。"

弗朗索瓦丝勉强笑了笑,格扎维埃尔故意装得像孩子一样,这令她不快。

"人们会强迫您躲到地窖里去。"她说。

"哼！我不下去。"格扎维埃尔说。

短暂的沉默。

"一会儿见。"弗朗索瓦丝说，"您只要在这儿找我就行，我坐到里面去。"

"一会儿见。"

弗朗索瓦丝坐在一张桌前，点上了一支烟。她的手在发抖，她对自己的极度慌乱感到惊奇。想必是最后几个小时的紧张情绪一旦松懈就使她处于瘫软的状态。她感到自己被抛向变化莫测、无根无基、摇晃不定的空间，自身失去了任何依靠。她早已平静地接受了这样的想法：过一种枯燥乏味、担惊受怕的生活。但是格扎维埃尔的存在始终在她生活圈子以外威胁着她，她恐惧地意识到，这是旧日的那种焦虑。

# 第十章

"太遗憾了,我没有颜料了。"格扎维埃尔说。

她沮丧地看了看窗户,一半高度以下覆盖着一层蓝色颜料。

"您的活干得不错。"弗朗索瓦丝说。

"哦,搞成这样!我相信伊内斯永远也不可能看见这些玻璃了。"

伊内斯在第一次警报演习的第二天就逃离了巴黎,弗朗索瓦丝转租了她的套房。巴亚尔旅馆的房间里,太容易触景生情而思念皮埃尔。在巴黎不再提供灯火和避难所的那些凄凉的夜晚,人们感到需要一个家。

"我需要颜料。"格扎维埃尔说。

"哪儿都找不到了。"弗朗索瓦丝说。

她正在用大字在一个寄给皮埃尔的包裹上写地址,里面是书和烟。

"什么东西都找不到。"格扎维埃尔生气地说。她蹦到一张扶手椅里。"那么,好像我什么也没有做。"她低沉着嗓音说。

她裹着一件棕色粗呢浴衣,一根腰带系在腰间,手藏在宽大的衣服袖笼里。明显剪短的头发直直地垂在脸的周围,她看上去如同一个小修士。

弗朗索瓦丝放下笔。丝巾裹着的电灯泡向屋子里射出微弱的紫光。

"我应该去工作了。"弗朗索瓦丝想。但是她缺乏勇气。她的生活失去了充实感,成了一种松软的实体,每走一步都以为要陷入进去,然后再度跳起来,刚刚够得上在稍远之处站定,每一秒钟都希望是最后一次沉陷,每一秒钟都希望土地突然变得坚硬起来。不再存在未来。唯有过去是实在的,而过去就体现在格扎维埃尔身上。

"您有热尔贝的消息吗?"弗朗索瓦丝问,"他的军营生活过得怎么样?"

十天前她曾见过热尔贝,那是一个星期天的下午。但是如果她从不问他的情况就不自然了。

"他好像不感到无聊。"格扎维埃尔说。她私下里轻轻一笑。"况且他现在很爱发怒。"

她甜蜜的表情反映出她确信自己完全拥有他。

"他不可能缺少运气。"弗朗索瓦丝说。

"使他恼火的是,"格扎维埃尔宽容而入迷地说,"知道自己是否会害怕。"

"很难事先想象。"

"哦!他和我一样。"格扎维埃尔说,"他富有想象力。"

出现了一瞬间的冷场。

"您知道人们把伯格曼关到一个集中营去了吗?"弗朗索瓦丝问,"政治流亡者的命运真是糟糕。"

"呵!"格扎维埃尔说,"这都是些间谍。"

"不全是。"弗朗索瓦丝说,"有很多真正的反法西斯战士,人们以反法西斯战争的名义囚禁了他们。"

格扎维埃尔轻蔑地撅起嘴。

"就因为这些人引人注目。"她说,"惹一下他们用不着那么哀伤。"

弗朗索瓦丝有些反感地看了看这张冷酷无情的脸。

"如果都不关心人,我不知道还有什么可做的。"她说。

"哦!我们俩生来不是一种类型的。"格扎维埃尔轻蔑而狡猾地看了看她说。

弗朗索瓦丝住了口。同格扎维埃尔的谈话立即转为充满敌意的冲突。现在,在格扎维埃尔的谈吐和阴险的笑貌中流露出来的不是孩子气的、任性的敌视,而完全是另一种东西:女人的仇恨。她永远不会原谅弗朗索瓦丝保留住了皮埃尔给予她的爱情。

"我们听张唱片怎么样?"弗朗索瓦丝问。

"随您的便。"格扎维埃尔说。

弗朗索瓦丝在唱盘上放了《彼得鲁什卡》的第一张唱片。

"总是老一套。"格扎维埃尔愤怒地说。

"没有选择余地。"弗朗索瓦丝说。

格扎维埃尔用脚跺地。

"这要延续很长时间吗?"她咬牙切齿地问。

"什么?"弗朗索瓦丝说。

"黑暗的街道、空空的店铺、十一点就关门的咖啡馆。所有这些事。"她狂怒地补充道。

"恐怕还要延续下去。"弗朗索瓦丝说。

格扎维埃尔两手抓满了头发。

"可我会发疯的。"她说。

"不会那么快变疯。"弗朗索瓦丝说。

"我没有耐心,我。"格扎维埃尔用仇恨的绝望的语调说,"光让我从坟墓深处凝望事物发展是满足不了我的!光对我说世界的另一头仍然有人存在,而我却摸不到他们是满足不了我的。"

弗朗索瓦丝气得满脸通红。本该永远不要对格扎维埃尔谈什么话。你对她说的一切,她都立即将此掉转过来针对你。格扎维埃尔看了看弗朗索瓦丝。

"您那么理智,真运气。"她说,谦逊的态度模棱两可。

"只要不自觉悲惨就行。"弗朗索瓦丝生硬地说。

"哦!人或多或少有些感情。"格扎维埃尔说。

弗朗索瓦丝看了看光秃秃的墙壁以及似乎是用来保护一座坟墓内部的蓝玻璃。"这感情对我来说可能无关紧要。"她痛苦地想。在这三个星期中,不管她怎么做,她没怎么离开过格扎维埃尔。她将继续生活在她身边直至战争结束。她不再能否认这敌对的存在物在她身上、在全世界投下了一个有害的阴影。

门铃声划破了沉闷的气氛。弗朗索瓦丝穿过长长的走廊。

"是什么?"

女门房递给她一个没有邮票的信封,上面的字是一个陌生人写的。

"一位先生刚拿来的。"

"谢谢。"弗朗索瓦丝说。

她拆开信。是热尔贝的笔迹。

"我在巴黎。我在雷伊咖啡馆等您。我有一晚上时间。"

弗朗索瓦丝把纸塞在她包里。她走进她的房间,拿起大衣和手套。她心花怒放。她试图做出适当表情,并回到格扎维埃尔的房间。"我妈妈要我去打桥牌。"她说。

"啊!您要走。"格扎维埃尔带责备的神色说。

"我大约午夜回来。您不离开吗?"

"您要我去哪儿?"格扎维埃尔说。

"那么一会儿见。"弗朗索瓦丝说。

她下了没有照明的楼梯，跑步穿过街道。一些女人在蒙帕纳斯街的人行道上踱来踱去，斜挎着装有防毒面具的灰色圆滚筒。公墓墙后面，一只猫头鹰在叫。弗朗索瓦丝气喘吁吁地在盖泰街角停下。一大团暗暗的红光在梅内大街上闪烁，那就是雷伊咖啡馆。所有这些公共场所因拉着窗幔、灯光暗淡而带有妓院的诱人外表。弗朗索瓦丝撩开挡住进口的门帘。热尔贝坐在电风琴旁边，面前放着一杯烧酒。他把橄榄帽放在桌上。头发修剪得很短。他穿着土黄色军装，似乎显得极为年轻。

"您能来多好啊！"弗朗索瓦丝说。

她抓住他的手，他们的手指紧紧交叉在一起。

"这个办法终于行得通了？"

"是的。"热尔贝说，"但是我没有能预先通知您。事先我不知道是否能成功地脱身。"他笑了笑。"我很高兴。这很容易。我能时不时再出来。"

"这样的话，可以指望每个星期天见面了。"弗朗索瓦丝说，"一个月里星期天那么少。"她遗憾地看了看他。"况且，您还应该见见格扎维埃尔。"

"应该。"热尔贝无精打采地说。

"您知道，我有皮埃尔的最新消息。"弗朗索瓦丝说，"有一封长信，他过的完全是一种田园生活。他像度假一样住在洛林一个神父家里，神父用黄香李馅饼和奶油鸡塞得他饱饱的。"

"真可恶。"热尔贝说，"当他第一次休假时，我已经在很远的地方了。我们将永远见不到了。"

"是的。如果能继续这样不打起来就好了。"弗朗索瓦丝说。

她看了看红色长凳，过去她经常挨着皮埃尔坐在那里。柜台边、桌子前都是人，然而遮住玻璃的厚重蓝色织物在这个拥挤的咖啡馆里增添了某种隐秘的和地下的气氛。

"去打仗我不害怕。"热尔贝说,"这肯定不如旷日持久地待在军营里那么可恨。"

"您厌烦得要命了?可怜的小狗。"弗朗索瓦丝说。

"能让人这么厌烦真难以相信。"热尔贝说。他笑了起来:"前天,上尉把我召去。他想知道为什么我不是军官学校学生。他听说我每天晚上在尚特克莱尔饭店里吃吃喝喝。他差点对我说:'您有钱,您的位置在军官里面。'"

"您回答什么?"

"我说我不喜欢军官。"热尔贝庄重地说。

"想必您让人家对您没什么好看法。"

"有点儿。"热尔贝说,"当我离开上尉的时候,他气得脸都发青了。"他摇了摇头。"我不应该把这告诉格扎维埃尔。"

"她愿意您当军官?"

"是的。她认为这样我们就可以更多地见面。这样的女人真怪。"热尔贝以坚信不疑的口吻说,"她们以为只有儿女情长才是重要的。"

"格扎维埃尔只有您。"弗朗索瓦丝说。

"我知道。"热尔贝说,"正是这使我心情沉重。"他笑了笑。"我生来是当光棍的。"

"早知今日,何必当初。"弗朗索瓦丝快活地说。

"给您一拳。"热尔贝说,并用拳头击了她一下。"这和您没有关系。"他深情地看了看她。"了不起的是,我们之间存在那么深厚的友谊。我在您面前从来不拘谨,我能对您说无论什么东西,我感到自由。"

"是的,互相爱得那么深又保持自由是很美好的事。"

她捏紧他的手。看见他和摸到他是令人愉快的,但她更珍惜他给予她的热情信任。

"您想今晚干些什么？"她快乐地问道。

"我穿着这身衣服不能去高雅的地方了。"热尔贝说。

"对。但譬如步行到中央菜场，去邦雅曼餐馆吃一块牛排，然后再回来到多莫咖啡馆，您觉得怎么样？"

"好吧。"热尔贝说，"在路上我们喝一杯潘诺酒，我现在喝潘诺酒不醉了，多了不起。"

他站起来，在弗朗索瓦丝面前拉开蓝门帘。

"在军队里我们能喝很多！每天晚上我喝得足足地回去。"

月亮已经升起，树木和屋顶沐浴在月光中，这是真正的乡村月光。在冷清的长长的街道上，一辆小汽车经过，它那蓝色的车灯像硕大的蓝宝石。

"真美。"热尔贝一面注视着夜色一面说。

"是的，有月光的夜太美了。"弗朗索瓦丝说，"但漆黑一片的时候，没什么欢快的气氛。人们可做的最合适的事是躲在自己家里。"她用臂肘推了推热尔贝："您看见警察带着漂亮的新帽了吗？"她问。

"有军人风度。"热尔贝说。他抓住弗朗索瓦丝的胳臂。"不幸的小狗，这种生活大概不快活吧。"他说，"巴黎不再有什么人了？"

"有伊丽莎白。如果我悲伤，她会很乐意来帮助我的，可我尽可能回避她。"弗朗索瓦丝说，"很奇怪，她从来没有像现在那样精神焕发。克洛德在波尔多。但只是他单独一人，苏珊娜不在他身边，我想伊丽莎白对他的离去能处理得很好。"

"您白天都干些什么？"热尔贝问，"您又开始工作了？"

"还没有。没有。我从早到晚和格扎维埃尔泡在一起。我们做饭，我们为自己设计发式。我们听旧唱片。我们从来没有这样亲密过。"

弗朗索瓦丝耸了耸肩膀。"可我确信她从来没有那么恨过我。"

"您这样认为？"热尔贝说。

"我确信。"弗朗索瓦丝说，"她从不对您谈我们的关系？"

"不经常。"热尔贝说，"她不信任我。她认为我向着您。"

"怎么会这样？"弗朗索瓦丝问，"因为她攻击我时您为我辩解？"

"是的。"热尔贝说，"当她对我谈起您时，我们总是吵架。"

弗朗索瓦丝心中感到刺痛。关于她，格扎维埃尔能说些什么？

"那她说什么了？"弗朗索瓦丝问。

"嘿！她什么都说。"热尔贝说。

"您知道，您可以对我说。"弗朗索瓦丝说，"就目前我们的关系而言，我们之间没有任何东西可隐瞒的。"

"我刚才是随便说说。"热尔贝说。

他们默不作声地走了几步。一声口哨把他们吓了一跳。一个蓄胡子的街区负责人把他的电筒举向一个透出一丝细细光线的窗户。

"对这些老人来说这是欢快的事。"热尔贝说。

"我理解。"弗朗索瓦丝说，"头几天，人们对着我们的窗户开枪，威胁我们。我们盖住了所有的灯，现在格扎维埃尔正用蓝色颜料涂玻璃窗。"

格扎维埃尔。当然，她谈到弗朗索瓦丝，也许也谈到皮埃尔。想象她在那布置出色的小天地里得意地摆出一副了不起的样子是令人不快的。

"格扎维埃尔是否跟您谈起过拉布鲁斯？"弗朗索瓦丝问。

"她和我谈起过。"热尔贝若无其事地说。

"她向您叙述了整个事件。"弗朗索瓦丝用肯定的语气说。

"对。"热尔贝说。

弗朗索瓦丝怒不可遏。我的故事。在这个金色脑瓜里，弗朗索瓦丝的思想是以一种无法挽回的、不为人知的形式存在的，而热尔贝正是通过这陌生的形式来了解隐情的。

"那么，您知道拉布鲁斯爱她？"弗朗索瓦丝说。

热尔贝没有说话。

"我非常遗憾。"他说，"为什么拉布鲁斯没有事先告诉我？"

"出于骄傲，他不愿意。"弗朗索瓦丝说。她挽紧热尔贝的胳臂。"我没有对您说。因为我正是害怕您胡思乱想。"她说。"但是您别担心。拉布鲁斯从来没有抱怨您。甚至最后，他很高兴事情这样结束。"

热尔贝不信任地看了看她：

"他很高兴？"

"当然是。"弗朗索瓦丝说，"她对他来说已无足轻重，您知道。"

"真的吗？"热尔贝说。看来他很怀疑，他怎么想的？弗朗索瓦丝焦虑地看了看圣日耳曼德普雷的钟，它像乡村里的钟一样，在单纯、平静的黑色天空背景上映衬出来。

"她怎么说的？"她问，"说拉布鲁斯仍然狂热地爱她？"

"差不多。"热尔贝困窘地说。

"好吧，她完全弄错了。"弗朗索瓦丝说。

她的嗓音在颤抖。如果皮埃尔在场，她会轻蔑地加以嘲笑，但她离他很远，她只能对自己说："他只爱我。"一种相反的定见存在于世界某处是不可容忍的。

"我希望她看看在信里他是怎么谈到她的。"她又说，"那样她就清楚了。是出于怜悯，他才保持这已进入坟墓的友谊。"她挑衅地看了看热尔贝。"她怎么解释他放弃了她的？"

"她说是她不再愿意维持这种关系。"

"啊！我懂了。"弗朗索瓦丝说，"那为什么？"

热尔贝很不自在地看了看她。

"她宣称她不爱他了?"弗朗索瓦丝问。

她把手绢紧紧地捏在潮湿的手心里。

"不是。"热尔贝说。

"那是什么?"

"她说这使您不愉快。"他语气不肯定地说。

"她这么说的?"弗朗索瓦丝说。

她激动得说不出话来,因愤怒而热泪盈眶。

"小婊子!"

热尔贝没有回答。看上去他十分狼狈不堪。弗朗索瓦丝嘲笑着说:

"总之,皮埃尔失魂落魄地爱她,她为我着想而拒绝了爱情,因为我嫉妒得厉害。"

"我完全认为她是按她的方式来处理的。"热尔贝用安慰的口吻说。

他们穿过塞纳河。弗朗索瓦丝从栏杆上往下看,看到乌黑光滑的水面上映出一轮明月。"我再也不能容忍了。"她绝望地想。在那里,在她房间惨淡的灯光下,格扎维埃尔裹着棕色浴衣,阴郁而不祥地坐着,皮埃尔满怀悲伤的爱情谦卑地拜倒在她脚下。而弗朗索瓦丝则在街上游逛,她被蔑视,她满足于一种厌倦的柔情留下的残羹剩饭。她想遮住自己的脸。

"她撒谎了。"她说。

热尔贝紧紧地把她搂在怀里。

"我完全想象得到。"他说。

看来他很担心。她咬了咬嘴唇。她能向他谈,向他说出真相。他会相信她的,但是这样做也枉然。在那里,那个年轻的女英雄,那个做出牺牲的温柔的形象继续在亲身感受着她生活中令人陶醉的高尚情趣。

"我也要对她谈的。"弗朗索瓦丝想。她将得知真相。

"我要对她谈。"

弗朗索瓦丝穿过雷纳广场。月亮在僻静的街道和不透光的房屋上空闪闪发光，照耀着光秃的平原和有戴钢盔的军人警戒的树林。夜阑人静，凄凄凉凉，弗朗索瓦丝义愤填膺，这种愤怒在世上是她特有的。黑珍珠，矫揉造作的女人，女诱惑者，慷慨大度的女人。"一个贱女人。"她狂怒地想。她登上楼梯。她正在那里，蜷缩着身子躲在门后，躲在她的谎言窝里。她又一次抓住了弗朗索瓦丝，强迫她进入她的故事中。这个怀着辛酸的耐心、被遗弃的女人将是我。弗朗索瓦丝推开门，敲了敲格扎维埃尔的房门。

"请进。"

屋子里弥漫着一股淡淡的糖浆味。格扎维埃尔正待在一个高凳子上，往一块玻璃上涂蓝色。她从高处下来。

"看看我找到的东西。"她说。

她手里拿着一个盛满金黄色液体的小瓶，像演戏似的把它递给弗朗索瓦丝。商标上写着："防晒龙涎香。"

"这东西在盥洗间里，代替颜料非常好。"她说。她犹豫地看了看窗户。"您不认为应该再涂一层？"

"哦！作为灵柩台，已经相当成功了。"弗朗索瓦丝说。

她脱掉大衣。谈话。怎么谈？她不能提到热尔贝的知心话，然而她不能生活在这被毒化的气氛中了。皮埃尔气恼的爱情、弗朗索瓦丝卑劣的嫉妒心显然存在于这光滑的蓝玻璃间和黏糊糊的防晒龙涎香味道中。必须把它们化成灰烬。唯有格扎维埃尔能把它们化成灰烬。

"我来做点茶。"格扎维埃尔说。

在她房间里有一个煤气灶。她把一个盛满水的壶放在上面,回来坐到弗朗索瓦丝对面。

"桥牌打得有意思吗?"她以倨傲的口气问。

"我去不是为消遣的。"弗朗索瓦丝说。

出现片刻的沉默。格扎维埃尔的目光落在弗朗索瓦丝为皮埃尔准备的包裹上。

"您弄了个好大的包裹。"她微微笑一笑说。

"我想拉布鲁斯很高兴有书看。"弗朗索瓦丝说。

当格扎维埃尔用手指弹拨包裹绳子时,嘴唇上仍傻里傻气地带着笑容。

"您认为他可能看吗?"她说。

"他工作、他看书。为什么不?"

"是的,您对我说过他很有勇气,他甚至还搞体育。"格扎维埃尔抬起眉毛:"我对他看法不同。"

"可这是他在信里说的。"弗朗索瓦丝说。

"那当然。"格扎维埃尔说。

她拉起了绳子,又把它松开,发出轻轻的唑啦一声。她沉思了一会儿,然后作出一副天真的模样看了一眼弗朗索瓦丝。

"您不认为即使人们根本不想撒谎,他们在信里也从不叙述事实真相?"她彬彬有礼地补充道:"特别是当他们在向某一个人叙述的时候更是这样。"

弗朗索瓦丝气愤得说不出话来。

"我认为皮埃尔正是说了他想说的。"她粗声粗气地说。

"哦,确实,我可以想象得到,他不会像一个小孩那样在角落里哭的。"格扎维埃尔说。

她的手放在那包书上。

"我也许没有教养。"她若有所思地说。"但当人们不在的时候，我觉得试图保持和他们的关系是徒劳的。您可以想他们。但是写信、寄包裹，"她撇了撇嘴，"那是瞎耽误工夫。"

弗朗索瓦丝看着她，心中怒火万丈，但无能为力。难道没有任何方法打垮这肆无忌惮的傲气？在格扎维埃尔思想中，围绕着对皮埃尔的思念，是马大和马利亚在互相对峙。马大扮演战时代母[①]的角色，作为回报，她得到的是一种恭敬的感激；而当那位离去的士兵在寂寞之中向秋日的天空忧伤地抬起沉痛而苍白的脸时，他思念的是他的情人马利亚。格扎维埃尔有可能深情地把皮埃尔有生命的身躯搂在怀里，而这身体对弗朗索瓦丝来说是不可及的，她只能对他的形象给予神秘的抚爱。

"必须知道当事人是否同意这种观点。"弗朗索瓦丝说。

格扎维埃尔冷笑了一下。

"是的，当然。"她说。

"您想说别人的观点对您来说无所谓？"弗朗索瓦丝问。

"他们中不是所有人都那么重视信上写的东西。"格扎维埃尔说。

她站起来：

"您要点茶吗？"她问。

她斟了两杯茶。弗朗索瓦丝把茶端到嘴边。她的手在发抖。她又看到了皮埃尔在东站站台上渐渐消逝的背影，他可笑地背着两个背包，她又看见在这之前他向她转过来的脸。她愿意在她心目中保留这清晰的形象，但这仅仅是一个唯有从她的心脏跳动中吸取力量

---

① 指负责向士兵写信慰问和寄递包裹的妇女。

的形象，面对这个有血有肉的女人，仅有一个形象是不够的。在这双炯炯有神的眼睛中反映出弗朗索瓦丝疲倦的脸和生硬的侧影。一个声音在低语：他不再爱她，他不能再爱她。

"我想您对拉布鲁斯的想法太浪漫了。"弗朗索瓦丝出其不意地说。"您知道，他为某事痛苦，只是因为他想为它痛苦。他珍爱某事，只是他同意爱多深才爱多深。"

格扎维埃尔稍稍撇了撇嘴。

"那是您认为。"

她的语气比粗暴的否认更蛮横无理。

"我知道。"弗朗索瓦丝说，"我很了解拉布鲁斯。"

"人们永远不了解别人。"格扎维埃尔说。

弗朗索瓦丝愤怒地看了看她。无论如何都不能控制这个顽固脑袋吗？

"但是他和我，情况就不同了。"她说。"我们在一切问题上从来都意气相投。绝对是一切问题。"

"您为什么对我说这个？"格扎维埃尔傲慢地问道。

"您以为只有您了解拉布鲁斯。"弗朗索瓦丝说。她的脸发烫："您以为我对他的印象是粗略和简单的。"

格扎维埃尔吃惊地看了看她。弗朗索瓦丝从未用这种口气对她说话。

"对他您有您的看法，我有我的看法。"她冷淡地说。

"您只选择对您合适的看法。"弗朗索瓦丝说。

她说得那样有把握，以致格扎维埃尔有些退缩：

"您是什么意思？"她问。

弗朗索瓦丝咬了咬嘴唇。她多么想面对面告诉她："您以为他爱您，但他对您只有怜悯。"格扎维埃尔倨傲的笑容已经收起来了，只要几句话,她将会流出眼泪。这骄傲的美人将会一蹶不振。格扎维埃尔紧张地看着她,她害怕了。

"我不想说什么具体的东西。"弗朗索瓦丝懒洋洋地说。"一般来讲,您只相信您觉得适合相信的事。"

"譬如说?"格扎维埃尔说。

"好吧!譬如,"弗朗索瓦丝更平静地说,"拉布鲁斯给您写信说,他不是那种只有接到信才会思念别人的人,这是一种原谅您不写信的友好表示。而您却确信,他相信在文字以外的心灵相通。"

格扎维埃尔的嘴唇翘起,露出了白色的牙齿。

"您怎么知道他给我写的内容?"

"他在一封信里对我谈到的。"弗朗索瓦丝说。

格扎维埃尔的目光停在弗朗索瓦丝的手提包上。

"啊!他在他信里谈到了我?"她问。

"偶然。"弗朗索瓦丝说。她的手在黑皮小包上抽搐,把信扔到格扎维埃尔膝盖上。格扎维埃尔在厌恶和愤怒中将亲自承认自己的失败,没有她的自白就不可能存在胜利。弗朗索瓦丝将会重新获得清静和自主,并且永远得到解脱。

格扎维埃尔蜷缩在扶手椅内,浑身颤抖。

"我想到人家谈论我就感到恐惧。"她说。

她缩成一堆,神色有些惊慌。弗朗索瓦丝突然感到十分疲劳。她如此狂热地渴望战胜这个傲慢的女英雄,现在她已不复存在,只剩下一个犹如惊弓之鸟的可怜的牺牲品,在她身上无仇可报了。她站了起来。

"我去睡觉。"她说,"明天见。别忘了关煤气开关。"

"晚安。"格扎维埃尔低着头说。

弗朗索瓦丝回到她的房间。她拉开她写字台上的一个抽屉,从包中拿出皮埃尔的信,把它们放在热尔贝的信旁边。不会有胜利。永远不会得到解脱。她关上了写字台抽屉,把钥匙放在包里。

"伙计!"弗朗索瓦丝喊道。

这是晴朗、美好的一天。吃午饭时的气氛比平时更紧张,午后,弗朗索瓦丝立即拿了一本书来到多莫咖啡馆露天座上坐下。现在天已经开始有凉意了。

"八个法郎。"侍者说。

弗朗索瓦丝打开钱夹,拿出一张票子。她惊奇地看了看包里。前一天晚上她把写字台的钥匙放在里面的。

她神经质地倒空提包。粉盒、口红、梳子。钥匙应该在某个地方。她一刻也没有离开过她的提包。她又把提包倒转过来,摇了摇。她的心开始突突地激烈跳动。等一等。在她把午饭托盘从厨房端到格扎维埃尔房间那一刻,当时格扎维埃尔在厨房里。

她翻手把提包正过来,将散在桌上的东西乱七八糟地装到里面,奔跑着离开了。六点。如果格扎维埃尔拿到钥匙,一切希望都破灭了。

"这不可能!"

她跑着,整个身体都嗡嗡作响。她感到她的心到了肋骨间、脑壳下、手指尖上。她登上楼梯。屋子里静悄悄的,进口的大门还是原来日常的样子。走廊里仍然飘着一股防晒龙涎香味。弗朗索瓦丝深深地吸了口气。她大概不留心丢了钥匙。如果发生什么事,她觉得气氛中应该有征兆。她推开自己房间的门。写字台抽屉打开着。地毯上散落着皮埃尔和热尔贝的信。

"格扎维埃尔知道了。"房间的墙开始旋转。眼前的世界早已一片昏黑、咄咄逼人、灼热难忍。弗朗索瓦丝倒在一张扶手椅上,致命的沉重负荷把她压垮了。她对热尔贝的爱情暴露在她面前,像背叛行为一样可耻。

"她知道了。"她到房间里来是看皮埃尔的信。她打算再把钥匙放回提包或藏在床底下。然后,她看见了热尔贝的笔迹:"亲爱的,亲爱的弗朗索瓦丝。"她眼睛溜到最后一页底下:"我爱您。"她一行一行地看了。

弗朗索瓦丝站起来,穿过长走廊。她什么也没有想。在她面前,在她内心,都是像沥青一样一片漆黑。她走近格扎维埃尔的房门,敲了敲。没有回答。钥匙从里面插在锁孔里,格扎维埃尔没有出去。弗朗索瓦丝又敲了敲。仍然是死一般寂静。"她自杀了。"她想。她靠着墙。格扎维埃尔可能吃了一片安眠药,可能打开了煤气。她听了听,始终听不见任何声音。弗朗索瓦丝把耳朵贴在门上。在恐惧中,透出一线希望:这是一条出路,是唯一可以想象的出路。但是不,格扎维埃尔只吃无害的镇静药;至于煤气,会闻到味道的。不管怎样,她仅仅是睡着了。弗朗索瓦丝在门上狠狠地敲了一下。

"滚开。"一个低沉的嗓子喊道。

弗朗索瓦丝擦着额头的汗。格扎维埃尔活着。弗朗索瓦丝的背叛行为也活生生地存在着。

"给我开门。"弗朗索瓦丝喊道。

她不知道她要说什么。但是她想马上看见格扎维埃尔。

"开门。"她重复了一遍,并摇晃着门。

门打开了。格扎维埃尔穿着她的室内便袍,目光冷淡。

"您要我干什么?"她问。

弗朗索瓦丝从她面前走过去,到桌子边坐下。午饭以后什么也没有改变。然而在每件熟悉的家具背后,有某种恐怖的东西在窥伺。

"我要向您解释清楚。"弗朗索瓦丝说。

"我对您没提出任何要求。"格扎维埃尔说。

她虎视眈眈地盯着弗朗索瓦丝，脸颊通红，她此时很美。

"听我说，我求您。"弗朗索瓦丝说。

格扎维埃尔的嘴唇开始颤抖。

"为什么您还来折磨我？您这样还不高兴？您让我痛苦得还不够？"

她扑到床上，用手捂住脸：

"啊！您欺骗了我。"她说。

"格扎维埃尔。"弗朗索瓦丝低声叫道。

她苦恼地向四周看了看。是否什么都解救不了她？

"格扎维埃尔！"她以哀求的口吻说，"当这件事开始时，我不知道您爱着热尔贝，他也没有想到。"

格扎维埃尔拿开手，咧开嘴巴强笑了一下。

"这个小恶棍。"她慢条斯理地说，"对他我不觉得惊奇，他只是一个卑鄙、渺小的家伙。"

她直视弗朗索瓦丝的脸：

"而您！"她说，"您！您完全在嘲弄我。"

一个难以容忍的微笑使她露出洁白的牙齿。

"我没有嘲弄您。"弗朗索瓦丝说，"我只是为自己比为您考虑得多。但是您没有做到让我有足够理由爱您。"

"我知道。"格扎维埃尔说，"您嫉妒我，因为拉布鲁斯爱我。您使他厌恶我，为了更好地报仇，您从我这儿夺走了热尔贝。留着他吧，他属于您。我不和您争夺这个漂亮的宝贝。"

她如此愤怒地从嘴巴里吐出这一串话，几乎要使她窒息。弗朗索瓦丝惊恐地端详着在格扎维埃尔炯炯有神的直视目光中映出的这个女人。这个女人就是她。

"这不对。"她说。

她深深地吸了口气。企图辩解是枉然，没有任何东西可能救她。

"热尔贝爱您。"她较为镇静地说，"他对您犯了错误。但是当时他对您满腹牢骚！过后再和您谈清楚是困难的，那时他还没有来得及同您建立牢固的关系。"

她弯腰对着格扎维埃尔，恳切地说：

"试着原谅他。我永远不再挡您的路。"

她两只手互相紧紧捏着，心中默默地祈祷："让一切都消逝，我放弃热尔贝！我不再爱热尔贝，我从来没有爱过他，没有背叛行为。"

格扎维埃尔的眼睛射出一道光。

"留着您的礼物。"她粗暴地说，"从这里走开，立即走开。"

弗朗索瓦丝迟疑了一下。

"看在上帝的分上，滚开。"格扎维埃尔说。

"我走。"弗朗索瓦丝说。

她穿过走廊，像一个盲人一样蹒跚地走着，热泪盈眶："我嫉妒她。我夺去了她的热尔贝。"泪水和话语像烧红的铁块一样在燃烧。她在长沙发上坐下，痴呆地重复着："我做了这些。是我。"在黑暗中，热尔贝的脸像一团黑火在燃烧，地毯上的信像一纸罪恶的条约那样卑鄙。她把手绢放到嘴唇上。一股灼热的黑色熔岩在她的血管中流淌。她想去死。

"永远是我。"会有黎明，会有第二天。格扎维埃尔将动身回鲁昂。每天早晨，她在外省一幢阴暗房子中醒来，内心充满绝望。每天早晨，这个可憎的女人弗朗索瓦丝将在她心中复活。她看到格扎维埃尔因痛苦而变了样的脸。我的罪恶。永远存在。

她闭上眼睛。泪如泉涌，滚烫的熔岩流淌着，烧毁了她的心。很长时间过去了。在另一块遥远的土地上，她猛然看到一个明亮、温柔的笑容:"那好,亲吻我吧,愚蠢的小热尔贝。"风在呼啸,奶牛在牛棚里摇晃着它们的锁链,一个信赖的年轻脑袋靠在她肩上,嘴里说着:"我很高兴,我多么高兴。"他给了她一朵小花。她睁开眼睛。这个故事也是真实的,像潮湿的草地上清晨的风一样轻柔、温情。这无辜的爱情怎么变成可鄙的背叛?

"不,"她说,"不。"她站起来,走近窗户。人们用锯齿状的黑色铁罩盖住了路灯的球形灯罩,像威尼斯的半截面具。它的黄色灯光像人的目光。她转过身,打开灯。她的形象顿时出现在镜子里。她对着它:"不,"她重复着,"这个女人不是我。"

这是一个冗长的故事。她注视着自己的形象。长期以来,人们试图破坏她的形象,它像命令那样刻板,像冰块那样朴实无华、纯洁无瑕。在空洞的道德中,她是忠诚的、被蔑视的、执拗的。而她曾说:"不。"但是她说得很轻。她偷偷地亲吻了热尔贝。"不是我吗?"她往往被诱惑,但迟疑不决。现在她掉入了陷阱,她受到这颗在暗处等待时机吞没她的贪婪良心所支配。嫉妒、背叛、罪恶的女人。人们不能用隐私的话语和悄悄的行为来为己辩解。格扎维埃尔存在着,背叛行为存在着。我罪恶的形象活生生地存在着。

它将不再存在。

猛然弗朗索瓦丝的心完全平静了。时间刚停止流逝。弗朗索瓦丝形单影只地待在冰冷的天空中。这是一种如此庄严、如此永恒的宁静,以至酷似死亡。

不是她就是我。那将是我。

走廊上响起脚步声,浴室里的水在流。格扎维埃尔回到房间。弗朗索瓦丝走向厨房,关掉了煤气阀门。她敲了敲门。也许还有一种逃避的方法……

"为什么您还回来?"格扎维埃尔问。

她在床上，胳臂肘撑着枕头。唯有床头灯开着，在床头柜上，一小管颠茄药片旁准备着一杯水。

"我希望我们再谈谈。"弗朗索瓦丝说。她走了一步，背靠在上面放着煤气灶的柜子上。

"您现在打算干什么？"她问。

"这与您有关吗？"格扎维埃尔说。

"我对您犯有罪。"弗朗索瓦丝说，"我不要您原谅我。但听着，不要使我的错误无法挽回。"她的嗓子因激动而颤抖。如果她能说服格扎维埃尔……"长期以来，我除了您的幸福没有其他牵挂，可您从不想到我的幸福。您很清楚，我不是没有理由的。看在我们过去的分上，您再努力一下。给我一个机会，使我不感到自己罪恶深重。"

格扎维埃尔茫然地看着她。

"继续在巴黎生活。"弗朗索瓦丝接着说，"重新开始您在剧院的工作。您到您愿意去的地方安顿，您将永远看不见我……"

"我还接受您的钱？"格扎维埃尔说，"我宁肯立即去死。"

她的声音和表情不留下任何希望。

"请宽宏大量些，请接受。"弗朗索瓦丝说，"请解脱我毁掉您前程的悔恨。"

"我宁愿去死。"格扎维埃尔激动地说。

"至少，再见见热尔贝。"弗朗索瓦丝说，"别不对他说清就斥责他。"

"要您来给我忠告？"格扎维埃尔说。

弗朗索瓦丝把手放在煤气灶上，打开了开关。

"这不是建议，这是恳求。"她说。

"恳求！"格扎维埃尔笑了起来，"您别白费时间了。我不是好心肠的人。"

"好吧。"弗朗索瓦丝说，"永别了。"

她向门口走了一步,默默地凝视了一下这张孩子气的苍白脸庞,她将再也看不见它活着的样子。

"永别了。"她重复了一句。

"别再回来了。"格扎维埃尔用狂怒的声音喊道。

弗朗索瓦丝听到她跳下床,推上了她身后的插销。从门底下露出的一道灯光熄灭了。

"现在怎么办?"弗朗索瓦丝问自己。

她站在那里,窥伺着格扎维埃尔的门。孤单一人,无依无靠,只有依靠自己。她等了很长时间,然后她走进厨房,把手放在煤气开关的手柄上。她的手在抽搐,这似乎不可能。面对孤独的她,超越空间和时间,存在着这个敌对的实物,长期以来,它的阴影不分青红皂白地重压在她身上。这个实物在那里,只为自己而存在,整个反射出来的是它自己,把一切它排斥的东西都贬为虚无,把整个世界成功地关在自己的孤独中,它无止境、无穷尽地孤芳自赏。它的一切都来自于它自己,它拒绝任何控制,它决然排他。但是只要把手柄放下就可以消灭它。消灭一个意识。"我怎么能够?"弗朗索瓦丝想。但是一个不属于她的意识怎么能存在?那么,就该是它不存在。她又说了一遍:"不是她便是我。"她扳下了手柄。

她回到房间里,捡起散在地上的信件,把它们扔在壁炉里。她擦亮了一根火柴,看着信件燃烧。格扎维埃尔的门从里面关上了。人们会以为是一次事故或自杀。"不管怎样,不会有证据。"她想。

她脱掉衣服,穿上睡衣。"明天早上,她将死去。"她坐下来,对着阴暗的走廊。格扎维埃尔在睡觉。每过一分钟,她的睡意就更浓更深。在床上还剩一个有生命的形体,但已经不再是任何人。不再有任何人。弗朗索瓦丝是独自一人。

独自一人。她独自采取了行动。像在死亡中那样孤独。皮埃尔有一天会知道。但即使他也只能从外部了解这个行为。任何人都不能对她定罪或赦罪。她的行为仅属于她。"是我要这样做的。"是她的意志正在实现，任何东西都不能把她的意志同她分离开来。她终于做出选择。她决定了自己的命运。

SIMONE DE BEAUVOIR
L'invitée

本书根据伽里玛出版社 2002 年 11 月法文版译出
ⓒ Éditions Gallimard，1943
All rights reserved
All adaptations are forbidden.

图字：09－2006－483 号

图书在版编目(CIP)数据

女宾 /（法）西蒙娜·德·波伏瓦著；周以光
译. — 上海：上海译文出版社，2024.4
ISBN 978－7－5327－9553－6

Ⅰ.①女… Ⅱ.①西…②周… Ⅲ.①长篇小说－法国－现代 Ⅳ.①I565.45

中国国家版本馆 CIP 数据核字(2024)第 021908 号

| 女宾 | SIMONE DE BEAUVOIR | 出版统筹 赵武平 |
| L'invitée | [法]西蒙娜·德·波伏瓦 著 | 责任编辑 李月敏 |
| | 周以光 译 | 装帧设计 董茹嘉 |

上海译文出版社有限公司出版、发行
网址：www.yiwen.com.cn
201101 上海市闵行区号景路 159 弄 B 座
上海市崇明县裕安印刷厂印刷

开本 890×1240 1/32 印张 16 插页 2 字数 275,000
2024 年 4 月第 1 版 2024 年 4 月第 1 次印刷

ISBN 978－7－5327－9553－6/I·5982
定价：92.00 元

本书版权为本社独家所有，未经本社同意不得转载、摘编或复制
如有质量问题，请与承印厂质量科联系，T：021－59404766